미스터
모노레일

미스터 모노레일

Mr. Monorail

김중혁 장편소설

문학동네

차례

1. 헬로, 모노레일

빙고! 맞다. 그런 이름이 흔한 게 아니지. 모노레일이라는 단어를 듣는 순간, 당신의 머릿속에 떠올랐을 바로 그 게임이 맞다. 처음 출시됐을 때 십대 아이들의 저녁과 이십대 아이들의 밤시간을 모두 빼앗아버렸던, 두 사람 이상만 모이면 조건반사적으로 주사위를 꺼내게 만들며 '오토레일'이라는 별명으로 불리기도 했던 전설의 게임. 아마 지금도 마니아들의 수가 족히 수십만은 될 거다. 아니, 부모들의 눈을 피해 몰래 숨어서 기차 바퀴를 돌리고 있는 숫자까지 모두 합하면 수백만이 될 수도 있겠다. 전설의 게임 〈헬로, 모노레일〉을 만든 사람이 바로 미스터 모노레일—긴 별명을 싫어하는 사람들은 그를 모노라고 불렀다—이다. 미스터 모노레일은 스물일곱 살에 〈헬로, 모노레일〉 게임을 만들어냈고, 보통 사람 서너 명이—중간에 아무도 배신하는 일 없이—평생 힘을 합치고, 합치고, 합쳐야 모을 수 있을 정도의 돈을 몇 개월 동안 벌어들였는데, 자신은 운이 좋았던 것이라고 겸손을 떨곤 하지만 주위 사람들은 잠자고 있던 그의 놀라운 상상력과 절묘한 구성력과 종잡을 수 없는 장난기가 적절한 타이밍에 수면 위로 올라온 것이라고 생각했다. 다른 의견도 있긴 했다. 하나님이 여러 사람에게 골고루 나눠줬어야 할 재능을 한 사람에게 몰아주었기 때문에 모노가 성공할 수 있었다고 생각하는 사람도 많았다.

모노는 단 일주일 만에 〈헬로, 모노레일〉 게임을 만들어냈다. 〈헬로, 모노레일〉처럼 규칙이 많고 복잡한 게임을 일주일 만에 완성했다는 것은 놀라운 일이었다. 지금의 〈헬로, 모노레일〉은 기차여행의 모든 것을 체험할 수 있는 놀이공원처럼 돼버렸지만 초창기 〈헬로, 모노레일〉은 행운과 치밀함과 자신감과 결단력과 상상력과 뻔뻔함을 동시에 갖춘 사람만이 이길 수 있는 지능형 게임이었는데, 일주일 만에 한 사람의 머릿속에서 수천 개의 가능성과 수백 개의 함정이 만들어졌다는 것은 기적에 가까운 일이었다.

어느 날 아침, 잠을 푹 자고 일어난 모노는 눈을 뜨자마자 〈헬로, 모노레일〉이라는 게임이 있으면 좋겠다는 생각을 했고, 곧바로 게임의 룰을 만들기 시작했다. 모노는 그때까지 단 한 번도 유럽에 가본 적이 없었다. 유럽이 어떤 곳인지는 알았다. 모노가 생각하기에 유럽은 거대한 하나의 나라였고 모든 곳이 기차로 연결돼 있었다. 모노는 지도를 펼친 다음 유럽의 모든 도시 위에다—도시 위를 날아다니는, 붕 떠 있는—가상의 모노레일을 하루 만에 건설했고, 곧바로 혼자만의 모험을 떠났다. 모노는 일주일 동안 집 밖으로 나가지 않았고, 전화도 받지 않았다. 첫째 날, 모노는 근처 편의점에서 한 달은 거뜬히 버틸 수 있을 정도의 음식을 사다놓았다.

라면, 메밀국수, 떡볶이, 즉석 낙지볶음밥, 즉석 미역국처럼 간단히 조리해서 먹을 수 있는 음식들이었다. 일주일 동안 그 음식들을 먹으며 모노는 가상의 유럽을 돌아다녔고, 가상의 모노레일 식탁에서 피자, 파스타, 수프, 에스카르고, 정어리 튀김 등을 마음껏 먹었다. 일주일 뒤 게임을 완성했을 때 모노의 몸무게는 삼 킬로그램이 늘어 있었다.

모노가 〈헬로, 모노레일〉을 만들 수 있었던 데는 부모의 영향이 컸다. 모노의 어머니와 아버지는 세상의 모든 일들을 게임으로 치환해서 생각했다. 귀찮은 일이 생길 때마다 게임을 했고, 게임에서 지는 사람은 순순히 모든 일을 도맡아 했다. 매일 저녁 쓰레기봉투를 내놓으러 갈 때마다 전쟁이 벌어졌다. 시간이 없을 때는 가위바위보를 하거나 주사위를 굴리는 간단한 방법을 사용하기도 했지만 주로 체스, 장기, 모노폴리, 사다리 게임, 쏘리 게임, 풍크트(Punct)처럼 오랜 시간이 걸리는 게임으로 벌칙자를 정했다. 쓰레기를 버리는 오 분 동안의 수고를 면하기 위해 한 시간 이상 끙끙대는 꼴을 보고 있노라면 모노는 부모가 말도 못하게 한심하게 느껴지기도 했지만, 두 사람이 게임을 하는 동안에는 자신을 귀찮게 하지 않았기 때문에 싫은 내색은 전혀 하지 않았다.

쓰레기통에는 쓰레기가 매일 차고 넘쳤다. 날마다 쓰레기를 내놓아야 할 필요가 없었지만, 게임에서 진 사람은 다음날의 복수를 위해 쓰레기를 최대한 많이 만들었다. 모노가 살던 집이 늘 깨끗했던 것은 어머니와 아버지가 부지런해서가 아니라 매일 밤 전투가 벌어졌기 때문이다. 집이 깨끗하니, 역시 나쁠 게 없었다. 두 사람의 승률은 비슷했지만 어머니의 실력이 훨씬 더 좋아서, 아버지가 패할 때는 그야말로 대패였고, 어머니가 패할 때는 아슬아슬한 경우가 많았다. 아버지는 패배의 괴로움을 모노에게 풀었다. 아버지가 게임에서 질 때면 늘 똑같은 일이 반복됐다. 아버지는 모노의 방문을 두드렸다.

"자냐?"

"아뇨."

"한판 하자."

"오늘은 뭔데요?"

"장기."

"장기는 잘 못하는 거 아시잖아요."

"세 번 봐줄게."

아버지는 봐주지 않았다. 모노의 장기 말들을 가지고 놀다가 모노가 흥미를 잃고 하품을 세 번 할 때쯤 왕을 처참하게 죽였다. 모노에게 승리를 거둔 아버지는 기분좋게 방으로 돌아갔다.

모노가 좋아했던 게임이 있긴 했다. 오목이었다. 아버지가 오목을 하자고 방문을 두드릴 때면 모노는 군말 없이 응했다. 바둑판에 이리저리 바둑알들이 놓여 있는 모습을 보는 게 좋았고 그 모습이 계속 변해가는 게 좋았다. 연장자가 하얀 돌을 잡는 관례가 없다고 하더라도 모노는 까만 돌을 선택했을 텐데, 까만 돌을 볼 때마다 누군가의 눈동자가 바둑판에 박혀 있는 것 같아서 섬뜩하면서도 아름답게 느껴졌기 때문이다. 모노가 가장 좋아했던 형태는 이런 거였다.

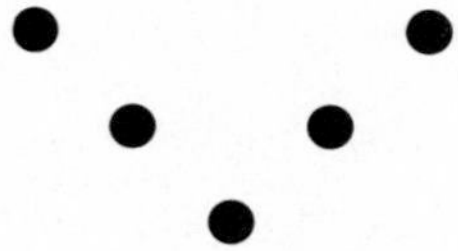

모노는 가끔 게임에서 질 걸 각오하고라도—지는 때가 더 많았으니 각오랄 것도 없었지만—바둑알들을 이런 식으로 배치해보곤 했다. 바둑알들을 보고 있으면 눈알이 유독 까만 사슴이나 코알라가 자신을 바라보는 것 같기도 했고, 오래전에 멸종한 거대한 익룡이 땅 위로 잠깐 내려앉았을 때의 발자국 같기도 했다. 가만히 들여다보고 있으면 또다른 차원으로 빨려들어갈 것만 같아서 모노는 고개를 젓곤 했다.

"졌지?"

"네."

모노가 까만 돌을 바라보고 있는 사이에 아버지는 하얀 돌 다섯 개를 이었고 게임에서 이겼다. 모노는 불만이 없었다. 모노가 괴로웠던 것은 아버지와 어머니가 게임에서 규칙을 강요할 때였다. 모노가 아홉 살 때부터 열여덟 살이 될 때까지 세 사람 이상의 참가자가 필요한 게임을 할 때는 언제나 모노를 불렀는데, 어쩔 수 없이 게임에 참가하면서 모노는 부모님이 동생을 낳지 않은 걸 안타깝게 생각했다. 동생이 있었다고 해도 게임을 하는 사람이 세 명에서 네 명으로 바뀔 뿐, 모노를 쉬게 해주지는 않았을 테지만. 보드게임이란 여러 명이 모여 앉을수록 더 재미있는 게임이니까.

"규칙이란 반드시 지켜야 하는 거야."

"왜요?"

"그래야 공평하지."

"규칙을 지키지 않아야 진짜 실력이 나와요."

"그러면 게임이 아니지."

"게임을 만든 사람이 공평한 걸 원했을까요? 어떤 게임을 만들어도 누구에게는 유리하고 누구에게는 불리한 거 아니에요?"

"규칙을 지키지 않으면 가능한 경우의 수가 너무 많아져서 도저히 게임을 할 수가 없어. 게임이란 말야, 어떤 일을 누가 더 잘하는가를 겨루는 게 아니라 제한된 환경 속에서 누가 오랫동안 살아남는가를 겨루는 거라고 할 수 있어."

"무슨 말인지 모르겠어요."

"차차 알게 될 거다."

모노는 열여섯 살 때 아버지에게 그런 이야기를 들었지만 그 뜻을 제대로 이해한 건 한참 후였다. 부모와 게임을 할 때면 모노는 반칙을 쓰고 싶어서, 속임수를 쓰고 싶어서 몸살이 날 지경이었다. 말을 살짝 옮겨 한 칸을 슬쩍 더 간다든가 지불해야 될 돈을 속인다든가 어떤 방식으로든 속임수를 쓰고 싶어서 엉덩이가 들썩거렸지만, 게임에 일가견이 있는 두 사람 앞에서 섣부른 행동을 하다가 발각되기라도 하면 며칠 동안 잔소리를 들어야 했기 때문에 — 얘야, 규칙이란 건 말이지 — 상상 속에서 반칙을 하는 걸로 만족해야 했다. 게임을 할 때면 모노는 늘 두 가지 상황을 동시에 생각했는데, 아버지 어머니와는 정상적인 플레이로 언제나 자신이 질 수밖에 없는 게임을 했고 머릿속으로는 늘 자신이 이기는 게임을 했다. 이길 수 있다면 반칙을 하는 것도 나쁘지 않다고 모노는 생각했다. 반칙을 한다는 것은 더 많은 경우의 수를 생각하는 거였고, 수많은 가능성을 동시에 생각한다는 거였고, 이긴다는 거였고, 늘 이긴다는 거였다. 반칙이나 속임수를 잘 구사하는 것도 타고난 능력이라고 생각했다. 모노는 부모에게 자신의 타고난 능력을 감추었지만, 또래 아이들과 게임을 하며 놀 때는 굳이 숨기려 들지 않았다.

워낙 친구가 없긴 했지만 모노가 열여덟 살이 되었을 때 곁에 남은 친구라고는 고우창 한 명뿐이었다. 남았다는 게 정확한 표현이 아니긴 하다. 고우창은 너무 게으른 나머지 누군가를 떠난다는 걸 상상할 수도 없는 인간이었다. 누군가를 배신하는 단순한 일로 인생을 통째로 바꿀 수 있다고 해도 그는 귀찮아서 모든 기회를 날려버리고 말 사람이었다. 모노와 고우창은 중학교 3학년 때 '봄'을 주제로 한 교내 글쓰기대회에서 학교 대표로 뽑혔고, 매년 유명한 시인의 고장을 돌아다니며 열리는 전국대회에 참가하기 위해 지방으로 내려가는 버스에서 친해졌다. 고우창이 자석으로 만든 조잡한 체스판을 가지고 있었는데, 두 사람은 그날 전국대회가 끝날 때까지 스물세 판의 체스를 두었다. 결과는 말해 뭣하겠는가. 23대 0이었다. 고우창은 게임에 거듭 패하면서도 모노의 실력에 감탄을 금치 못했다. 모노는 반칙을 쓰지 않고도 고우창을 이길 수 있었다. 전국대회에서 고우창이 쓴 시는 이랬다.

봄

고우창

1:0

2:0

3:0

4:0

5:0

6:0

7:0

8:0

9:0

10:0

11:0

12:0

13:0

14:0

15:0

16:0

17:0

18:0

19:0

20:0

21:0

22:0

23:0

경기 결과를 적어둘 마땅한 종이가 없어 시를 써야 할 종이에다 끼적거린 것이었는데, 심사위원 중 한 명은 이 시를 두고 '만물이 생동하는 봄의 기운을 포착하려는 시도는 좋았으나, 겉멋이 지나치게 들어갔다. 중학생이라는 신분에 걸맞지 않는다. 담당교사의 교정이 필요하다'라는 평가를 내렸고, 학교로 돌아온 고우창은 한동안 국어선생에게 시달려야만 했다. 고우창은 물론 끄떡하지 않았다. 게으르고 무신경하다는 것은 그의 가장 큰 단점이자 장점이었다.

*

〈헬로, 모노레일〉을 완성한 모노는 당장 고우창에게 전화를 걸어 자신의 원룸으로 오게 했다. 고우창은 한 컴퓨터 전문회사의 방문 A/S 기사로 일하고 있었는데, 컴퓨터를 다루는 실력은 좋았지만 여전히 게을렀고, 모노의 전화를 받는 순간에도 차 안에서 어물쩍거리며 퇴근시간을 기다리고 있었다.

"왜?"

"게임 하나 만들었는데 같이 해보자."

"뭔 게임?"

"헬로, 모노레일."

"헬로, 뭐?"

"모노레일."

"기차?"

"응, 기차여행 게임."

"어떻게 하는 건데?"

"기차를 타고 유럽을 여행하면서, 속이고, 속고, 도망가고, 따라가고."

"재미있겠네."

고우창은 곧바로 퇴근한 다음 모노의 원룸에서 냉장고와 찬장에 쌓여 있는 음식들을 먹으면서 주말 내내 〈헬로, 모노레일〉 게임을 했다. 두 사람보다는 네 사람 이상이 해야 재미있는 게임이었기 때문에, 고우창과 모노는 각각 두 사람 역할을 했다. 속임수가 많은 게임이었기 때문에 고우창1은 고우창2를 속이기도 했고, 모노2는 모노1을 속이기도 했다. 두 사람 모두 게임에 열중했기 때문에 자신이 자신을 속이는데도 속아넘어가는 경우가 많았다. 주말 동안 모노와 고우창은 게임의 문제점을 보완했고, 더 재미있게 만들었다. 게임을 완성한 다음, 모노는 자신이 만든 너덜너덜한 〈헬로, 모노레일〉 박스 위에다 이렇게 적어놓았다.

속이는 것은, 더 많은 이야기를 만들어내는 것이다.

고우창은 그 밑에다 이렇게 적어놓았다.

속는 것은, 더 많은 이야기를 만들어주는 것이다.

모노와 고우창과 고우창의 여동생 고우인은 근처 일식집에서 참

치를 먹으면서 성공을 기원하는 파티를 열었다. 작은 케이크도 잘랐다. 옆자리의 손님으로부터 너무 시끄럽다는 항의를 두세 번 받았지만 세 사람은 잠시 조용해졌다가도 금세 시끄럽게 변했다. 일식집에서 파티를 여는 것부터가 잘못된 생각이었다. 두 사람은 다음날 곧장 회사를 차렸고, 고우창은 게을러서 사표를 정식으로 내지는 못했지만 다니던 컴퓨터 전문회사를 그만두었다. 두 사람은 회사 이름을 '모노'로 정했고, 〈헬로, 모노레일〉을 회사의 창립작품으로 출시했다.

2. 수고하십니다

게임 〈헬로, 모노레일〉의 박스 커버에는 엉터리 실력으로 그린 기차 한 대가 어정쩡한 자세로 서 있었는데, 처음에는 모두들 그 그림을 커버에 넣는 걸 반대했다. 그림을 그린 고우창 역시 반대했다. 고우창은 얼굴이 길쭉하고, 손가락이 길쭉하고, 팔다리도 길쭉해서, 슬쩍 지나치면서 보기만 해도 단박에 예술가라고 짐작할 정도의 외모를 지녔지만, 실제로는 전혀 그렇지 않았다. 글을 무척 잘 쓴다고 보기도 어려웠고, 노래는 음정이 틀리지 않는 정도였고, 그림 실력도 뛰어나다고는 할 수 없었다. 시키면 뭐든 잘했지만, 결과는 언제나 그저 그랬다. 모노는 고우창에게 〈헬로, 모노레일〉의 박스 디자인을 부탁했고 고우창은 혼신의 힘을 다해 정성껏 그림을 그렸다.

"이게 기차인 거지?"

"응, 아닌 거 같아?"

"여기가 앞인가?"

"아니, 거긴 뒤."

"불빛이 뒤로 향해?"

"뒤로도 불빛이 나가야 누군가 따라오는지 확인할 수 있지 않을까?"

"응, 그렇구나. 그런데 모노레일 같지가 않아."

"모노레일 사진 구하기가 힘들어서. 꼭 모노레일이어야만 해?"

"게임 이름이 모노레일이잖아."

"그렇지. 근데 보통 기차로 하면 안 돼?"

"모노레일이라는 이름 좋잖아. 위태롭고, 아슬아슬하고……, 게임 하고 싶어지는 이름 아니냐?"

"네 이름이기도 하고."

고우창이 그린 그림은 모노레일 같지 않았지만 하루라도 빨리 게임을 출시하고 싶은 마음에 두 사람은 철길 하나를 지우는 쪽으로 상황을 정리했다. 철길 하나를 지웠을 뿐인데 제법 모노레일 같았다. 고우창의 어설픈 그림이 오히려 매력적으로 보이기도 했다. 빈틈이 많아서 정이 가는 그림이었다.

제품이 출시되자 가장 먼저 반응을 보인 곳은 보드게임 동호회 '화이트보드'였다. 보드게임 동호회가 영향력을 발휘하기 위해서는 출시되는 모든 게임을 빠른 시간 안에 직접 해본 다음 입에 담지 못할 정도의 악평으로 제작자의 사기를 바닥으로 떨어뜨리는 사람들을 열 명 이상은 보유해야 했는데, '화이트보드'가 그랬다. '화이트보드'라는 이름은, 처음에는 좋은 뜻이었다. 하얀 화이트보드에다 상상력을 마음껏 펼치자는 의미로 만들어진 이름이었지만, 시간이 갈수록 신랄한 게임 비평으로 제작자들의 머리를 하얗게 비워버리고 판매 책임자들의 시커먼 머리카락을 순식간에 하얀색으로 탈색시킨다는 뜻으로 변해갔다.

'화이트보드' 게시판에 올라온 〈헬로, 모노레일〉의 첫번째 리뷰는 이런 내용이었다.

개념댓글　　　　수고하십니다.

수고했다는 게 누구를 향한 얘기인지, 〈헬로, 모노레일〉 게임을 만드느라 수고했다는 것인지, 사이트 관리자에게 건네는 말인지 알 수 없었지만 이 정도면 우호적인 편이었다. 이어지는 글은 더욱 우호적이었다.

댓글놀이　　　　우와와아아아아앙……

모노와 고우창은 두번째 댓글을 보는 순간 〈헬로, 모노레일〉의 성공을 예상할 수 있었다. 다른 게임의 리뷰 페이지는 시작부터 욕설이 난무하고 이어지는 욕설에 또다른 욕설이 붙고, 또다른 욕설이 줄을 이으며 욕이 욕을 뒤덮는 상황이 빈번했다. 화를 주체하지 못한 몇몇 회원들은 게임 박스를 칼로 북북 찢고, 망치로 게임판을 가루가 될 때까지 박살내는 장면을 동영상으로 찍어서 올리기도 했다. 그런 게임들에 비해 〈헬로, 모노레일〉의 리뷰 페이지는 조용하다 못해 비장한 긴장감까지 감돌았다. 새싹이 터져나오기 직전

봄의 나무들처럼, 겉으로 보이는 변화는 없지만 무엇인가 속에서 들끓고 있었다. 회원들은 리뷰 페이지에 글을 올릴 시간도 없이 게임에 빠져들었으며, 게임을 하는 순간 자신들이 '화이트보드'의 회원이라는 사실을 잊어버렸다. 동호회 회원들은 두 번, 세 번, 게임을 반복했다. 게임을 좀더 자세히 알기 위해서가 아니었다. 순전히 재미있어서였다. 게임이 출시된 후 사흘 정도 지나자 회원들의 리뷰가 쏟아져나왔다. 회원들 대부분은 〈헬로, 모노레일〉에 압도당한 듯했다. 악평은 전혀 없었고—단 한 명, 게임을 제대로 이해하지 못하겠다는 회원이 있긴 했다—보드게임의 새 지평을 열었다는 평가에서부터 (감탄의 의미로) 세상에서 가장 사악한 게임이라는 평가에 이르기까지, 찬사와 찬사가 이어졌다. 모노와 고우창은 '화이트보드'의 리뷰를 보면서 하루를 보냈다. 몇몇 리뷰에서는 게임을 고치는 데 실질적인 도움을 받기도 했다. 모노와 고우창은 댓글로 감사의 말을 전했고, 리뷰를 쓴 회원의 이름을 게임 크레디트 페이지에 실어주겠다는 약속과 함께 문화상품권을 선물로 보내주었다.

한 달이 지나자 판매에 불이 붙었고, 한번 붙은 불은 소방서에서 출동해 거대한 호스로 물을 끼얹지 않는 한 꺼지지 않을 것 같았다. 두 달 만에 50만 개를 판매했고, 100만 개를 판매하는 데 석 달밖에 걸리지 않았다. 〈헬로, 모노레일〉의 가장 두터운 고객층은 십대 후반과 이십대 초반의 남자아이들이었지만 삼십대와 사십대에게도 인기가 높았다. 〈헬로, 모노레일〉의 가장 큰 매력은 과격과 일탈이었다. 규칙을 반드시 지켜야 하는 여타의 게임과 달리 〈헬로, 모노레일〉은 속이고, 편법을 많이 만들고, 상대방의 약점을 악랄하게 파고들어야 이기는 게임이었다. 〈헬로, 모노레일〉만 시작하면 아무리 착한 사람도 악랄하게 변했고, 화를 내지 않던 사람도 판을 뒤엎을 기세로 게임에 임했다. 한 게임 전문가는 〈헬로, 모노레일〉을 두고 숨어 있는 인간의 악마성을 끄집어내는 주술이라고 평했다.

넉 달이 지나자 미국과 일본과 호주로 게임 라이선스를 수출했고, 모노와 고우창은 평생 만져볼 것이라고 상상도 못했던 액수의 돈을 거머쥐게 되었다. 회사의 규모도 커졌고, 직원도 열 명으로 늘었다. 모노와 고우창은 업그레이드판을 계획했다. 사소한 — 게임판에서 발견된 몇 개의 오자, 유럽 철도 지도의 작은 오류 같은 — 문제점을 고치고 디자인과 메인 카피도 바꿀 생각이었다.

"우창아, 카피 좀 생각해봤어?"

"응, 몇 개. 얘기해볼까?"

"그래, 한번 읊어보셔."

"비행기를 타지 않고 가는 유럽 여행."

"게임인데 박진감이 너무 없다."

"그런가? 다음. 주사위를 던져라, 당신의 인생을 던져라."

"야, 그건 너무 비장하다."

"그렇지 다음. 신은 주사위놀이를 하지 않는다. 하지만 이 게임을 알고도 그랬을까?"

"오, 괜찮은 것 같은데? 조금만 다듬어보자."

"너무 자신만만해서 욕먹지 않을까?"

"괜찮아, 뭐 어때. 자신만만해도 돼."

"그래도 좀 마음에 걸린다."

"이런 건 공격적으로 나가줘야 해."

"공격은 최선의 수비다?"

"그럼, 백 퍼센트 진실이지."

"너무 앞서나가는 거 아닐까? 오프사이드 걸릴지도 몰라."

"선심이 깃발을 들기 전까지는 열심히 뛰는 거야."

"이 카피 때문에 판매율이 떨어지면 어떡하지?"

"너 때문에 회사에 걱정관리부 같은 거라도 하나 만들어야겠다. 걱정 마, 이 카피 때문에 팍팍 팔릴 테니까. 내기할래?"

"내기? 그러든지."

새로운 카피 때문인지 박스 디자인을 바꿨기 때문인지 판매율은 더욱 가파른 상승곡선을 그렸다. 판매성장률 언덕에 눈이 내린다면 아이젠을 신지 않고는 그 누구도 걸어올라갈 수 없을 만큼 가파른 경사였다. 출시 오 개월 만에 〈헬로, 모노레일〉은 보드게임의 전설이 됐다.

3. 음성메시지

헤이, 아들, 잘 지내고 있지? 사흘 동안 엄마와 함께 네가 만든 게임을 했다. 게임을 하면서도 이 모든 게 네 머릿속에서 나왔다는 게 믿기지 않더라. 넌 솔직히 게임 실력은 좀 별로였잖아. 기억나지? 나한테 만날 졌잖아. 하하하. 게임을 하면서 좀 우울해지기도 했어. 속임수를 써야 한다는 게 재미있기도 하면서, 네가 만든 속임수를 써야 한다는 게 가슴이 아프더라. 네가 만든 속임수로 엄마를 속여서 내가 이기니까 기분이 이상했어. 아들, 그래도 내가 이겼다. 하하하. 내가 널 이상한 아이로 키운 건 아니지? 〈헬로, 모노레일〉이 인기가 많다는 얘기도 들었다. 엄마와 내가 제일 신기했던 게 뭔지 알아? 넌 아직 한 번도 기차를 타본 적이 없잖아. 우리가 잘못 알고 있는 건가? 기차를 타보지도 않고 어떻게 이런 게임을 만든 거야? 대단해. 언제 한번 우리 셋이서 기차여행을 떠나도 좋을 것 같지 않냐? 〈헬로, 모노레일〉이랑 다른 보드게임도 잔뜩 챙겨서 말이야. 아니, 객실 안에서 게임을 해도 재미있겠다. 주사위

를 굴려서 나온 숫자만큼 좌석을 이동하고, 그 자리에 앉은 사람을 몰아내는 거지. 열차 객실 안이 어떻게 생겼는지는 알지? 요즘 통화하기 힘든 걸 보면 엄청 바쁜 모양이야. 길게 얘기할 시간도 없을 것 같아서 이렇게 메시지를 남긴다.

참, 내가 너였다면 말이야, 주사위를 하나 뺐을 거다. 주사위가 세 개나 되면 변수가 너무 많아지거든. 사다리 수도 좀 뺐을 테고, 타임카드는 좀더 다양하게 만들었을 것 같다. 그냥 참고해라. 그리고 44번째 도시 '데살로니키'의 영어 스펠링에 오자가 있더라. 데살로니키에는 s가 두 개다. 잘 지내, 아들.

4. 모노, 몬탈치노, 레드

블루, 화이트, 레드, 블랙, 핑크 중 한 명을 선택하는 것이 〈헬로, 모노레일〉 게임의 시작이다. 쿠엔틴 타란티노의 〈저수지의 개들〉이라는 영화에서 아이디어를 빌려온 것이긴 하지만, 이름은 조금 바꿨다. 영화에 등장하는 이름은 브라운, 화이트, 블론드, 블루, 오렌지, 핑크였는데 모노는 여섯 가지 캐릭터의 이름을 어째서 그렇게 지었는지 이해할 수 없었다. 모노는 게임을 만들 때 여섯 가지 색을 종이에다 칠해보았다. 오렌지는 블론드와 비슷했고, 핑크나 브라운과도 비슷했다. 블루만이 다른 색과 달라 보였고 나머지 다섯 가지 색은 모두 엇비슷했다. 이래가지고선 게임을 할 때 아군과 적군을 구별하기가 쉽지 않을 것 같았다. 쿠엔틴 타란티노가 그렇게 흐리멍덩한 여섯 가지 색을 고른 이유 역시 구별하기 쉽지 않도록 한 것일 거라고, 모노는 생각했다. 그건 영화의 주제와도 맞닿아 있다. 적인가 싶으면 아군이고, 아군인가 싶으면 적군이고, 쏴버리고 나면 아군이고, 살려두면 적군이다. 모노는 흐리멍덩한 구분이 마음에 들지 않았다. 현실에서는 아군과 적군의 구분이 쉽지 않다고 해도 게임에서는 그럴 수 없었다. 블루, 화이트, 레드, 블랙, 핑크는 뒤섞일 일이 없었다. '블랙, 난 멀리서 보고 자네가 레드인 줄 알았지 뭐야', 이럴 일은 없다는 거다.

모노가 가장 좋아하는 캐릭터는 블루였다. 모노는 다섯 가지 색의 캐릭터에다 각각 직업을 정해주었는데, 블루의 직업은 형사였다. 블랙은 은행 강도였고, 핑크는 미용사였고, 레드는 농부였고, 화이트는 소설가였다. 모노가 다섯 가지 색의 캐릭터를 정하고, 캐릭터의 직업을 정하는 데는 일 분도 걸리지 않았다. 색을 보고 떠오르는 대로 곧바로 직업을 정했다. 레드를 보고 와인을 생각하고, 와인을 생각한 다음 이탈리아 몬탈치노에서 포도나무를 재배하는 농부를 떠올리는 식이었다. 화이트를 보고 종이를 생각했고, 종이를 생각한 다음 소설가를 떠올리는 식이었다. 아마 그가 백포도주를 더 좋아했더라면 소설가가 캐릭터로 정해지는 일은 없었을 것이다. 화이트가 농부가 되고, 레드가 연쇄살인범이 됐을지도 몰랐다. 모노의 순간적인 선택이 모든 것을 확정했고, 그 선택은 게임의 운명까지 결정하고 말았다.

모노는 가끔 다섯 명의 캐릭터가 실제로 만나는 상황을 상상해보곤 했다. 미용사와 형사가 만나는 순간, 형사와 농부가 만나는 순간, 소설가와 은행 강도가 만나는 순간을 떠올려보았다. 그중에서 가장 긴박한 순간은 미용사와 은행 강도가 만났을 때였다.

은행을 털기 직전, 블랙은 은행에서 가장 가까운 미용실로 들어갔다. 블랙의 오랜 습관이었다. 은행에서 가장 가까운 미용실에서 가장 평범한 스타일로, 이른바 동네 스타일로 헤어스타일을 바꾸고 나면 아무도 자신을 기억하지 못할 것이라는 확신이 생겼다. 하지만 운명의 그날, 블랙이 찾은 미용실에는 상대방의 모습만 보고도 직업을 추리해내는 놀라운 능력의 미용사 핑크가 있었다.

핑크 어떤 스타일로?
블랙 단정하게요.
핑크 지금도, 무지하게 단정하신데요?
블랙 더 단정하게.
핑크 혹시?
블랙 혹시, 뭐요?
핑크 (목덜미에 가위를 대며) 아니에요.
블랙 (거울을 통해 핑크의 표정을 보며) 왜요?
핑크 특별한 목적이 있는 헤어스타일을 원하는가 하고요.
블랙 그게 무슨 소리요?
핑크 헤어스타일도 많은 말을 하죠. 가령, 나는 당신을 유혹하고 싶어요, 라든가, 나는 무서운 사람이에요, 라든가.
블랙 그리고?
핑크 손님의 경우엔……
블랙 내 경우엔?
핑크 (가위를 놓고 칼을 든다) 아뇨, 제가 괜한 소리를……
블랙 이야기, 마저 해보쇼.
핑크 저는 지금까지 3,200명의 머리를 다듬어주었어요. 그중에서

3,100명 정도는 결과에 만족했죠. 왜 그런지 아세요?

블랙 솜씨가 좋으신가보죠.

핑크 머리 다듬는 솜씨야 다들 거기서 거기죠.

블랙 비법이 있습니까?

핑크 이야기예요. 저는 늘 손님과 이야기를 하죠. 보통 날씨 이야기나 텔레비전 이야기로 시작을 해요. 짧은 시간에 손님의 특징을 알아내려면 일반적인 주제가 좋아요. 그런 다음에 손님의 약점을 알아내는 거죠. 약점이라고 해서, 비리 같은 걸 알아내는 게 아니라 단순히 성격의 약점을 알아내는 거예요. 이 사람은 칭찬을 잘하는가, 불평불만이 많은가, 밝은가, 어두운가. 제 솜씨에 대해 불만을 털어놓을 기회를 주지 않는 거죠. 이제는 대화를 많이 해보지 않아도 상대방이 어떤 사람인지 대충 알 수 있어요.

블랙 나한테 그 얘기를 하는 이유가 뭐요?

핑크 손님 역시 저하고 비슷한 일을 하시는 분이 아닌가 싶어서요.

블랙 사람 머리 잘라본 적은 없는데?

핑크 앞으로 자르게 되겠죠.

블랙 무슨 소리요?

핑크 만약에 손님께서 은행을 턴다고 생각해보세요. 은행 안에는 여섯 명의 고객과 다섯 명의 직원이 있어요. 손님은 열한 명의 약점을 단번에 알아차려야 해요. 누가 어떤 행동을 할지, 비상벨을 누를 사람은 누구인가, 섣부른 의협심으로 죽음을 자초할 놈은 누구인가, 이런 걸 단번에 알아차려야 하는 거예요.

블랙 무슨 소리인지 모르겠소.

핑크　그래서, 대체로 혼자서 은행을 털지는 않죠. 한 사람이 그걸 다 알아차리는 건 불가능하니까요.

블랙　그렇다면.

핑크　그렇다면?

블랙　같이 하겠소?

핑크　좋아요.

이게 아니잖아. 여기까지 생각하고 모노는 고개를 저었다. 캐릭터를 붙여놓으면 늘 제멋대로 움직였다. 블랙과 핑크, 두 사람이 함께 은행을 터는 것은 게임과 아무런 상관이 없는 일이고, 한 번도 생각해본 적이 없는 일인데, 상상 속의 블랙과 핑크는 멋대로 팀을 짜고 모노를 배신했다. 모노는 게임 속의 핑크가 얄미웠다. 자신의 일을 멋대로 내던지고 은행 터는 일에 관심을 보이는 핑크가 마음에 들지 않았다. 일주일 동안 골방에 틀어박혀 다섯 명의 캐릭터를 만들고 게임을 운용하는 동안 모노가 가장 좋아했던 인물은 블루와 화이트였다. 두 사람은 말이 많지 않았고, 묵묵히 게임에서 이기기 위해 주사위를 굴리는 타입이었다. 블루는 모노가 원하던 완벽한 상상 속의 인물이었지만 레드는 특별한 모델이 있었다.

아는 사람이 거의 없긴 하지만 오래전에 모노가 모노로 불리던 때가 있었다. 중학교 2학년 때 모노는 자신의 왼쪽 귀가 잘 들리지 않는다는 사실을 알게 되었다. 처음에는 일시적인 증상이라고 생각했지만 시간이 갈수록 심해졌고, 가을이 됐을 때는 왼쪽 귀로는 아무것도 들을 수 없게 됐다. 열다섯 살의 남자아이들을 아는지 모르겠지만, 걔네들은 어떤 면에서는 인간이라고는 보기 힘든 침팬지에 가까운 존재들인데다 상대방의 약점을 발견하는 데는 동물적인 감각을 발휘하는 녀석들이다. 열다섯 살 남자아이들의 세계에서는 생긴 대로 단순하게 살아야 한다. 키가 작으면 난쟁이라는 이름으로 살아야 하고, 키가 크면 전봇대, 콧구멍이 크면 돼지새끼, 여드름이 많으면 활화산이라는 이름으로 살아야 한다. 모든 세계에는 법칙이 있는 법이다. 타인의 사소한 결점이 그들에게는 생의 활력소니, 누군가 다리라도 저는 걸 보게 되는 날이면,—오, 하나님, 지루한 날에 축복을 주시어 감사합니다—하늘에서 피자 백 판이 그들에게 떨어진 것이나 다름없으니, 승냥이처럼 달려들어 그 약점을 물어뜯고 찢어발길 것이다. 외발이, 짝발이, 애자, 절뚝이, 쩔룩이……

모노는 그나마 나은 편이었다. 그즈음 같은 반 아이들은 스테레오 헤드폰으로 최신 팝송 듣는 것을 큰 즐거움으로 알고 살았는데, 모노의 한쪽 귀가 들리지 않는다는 것을 알아차린 다음부터 모노를 모노라고 부르며 놀리기 시작했다. 더 잔혹하고 야비한 별명을 찾아낼 수 있었겠지만, 이 승냥이떼들은 눈앞에 큰 먹잇감이 있으면 사소한 먹잇감에는 관심을 두지 않는 법이어서 스테레오와 모노의 세계에 푹 빠진 자신들의 관심사를 반영하여 모노라는 적당히 치욕스러운 이름으로 모노를 놀리는 것으로 만족했다.

별명은 그렇다 치더라도, 모노는 아이들의 장난이 참기 힘들었다. 녀석들은 왼쪽으로 슬며시 다가와서 낮은 목소리로 모노를 놀리곤 했는데—내 말 들리냐? 이 모노 새끼야, 헤드폰 쪼개서 두 개로 사용하면 되니까 돈 절약하고 좋겠다, 이 모노 새끼—무슨 소리가 나는가 싶어서 모노가 고개를 돌리면 아이들의 웃음소리가 교실을 가득 메웠다.

중학교 2학년 겨울방학 때 모노는 아버지와 함께 난청극복학원에 다녔다. 한쪽 귀가 들리지 않는 것은 일상생활에 거의 지장이 없고 고쳐야 할 필요도 없었지만 모노에게는 심리적인 안정이 필요했다. 아버지는 퇴근 후 자동차로 삼십 분 거리의 난청극복학원에 매일 모노를 데려다줬고, 모노가 수업을 받는 동안 그날 저녁 어떻게 하면 아내를 이길 수 있을지 작전 계획을 세우며 시간을 보냈다(그래도 승률은 나아지지 않았다).

모노는 거기에서 레드(물론 그때는 레드가 아니라 다른 이름이 있었지만)를 만났다. 레드는 사십대 중반의 남자였는데, 백팔십 센티미터가 넘는 키에 얼굴 크기가 모노의 두 배였기 때문에 어딜 가나 눈에 띄는 사람이었다. 레드는 어린 시절 비행장 근처에서 보호장구 없이 매일 뛰어놀다가 조금씩 청력을 잃었고, 결국 보청기를 끼고 살아가게 됐다. 난청극복학원에서 그는 수화를 배우고 있었다. 학원에 간 셋째 날, 레드가 모노에게 다가왔다.

"너, 아주 잘생겼다!"

"네?"

"어느 쪽이 안 들려?"

"왼쪽이요."

"다행이네."

"어째서요?"

"인간의 귀는 왼쪽으로 음악을 듣고 오른쪽으로는 말을 듣거든."

"그런데요?"

"그런데요, 라니, 음악과 말 중에 하나를 고르라면 당연히 말이지."

"저는 차라리 음악이 나은데요."

"네가 몰라서 그래. 음악소리는 작으면 작을수록 좋아. 아무리 큰 음악소리라도 네 귀에 들어오는 순간, 배경음악이 돼버리는 거야. 얼마나 좋아."

"말소리도 작으면 작을수록 좋은 거 아니에요?"

"아니지. 내 입에서 나오는 소리는 작을수록 좋고, 상대방의 이야기는 크게 들을수록 좋은 거 아니겠어? 야, 해놓고 보니 멋진 말이네."

"아저씬 어느 쪽이 안 들려요?"

"난 둘 다야. 여기 이 귀여운 보청기 아가씨들을 귀에 꽂아도 네 말소리가 들렸다 안 들렸다 해."

"불편하시겠네요."

"불편하지. 가끔씩 커다란 송곳으로 귀를 뚫는 상상을 해. 그러면 모든 게 뻥 뚫리면서 세상의 온갖 소리들이 몰려들어올 것 같거든."

"송곳은 피가 날 테니, 화장실용 뚫어뻥 같은 걸 써보면 어때요?"

"너 유머가 좀 되는 애구나? 하하하. 생긴 건 얼음덩어리 같은데 유머가 좀 돼. 하하하."

모노는 레드와 이야기하는 게 좋았다. 그와 이야기를 나누는 게 재미있기도 했지만 레드는 언제나 모노의 오른쪽으로 다가와서 이야기를 건넸다. 레드는 상대방의 감정에 세심했고, 불편함이란 게 어떤 건지 알고 있었으며, 사람들이 어떤 식으로 상처를 받는지 잘 알고 있었다. 레드와 함께 있을 때 한쪽 귀가 들리지 않는 것은 큰 문제가 아니었다.

레드는 농부가 되고 싶어했다. 농부가 되면 말을 많이 할 필요가 없을 것이며, 다른 사람의 말을 들으려고 애쓰지 않아도 될 것이라는 생각 때문이었다.

"이탈리아에 친구가 살고 있는데, 포도농장을 하고 있어. 거기로 갈 거야. 너 와인 마셔본 적 있냐?"

"없죠. 나이가 몇살인데."

"몇살인데?"

"열다섯 살이에요."

"하하하, 야, 이 녀석아, 열다섯 살이면 어른이야, 어른. 포도주 한 병은 거뜬히 마실 나이네."

"밖에 있는 아버지한테 물어볼까요?"

"어른이면 아버지한테 물어보지 않지."

"그래서, 한잔하자고요?"

"여기서는 곤란하니까 나중에 이탈리아 여행 할 일이 있으면 나를 찾아와. 코가 삐뚤어지도록 먹여줄게. 몬탈치노라는 작은 마을

이니까 거기서 아시아인을 찾는 건 어렵지 않을 거야. 기억할 수 있겠냐?"

"몬탈치노요?"

"그래, 몬탈치노."

"수화는 왜 배워요?"

"여기 있는 사람들이랑 연락은 해야 할 테니까. 화상통화로 수화를 하면 괜찮을 것 같아서."

"수화는 어려워요?"

"수화기를 드는 것보다는 어렵지."

"저도 배워볼까요?"

"뭣하러, 한쪽 귀는 쌩쌩하잖아."

"저도 언제 아저씨처럼 될지 모르잖아요."

"그때 배워도 늦지 않아. 그럴 시간에 친구들이랑 더 놀아. 너 정도로 생겼으면 여자애들이 줄을 설 텐데. 네 나이 때는 친구 사귀어두는 게 가장 큰 재산이야."

"다 시시해요."

"친구들이 전부 다 바보 같고 멍청해 보이지? 어떤 기분인지 안다. 그런데 말이야, 너도 좀 멍청해질 필요가 있겠다. 지금이 아니면 앞으로 멍청해질 수 있는 때가 별로 없을 거야. 어떤 사람들은 남들이 멍청할 때 혼자 잘난 척하다가 남들이 현명해졌을 때 혼자 멍청한 짓을 하지. 그게 정말 멍청한 거야."

"아저씨 얘기죠?"

"하하하, 역시 넌 유머가 좀 돼."

"유머 아닌데요?"

"수준 높은 유머는 자신도 모르는 사이에 상대방을 웃기는 법이거든."

"친구들이 놀리는 건 어떻게 참죠?"

"뭐라고 놀리는데?"

"모노라고요."

"모노?"

"스테레오에서 하나 빼기, 모노요."

"아, 귀 때문에? 멋진 이름이네, 모노. 그런 별명을 짓는 걸 보면 괜찮은 친구들 같네. 모노라는 게 싫어?"

"좋을 리 없죠. 정상이 아니라는 건데."

"잡음이 많은 스테레오보다는 깨끗한 모노가 낫지. 안 그러냐? 나는 인생이 음소거인데, 안 들려서 불편하다는 생각보다는 잡음이 없어서 좋다는 쪽으로 생각을 굳혔어."

"생각을 굳히면 굳어져요?"

"시멘트를 많이 발라야지."

"유머죠?"

"굳히기 유머지. 하하하."

레드는 일주일 후부터 학원에 나오지 않았고, 모노는 그의 이름을 곧 잊어버렸지만 몬탈치노라는 특이한 마을 이름은 잊지 않았다. 레드를 만나고 난 다음부터 모노는 많이 달라졌다. 자신을 모노라고 부르는 아이들에게 짜증을 내는 일도 없었으며 더이상 아이들이 놀리는 데 반응하지도 않았다. 십오 세의 남자아이들을 아는지 모르겠지만, 반응하지 않는 아이는 놀리지 않는 법이다. 재미가 없으니까. 아이들은 모노에게 관심을 끊었고 모노 역시 아이들에게 관심을 끊었다.

모노는 레드 덕분에 자신이 잘생겼다는 사실도 깨닫게 되었다. 특별할 게 없는 얼굴이라고 생각했지만 레드는 모노를 만날 때마다 외모를 칭찬해주곤 했다.

"이것 봐, 이 콧날, 그리고 입술. 이 부분이 아주 예술이야. 아무렇게나 단순하게 선을 죽죽 그어놓은 것 같지만 묘하게 사람의 마음을 끈단 말이야. 아무리 봐도 너한텐 모노라는 별명이 딱이다. 얼굴하고 표정도 모노스럽게 생겼잖아.

모노는 가끔 거울을 볼 때마다 자신의 콧날과 입술을 손으로 만져보곤 했다. 모노스러운 게 어떤 걸까 생각해보았다. 간단한 것, 단순한 것, 복잡하지 않고 명쾌한 것. 모노는 자신이 고우창과 친해질 수 있었던 것도 모두 레드 덕분이라고 생각했다. 모노라는 이름을 받아들이지 못했다면 그 누구와도 친구가 될 수 없었을 테니까. 모노는 그때부터 자신의 별명을 사랑하기 시작했고, 모노라는 단어에 집착을 보였다. 모노레일이라는 단어에 대한 관심 역시 마찬가지였다. 모노는 언젠가 자신이 몬탈치노로 향하는 꿈을 꾸었다. 멋진 차를 타고 포도밭 사이를 질주하는 모습을 그려보았다. 모노 자신도 그 꿈이 그렇게 빨리 이뤄질 것이라고는 상상하지 못했다.

5. 진화하는가?

고우창과 고우창의 아버지 고갑수를 나란히 세워두고 보면, 인류의 진화가 얼마나 더디게 진행되고 있는지 한눈에 알 수 있다. 고우창의 할아버지까지 세 사람을 함께 세워두면 좋겠지만 그분은 고우창이 태어나기도 전에 교통사고를 당해—너무 게으른 나머지 자신을 향해 달려오는 차를 피하지 않았다는 소문이 있다—저세상 사람이 된 관계로 두 사람만을 비교해본다면, 고우창이 아버지 고갑수보다 나은 점이라고는 키가 이십 센티미터 더 크다는 것과—키가 줄어드는 것이 오히려 진화하는 것이라는 일부의 주장도 있긴 하지만—밥 먹을 때 쩝쩝거리는 소리를 내지 않는다는 것과, 말도 안 되는 주장을 상대방에게 강요하는 시간이 삼십 분에서 오 분으로 줄었다는 것뿐이다. 엄밀히 따지고 보면 이건 인류의 문제가 아니라 남자들만의 문제였다. 여성들은 자신의 주장을 상대방에게 강요하는 시간을 아껴 남성들 몰래 진화에 진화를 거듭해왔지만 힘과 속도를 강조하던 남성들은, 전혀 그렇지 못했다. 남성들이 이런 식으로 진화했다가는 수억 년이 지나도 여전히 열다섯 살이 됐을 때는 침팬지에 가까운 동물로 남아 있을 것이며, 하루의 절반 이상을 상대방에게 자신의 주장을 강요하는 데 쓰고 있을 것이다.

고우창이 가장 싫어하는 말이 '아버지를 닮았다'는 것이지만 누가 봐도 고우창은 아버지를 닮았다. 걷는 모습이며 생각하는 속도며 게으른 정도도 아버지를 꼭 빼닮았다. 고우창의 아버지 고갑수는 대학 때 '지구에너지환경시스템공학과'라는, 그 이름과 의미를 외우는 것만으로 한 학기를 소비해버리고 말 것 같은 학과에 다녔고, 벨기에의 대학으로 이 년간 유학을 다녀오기도 했지만 지난 이십 년 동안 계속 집에서 놀고 있고, 집안의 모든 경제활동은 어머니 이수진이 도맡아 해오고 있었다. 눈에 보이는 거의 모든 것을 비판해서 사람들의 의욕을 오 초 내에 꺾는 것 말고는 아무런 능력이 없는 아버지가 고우창은 죽도록 미웠다.

고우창은 아버지처럼 되지 않기 위해 열심히 공부하고 일하고 성취하고 싶었지만 조금만 방심하면 한없이 게으른 상태로 변해 있는 자신을 발견하곤 했다. 스무 살이 넘어서 고우창은 자신이 게으르다는 것을 인정했지만, 아버지의 게으름과는 전혀 다른 것이라고 주장했다. 아버지의 게으름이 무능력의 공황상태에서 비롯된 것이라면, 자신의 게으름은 관조의 진공상태에서 비롯됐다는 것이다. 그게 어떤 차이인지는 아무도 몰랐다.

〈헬로, 모노레일〉이 성공을 거둔 후 고우창이 집에서 당당히 어깨를 펴게 됐을 때 고갑수는 마뜩지 않은 표정으로 아들을 바라보았다.

"일시적인 성공이란 건 실패보다 더 위험할 수 있어. 실패는 사람의 마음에다 두꺼운 철판을 둘러서 고난을 버텨내는 방어막이 되지만, 일시적인 성공은 입고 있던 방탄조끼도 벗게 만들거든."

"실패를 많이 한 아버지는, 그래서 얼굴에 두꺼운 철판을 두르신 거고요."

"그게 아버지한테 할 소리냐?"

"성공에 기뻐하는 아들한테 그런 충고를 하는 건 괜찮고요?"

"난 그저 네가 걱정돼서 한 말이었어."

"아버지 앞날이나 걱정하세요."

고갑수와 달리 어머니 이수진은 아들의 성공을 진심으로 축하해주었다. 아들의 성공 이야기를 듣자마자 이수진의 머릿속에는 아이디어가 하나 떠올랐다. 아들이 사장으로 있는 회사 '모노'에 고갑수를 취직시킬 수 있다면 자신의 삶이 훨씬 덜 고달플 것 같았다. 이수진은 고우창에게 자신의 아이디어를 얘기했다.

말도 안 되는 소리 하지 마세요.

고우창은 소리를 지르며 반대했다. 반대하면서도 고우창은 알았다. 어머니가 혼신의 힘을 다해서 이 일을 실행시킬 생각이라면 자신은 절대 막지 못할 것이라는 사실을.

집안의 공식적인 결정권은 모두 아버지에게 있었지만 실제로 모든 일을 결정하는 사람은 어머니였다. 이수진은 남편과 아들이 얼마나 게으른지 잘 알고 있었고, 그들의 게으름을 이용해서 자신의 뜻대로 모든 것을 결정할 수 있는 자신의 작은 왕국을 건설한 것이다. 무능력한 남편과 한없이 게으른 아들, 그나마 자신의 마음을 이해해주는 딸이 백성의 전부지만 자신이 전권을 행사할 수 있는 왕국이 있다는 것이 집에서 얻을 수 있는 그녀의 유일한 위안이었다. 이수진의 대형 왕국은 따로 있었다.

이수진은 미용업계의 기적이었다. 이수진은 스물한 살 때 미용사 일을 시작해 마흔다섯 살에는 전국에 삼백 개의 체인점을 소유하게 됐는데, 틈새를 파고든 절묘한 작전 덕분이었다. 고급 미용실 체인점이 세력을 확장해 동네 미용실을 장악하는 모습을 본 이수진은 오십대 주부들이 싼 가격으로 편안하게 이용할 수 있는 동네 미용실 체인점을 기획했다. 이수진의 '엄마머리'는 주부들의 전폭적인 지지를 받으면서 전국의 작은 동네로 퍼져나갔고, 떡볶잇집이나 분식점을 연상시키는 유머러스한 메뉴판은 고급 미용실 체인점에서도 아이디어를 훔쳐갈 만큼 폭발적인 인기를 얻었다.

—엄마머리 메뉴—

기본 커트	5,000원
학부형 모임 머리 세팅	5,000원 (학생회장 학부형 머리 2,000원 추가)
부부동반 모임 세팅	5,000원 (여고 동창 모임 머리 2,000원 추가)

계 모임 세팅	5,000원 (계주 머리 2,000원 추가)
집에만 있을 거예요, 펌	10,000원
다섯 달 이상 변치 않는, 펌	10,000원
계란, 식초로 윤기 내기	5,000원

■ 엄마머리만의 서비스

1. 펌 하는 동안 장을 대신 봐드립니다.
2. 5세 미만 어린이와 함께 놀아드립니다.
3. 어디서도 말하지 못하는 험담을 들어드립니다.

'엄마머리'의 미용사들에게는 특별한 기술이 필요하지 않았다. 패스트푸드 가게에서 치즈버거나 감자튀김을 만들듯 매뉴얼대로만 하면 머리를 만질 수 있었다. 싼 가격과 재미있는 메뉴, 그리고 독특한 서비스로 '엄마머리'의 인기는 점점 더해갔다. 가게가 전국으로 뻗어나가면서 이수진은 지역의 특성을 반영한 새로운 메뉴를 개발해야 했고—기온이 유독 높은 지방에서 출시한 '바람 숭숭 드는 파마'가 최근의 인기 메뉴였다—지방 체인점 직원의 교육도 책임져야 했다.

이수진은 고갑수에게 '엄마머리'의 인력관리 팀장직을 제안했지만 그 자리에서 거절당하고 말았다. 지구에너지환경시스템공학을 전공한 사람이 스프레이로 지구를 망가뜨리는 미용실 체인점에서 일할 수는 없다는 것이 공식적인 이유였지만, 실제로는 남자가 미용실 관련 일을 하는 게 창피하다고 느꼈기 때문이다. 이수진 역시 남편과 함께 일하는 게 조금은 부담스럽기도 했다.

고우창은 어머니를 존경했다. 언제나 활기차고 모든 일에 긍정적이며 사람을 편안하게 해줄 줄 아는 이수진의 능력이 부러웠다. 하지만 원하는 일을 끝까지 밀어붙여서 결국 자신의 것으로 만들고 마는 집요함은 마음에 들지 않았다. 고갑수를 '모노'에 취직시켜달라는 제안을 받았을 때도 끝까지 거절하지 못할 것을 알았고, 결국 그렇게 됐다.

고우창이 어렵게 아버지 취직 얘기를 꺼냈을 때, 모노는 그 자리에서 승낙을 했다. 두 가지 이유에서였다. 모노가 고등학생이었을 때 고갑수는 모노를 친자식처럼 예뻐해주었다. (자신도 용돈을 받는 처지이면서) 모노에게 용돈도 자주 주었고, 지구와 에너지와 환경과 미래와 시간과 우주에 대해서 자주 이야기해주었다. 모노는 고갑수의 이야기를 듣는 게 좋았다. 이야기를 듣고 집으로 돌아올 때면 우주와 시간의 비밀을 알아낸 것 같은 은밀한 자부심이 들었다. 두번째 이유는 게임 〈헬로, 모노레일〉을 만들어내는 데 고우창의 어머니 이수진이 어느 정도 기여를 했기 때문이었다. 모노가 만들어낸 캐릭터 핑크는 고우창이 들려준 어머니의 이야기에서 시작됐으며, '엄마머리' 메뉴판의 유머감각은 모노가 〈헬로, 모노레일〉 게임을 재미있게 만드는 데 큰 영향을 미쳤다.

고갑수 역시 '모노'의 판매이사직 제안을 흔쾌히 받아들였다. 미용실과 달리 게임회사에서는 그가 할 수 있는 일이 많을 거라고 생각했다. 고갑수 생애 최초의 직장이었다. 물론 생애 최악의 직장이기도 했고, 당연히 생애 최후의 직장이었다.

6. 상아주사위가 굴러갔다

모노는 삼 개월간의 유럽 출장을 계획했다. 〈헬로, 모노레일〉의 성공 이후 너무 많은 사람들을 만났고, 너무 많은 이야기를 했고, 너무 많이 세상에 노출돼 있었다. 조리개를 활짝 열어놓고 찍었다가 망쳐버린 사진처럼 머릿속이 하얗게 바랬고 아무것도 보이지 않았다. 〈헬로, 모노레일〉을 상상하고 게임의 룰을 만들었던 칠 일, 완벽한 진공의 시간, 어두운 암실의 시간이 그리웠고, 모든 것으로부터 떨어져 있고 싶었다. 모든 것으로부터 멀리 떨어져 있으면 자신이 원하던 게 무엇인지 확인할 수 있을 것 같았다. 모노는 삼 개월 동안 유럽의 여러 도시를 돌아다니면서 〈헬로, 모노레일〉의 두번째 버전을 준비하기로 했다. 첫번째 버전이 상상 속의 유럽을 게임으로 만든 것이라면, 두번째 버전은 직접 다녀온 유럽을 게임으로 만들고 싶었다.

본격적인 해외여행은 처음이었다. 가방 속에 많은 것을 넣었다가 다시 뺐다. 모든 것이 필요한 것처럼 느껴졌지만 한번 더 생각해보면, 아니었다. 돈만 있으면 모든 걸 해결할 수 있었고, 모노에게는 그럴 만한 돈이 있었다. 여행 일정을 짜는 건 더 간단했다. 〈헬로, 모노레일〉을 만들던 완벽한 진공의 시간에 모노는 이미 머릿속으로 유럽 여행을 다녀왔고, 이번에는 그 흔적을 쫓아가기만 하면 됐다. 〈헬로, 모노레일〉의 게임 보드에는 오십 개 유럽 도시의 이름이 가지런히 적혀 있었고, 주사위를 던진 다음 보드 위에서 말을 움직이듯 모노는 그 도시를 돌아다니기만 하면 그만이었다.

모노는 좀더 입체적인 〈헬로, 모노레일〉을 만들 계획이었다. 게임을 할 때 캐릭터 중 하나가 새로운 도시에 도착하면, 그 도시만의 독특한 소리나 화면이 등장하도록 만들 생각이었다. 모노는 수첩에다 세 가지 계획을 적었다.

□ 도시의 기차역에서 사람들이 웅성거리는 소리를 녹음하기
□ 기차역을 오가는 사람들을 영상으로 기록하기
□ 기차역의 매점에서 파는 상품들 사진으로 기록하기

구체적으로 어떤 게임이 될지는 모노도 알 수 없었다. 기존의 게임이 평면적인 보드게임이라면, 그가 새롭게 계획하는 것은 3D에 가까운 입체게임이었다. 보드 위에서는 기차 모형이 실제로 움직이고, 캐릭터가 새로운 도시에 도착하면 보드 위 전광판에 그 도시의 영상이 떠오르고, 스피커에서는 기차역의 웅성거림이 들리는 게임이었다. 게임에 필요한 물품들은 시작할 때 나눠주는 유로로 기차역의 매점에서 살 수 있으며, 매점에서는…… 모노는 거기까

지만 생각했다. 막상 유럽에 가면 어떤 일이 펼쳐질지 알 수 없으므로 지나친 상상은 하지 않기로 했다.

떠나기 사흘 전, 모노는 고우창과 술을 마셨다. 이것저것 부탁할 일도 있었고 여행을 떠나기 전의 긴장감도 풀어내고 싶었다.

"별일은 없겠지?"

떠나는 모노보다 남아 있을 고우창이 더 긴장하고 있었다.

"네가 알아서 잘 해야지."

모노가 맥주잔을 들며 말했다.

"로밍은 해가는 거지? 급한 일 생기면 바로 연락할게."

"급한 일 생길 게 뭐 있어. 지금처럼만 하면 되지. 신규 게임 개발팀은 어때? 괜찮은 게임 나오겠어?"

"나머지는 지지부진이고, 그나마 퀘이사가 가능성이 좀 있어 보여."

"우주여행 게임?"

"응."

"지난번에 봤을 때는 그렇게 재미있어 보이지 않던데?"

모노는 두번째 맥주를 주문했다. 모노가 가장 좋아하는 맥주는 필스너였다. 금을 녹인 물을 마시는 것 같아 기분이 좋았다.

"게임 방법을 완전히 바꿨어. 일단 고정 보드가 아니라 조합 보드로 게임을 시작해. 빅뱅이 일어난 다음에 게임판이 만들어지는 거지."

"그거 재미있네. 매번 우주의 모습이 바뀌는 거네?"

"게임 시작 버튼을 누르면 판이 마구 뒤섞이면서 빅뱅이 일어나고 별들이 랜덤으로 자리를 잡는 거야. 자신이 정해놓은 별에서 게임을 시작하고, 가장 빨리 자신의 별로 돌아오면 이기는 거지."

"블랙홀은 어떻게 하기로 했어?"

"고민중이야. 한 열 개쯤은 넣어둬야 할 것 같은데, 너무 많아도 재미가 없을 것 같고…… 일단 블랙홀로 빨려들어가면 게임이 일시 정지되니까 말야."

"블랙홀에서 몇 번 정도 쉬고 화이트홀로 나온 다음 게임을 계속한다는 거지?"

"일단 그렇게 하기로 했는데, 그것도 아직 고민중이야. 블랙홀로 들어간 다음 반대쪽 블랙홀로 나올까 싶기도 하고…… 아무튼 초안 만들어지면 바로 보여줄게."

"그래도 네가 있어서 다행이다. 이렇게 다 맡겨놓고 여행도 떠날 수 있고."

"여행 가는 거냐, 일하러 가는 거지."

"아버지는 어떠셔?"

"뭐, 그럭저럭. 워낙 말은 잘하는 사람이고 사람 만나는 걸 싫어하지는 않으니까 적응은 빠른 것 같아."

"불편하거나 하진 않지?"

"뭐, 나야, 괜찮아."

모노와 고우창은 한동안 아무 말도 하지 않고 술을 마셨다. 고우창은 세번째 잔부터 맥주에다 소주를 섞기 시작했다. 모노는 술을 섞어 마시는 걸 싫어했다. 함께 술을 마시면 고우창이 술을 섞는 순간 두 사람의 술 먹는 속도가 달라졌고, 두 시간쯤 지나면 고우창은 늘 취해 있었다.

모노는 고우창이 대체로 마음에 들었지만 (술 마시는 습관 외에도) 몇 가지 거슬리는 게 있었다. 친구로서는 문제될 게 없었지만 함께 사업을 해나가야 하는 사람으로서 고우창은 자신감이 부족했고, 책임감이 지나쳤다. 고우창의 약점은 가끔 장점이기도 했다. 고우창의 약점이 없었더라면 모노는 절대 여행을 떠날 수 없었을 것이다. 고우창의 정반대에 있는 사람, 그러니까 자신감이 넘치지만 책임감이 없는 사람에게 회사를 맡겨두고 떠날 수는 없었을 테니까.

늘 그랬던 대로 고우창은 일찍 취해서 집으로 돌아갔다. 모노는 고우창을 택시에 태워 보낸 다음 거리를 걷기 시작했다. 밤 열시였다. 도시에서는 도무지 시간을 가늠할 길이 없었다. 밤 열시와 밤 열두시가 크게 다르지 않았다. 모노는 거리를 걷다가 집 쪽으로 향하는 버스를 탔다. 오랜만에 타보는 버스였다. 불과 몇 개월 전만 해도 매일 버스를 타고 다녔는데, 이제는 회사의 자동차를 이용하거나 택시를 탔다. 모노는 오랜만에 버스를 타고 낯설어하는 자신이 낯설었다.

버스는 한가했다. 승객의 수는 모노를 제외하면 열 명이었고, 대부분 멍한 눈으로 창밖을 바라보거나 졸고 있었다. 모노는 맨 뒷자리에 앉았다. 뒷자리에 앉아서 사람들의 뒤통수를 보았다. 뒤통수는 모두 달랐다. 얼굴처럼 모두 달랐다. 모노는 갑자기 모든 뒤통수들의 사연이 궁금했다. 열 명의 사람들은 어째서 지금 이 시간에 이 버스의 좌석에 앉아 있게 된 것일까. 왜 여기에 있지 않으면 안 되는 것일까. 모노는 그들의 사연을 상상할 수 없었다. 할 수만 있다면 시간의 비디오테이프를 거꾸로 돌려서 하루의 시작으로 돌아가고 싶었다. 되돌아간 다음 열 명의 몸에다 위치추적시스템을 달고 싶었다. 열 명은 어떤 장소에 머물다가, 어떤 길을 따라서 이 버스에 타게 된 것일까. 열 명의 하루 궤적을 지도에다 그려보고 싶었다. 그 그림을 프린트한 다음, 그걸로 게임을 만들어보거나 방벽에다 붙여두고 싶었다. 열 명의 궤적을 알아내는 것이야말로 자신이 해야 할 일처럼 여겨졌다. 모노는 계속 사람들의 뒤통수를 바라보다가 가장 마음에 드는 뒤통수 하나를 쫓아가기로 했다. 시간의 비디오테이프를 거꾸로 돌릴 수는 없지만 앞으로 일어날 일은 쫓아가볼 수 있었다.

모노는 자신의 건너편 앞에 앉은 중년 남자의 뒤통수를 쫓아가기로 마음먹었다. 여자의 뒤통수를 쫓아가다가는 치한으로 오인받을 확률이 컸다. 머리숱이 적은 남자의 뒤통수는 두피가 훤히 들여다보였다. 졸고 있는 남자의 머리가 자주 꺾였다. 모노는 지루했지만 남자를 관찰했다. 평범한 회사원일 게 분명했다. 외모에 대한 관심도 없고, 능력치는 낮고, 야망도 없어 보였다. 꼭 따라가야 할까, 라고 생각하는 순간 모노가 내려야 할 정거장을 지나쳤다. 남자는 계속 졸고 있었다. 정류장을 지나치면 곤란할 텐데, 남자는 계속 잤다. 모노는 잠들 수 없었다. 남자는 싸구려 서류가방을 허벅지 위에 얹었고, 정강이 앞에는 커다란 종이 쇼핑가방을 놓아두었다. 싸구려 선물을 사들고 집으로 돌아가는 모양이군, 이라고 모노는 추측했다. 그럴 필요가 없었는데 모노는 남자에게 적개심을 품었다.

모노는 주머니 속에 든 주사위 두 개를 만지작거렸다. 〈헬로, 모노레일〉을 사랑하는 모임에서 그에게 선물로 준 상아주사위였다. 상아주사위를 만지작거리고 있으면 시간을 거슬러올라가는 기분이 들었다. 오래전 사람들은 상아주사위로 삶과 죽음을 결정했을 것이다. 주사위가 굴러가는 대로 삶을 굴려갔을 것이다. 모노는 상아주사위 표면에 새겨진 점을 손가락으로 더듬으며 수를 추측했다.

버스의 빈 좌석을 보다가 모노는 아버지의 음성메시지를 떠올렸다. 아버지가 기차에서 하면 좋겠다던 게임은 버스에서도 할 수 있을 것 같았다. 지금부터 주사위를 던져서 몇 번 만에 남자를 잡을 수 있을까. 모노는 늘 그랬던 것처럼 게임의 룰을 만들었다.

우선, 버스 좌석 하나하나에다 가상의 번호를 정해주었다. 버스 안에다 가상의 게임판을 만든 것인데, 술을 마셨기 때문인지 번호가 잘 매겨지지 않았다. 모노는 고개를 흔들어 정신을 차린 다음 의자를 하나씩 보면서 차근차근 번호를 정했다.

1				2
3				4
5				6
7				8
9				10
11	12		13	14
15	16		17	18
19	20		21	22
23	▲		25	26
27	28	29	★	31

1) 좌석 번호 순서대로 진행하며 주사위는 한 개만 사용한다.

2) 남자를 잡지 못하고 지나치면, 뒷문으로 내린 다음 앞문으로 다시 승차한다.(가능할까?)

3) 세 바퀴 이내에 잡지 못하면, 버스에서 내려 집으로 간다.

4) 운전사는 잡지 않는다.(잡을 수가 없지!)

모노는 ★이었고 남자는 ▲였다. 모노는 왼손바닥 위에다 주사위를 던졌다. 4가 나왔다. 모노는 눈으로 네 칸 움직였다. 31을 지나 1과 2를 지나 3으로 갔다. 자리는 비어 있었다. 눈으로만 쫓는 건 의미가 없어 보였다. 모노는 자리에서 일어나 자리3으로 걸어갔다. 그제야 게임을 하는 것 같은 기분이 들었다. 다시 주사위를 던졌다. 1이 나왔다. 건너편에 있는 자리4로 움직였다. 누군가 자신의 행동을 보면 미친놈이라고 생각할 게 분명하다고 모노는 생각했다. 하지만 모노를 유심히 지켜보는 사람은 없었다. 모두들 창밖을 보고 있거나 졸고 있었다. 다시 주사위를 던졌다. 6이 나왔다. 자리10으로 이동해야 했다. 하지만 그 자리에는 젊은 여자가 앉아 있었다. 모노는 자리10에 앉은 여자 옆에 섰다. 젊은 여자가 흘끗거리며 모노를 보았다. 모노의 얼굴을 보고는 부끄러운 듯 창밖을 내다보았다. 여자는 창밖을 내다보다가 창문에 비친 모노의 얼굴을 보았다. 모노는 선 채로 다시 주사위를 던졌다. 3이 나왔다. 모노는 자리13에 앉았다. 젊은 여자가 자신의 뒤에 앉은 모노를 훔쳐보았다. 너무 단순하고 시시한 게임이군, 하고 모노는 생각했다. 자신이 만든 버스게임이 재미없어서 하품이 났다.

게임이 재미있어지려면 자리10에 앉은 여자를 일으켜세운 다음 자신이 거기에 앉아야 했다(여자와 같은 편이라면 여자를 무릎에 앉힐 수도 있겠고, 다른 편이라면 여자를 출발지점인 자리1로 보내야겠지). 여자를 만졌다는 이유로 뺨을 한 대 맞은 다음 다시 주사위를 던지고, 곧바로 여자에게 자리를 양보하고, 이런, 별 미친 놈, 다 보겠네, 라는 소리를 듣고 덩치 큰 청년이 앉은 18번에서는 싸움이 벌어지고, 청년이 모노의 멱살을 잡고 버스 밖으로 내던지면 다음번 버스를 기다린 후 다시 게임을 시작해야, 게임이 좀 재미있어질 것 같았다. 혼자서 하는 게임이라 더욱 재미가 없었다. 다음에 아버지와 어머니와 기차여행을 하게 되면 꼭 한번 다 같이 게임을 해보고 싶었다.

모노는 다시 주사위를 던졌다. 4가 나왔다. 뒷자리도 비어 있었다. 자리17로 움직였다. 자리24에 앉은 남자는 여전히 잠들어 있었다. 남자를 잡을 시간이 가까워지고 있었다. 다시 주사위를 던졌다. 그때 운전사가 급브레이크를 밟았고, 모노의 주사위가 땅에 떨어져 앞으로 굴러갔다. 작고 하얀 상아주사위가 운전사 좌석 가까이 굴러갔다. 모노는 빠른 걸음으로 가서 상아주사위를 주워들었다. 주사위의 꼭대기는 6이었고, 운전사는 누군가에게 욕을 퍼붓고 있었다. 모노가 주사위를 줍고 돌아섰을 때 남자가 깨어나 있었다. 남자는 두리번거리면서 주위를 살피더니 자리에서 일어났다. 젠장, 정류장을 지나친 거군. 모노는 내릴 준비를 했다. 남자는 서류가방과 쇼핑가방을 챙긴 다음 하차벨을 눌렀다. 모노는 남자 옆에 섰다. 남자는 키가 작았다. 모노의 키가 큰 탓에(모노의 키는 백

팔십오 센티미터였다) 옆에 서 있는 남자는 더욱 초라해 보였다. 자리10의 젊은 여자가 내리려는 모노를 흘끗거렸다. 모노는 남자를 내려다보다 쇼핑가방에 든 게 무엇인지 보고 말았다. 남자의 쇼핑가방에는 〈헬로, 모노레일〉이 들어 있었다.

7. 연착전문가와 속임수전문가

남자가 고층아파트에 살았더라면, 아니 최소한 3층 이상의 아파트에 살았더라면, 모노는 남자가 집으로 들어가는 모습을 보고 곧장 돌아섰을 것이고, 집으로 돌아가서 다시는 남자를 생각하지 않았을 것이다. 남자가 단독주택의 현관문을 열고 지하로 내려가는 걸 본 순간—그리고 잠시 기다렸다가—반지하의 창문 사이로 남자의 모습이 다시 나타난 걸 본 순간, 모노는 집으로 돌아가기가 쉽지 않을 것임을 직감했다. 창문 안쪽에서 아이의 환호성이 들렸고, 방범용 창살 사이에서 남자가 환하게 웃었다. 감옥에 갇혀 웃고 있는 죄수 같았다. 아이의 모습은 보이지 않았다. 모노는 시야각을 조절해가면서 방안을 들여다보려 했지만 볼 수 있는 장면은 한정돼 있었다. 남자는 윗옷을 벗었고 욕실로 들어갔다. (오 분 경과) 남자는 러닝셔츠 차림으로 욕실에서 나왔고, 얼굴을 닦은 수건으로 발을 닦았다. 수건 냄새를 맡더니 옆으로 치웠다. 남자는 보이지 않는 곳으로 사라졌다. (오 분 경과) 어떻게 하는지 알겠어?

네, 알아요. 친구들이랑 몇 번 해봤어요. 말소리가 들렸다. 아빠한테 가르쳐줘봐.

모노는 몇 번이나 망설였다. 지하로 내려가서 문을 두드린 다음 '제가 그 게임을 만든 사람입니다'라고 얘기하고 싶은 충동을 억누르느라 눈알이 발갛게 타오를 지경이었다. 모노는 주관식 문제를 풀듯 상황에 가장 잘 어울리는 대사를 생각해보았다. 문을 두드린다. 남자가 나온다. 다음, 대사. a) 제가 그 게임을 만든 사람입니다. b) 〈헬로, 모노레일〉을 하려면 세 명은 있어야죠. 괜찮은 플레이어가 한 명 있는데 써보시겠습니까? c) 지나가는 행인입니다. 물 한잔 마실 수 있을까요? d) 그 게임엔 오자가 하나 있죠. 데살로니키에는 s가 두 개랍니다.

(십 분 경과)

뭐가 이렇게 복잡하냐? 일단 한번 해봐요. 해보면 금방 안다니까요. 아빠, 게임 시작해요. 그래, 해보자.

게임이 시작됐다. 모노에게는 남자의 얼굴만 보였다. 소리는 들렸다. 모노는 게임이 어떻게 진행되는지 상상해보았다. 아이는 연신 소리를 지르며 좋아했고, 남자는 미간을 찌푸리며 게임을 파악하기 위해 애쓰고 있었다. 아이와 남자는 예전 모노와 고우창이 그랬던 것처럼 각각 두 사람 역할을 하며 게임을 진행하고 있었다. 남자는 그것 때문에 더욱 혼란스러워하는 것 같았다. 한 사람 역할도 힘든 마당에 남자1과 남자2를 떠맡아서 아이1과 아이2의 속임수까지 감당해야 하니 힘들 수밖에 없었다.

모노는 방범용 창살 사이로 드러난 남자의 얼굴을 보면서 생애 처음으로 다른 사람의 삶에 간섭하기로 마음먹었다. 타인의 삶에 간섭하기로 마음먹은 계기가 한 명이 부족한 게임에 뛰어들기 위해서라는 게 스스로도 믿기지 않았지만, 그 게임이 〈헬로, 모노레일〉이라면 얘기가 달랐다. 모노는 현관을 지나 지하로 내려갔고, 문을 두드렸다.

"누구십니까?"

남자의 목소리가 들렸다. 어떤 말을 해야 문을 열어줄까. 의심이 많은 세상에서 철문을 열게 하는 건 쉬운 일이 아니었다.

"저, 오늘 구입하신 〈헬로, 모노레일〉 게임의 A/S 때문에 나왔습니다. 잠깐 문을 열어주시겠습니까?"

모노는 최대한 신뢰감이 갈 만한 목소리로 말했다.

"뭐요?"

남자의 목소리에, 모노는 다시 한번 똑같은 내용을 말했다. 그것밖에는 방법이 없을 것 같았다. 남자가 오늘 〈헬로, 모노레일〉을 구입했다는 사실을 아는 것만으로도 문을 열어줄 것 같았다. 곧 문이 열렸다.

"제가 게임을 사면서 주소도 적었던가요?"

남자가 말했다.

"무례하게 굴어서 죄송합니다. 우선 인사부터 드리겠습니다. 저는 〈헬로, 모노레일〉 게임을 만든 사람입니다."

모노가 말했다. 남자는 사태 파악을 위해 아무 말도 하지 않고 모노를 바라보기만 했다. 이 남자가 도대체 무슨 소리를 하고 있는 거지? 그런 눈빛이었다.

"우연히, 아주 우연히, 선생님께서 〈헬로, 모노레일〉을 들고 가시는 걸 보았습니다. 그리고 저도 모르게 따라오고 말았습니다."

"저를 미행했다는 겁니까?"

"죄송합니다. 설명하기 힘들지만 그렇습니다. 제 아이를 납치한 유괴범을 뒤쫓는 심정으로 여기까지 오고 말았습니다."

"뭐요?"

"아뇨, 마음이 그랬다는 겁니다."

"내 돈 주고 산 거요."

"아, 알죠, 압니다. 저에겐 훌륭한 고객님이죠. 창밖에서 게임하는 걸 지켜보다가 용기를 내서 문을 두드린 겁니다. 한 명이 부족한 것 같아서요."

"밖에서 훔쳐보기까지 하셨다?"

"유괴범이라는 건 잘못된 비유였습니다. 죄송합니다. 제 아이를 다른 집으로 입양시킨 기분이라는 게 맞겠네요. 아이가 잘사는 것만 보고 돌아가려고 했습니다. 훔쳐보려고 한 건 아닙니다."

"당신이 저 게임을 만들었다는 걸 어떻게 믿습니까?"

"여러 가지 방법이 있겠죠. 게임에 나오는 도시 오십 개를 순서대로 말씀드릴 수도 있고, 보드의 정확한 사이즈를 말씀드릴 수도 있고, 미션카드에 적힌 내용을 하나도 틀리지 않고 말씀드릴 수 있습니다. 그래도 그런 건 〈헬로, 모노레일〉을 좋아하는 사람이라면 누구나 알 수 있는 거죠. 가장 확실한 방법은, 선생님과 아드님이 계속 재미없게 게임을 하는 겁니다. 그러면 저는 그걸 참지 못할 테고, 선생님이 게임을 사기 위해 지불한 돈의 오십 배를 주고서라도 게임도구를 회수한 다음 집으로 싸들고 갈 겁니다. 게임을 재미없게 하는 게 저에겐 가장 큰 모욕이니까요."

"들어오시겠소?"

"실례가 되지 않는다면요."

모노가 창밖에서 보던 것보다 방은 좁았다. 밖에서 보이지 않는 부분이 꽤 넓을 것이라고 상상했는데, 그렇지 않았다. 벽을 향해 책상이 하나 놓여 있었고, 그 옆으로 작은 옷장이 붙어 있었다. 그게 전부였다.

"안녕하세요?"

아이가 인사를 했다. 열다섯 살쯤 돼 보이는 남자아이였다. 인사하는 목소리만 들어도 성격이 밝은 아이라는 걸 느낄 수 있었다.

"아저씨가 진짜로 이거 만든 사람이에요?"

"응, 진짜야. 재미있냐?"

"네, 되게 재미있어요. 친구들이랑 자주 해요."

"다행이네. 이겨봤어?"

"제가 우리 반에서 1등이에요."

"오호, 그래? 주특기가 뭔데?"

"제 별명이 연착전문가예요."

"연착시키는 건 고급기술인데."

"반에서 1등이라니까요."

"머리가 좋은가보다. 연착기술 잘못 썼다가는 네가 오도 가도 못할 수도 있는데 말이야."

"딱 한 번 그런 적이 있긴 한데, 다른 친구가 파업카드를 쓰는 바람에 간신히 살아났어요."

"바보 같은 놈이네. 그럴 때 파업카드를 쓰다니."

아이와 모노가 이야기를 하는 동안 남자는 두 사람의 입술만 번갈아 쳐다보고 있었다. 남자에게 두 사람의 언어는 외국어나 다름없었다.

"아저씨, 우리랑 같이 게임 해요."

"그러려고 들어온 거야."

모노와 아이가 자리를 잡았다. 방안에 새로 산 게임의 냄새가 진하게 풍겼다. 종이와 플라스틱과 속임수의 냄새였다.

"이걸 만든 사람하고 게임하는 게 영광이긴 한데 말이요. 우리가 이길 가능성이 없잖아요."

남자가 말했다.

"아무래도 그렇겠죠? 속임수 카드를 안 쓰면 재미가 없을 테니, 저는 타임카드를 안 받는 걸로 하겠습니다. 그러면 비슷해질 겁니다."

"똑같이 해도 자신 있는데……"

아이가 입을 비죽 내밀며 말했다.

"좋아, 그럼 일단 똑같이 시작해볼까?"

모노의 말에 아이가 웃으며 고개를 끄덕였다.

게임은 당연히 모노와 아이가 이끌어갔다. 남자는 자신의 캐릭터였던 화이트가 처참하게 죽은 다음에야 게임의 룰을 이해했다. 아이는 블루였고, 모노는 레드였다.

"아빠 죽은 다음에도 미션카드를 계속 받아야 해."

"죽었는데, 왜?"

"죽은 사람도 게임을 계속해야 한단 말이야."

"그냥 아웃되는 게 아니고?"

"제가 그렇게 만들었습니다. 죽은 사람도 우리에게 영향을 미치니까요."

"이상한 게임이네."

"아빠는 절대 우승은 못하지만 이 아저씨가 우승하지 못하도록 나를 도와줄 수는 있단 말이야."

"모노 아저씨라고 불러."

"그래서 세 명 이상이 해야 한다는 거구나."

"아빠가 들고 있는 도시 카드에 모노 아저씨가 도착하는 순간, 연착카드를 내면 좋아. 연착카드 있어?"

"이거야?"

"거참, 부자사기단이 따로 없네요. 카드 서로 보여주면 반칙입니다."

"모노 아저씬 잘하잖아요."

"내 차례지? 합이 8 나왔고, 런던에 도착했어. 자, 그러면 폭설카드를 한번 써볼까?"

"아빠 런던카드 없어?"

"런던? 없는데?"

"아이 씨, 나는 베른에 있단 말야."

"베른에 있으면 뭐가 달라?"

"스위스에 있을 땐 폭설카드를 내면 더블 데미지란 말이야."

"꼬마야, 일단, 타임카드 하나 내놔라."

"젠장."

"너 말버릇이 그게 뭐냐. 젠장이 뭐야."

"미안. 아빠 차례야."

"이거 내면 되는 건가?"

"아빠, 그게 뭐야. 완전 망했다."

"왜? 뭐가 망한 건데?"

"아뇨. 아주, 아주, 잘하셨습니다. 간단하게 말씀드리면, 제 속임수카드에 말려드신 겁니다."

"아빠 때문에 진 거야, 이건."

아이는 아빠에게 소리를 지르면서도 즐거워하고 있었다. 아빠와 게임을 함께 할 수 있다는 것만으로 즐거워하고 있었다. 두번째 게임에서는 남자가 룰을 조금 더 알게 됐고, 아이가 좀더 즐거워했다.

"자, 어때, 아저씨는 타임카드 없이 시작해야 되지 않겠냐?"

"뭐, 그러시든지."

"하하, 완전 삐쳤구나?"

세번째 게임에서부터 이상한 일이 일어났다. 남자가 게임을 완전히 이해했고, 속임수카드를 적재적소에 활용하더니, 결국 모노를 이기고 말았다. 모노에겐 타임카드가 없었기 때문에 알면서도 당할 수밖에 없었다.

"와, 아빠 최고다!"

"아빠가 예전에 게임 좀 했다니까."

"제가 보기엔 게임을 잘하신 게 아니라 속이는 걸 잘하신 것 같은데요? 속임수전문가 아니었어요?"

"뭐, 그렇기도 했죠. 하하하."

네번째 게임 역시 남자가 우승했다. 다섯번째 게임에서는 모노에게 타임카드를 돌려주었고, 모노는 타임카드를 가지고도 간신히 우승했다. 게임은 새벽 세시까지 이어졌다. 여섯번째 게임에서는 모노가 이겼지만, 마지막 일곱번째 게임에서는 남자가 우승했다.

"이제 자야겠다. 아빠 내일 출근해야 해."

"한 판만 더 하면 안 돼?"

"안 돼."

"그래, 이 아저씨도 슬슬 가봐야겠다. 오늘 즐거웠습니다."

"아뇨, 게임을 만든 분과 직접 플레이를 하다니, 우리가 영광이죠."

"꼬마야, 이거 선물이다. 받아."

모노는 아이에게 상아주사위를 건넸다. 그래야 한다는 생각이 들었다. 자신에게보다 아이에게 상아주사위가 더 필요할 거라는 생각이 들었다. 아이는 두 손으로 주사위를 꼭 쥐며 기뻐했다.

모노는 오랜만에 즐거웠다. 〈헬로, 모노레일〉 게임을 오랜만에 한 탓도 있겠지만, 난생처음 보는 사람들과의 게임이라서 더욱 즐거웠다. 모노는 남자와 연락처를 교환했다. 남자의 이름은 주용만이었다. 모노는 주용만에게 업그레이드판 〈헬로, 모노레일〉이 나오면 꼭 보내주겠다는 약속을 했다. 아이의 이름은 주지찬이었다.

주지찬은 모노와 함께 게임을 한 그날로부터 육 년 후 모노를 우연히 다시 만났을 때도 상아주사위를 주머니에 넣어두고 있었다.

주지찬은 단 한순간도 상아주사위를 주머니에서 빼놓고 다닌 적이 없었다. 혹시 잃어버릴까봐 게임을 할 때도 절대 그 주사위를 쓰지 않았다. 주지찬은 상아주사위가 자신을 지켜준다고 믿었으며 행운의 부적이라고 여겼다. 어쩌면 주지찬의 믿음이 옳은 것인지도 몰랐다. 주지찬에게 상아주사위를 건네준 다음부터 모노에게 불행이 몰려온 것은 어쩌면 우연이 아닐지도 몰랐다.

8. 주사위의 반대쪽 면

유럽 여행 구 일째, 로마의 테르미니 역에서 모노는 가방을 몽땅 털리고 말았다. 기차가 역으로 들어오는 모습을 소형 캠코더로 찍는 동안 옆에 두었던 가방이 순식간에 사라졌다. 모노는 얼른 재킷 안주머니를 확인했다. 다행히 지갑은 거기 있었다. 지갑 속 여권도 그대로였다. 바짓주머니에도 손을 넣어보았다. 소형 녹음기와 휴대전화기도 있었다. 모노는 가방에 뭐가 들어 있었는지 기억을 더듬었다. 아니, 가방에 뭐가 들어가 있었는지는 다음 문제였다. 이틀 전 피콰드로 매장에서 산 오렌지색 가죽가방이었다. 오랜만에 마음에 드는 가방을 만났다고 생각했는데 이틀 만에 잃어버린 게 짜증이 났다.

가방 속에는 노트가 있었고, 거기에는 게임 아이디어를 적어두었다. 그거야 다시 생각하면 되는 거였고, 아이팟, 가방 속에 아이팟이 들어 있었다. 음악들. 음악들이야, 뭐, 다시 사면 그만이었다. 아이팟 속에 어떤 음악들이 들어 있었는지 헤아려보았다. 십 년 동안 모아온 음악들이었다. 듣고 또 들었던 음악들이었다. 문득 오히려 홀가분했다. 십 년 동안 버리지 못했던 음악들을 이제야 버리게 됐구나 싶었다. 그래도 다시는 구하지 못할 음악들이 있을 것 같기도 했다. 주변을 둘러보았지만 그곳에서 가방을 찾긴 불가능해 보였다.

모노는 머리를 세게 흔들고, 2층의 카페로 들어갔다. 2층 카페에서는 기차가 역으로 들어오는 모습이 한눈에 보였다. 모노는 커피를 주문한 후에 다시 한번 가방을 생각했다. 선사시대의 주사위가 무려 네 페이지에 걸쳐 그려져 있던, 박물관에서 30유로나 주고 산 자료집. 자료집에는 이런 말도 적혀 있었다.

주사위 게임의 기본 법칙은, 승부에 집착하지 않는 사람이 이긴다는 것이다. 그러므로 주사위 게임에서 이기려면 진정으로 지고 싶다는 마음을 가져야 한다. ―로버트 그레이브스

모노는 그 말이 마음에 들었다. 모노는 주머니 속 주사위를 만지작거렸다. 상아주사위는 아니었다. 상아주사위를 다른 사람에게 주고 나자 손이 너무 심심해져서 새로 산 주사위였다. 상아주사위만큼은 아니어도 손으로 만졌을 때 감촉이 좋았다. 모노는 주사위를 만지며 수를 추측했다. 그 말이 맞는 말인지 생각했다. 승부에 집착하지 않는 사람이 이긴다는 말. 지고 싶다는 마음. 그런 게 가능할까. 모노는 그런 게 가능하지 않다 해도 그런 말이 이 세상에 있다는 게 마음에 들었다. 그런 말이 이 세상에 있다는 건, 적어도 그런 가능성을 생각하는 사람이 있다는 것이다. 모노는 상상할 수

없는 마음이지만, 그런 마음이 있다는 게 좋았다.

모노는 주사위를 만지작거릴 때마다 엄지와 검지로 주사위의 양쪽을 잡았다. 주사위의 균형이 좋았다. 1의 반대쪽에는 6이 있고, 2의 반대쪽에는 5가 있고, 3의 반대쪽에는 4가 있다. 어떻게 만지든 일곱 개의 굴곡이 느껴진다는 게 좋았다. 주사위를 만질 때마다 세상은 공평하다는 생각이 들었다. 어쩌면 승부에 집착하지 않는 사람이 이긴다는 것도 그런 의미일지도 모른다고, 모노는 생각했다. 욕망을 1 정도 가진 사람에게 6이 오고, 욕망이 3인 사람에게는 4밖에 주어지지 않는다는 뜻인지도 모른다고, 모노는 생각했다.

2층 카페에서 막 일어서려는데 전화가 걸려왔다. 회사 번호였다. 경리과 과장에게서 걸려온 전화였다.

"어쩐 일이에요?"

"사장님, 큰일났습니다."

"무슨 일인데요?"

"부사장님이 연락이 안 돼요."

"연락이 안 되다뇨?"

"회사 이름으로 돈을 좀 빌린 모양인데요. 연락이 안 됩니다."

"그게 무슨 소리예요? 언제부터 연락이 안 되는데요?"

"그저께부터 휴대전화기가 계속 꺼져 있습니다."

모노의 눈에 잃어버린 가방이 들어왔다. 역 1층 화장실 앞에 두 남자가 서 있었고, 그들이 오렌지색 가방을 들고 있었다. 멀어서 정확히 보이지는 않았지만 색과 크기는 잃어버린 가방과 거의 똑같았다.

"내가 바로 전화할게요."

모노는 전화를 끊고 커피 값을 탁자에 놓은 다음 뛰어나갔다. 뛰어가면서 고우창을 생각했다. 고우창에게 무슨 일이 생긴 것일까, 생각했다. 별일 아닐지도 몰랐다. 가방을 찾고 나서, 가방 속에 든 물건들이 모두 그대로인 걸 확인하고 나서, 회사로 전화를 걸면, 사장님, 걱정 마세요, 방금 부사장님과 통화가 됐습니다, 괜한 일로 전화해서 죄송합니다, 라는 말을 듣게 되지 않을까 생각했다. 만약 세상이 공평한 거라면, 둘 중 하나는 좋은 소식이고 하나는 나쁜 소식이어야 한다면, 주사위의 반대쪽 면은 늘 공평한 것이라면, 고우창에 관한 소식이 잘못된 것이길 바랐다. 가방쯤이야, 다시 사면 그만이었다. 모노는 계단을 내려오자마자 화장실 쪽으로 온 힘을 다해 뛰었다.

9. ∫

고우인은 열다섯 살 때 모노를 처음 본 후 곧바로 사랑에 빠졌다. 길 가던 남자에게 사랑을 느끼는 것은 고우인에게 흔한 일이었지만—두 달에 한 번꼴로 생전 처음 보는 사람과 사랑에 빠져 혼자서 허우적대다가 일주일쯤 지나면 언제 그랬냐는 듯 현실로 되돌아왔다—모노를 향한 감정은 평소와 달랐다. 모노를 사랑하게 된 이후로 다른 남자는 거들떠보지도 않게 됐으니까.

모노가 고우창을 만나러 오는 일요일 아침이면 고우인은 자신의 방에 틀어박힌 채 아무것도 하지 않았다. 방문에 등을 기대고 앉아 창밖의 구름이 어떤 형태로 바뀌는지, 얼마나 자주 바뀌는지, 하늘의 색은 몇 가지가 더해진 것인지, 어떤 색을 섞어야 저런 하늘빛을 만들 수 있을지를 생각하며 모노가 오길 기다렸다. 문밖에서 모노의 인기척이 들리면 고우인은 순간적으로 숨을 멈추었다. 숨을 멈추면 자신이 투명인간으로 변하는 것 같은 기분이 들었고, 아무 소리도 내지 않고 모노를 향해 다가갈 수 있을 것 같았다. 모노와 고우창이 집을 나서는 기척이 들리면 고우인은 창가로 뛰어가서 모노를 훔쳐보았다. 고우인은 모노의 모습을 더 잘 보기 위해(고우인의 방은 3층이었다) 칼 차이스 예나의 쌍안경을 구입했는데, 모노의 이마에 난 솜털까지도 또렷하게 들여다보였다. 고우인은 쌍안경으로 모노를 마음껏 요리했다. 쌍안경 속에서 가깝게 보이던 모노가, 쌍안경을 뒤집으면 순식간에 멀어졌다. 다시 뒤집으면 순식간에 휙, 다가왔다. 고우인은 동전을 뒤집듯 쌍안경을 계속 뒤집으면서 모노를 멀리 보냈다가 코앞으로 당겼다가 다시 멀리 보냈다가 다시 당겼다. 모노를 훔쳐보는 시간이 많아지면서 쌍안경을 뒤집는 고우인의 실력도 점점 좋아졌고, 쌍안경을 뒤집을 때 생기는 바람으로 얼굴을 시원하게 할 수도 있었다. 쌍안경으로 바람을 일으키면 고우인의 머리카락이 흩날렸고, 머리카락에 감춰진 흉터가 드러났다.

열다섯 살 때까지만 해도 고우인은 자신의 흉터가 언젠가는 사라질지도 모른다는 환상을 품고 살았다. 푹 자고 일어난 어느 날 아침 흉터가 감쪽같이 사라질지도 몰랐고, 흉터를 살짝 문지르기만 해도 새살이 돋아나는 지우개가 개발될지도 몰랐고, 나이가 들고 살이 찌면 흉터가 살에 파묻힐지도 모른다고 생각했다. 그러나 흉터는 늘 똑같은 크기로 언제나 그 자리에 있었다. 흉터는 절대 사라지지 않는다는 사실을 통해 고우인은 조금씩 인생을 배워나갔다.

왼쪽 관자놀이께에서 시작돼 귀를 감싸고 목까지 이어지는 기다란 흉터는 아홉 살 때 생긴 것이었다. 미용실 일 때문에 바빴던 어머니 대신 아버지 고갑수가 아이들을 돌보았는데, 지구의 에너지와 환경과 시스템을 연구하느라 바빴던 고갑수는 아이들을 방치해 두었고, 고우인과 고우창은 넓지 않은 집안 곳곳을 뛰어다니며 신나게 놀았다.

운명이 고우인을 괴롭히기로 마음먹은 바로 그날, 혼자 베란다에서 놀던 고우인은 세탁기가 놓여 있던 자리에서 벌떡 일어서다(고우인은 누군가 자신을 부르는 목소리를 들었다고 했지만 그녀를 부른 사람은 아무도 없었다) 벽에 튀어나와 있던 못에 얼굴이 패었다. 부스러져 날카롭던 못 머리는 고우인의 뺨을 파고들어가 얼굴을 긁고내려간 다음 턱을 거쳐 목까지 다다랐다. 순식간에 벌어진 일이었다. 처음에는 고우인 자신도 상처가 깊은 줄 몰랐다. 빨간 피가 바닥에 튀었다. 고우인은 피를 보고서야 울음을 터뜨렸다. 일 분 동안 아무도 고우인의 울음소리를 듣지 못했다. 고우창은 학원에 가 있었고, 아버지 고갑수는 자신의 서재에서 책을 읽고 있었다. 딸의 울음소리를 언뜻 들은 것 같기도 했지만 크게 신경쓰지 않았다. 고우인의 울음소리가 점점 커져 창문을 모조리 박살내버릴 것 같은 비명으로 바뀌고 나서야 고갑수가 방에서 뛰어나왔다. 베란다 배수구로 빨간 핏물이 빠져나가고 있었다. 피가 아닌 붉은 옷뭉치가 바닥에 떨어진 것 같았다. 고갑수는 고우인을 업고 집에서 가장 가까운 병원으로 달렸다. 고갑수 등이 점점 피로 붉게 물들었다.

여러 가지 경우의 수가 있었다. 고갑수가 조금만 더 일찍 고우인의 울음소리를 들었더라면 어떻게 됐을까. 고갑수가 좀더 큰 병원에 가서 아이의 수술을 받게 했으면 어떻게 됐을까. 동네 병원의 닥터 강이 "저는 꿰매는 건 별로입니다. 일단 응급처치만 하고 큰 병원으로 갑시다"라고 했다면, 그래서 엉터리 같은 수술 실력을 발휘할 기회가 없었다면 어떻게 됐을까. 하다못해 꿰매는 동안 고우인이 조금만 덜 움직였다면 어떻게 됐을까. 수많은 경우의 수에도 불구하고 고우인에게 당첨된 현실은 최악이었다. 고우인의 얼굴에는 평생 지울 수 없을 듯한 꾸불꾸불한 흉터가, 이수진의 마음에는 딸을 제대로 돌보지 못했다는 죄책감이 남게 됐다. 고갑수의 마음 한편에도 묵직한 돌덩어리가 쇠사슬로 친친 감긴 채 가라앉았지만 겉으로 내색하지는 않았다. 녹슨 못 머리가 마치 살아 있는 생명체처럼 꿈틀거리며 그녀의 얼굴과 몸을 훑어내려갔지만 동맥을 건드리지 않은 것은 천만다행이라고, 서로를 위로했다.

고우인은 머리를 길러서 흉터를 가렸다. 머리를 기르면서 그녀의 삶에 변화가 생겼다. 바람 부는 날을 가장 싫어하게 됐고, (우산을 써서 얼굴을 가릴 수 있다는 이유로) 비 오는 날을 제일 좋아하게 됐으며, 이야기할 때 사람의 눈을 제대로 쳐다보지 못했다. 눈을 보고 얘기하면 상대방의 눈빛이 흉터에 와 고정되는 것 같았다. 사고를 당하기 전까지만 해도 고우인은 자신이 한 번도 못생겼다고는 생각해본 적이 없었고, 주위 사람들 역시 그녀를 두고 아빠를 닮아 예쁘다고 자주 얘기하곤 했었지만, 우연한 사건 하나가 고우인의 삶을 완전히 뒤바꾸어놓았다.

하느님은 가끔 실수를 하긴 하지만 그런대로 공평하신 편이어서 하나를 빼앗아갈 때마다 뭔가 하나를 주고 가신다(고우인의 경우에는 너무 큰 걸 빼앗아가긴 했다). 대학 시절 고우인이 '동네 디자이너'로 명성을 드높일 수 있었던 가장 큰 이유는 사고 후 달라진 그녀의 성격 덕분이었다.

사람들과 눈을 제대로 맞추지 못하던 고우인은 길을 걸을 때나 버스를 기다릴 때나 남들이 잘 보지 않는 곳에다 시선을 고정시키곤 했다. 고우인에게는 아무도 주목하지 않는 곳을 볼 수 있는 초능력이 생겼고, 버스정류장 벤치 뒤편의 낙서나 철물점 간판 한 귀퉁이에 달라붙은 벌레의 시체, 분식점 메뉴판 뒤페이지, 비디오대여점 텔레비전 아래쪽에 붙어 있는 전원 버튼이나 중국집 전단의 맨 아래쪽에 그려진 기묘한 문양 등을 모조리 기억할 수 있게 됐다. 고우인은 자신의 붉은색 스프링노트에다 매일 한 개씩 사소한 장소의 이야기를 적어나갔다.

스프링노트 하나가 비밀로 가득 찼을 때 고우인은 사소한 장소들에다 자신만의 비밀을 만들기로 마음먹었다. 아무도 눈치채지 못할 곳, 평생 한 사람도 찾아내지 못할 비밀의 장소에 그림이나 글을 새겨넣었고, 비밀의 장소를 찾아 헤매다보니 동네의 모든 곳들을 구석구석 알게 됐다. 고우인은 어느새 동네 장소 전문가가 되어 있었다.

고우인이 삼 년 동안 만들어낸 자신의 작품 중 가장 좋아했던 것은, 동네 어린이 놀이터의 미끄럼틀 뒷면에다 적어놓은 글이었다. 아이들에게는 너무 높아서 볼 수 없는 위치였고, 어른들에게는 관심 없는 장소여서 보이지 않는 위치였다. 고우인은 동네 산책을 하다가끔 미끄럼틀 뒤로 들어가서 자신이 쓴 글을 노래 부르듯 읽었다.

반질반질, 미끈미끈, 미끄러지는 얼음, 스르르, 파르르, 부들부들 미끄럽고, 부럽고 부끄러워

고우인은 그 글을 읽을 때마다 미끄럼틀을 타는 기분이었다. 부럽고 부끄러워, 라는 대목을 읽을 때는 정말 얼굴이 빨개졌다.

고우인의 동네 디자이너 데뷔 작품은 분식집 '지상에서 천원으로'의 주인인 한형준의 부탁으로 만들어진 것이었다. 한형준은 혼자 떡볶이나 라면을 먹으면서 낙서에 몰두하는 고우인을 눈여겨보다가, 분식집 메뉴판을 부탁하게 됐다. 고우인이 고등학교 3학년 때였다.

"제가요?"

"너라면 예쁘게 만들 수 있을 것 같은데……"

"자신 없는데요."

"자신이 뭐가 필요해. 너 평소에 낙서하던 대로 그냥 하나 만들면 되지."

"메뉴판을 그렇게 대충 만들어요?"

"너 하던 대로만 하면 대충이 아니야."

"자신 없는데요."

"일단 해봐. 내가 떡볶이랑 라면 한 달 무료식사권 줄게."

"마음에 안 들면 바로 말씀하세요."

"마음에 들 거야. 내가 네 실력을 좀 알아."

고우인은 그날부터 아이디어를 짜기 시작했다. 영화 〈지상에서 영원으로〉를 패러디해서 분식집 상호를 만든 주인 아저씨의 취향

을 고려한다면 영화와 분식을 접목하면 좋을 것 같았다. 영화 제목을 이용해 메뉴를 짜보기도 했고, 메뉴판 전체를 시나리오처럼 만들어보기도 했고, 유명 영화배우들을 메뉴판에다 그려넣기도 했다. 고우인은 여섯 개의 메뉴판 샘플을 보여주었고, 한형준은 오래된 영화의 명장면이 곳곳에 들어가 있는, 고우인이 가장 평범하다고 생각했던 메뉴판을 선택했다.

"마음에 들어."

"정말요?"

"그래. 내 평생 이렇게 예쁜 메뉴판은 본 적이 없다."

한형준은 진심으로 메뉴판이 마음에 들었다. 새로운 메뉴판을 가게에 놓아둔 다음날부터 이상한 일이 벌어졌다. '지상에서 천원으로'에 손님이 몰려들기 시작했고, 라이벌 관계에 있던 분식집 '패스트, 패스트'가 갑자기 문을 닫았다. 라이벌 가게가 문을 닫은 게 먼저인지, '지상에서 천원으로'에 손님이 몰린 게 먼저인지 분간하기 힘들 정도로 동시에 일어난 일이었다. '패스트, 패스트'가 문을 닫은 사정은 주변 사람들 아무도 몰랐다. '지상에서 천원으로'의 한형준은 새로운 메뉴판 때문에 행운이 찾아온 것 같다는 이야기를 동네 사람들에게 했고, 귀가 얇은 몇몇 동네 사람들은 고우인에게 메뉴판이나 전단지를 주문하면 자신의 가게에도 행운이 찾아올 것이라는 믿음을 갖게 됐다.

'지상에서 천원으로'의 경우처럼 갑작스런 행운을 맞은 가게는 다시 없었지만 동네 사람들은 고우인에게 일을 맡기는 걸 좋아했다. 고우인은 디자인 비용을 받지 않았고, 오직 물물교환 방식으로

만 일을 했는데, 모두들 그 방식을 좋아했다. 분식집에서는 메뉴판 디자인비로 한 달 무료식사권을 주었고, 철물점에서는 간판 디자인비로 고우인의 집에 최신형 디지털 번호키 자물쇠를 달아주었으며, 헬스클럽에서는 전단지 카피와 디자인 비용을 돈으로 내는 대신 고우인의 집을 방문해 한 달간 주 2회 가족들에게 무료로 요가를 가르쳐주었다.

동네 사람들이 고우인의 작업을 좋아하게 된 이유는 또 있었다. 고우인이 쓰는 문장들은 어딘지 모르게 특별했고, 생소했다. 말이 되는 것 같으면서도 엉터리였고, 엉터리라고 하기에는 매력적이었다. 똑같은 내용을 표현해도 고우인이 쓰는 문장은 외계인의 언어 같았다.

90일만 달려요, 저울이 변신해요.

헬스클럽 전단지에 적힌 문장을 보고 사람들은 의아했다. 왜 하필 구십 일일까. 어째서 세 달이 아니라 구십 일이라고 했을까. 달리기는 사람이 하는데 무슨 일로 저울이 변신하는 것일까. 저울추가 변하는 것도 아니고 저울이 변신하다니! 이것은 혹시 사람들이 모두 집으로 돌아가고 난 밤이면 저울이 로봇으로 변신하는 헬스클럽을 홍보하는 것이 아닐까.

모호한 문장을 읽으면서, 사람들은 연신 고개를 갸웃댔지만 자신도 모르는 사이에 그 문장에 중독됐다. 달리기를 하는 사람도, 저울에 올라서는 사람도, 옆에서 지켜보는 사람도, 헬스클럽의 직원들도, 속으로 그 문장을 주문처럼 되뇌었다.

"90일만 달려요, 저울이 변신해요."

고우인은 동네 곳곳의 간판과 메뉴판과 전단지를 자신의 문장과 그림으로 채워넣었다. 크지 않은 동네였으므로 어딜 가도 고우인의 손길이 닿지 않은 곳이 없게 됐고, 고우인은 동네에서 유명인사가 됐다.

고우인이 자신의 작품에다 서명을 남긴다는 사실을 아는 사람은 아무도 없었다. 대단한 그림도 아니고, 간판이나 메뉴판에 작가의 서명을 남기는 게 일반적인 것은 아니니까 그런 비밀을 알아챌 수가 없었다. 비밀의 장소 전문가답게 고우인은 서명도 잘 보이지 않는 곳에다 적어넣었는데, 몇몇 사람들은 간판이나 전단지에 이물질이 묻은 것이라고 생각하기도 했다. 고우인의 서명은 이런 모양이었다.

$\int$

"이게 뭐지? 볼펜 똥이 묻은 건가?"

"무슨 글자 같지 않아?"

"에이, 무슨 소리야. 여기에 글자가 있을 이유가 없잖아. 뭐가 묻은 거지."

"다시 해달라고 할까?"

"이거 때문에? 야, 무슨 전단지 만들어서 디자인상 받을 일 있냐. 올해의 전단지상, 이런 거라도 주냐. 대충 하자."

"찜찜하잖아."

"디자인비도 안 주면서 뭐가 찜찜해. 그냥 써. 사람들은 아무도 이런 거 신경 안 써."

사람들은 정말 신경쓰지 않았다. 대부분은 거기에 글자가 있다는 걸 보지 못했고, 보았다고 해도 인쇄 중에 뭐가 묻은 정도로만 생각했다.

고우인은 열다섯 살 때 모노를 처음 만난 이후로 자신만의 서명을 쓰게 됐다. 고우인은 모노를 처음 만난 순간을 한 번도 잊어본 적이 없다. 고우창과 친해진 모노가 집으로 놀러 온 것은 무더운 8월, 일요일 오후 다섯시였다. 교회 예배가 끝난 후 고우창과 함께 집으로 온 모노는 고갑수와 이수진에게 인사를 했다. 고우창이 집으로 친구를 데리고 온 적이 한 번도 없었기 때문에 두 사람 모두 모노를 반겼다. 잘생긴데다 예의바르고 공부도 잘하는 모노를 좋아하지 않을 수 없었다.

그 순간 고우인은 오빠가 친구를 데리고 온 줄도 모른 채 욕실에서 세수를 하고 있었다. 낡아빠진 반바지를 입고 머리는 아무렇게나 묶은 채 얼굴을 씻고 있었다. 끝이 노랗게 익은 여드름을 열여섯 개나 짜고 난 다음이었다. 아무리 터뜨려도 끝이 나질 않아. 얼굴이 뒤죽박죽이야. 이런 푸념을 하면서 오랫동안 여드름을 짰고, 발갛게 변한 얼굴을 꼼꼼하게 씻었다. 욕실에서 나오는 순간 고우인은 모노를 보고 너무 놀라 소리를 지를 수도 없었다. 낯선 남자가 거실 소파에 앉아 자신을 보며 웃고 있었다. 고갑수와 이수진은 저녁 모임 때문에 밖으로 나간 후였고, 고우창은 잠시 자신의 방에 들어가 있을 때였다.

"안녕?"

모노가 어색하게 손을 들며 말했다.

"누, 누, 누구세요?"

고우인은 욕실 문 손잡이를 붙든 채 되물었다.

"나? 우창이 친구."

"친구요? 우리 오빤 그런 거 없는데."

"친구 된 지 얼마 안 됐어."

"오빤 어디 있어요?"

"방에 뭐 가지러 갔어. 네가 우인이지?"

"네."

"반가워."

"아, 예."

"너 그거 되게 특이하다."

모노가 웃으며 고우인의 얼굴을 가리키며 말했다.

"뭐가요?"

고우인이 얼굴을 만지며 물었다. 그제야 자신의 머리가 묶여 있다는 걸 깨달았다. 줄을 풀고 머리를 풀어내려 흉터를 가렸다.

"꼭 바이올린 같아."

모노는 손가락으로 허공에 에프자의 곡선을 그렸다. 모노가 손가락으로 그린 궤적을 고우인의 상처에 대면 꼭 들어맞을 것 같았다.

"예?"

"바이올린 보면 에프홀이라고, 구멍 있잖아. 그거 같아. 되게 멋있다."

"뭐가요?"

"꼭 문신한 거 같잖아. 바이올린 문신. 난 나중에 크면 꼭 얼굴에다 문신할 거야."

"왜요?"

"멋지잖아."

방문이 열리고 고우창이 거실로 나왔다.

"어, 너 집에 있었냐?"

고우창이 고우인에게 물었다.

"응, 아까 들어왔어."

"너 화장실 들어가는 길이냐, 나오는 길이냐? 아니면 문 뜯어내는 중이냐?"

고우창이 퉁명스럽게 말했다.

"들어가든 나오든 무슨 상관이야. 친구 데리고 올 거면 얘길 하든가. 깜짝 놀랐잖아."

고우인은 욕실 문을 거칠게 닫고 자신의 방으로 들어갔다. 가슴이 쿵쾅거렸다. 고우인은 거울을 들여다보았다. 흉터가 보였다. 정말 바이올린 같았다. 흉터에 손가락을 대고 아래로 훑어내려갔다. 에프. 날렵하고 부드럽고 미끈한 에프. 정말 에프자랑 비슷해 보였다. 거실에서 모노의 목소리가 들리자 왠지 가슴이 두근거렸다. 모노의 얼굴을 한번 더 보고 싶었지만 나가기엔 조금 창피했다.

그날 이후로 모노와 고우인이 얼굴을 맞대고 얘기한 것은 몇 번 되지 않았다. 고우창과 모노의 졸업식 날 함께 저녁을 먹은 것과 모노가 집으로 놀러 왔을 때 스치듯 지나치면서 한두 마디 주고받은 게 전부였다. 〈헬로, 모노레일〉의 성공을 기원하는 파티 때 밤새 술을 마시면서 꽤 친해지긴 했지만 두 사람 사이에는 언제나 묘한 긴장감이 감돌았다. 고우인은 조금 떨어져서 모노를 좋아하고 싶었다.

대학을 졸업한 고우인은 동네 디자이너 출신이라는 적성을 살려 유명한 디자인 사무실에 취직했지만 두 달도 채우지 못하고 그만두었다. 디자인 사무실에서는 완벽한 디자인을 원했지만, 고우인은 그러고 싶지 않았다. 고우인이 보기에 그들이 원하는 완벽한 디자인이란, 허점이 없는 디자인이었고, 허점이 있더라도 그 허점을 교묘하게 가린 디자인이었다. 고우인은 취직을 포기하고 엄마를 돕기로 마음먹었다.

동네 디자이너 고우인과 동네 전략가 이수진은 그들 최고의 작품 '엄마머리' 메뉴판을 탄생시켰다. 고우인에게 '엄마머리' 만큼 적성에 맞는 직장은 없었다. 그녀는 전국을 돌아다니면서 '엄마머리' 체인점을 관리했다. 그녀만큼 이 일을 잘할 사람은 없었다. 그녀는 동네 전문가였다. 그 동네에 '엄마머리' 가 필요한지 아닌지, 만약 필요하다면 어떤 위치에 있는 게 좋을지, 메뉴판은 어떻게 만들면 좋을지, 고우인은 직감했다.

모노에게 전화가 걸려왔을 때 그녀는 바다를 끼고 있는 작은 동네를 살펴보고 있었다. 동네의 느낌이 어떤지, 어떤 가게가 필요한

지, 동네 구석구석에 어떤 작은 비밀들이 숨어 있는지를 살펴보는 중이었다.

"엇, 오빠."

"지금 통화할 수 있어?"

"응, 유럽 출장중 아니었나?"

"지금 로마야."

"뭐야, 자랑해?"

"아니, 우창이가 연락이 안 된대."

"어디서 놀고 있겠지."

"전화기가 꺼져 있어. 회사에서 전화가 왔는데, 오늘 중요한 계약이 있는데 그저께부터 연락이 안 된대. 뭐 아는 거 없어?"

"나도 출장중. 우리 엄마나 아빠한테 전화해봤어?"

"아빠는 전화 안 받으시고, 엄마한텐 아직 안 했어. 걱정하실까 봐. 네가 해봐줄래?"

"그래."

고우인은 전화를 끊었다. 고우인은 음료수를 사서 슈퍼마켓 앞에 펼쳐진 하얀색 파라솔 아래 앉았다. 음료수를 마셔도 마른 목구멍은 시원해지지 않았다. 할 수만 있다면 스프레이 같은 걸로 마른 목구멍 구석구석에다 뿌려주고 싶었다.

고우창에게 전화해보았다. 전화기가 꺼져 있었다. 고갑수에게 전화해보았다. 고갑수의 전화기도 꺼져 있었다. 저녁 일곱시, 전화를 거절하기엔 이른 시간이었다. 고우인은 엄마에게 전화를 걸었다.

"엄마, 나야."

"끝났어? 동네 분위기 어때?"

이수진이 대뜸 일 얘기부터 물었다.

"뭐, 그냥저냥."

고우인이 대답했다.

"안 올라와?"

"가야지."

"간 김에 그 옆동네도 훑어보고 올래?"

"그러지 뭐."

"왜 전화했어?"

"별일 없어?"

"무슨 일?"

"아무 일이나."

"일 생기면 좋냐? 별일 없어야지."

"별일 없으면 다행이고."

"왜, 뭔 말을 들었는데?"

"오빠는 뭐해?"

"출장 간다던데."

"아빠는?"

"우창이가 아빠 모시고 같이 간댔어. 왜? 뭔 일이야?"

"아냐, 그냥. 둘 다 전화기가 꺼져 있어서."

"일하고 있겠지. 걱정도 팔자시다."

"오빠가 웬일이래? 아빠를 모시고 출장을 다 가고?"

"그러게. 둘이 이제 좀 친해지려나보지. 전부 출장 보내고 나 혼자 편히 지내니까 배 아프냐?"

"엄마도 참. 밥은 잘 챙겨 먹어?"

"사 인분 만들어서 나 혼자 배 터지게 먹고 있어."

"좋겠네. 배 터지게 잘 먹어."

"그래, 너 돌아올 때쯤이면 엄마 배 터졌을 테니까, 살살 잘 꿰매라."

"더럽게."

"더럽긴 뭐가 더러워. 더 더러운 얘기 해줄까?"

"엄마, 끊어."

이수진은 낄낄거리면서 전화를 끊었다. 고우인은 두 남자가 전화를 받지 않는 이유를 생각해보았다. 엄마와 상관없는 일이라는 건 분명했다. 정말 출장을 간 것이라면 회사에서 모를 리 없었다. 고우인은 파라솔 아래에서 손으로 흉터를 훑으며 생각했다. 손으로 흉터의 흔적을 더듬다보면 아무리 어려운 문제라도 해결책이 떠올랐다. f자 흉터는 바이올린의 홈통처럼 머릿속에 든 생각을 밖으로 끄집어내주었다. 하지만 이번에는 답이 떠오르지 않았다. 모르는 게 너무 많았다. 고우인은 모노에게 전화를 걸었다. 모노라는 이름만 보아도 여전히 가슴이 떨렸다.

10. 11 44

모노는 호텔 침대에 앉아 칼자국 때문에 너덜너덜해진 피콰드로 가방을 손으로 매만졌다. 가방의 칼자국들은 운이 나빴을 경우 모노의 몸에 생길 수도 있었다. 모노는 자신의 몸에 수십 개의 칼자국이 생기는 장면을 상상해보았다. 가죽에 금이 가듯 자신의 몸에 얇은 칼자국이 생기고, 그 사이로 빨간 피가 배어나오는 장면, 마른 수건으로 닦아내고 닦아내도 피는 계속 새어나와서 결국엔 온몸이 빨갛게 변하는 장면을. 상상을 하는 것만으로도 머리가 어질어질했다.

피콰드로 가방을 발견하고 화장실 앞으로 뛰어갔을 때 두 남자는 가방에 든 물건을 확인하고 있었다. 가방 속에 별게 들어 있지 않았고, 피콰드로 가방 역시 생각만큼 비싼 모델이 아니었기 때문에 두 남자는 서로의 얼굴을 바라보면서 자신들의 불운을 한탄하고 있었다. 그때 모노가 숨을 헐떡이며 나타났다. 두 남자는 모노가 가방의 주인임을 직감하고 자리를 피하려고 했지만 뒤로 물러설 곳이 없었다.

"내 가방이야."

모노가 가방을 가리키며 말했다.

"그래서 뭐?"

키가 작은데다 목까지 짧은 남자가 턱을 앞으로 내밀며 말했다.

"가방을 줘."

모노의 목소리는 작았다. 숨이 차고 침이 흘러 큰 소리를 낼 수 없었다.

이번엔 키가 크고 이목구비가 훤칠하여 영화배우라고 해도 믿을 정도로 잘생긴 남자가 갑자기 주머니에서 칼을 꺼내들었다. 도시 한복판에서 벌어지는 일이라고 하기엔 너무 비현실적이어서 길을 지나던 사람들은 영화를 찍고 있는 줄 알았다.

남자가 꺼내든 칼은 손잡이가 반질반질한 것이 오랫동안 과일이나 깎아 먹었을 것 같은 잭나이프였지만 그래도 칼날이 서 있어서, 모노는 한 걸음 뒤로 물러섰다. 모노가 물러서자 남자가 잭나이프로 가방을 찢으며 앞으로 걸어나왔다. 주위 사람 몇몇이 남자를 보고 소리를 질렀다. 잭나이프가 날카롭지 않아서 가방은 찢어진다기보다 뜯어졌는데, 그것 때문에 오히려 더 폭력적으로 보였다. 가방이 찢어지는 모습을 보며 모노의 가슴도 찢어지는 것 같았지만 아무것도 할 수 있는 게 없었다. 사람들이 물러서고 탈출할 공간이 생기자 두 남자는 모노를 향해 가방을 집어던지고는 달리기 시작했다. 모노는 조용히 가방을 주웠다. 여기가 한국이었다면 큰 소리로 주변 사람들에게 도움을 청하거나 경찰을 불렀을 테지만, 그래봤자 아무 소용도 없으리라는 걸 알고 있었다. 그제야 낯선 나라에 와 있다는 실감이 났다. 주변 사람들은 아무 일 없었다는 듯 곧바로 현실로 돌아갔고, 모노는 자리에 주저앉아 울고 싶었지만 간신히 몸을 추슬렀다. 무릎이 꺾였고, 발바닥이 아팠다. 모노는 가방을 챙겨들고 자리를 벗어났다. 게임 아이디어 노트와 박물관에서 산 자료집은 들어 있었지만 아이팟은 사라지고 없었다. 아이팟은 없어도 그만이라고 생각했다. 아이팟에 들어 있는 노래들은 사라져도 그만이라고 생각했다. 애써 마음을 억누르고 억누를수록 서러운 감정이 배에서 가슴으로, 가슴에서 목구멍으로 밀려올라왔다. 모노는 찢어진 가방을 들고 호텔을 향해 걸었다. 거리의 모든 사람들이 자신을 비웃는 것 같았다. 빨리 호텔에 도착하지 못하면 그대로 울음을 터뜨릴지도 몰랐다. 그러고 싶지는 않았다.

모노는 곧장 호텔로 돌아와 문을 잠갔다. 모노는 고우창에게 전화를 걸었다. 전화기는 꺼져 있었다. 고갑수의 전화도 꺼져 있었다. 경리과 과장의 휴대전화기로 전화를 걸었다.

"접니다."

"네, 사장님."

"아직 연락 없죠?"

"네, 없습니다."

"저도 전화해봤는데 꺼져 있네요."

"어제까지는 별일 아니겠거니 생각했는데, 오늘 스페인 바이어들과 계약이 있는데도 계속 전화기가 꺼져 있어서 좀 이상하다 싶었습니다. 집에 연락해볼까요?"

"아뇨, 제가 해볼게요. 계약은 어떻게 됐어요?"

"일단 사정사정해서 다음주로 미뤄놓은 상태입니다. 그리고, 사장님."

"네."

"자세한 건 조사해봐야겠지만 오억 정도가 빕니다."

"별일 아닐 겁니다. 회사에 소문내지 마시고 조용히 계세요. 제가 알아서 할게요. 참, 고이사님도 전화를 안 받던데요?"

"고갑수 이사님요? 그저께부터 휴가를 쓰셨는데요. 제가 전화해볼까요?"

"아뇨, 휴가인 줄 몰랐네요. 신경쓰지 마세요. 제가 알아보고 다시 연락드릴게요."

모노는 전화를 끊고 커튼을 쳤다. 방안이 금세 깜깜해졌다. 아무 소리도 들리지 않았다. 아무것도 보이지 않고 들리지도 않으니 다른 나라에 와 있다는 실감이 사라졌다. 지금 자신이 앉아 있는 침대가 로마에 있는 것인지 알래스카에 있는 것인지 화성에 있는 것인지 알 수 없었다. 장소가 사라지자 막막함도 사라졌다.

내가 어디에 있건 그게 무슨 상관이람.

모노는 혼잣말을 했다. 모노는 〈헬로, 모노레일〉을 만들던 때를 생각했다. 모노는 힘든 일이 있거나 마음이 울적할 때면 〈헬로, 모노레일〉을 만들던 일주일을 생각했는데, 그 시간들은 완벽한 진공의 순간이어서 생각하는 것만으로도 마음이 허공을 둥둥 떠다녔고, 생각하는 것만으로도 현실을 잊을 수 있었다. 생각만 하면 유럽 어디로든 갈 수 있었다. 생각만 하면, 어디로든 갈 수 있는데……, 침대 옆에 붙은 라디오박스에서 디지털시계가 깜빡였다. 전부터 계속 깜빡이고 있었겠지만 모노는 뒤늦게 시계를 발견했다. 숫자는 그대로인 채 두 개의 점이 계속 깜빡였다.

11:44

11 44

11:44

11 44

11:44

11 44

11:44

11 44

모노는 시계의 숫자를 한참 들여다보았다. 한참 동안 바라보았는데도 44는 45로 바뀌지 않았다. 11시 44분이 오랫동안 지속되었다. 시간을 보고, 시간을 생각하자마자 먼 우주로 날아가던 모노의 생각이 바닥으로 추락했다. 시간은 중력이 되어서 모노의 발목을 붙들었다. 이곳은 11시 44분이다. 한국은 몇시일까. 거긴 지금 어둑어둑해지고 있을 것이다. 어둑어둑해지면서 땅의 열기가 조금씩 증발하고 사람들이 집으로 돌아갈 것이다. 집으로 돌아가면서 문득 해가 지는 광경이 보고 싶어 서쪽 하늘로 고개를 돌릴 것이다.

모노는 해가 지는 광경이 보고 싶어서 온몸이 떨릴 지경이었다.

서울은 밤이지만 로마는 낮이었다. 그 명백한 사실이 낯설었다. 하늘에 계신 누군가가 인형 뽑기 박스의 크레인으로 자신을 콕, 집어서 아는 사람 한 명 없는 로마에다 툭 떨어뜨려놓은 것 같다고, 모노는 생각했다. 분명히 비행기를 타고 로마까지 왔는데 그 모든 것들이 꿈같았다. 혹시 이것은 〈헬로, 모노레일〉 게임이 아닐까. 주사위를 던져서 로마에 오게 된 것은 아닐까. 다시 주사위를 던지면 곧바로 다음 도시로 가게 되는 것은 아닐까. 모노는 주머니 속 주사위를 만지작거렸다. 모노는 주사위를 꺼내서 던져보았다. 3과 4가 나왔다. 7이면, 암스테르담으로 갈 수 있었다. 다시 주사위를 던졌다. 2와 3, 다섯 칸 앞으로 전진하면 덴마크의 코펜하겐이었다. 그렇게 빨리 한국으로 돌아가고 싶었다. 하지만 로마는 현실이었다. 꿈도 게임도 아니었다.

서울이 밤이라면 로마도 밤이었으면 좋겠다고, 모노는 생각했다. 낮과 밤이 다르다는 사실이, 친구들은 하루를 끝마치고 잠자리에 드는데 혼자 깨어 있어야 한다는 사실이 막막했다.

지구가 자전만 하지 않았더라면, 태양만 없었더라면, 이 좁은 지구에 낮과 밤이 나뉘지 않았을 텐데…… 모노는 동그란 지구를 편평하게 편 다음 태양을 향해 널어놓고 말리고 싶었다. 어머니와 아버지, 고우창, 고우인과 같은 시간을 보내고 싶었다.

"지구가 둥근 이유가 뭔지 아니?"

"이유가 있어요? 원래 둥근 거 아니에요?"

"아니지. 모든 사물의 형태에는 이유가 있는 법이야."

"왜 둥근데요?"

"외계인들의 침략을 막기 위해서야."

"네? 외계인들의 침략이랑 둥근 거랑 무슨 상관인데요?"

"지구가 둥글어야 밤과 낮이 생기고, 그래야 서로 돌아가면서 불침번을 설 수 있거든. 칠레 사람들이 잠들어 있는 동안 한국 사람들이 불침번을 서고, 미국 사람들이 잠자는 동안 러시아 사람들이 불침번을 서는 거지. 지구가 사각형이거나 오각형이라고 생각해봐라. 자전하는 동안 보안의 사각지대가 생기지 않겠니. 지구가 종이처럼 편평하다고 생각해봐라. 와, 정말 생각만 해도 끔찍하지 않니? 지구가 종이 같은 모양이었다면 아마 인류는 오래전에 외계인들에게 정복당하고 말았을 거다."

"그런데 지구에 있는 사람들끼리 싸우잖아요."

"그래, 그게 문제지. 불침번을 서다보면 몰래 가서 평소에 마음에 들지 않았던 녀석을 쥐어박고 싶을 때가 있잖아. 아무리 치고받고 싸워도 외계인에게 정복당하는 것보다는 낫지 않겠어?"

"전 잘 모르겠어요."

"뭘 모르겠다는 거냐?"

모노는 지구 반대편 사람들을 생각하다가 중학교 때 고갑수가 해준 이야기를 떠올렸다. 모노는 고갑수의 이야기를 좋아했지만 무슨 이야기를 하는지 도통 모를 때도 많았다. 모노가 아무것도 모르겠다는 표정을 지으면 고갑수는 모노의 눈을 바라보면서 이렇게 묻곤 했었다.

뭘 모르겠다는 거냐?

뭘 모르겠는지, 그걸 몰랐기 때문에 모노는 고갑수의 눈으로부터 달아나 고우창에게 뛰어갔다. 고우창과 놀다가 가끔 눈을 돌려 보면, 고갑수는 먼 우주를 응시하고 있었다. 가끔 손가락을 들어 하늘을 가리키기도 했다. 별의 위치를 파악하려는 것처럼 손가락으로 어딘가를 가리켰다. 한낮이었다.

"뭐하시는 거야?"

멀리서 바라보던 모노가 이렇게 물으면,

"몰라. 내가 보기엔, 미치신 거야."

고우창이 말을 마치고 고개를 저었다.

모노는 모든 게 그리워졌다. 아버지 어머니와 함께 게임을 하던 순간도, 우주를 응시하던 고갑수도, 무뚝뚝한 고우창도, 얼굴에 멋진 문신을 그린 고우인도, 모두 그리워졌다. 모노는 고우창에게 전화를 걸었다. 전화기가 꺼져 있었다. 고갑수에게 전화를 걸었다. 역시 꺼져 있었다. 아무 일도 아니기를, 전화가 되지 않는 것은 그저 통신사의 문제이기를, 사람들에게 좋은 일이 한꺼번에 닥쳐 모두 서로에게 축하의 인사를 건네느라 회선이 마비된 것이기를 바랐지만, 모노 역시 그렇게 단순히 생각할 문제가 아니라는 걸 알고 있었다. 모노의 머릿속으로 수많은 영상이 지나갔다. 교통사고로 고우창과 고갑수의 몸이 하늘로 치솟아올랐다. 고우창의 비명소리가 들리는 것 같았다. 모노는 고개를 저었다.

아버지나 어머니에게 전화를 걸고 싶지는 않았다. 목소리를 들는 순간 울음을 터뜨릴지도 몰랐다. 어머니와 아버지는 걱정을 시작할 테고, 걱정 많이 하기 시합 같은 걸 벌일지도 모른다. 그러고도 남을 사람들이지. 모노는 고우인에게 전화를 걸었다.

"엇, 오빠."

고우인의 목소리를 듣는 것만으로도 울음이 터져나올 것 같았지만 입술을 앙다물며 외로움이 새나가지 않도록 했다.

"지금 통화할 수 있어?"

"응, 유럽 출장중 아니었나?"

"지금 로마야."

로마라는 단어를 입밖으로 꺼내는 순간, 가깝게 들리던 고우인의 목소리가 한없이 멀어지는 것 같았다. 모노는 휴대전화기를 꼭 쥐었다. 잘못하다간 더 멀어질 것 같았다. 모노는 휴대전화기를 꼭 쥐면서 고우창에게 아무 일도 없기를, 만약 무슨 일이 생긴 것이라면 하루빨리 모든 것이 제자리로 돌아가기를, 빌었다.

11. BALLS MOVEMENT

고우창은 커다란 공이 달려 있는 문을 오랫동안 바라보았다. 문에 달린 것은 볼링공의 1.5배쯤 되어 보이는 크기였는데, 보면 볼수록 공 같지 않았다. 공의 가운데에는 위아래를 구분하기 위한 것인지, 작은 점선이 그려져 있었는데 어딘지 모르게 비대칭적인데다 전체적으로 찌그러져 있어서 보는 사람의 얼굴을 찡그리게 만드는 모양이었다. 줄자를 가지고 공의 정확한 비율을 측량해보고 싶다는 생각이 들 정도였다. 고우창은 두 손으로 공을 만져보았다. 손의 감각만으로는 공의 어디가 찌그러져 있는지 알아낼 수 없었다.

공 아래쪽에는 'BALLS MOVEMENT'라는 글씨가 돋을새김돼 있었는데, 아마추어의 솜씨인 듯 글자의 크기가 들쑥날쑥했다. 열세 명이 각자 한 글자씩 만들어온 다음 이어붙인 것이거나 열세 개의 간판에서 한 글자씩 떼어온 것 같았다. 가까이서 보면 엉망진창이었지만 멀리서 보면 그럭저럭 볼 만해서 축구협회나 농구협회의 사무실이라고 해도 믿을 정도였다. 간판은 이런 모양이었다.

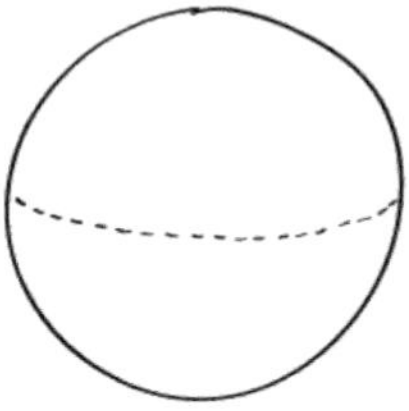

크지 않은 문에 거대한 공이 달려 있었기 때문에 노크할 공간을 찾기도 쉽지 않았다. 고우창은 문 가장자리를 간신히 두드렸다. 안에서는 아무런 소리도 들리지 않았다. 고우창은 조심스럽게 문을 열었다.

사무실 안의 풍경을 보고 고우창은 몇 초 동안 자신의 눈을 의심했다. 문에 달려 있던 커다란 공과 똑같은 공이 사무실 허공에 둥둥 떠 있었고 심지어 움직이기까지 했는데, 한참을 들여다본 후에야 그것이 안내 책상에 앉아 있는 남자의 커다란 머리라는 것을 알 수 있었다. 문에 달린 커다란 공은 큰머리안내원을 보고 고객들이 깜짝 놀랄 것을 대비해 미리 마음을 다잡게 하기 위한 안전장치일지도 모른다고, 고우창은 생각했다. 큰머리안내원은 고개를 들어 고우창을 보았다. 눈이 마주치는 바람에 도망갈 수도 없게 됐다.

"여기가 볼스 무브먼트라는 곳입니까?"

고우창이 큰머리안내원에게 물었다.

"네, 형제님. 어서 들어오십시오."

큰머리안내원은 자리에서 벌떡 일어서면서 고우창을 맞이했고,

원탁이 방 한가운데 자리잡은 회의실로 고우창을 안내했다. 벽에는 서른 개 정도의 사진이 액자 형태로 걸려 있었고, 벽 한가운데에는 문에서 보았던 것과 같은 커다란 간판이 설치돼 있었다. 문에 붙어 있는 것보다 공은 더 컸고, 글씨를 박아넣은 솜씨도 정교했다.

"차 한잔 드릴까요?"

큰머리안내원이 자리에 앉으며 물었다.

"아뇨, 괜찮습니다. 저는 그냥 뭘 좀 여쭤보려고요."

고우창이 대답했다.

"네, 네, 그럼요. 얼마든지 여쭤보십시오. 형제님들의 질문에 답하는 것이 저희들의 사명이니까요."

큰머리안내원은 머리가 무거운지 앞뒤로 고개를 흔들면서 말했다.

"실례지만, 여긴 뭐하는 곳입니까?"

"형제님은 여기를 어떻게 알고 오신 거죠?"

"우연히 알게 됐는데요."

"형제님은 볼스 무브먼트라는 이름은 처음 들으시는 거고요?"

"네, 처음입니다."

"저희는 우주자의 뜻을 세상 사람들에게 전파하는 일꾼들의 모임입니다."

"우주 뭐요?"

"우주를 만든 창조자를 우주자라고 부릅니다. 처음엔 생소하겠지만 형제님도 조금씩 저희들의 용어에 익숙해지실 겁니다."

"네, 저는 우주를 재는 자라는 줄 알고요."

"하하, 그것도 좋은 의미군요. 우주자께서는 거대한 우주의 척도가 되기도 하시지요. 형제님은 우주가 무엇으로 이루어져 있다고 생각하십니까?"

큰머리안내원은 두 팔을 양옆으로 뻗으며 말했다. 자신이 펼친 두 팔 사이의 공간을 우주라고 생각하라는 듯이.

"글쎄요, 그런 생각은 해보질 않아서……"

"형제님, 지금 지구가 왜 멸망하고 있는 줄 아십니까? 사람들이 계속 모서리를 만들어내기 때문입니다."

"모서리요?"

"우주는 볼로 이루어져 있습니다. 형제님, 주위의 자연을 한번 둘러보십시오. 모든 것이 볼이고 원입니다. 이것이 우주의 원리죠. 하지만 인간들을 보십시오. 인간들은 끊임없이 사각형의 물건들을 만들어냅니다. 냉장고, 자동차, 에어컨, 아파트…… 수많은 모서리를 만들면서 우주에다 흠집을 내고 있습니다. 볼을 지키지 못한다면 우리들은 우주의 쓰레기 지옥에서 우리가 만든 모서리에 온몸을 찍히며 영원히 고통받을 겁니다."

"생각만 해도 끔찍한데요."

"형제님, 그 지옥을 끔찍하다고 생각하는 것만으로 형제님은 이미 볼스 무브먼트의 형제가 되신 겁니다."

큰머리안내원은 고우창의 손을 잡으며 말했다. 고우창은 얼른 손을 뺐다.

"전 누굴 찾으러 온 거고요. 볼스 무브먼트가 이런 덴 줄은 몰랐습니다."

"우주자께서는 천국과 지옥을 확실히 나누어놓으셨습니다. 우리가 볼을 섬기는 삶을 산다면 영원을 약속받을 수 있습니다. 형제님, 볼을 버리면 우주의 쓰레기가 되지만 볼을 섬기는 삶을 산다면 영원히 죽지 않고 은하계 너머 행성의 천국으로 가는 차표를 얻을 수 있습니다."

"네, 생각해볼게요. 알겠습니다. 천천히 생각해보고 말씀드릴게요."

"형제님, 제가 재미난 얘기 하나 해드릴까요?"

큰머리안내원은 가슴 앞에다 두 손을 깍지 끼며 말했다. 아무도 알지 못하는 재미난 이야기를 들려주기라도 할 것처럼 자신에 찬 표정이었다. 고우창은 빨리 자리를 뜨고 싶었다.

"형제님, 태초에 우주자는 3천만 유뇌* 개의 구슬을 만든 다음 그 구슬에 생기를 불어넣어 우주를 만드셨습니다. 그렇게 마음에 드는 하나의 우주를 만든 다음, 복사, 붙이기, 복사, 붙이기를 반복하셔서 지금의 거대한 우주를 만드신 것이죠."

"복사, 붙이기요? 우주자께서 컴퓨터를 쓰셨어요?"

"하하, 그건 저의 표현이죠. 설마 우주자께서 컨트롤C와 컨트롤V로 우주를 만드셨겠습니까. 그렇게 우주를 다 만들고 흐뭇하게 바라보시는데, 아뿔싸, 주머니 속에 구슬이 네 개가 남아 있었던 겁니다."

* 볼스 무브먼트에서 쓰는 수의 단위. 1유뇌는 무량대수의 15배다.

"우주자께서 주머니 있는 옷을 입으세요?"

"하하, 형제님도 참. 그것도 저의 표현입니다. 아무튼 복사와 붙이기를 반복하여 완벽한 우주를 만들어놓았는데 구슬 네 개가 남았으니 어쩌면 좋습니까. 어디 빈 곳에다 끼워넣기도 뭣하고, 버리자니 아깝고…… 우주자께서는 그 구슬로 인간을 만드셨습니다. 구슬 두 개로 남자의 고환을 만들고 구슬 두 개로는 여자의 유방을 만들어 숨결을 불어넣으신 거죠."

"여분의 존재들이군요."

"아, 역시, 센스가 있으시군요. 형제님, 인간이란 여분의 존재들입니다. 여분의 존재들이기 때문에 우주의 쓰레기가 되어도 불평불만할 수가 없는 겁니다. 어떻게 보면 지옥이란 것은 우리가 당연히 갈 수밖에 없는 종착점입니다. 지옥에 가지 않고 천국에 가는 것은 우주자께 구원받는 것이지요."

고우창은 어서 빨리 말을 끊고 싶었지만 큰머리안내원은 그럴 틈을 주지 않았다. 뭐라도 가시적인 성과를 내지 못하면 절대 물러서지 않겠다는 태도였다. 고우창은 자신의 질문을 반성했다. 여기가 뭐하는 곳인지 물어보기 전에 아버지의 사진을 먼저 내밀었어야 했다.

고우창의 간절한 마음이 우주자의 마음을 감동시킨 것인지, 안내책상 쪽에서 전화벨이 울렸다. 큰머리안내원은 오른손을 들어 잠시 실례하겠다는 신호를 보낸 후 전화를 받으러 회의실을 나섰다.

고우창은 회의실 벽에 붙은 액자를 자세히 살폈다. 그 속에 아버지의 사진이 들어 있을지도 몰랐다. 액자 속 사진에는 한 사람의 얼굴이 자주 보였다. 그 사람이 아마도 볼스 무브먼트의 대표일 것이라고 고우창은 생각했다. 사진을 모두 훑어보았지만 아버지의 얼굴은 없었다.

큰머리안내원이 회의실로 돌아오는 모습을 보고 고우창은 주머니에서 아버지의 사진을 꺼냈다.

"아, 죄송합니다."

큰머리안내원이 웃으며 다가왔다.

"저, 제가 오늘은 시간이 없어서 본론부터 말씀드리겠습니다. 혹시, 이분을 아십니까?"

고우창은 고갑수의 사진을 원탁에 놓았다. 삼 년 전에 찍은 가족사진에서 고갑수의 사진만 오려낸 것이었다.

"이분이 누구신데요?"

"저의 아버지입니다."

큰머리안내원은 사진과 고우창을 번갈아 보았다. 고우창을 의심하는 기색이 역력했다. 사진을 보던 큰머리안내원의 눈이 커졌다.

"아, 이분은 핀볼 성자님이시잖아요."

"핀볼 뭐요?"

"저희 사이에서는 그렇게 부릅니다. 핀볼 성자님이시라고요."

"아버지를 안다는 거네요."

"알다마다요, 아, 어쩐지 처음부터 낯이 익는다 했더니 핀볼 성자님 아드님이셨군요. 어째 아드님 이야기는 한 번도 안 하셨을까."

"아버지가 지금 어디 계신지 아십니까?"

"글쎄요, 최근에는 별다른 활동이 없으셨는데요. 왜요? 무슨 일이 생기셨습니까?"

"빨리 아버지를 찾아야 합니다. 연락할 수 있는 방법이 없을까요? 아버지 수첩에서 볼스 무브먼트라는 이름과 연락처를 발견하고 찾아온 겁니다."

"지부장님이라면 아실지도 모르겠네요. 한번 연락을 해보겠습니다."

큰머리안내원은 책상으로 가서 수화기를 집어들었다. 전화번호를 누를 때, 고우창은 그 번호를 외웠다. 휴대전화 번호였다. 지부장이 전화를 받지 않자 큰머리안내원은 허공을 향해 눈을 껌뻑였다.

핀볼 성자

고우창은 그 단어가 너무 낯설었다. 아버지의 이름 앞에 성자라는 단어가 붙는다는 사실을 믿을 수 없었다. 핀볼 성자라니, 핀볼 게임을 신들린 듯 잘한다는 뜻일까. 그럴 리 없었다. 운동신경이라면 세상 그 어디에 내놓아도 하위권을 맴도는 사람이었다. 그런 사람이 핀볼을 잘할 리 없었다. 고우창은 아버지 고갑수의 운동신경마저 닮았다. 고우창은 컴퓨터에서 핀볼 게임을 해본 적이 있었다. 하늘로 쏘아올린 공은 순식간에 되돌아왔고, 고우창은 매번 그 공을 놓쳤다. 공을 쏘아올리라고 만들어놓은 두 개의 막대기로 고우창은 연신 허공을 쳤다. 큰머리안내원이 전화를 끊고 나면 핀볼 성자의 의미가 무엇인지 물어보아야겠다고, 고우창은 생각했다. 지부장은 좀처럼 전화를 받지 않았다. 큰머리안내원은 멋쩍은 미소를 지었다.

회의실 문이 열리고 키가 백구십 센티미터도 넘어 보이는 거구의 남자 한 명이 들어왔다. 나이는 쉰쯤 된 것 같았지만 몸의 나이는 이십대 후반이라고 해도 믿을 정도로 탄탄했다.

"지부장님 전화 안 받으시네. 어디 가셨어요?"

큰머리안내원이 전화기를 내려놓으며 말했다.

"그저께 본부 들어가셨잖아. 못 들었어?"

거구의 남자가 대답했다.

"전 휴가 갔다가 오늘 출근했잖아요."

"참, 그렇지. 이 형제님은 누구야?"

"인사하세요. 여긴 핀볼 성자님 아드님이에요. 여긴 부지부장님이고요."

"아, 아드님? 닮으셨네. 어쩐 일로?"

"핀볼 성자님 연락이 안 된다고 하네요. 혹시 아세요?"

"지부장님이랑 같이 비비님 만나러 갔잖아. 로밍해가셨을 텐데, 왜 전화를 안 받으실까. 맞아, 거긴 지금 한밤이잖아. 지금 집회중이거나 주무시고 계시겠지."

거구의 남자는 책상에 걸터앉으면서 담배를 꺼내물었다. 고우창은 거구의 남자가 뿜어내는 힘 때문에 몸이 뒤로 밀려나가는 것 같았다. 종교 집단의 사무실에서 담배를 피운다는 것도 이상했고, 종교를 믿는 사람의 몸이 저렇게 탄탄하다는 것도 이상했다. 볼스 무브먼트라는 이름답게 공을 이용한 초현실적인 게임을 자주 해서 저렇게 몸이 탄탄한 것인지도 몰랐다.

"죄송합니다만, 본부가 어디에 있는 거죠?"

고우창이 물었다.

"벨기에요. 왜, 급한 일이에요?"

"벨기에요?"

고우창의 다리가 휘청거렸다. 그곳에 더 있고 싶은 생각이 없었다. 고우창은 며칠 동안 벌어진 일들을 감당하기 어려웠다. 고우창은 자리에서 일어났다. 생각을 좀 해야 했다. 아버지는 왜 자신에게 말 한마디 없이 회사 돈을 들고 간 것인지, 도대체 벨기에에는 왜 간 것인지, 영영 한국으로 돌아오지 않을 작정으로 간 것인지, 아무것도 알 수 없었다. 생각을 좀 해야 했다. 복도를 걸어가는데 뒤에서 큰머리안내원이 고우창을 불러세웠다.

"자, 이거 하나 가져가서 보세요. 진리가 담긴 책입니다. 핀볼 성자님이 쓴 글도 있으니 읽어보시고요, 마음 있으면 이번 주말에 열리는 세미나에도 참가해보세요. 아마, 재미있을 겁니다. 핀볼 성자님도 참, 가까운 사람은 전도를 안 하시고……"

고우창은 큰머리안내원이 건네는 책자를 받아들었다. 표지에는 역시 커다란 공과 볼스 무브먼트라는 글씨가 다정하게 붙은 로고가 그려져 있었다. 그 아래, 이런 문구도 적혀 있었다.

우주자는 볼을 믿는 여러분과 언제나 함께하십니다!

고우창은 그 말의 뜻을 생각할 수 없을 정도로 머리가 혼란스러웠다. 도무지 생각을 진전시킬 수가 없었다. 간밤 생애 처음으로 외박을 했고, 모텔에서 잠을 청했지만 제대로 잠을 이룰 수가 없었다. 잠을 설친 것도 생각을 진전시킬 수 없는 이유이기도 했다. 고우창은 책자를 멍하니 보다가 맨 아래쪽에 적힌 주소를 보았다. 볼스 무브먼트 벨기에 본부의 주소였다. 고우창은 그 주소에 대단한 비밀이라도 숨겨져 있는 것처럼 꼼꼼하게 몇 번이나 들여다보았다. 단순히, 위치를 알리는 주소였다. 벨기에의 어느 한 곳이겠지. 고우창은 그 주소가 자신을 끌어당기고 있다고 느꼈다. 아버지를 만나기 위해서라면 그곳에 가야 했다. 고우창은 주머니 속에서 휴대전화기를 꺼냈다. 전화기를 켜보고 싶었지만 그럴 수 없었다. 부재중전화가 몇통이나 와 있을지, 혹시 모노의 음성메시지가 있지는 않을지 두려웠다. 모노의 목소리를 듣는다면 너무 부끄러워서 모든 걸 포기하고 어디 깊은 강물 같은 데로 뛰어들지도 몰랐다.

고우창은 건물을 나선 다음 공중전화를 찾았다. 우주자는, 볼을 믿는 여러분과, 언제나, 함께하십니다, 라는 문장과 핀볼 성자라는 단어가 고우창의 머릿속을 어지럽게 휘저었다. 고우창은 아버지에게 화가 났고, 소리를 지르고 싶었고, 때려주고 싶었다. 그러려면 아버지를 찾아야 했다. 오억을 들고 갔다는 건 돌아오지 않을 작정이거나 한참 있다가 돌아올 생각인 게 분명했다. 빨리 아버지를 찾아야 했다. 모노에게는 어떻게 말해야 할까. 공중전화를 찾는다고 해도 모노에게 무슨 말을 어떻게 해야 할지 떠오르지 않았다.

고우창은 지나가던 택시를 잡았다. 택시 운전사에게 집 주소를 알려주고 의자에 몸을 기댔다. 우주자는 볼을 믿는 여러분과 언제나 함께하십니다. 고우창의 머릿속에 그 말이 다시 떠올랐다. 구름에 가려진 달이 계속 택시를 쫓아오고 있었다. 택시는 빠른 속도로 집을 향해 달렸다.

고우창은 집에 들러서 도둑처럼 몰래 짐을 싸가지고 나왔다. 눈에 보이는 옷가지와 여권과 노트북을 배낭에다 쑤셔넣었다. 고우창은 집을 떠나기 전에 고갑수의 서재에 다시 들어가보았다. 정오의 햇살이 서재로 스미고 있었다.

아버지가 사라진 걸 알았을 때도 서재를 뒤졌지만, 볼스 무브먼트의 존재를 알고 나자 모든 것이 달라 보였다. 책 한 권, 소품 하나, 메모 한 글자, 그 모든 것들이 볼스 무브먼트와 관계가 있어 보였다. 책상 위에 놓여 있던 공 하나가 눈에 띄었다. 고갑수는 혼자 있는 시간이면 언제나 그 공을 가지고 놀았다. 탁구공보다 조금 더 큰 고무공이었는데 탄성이 어찌나 좋은지 바닥에 살짝 튀기기만 해도 천장까지 닿을 정도였다. 고우창이 그 공을 만지려고 하면, 고갑수는 언제나 혼을 냈다.

"우창아, 그건 애들이 가지고 노는 게 아냐. 잘못하면 다치니까 얼른 내려놓아라."

고우창은 공을 집어들었다. 어떤 식으로든 볼스 무브먼트와 관련이 있을 것이라는 생각이 들었다. 고우창은 서둘러 집을 나섰다. 택시를 잡고 공항으로 출발했다.

12. 1+1, Snake Eyes

모노는 서랍 속에서 호텔 로고가 그려 있는 편지봉투와 편지지를 꺼냈다. 모노는 과거로 돌아가볼 작정이었다. 〈헬로, 모노레일〉을 만들던 시간, 머릿속에다 수천 개의 가능성과 수백 개의 함정을 만들며 한 번도 가보지 못한 유럽을 재조립하던 시간, 하느님이 되어 모든 것을 마음대로 배치하던 시간으로 돌아가볼 생각이었다. 서울의 일은 잠시 잊기로 했다. 고우인이 자세한 걸 알아봐주기로 했으니 머지않아 연락이 올 것이었다. 마음을 졸이고 걱정을 해봐도 달라지는 건 없다.

편지지에다 커다란 사각형을 그리고 가장자리에 작은 사각형을 그린 다음 차근차근 도시의 이름을 적어넣었다. 〈헬로, 모노레일〉을 처음 만들 때처럼 유럽의 모든 도시 위에다 가상의 모노레일을 건설했다. 모노는 도시의 모든 이름을 순서대로 기억했다. 단 한 번도 도시의 이름과 순서를 잊어본 적은 없었다. 편지지가 작았기 때문에 깨알 같은 글씨로 도시의 이름을 적었고, 사다리와 함정을 그려넣었다. 한 시간 만에 〈헬로, 모노레일〉 게임판을 원본 그대로 만들어냈다. 유성펜으로 그린 게임 보드는 엉성했지만 모노가 처음으로 만들었던 것과 비슷했다.

게임 보드를 만들었지만 함께 게임을 할 수 있는 사람이 없었으므로, 모노는 혼자 해보기로 했다. 혼자서 여러 사람의 역할을 하는 게 아니라 오직 하나의 캐릭터로 게임을 진행하고, 전략카드 없이 오직 캐릭터가 움직이는 것만으로 게임을 진행해보기로 했다. 지금까지 어째서 게임을 혼자 해볼 생각을 못 했던 것일까. 이상한 일은 아니지. 언제나 누군가를 이기기 위해서 게임을 했으니까. 모노는 아버지의 말을 떠올렸다. 게임이란 말이다, 어떤 일을 누가 더 잘하는가를 겨루는 게 아니야. 그럼 뭔데요. 제한된 환경 속에서 누가 오랫동안 살아남는가를 겨루는 거지. 이제 곧 차차 알게 될 거다. 모노는 그 말이 바보 같다고 생각했다. 그런데 이제 혼자서 게임을 하려고 주사위를 굴리다보니, 그 말이 무슨 뜻인지 알 것 같기도 했다.

모노는 캐릭터 하나를 정한 다음, 그 캐릭터가 어떻게든 혼자서 게임을 끝마치고 무사히 집으로 돌아가는 것을 게임의 룰로 정했다.

"자, 어떤 캐릭터로 해볼까?"

모노는 텅 빈 호텔방에서 혼잣말을 했다.

"당연히, 화이트지."

모노는 모노에게 대답했다.

"어째서?"

"바보야, 흰 종이밖에 없잖아."

"그렇지, 색연필도 없고."

"색연필이 있다고 치면?"

"귀찮다. 그냥 화이트."

"안내책자 귀퉁이를 찢으면 블랙이나 레드를 만들 수도 있겠지."

"귀찮아, 그냥 화이트."

"화이트의 직업이 뭐였지?"

"소설가."

"왜 그랬어?"

"왜 그랬을까?"

"백포도주를 좋아하는 기관사로 할걸 그랬나? 엄청 빨리 달릴 텐데."

"아니면, 스노보드 선수?"

모노는 모든 대사를 소리내어 말했다. 혼자서 말하고 혼자서 들었다. 혼자서 낄낄거리기도 했다. 생각해보니, 〈헬로, 모노레일〉을 처음 만들 때에도 혼자서 소리를 지르곤 했다. 처음 게임을 만들 때는 다섯 가지 캐릭터가 서로 쫓고 쫓기는 추격전을 벌이고 있었기 때문에 소리를 지를 수밖에 없었다. 모노는 편지봉투 귀퉁이를 찢어서 사람 모양을 만들었다.

편지봉투에 적힌 호텔 주소로 옷을 입혀놓고 보니, 사람의 형상이 되었다. 도시도 다 만들었고, 사람도 만들었고, 이제 숨결만 불어넣으면 된다. 주사위를 던져서 게임 보드에다 숨결을 불어넣으면 종이에 그려진 그림이 팝업북처럼 위로 솟구쳐오르고 도시가 완성될 것이다.

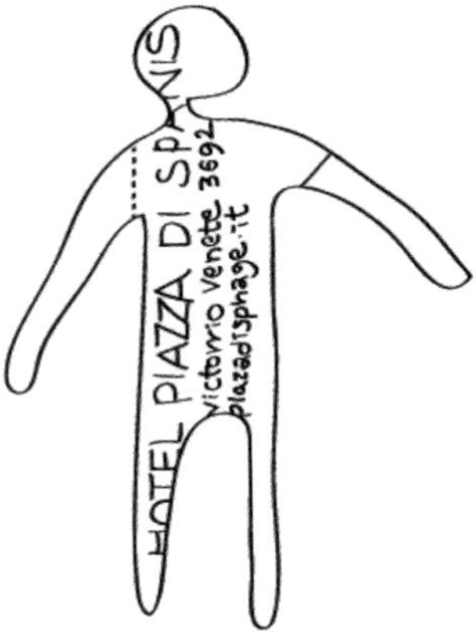

모노는 화이트를 출발지점인 서울에 놓았다가 다시 로마로 옮겼다.

"로마에서 출발하고, 다시 로마로 돌아오는 거야?"

"어쩔까, 서울로 갈까?"

"로마로 돌아오긴 싫어. 정 떨어졌어."

"그래, 맞아. 정 떨어졌어. 가보자."

모노는 주사위를 던졌다. 탁자 위로 던진 주사위는 바닥 카펫으로 떨어졌다. 스네이크아이였다. 1과 1이 모노를 빤히 올려다보았다. 모노는 편지봉투로 만든 화이트를 움직였다. 피렌체를 지나 베니스였다.

"가자."

모노는 단 일 초도 망설이지 않고 곧바로 짐을 쌌다. 게임이 현실을 지배하기라도 하는 것처럼, 화이트의 움직임을 따라가겠다는 듯이 모노는 아무런 생각도 하지 않고 짐을 쌌다. 짐을 쌌다기보다 그냥 눈에 보이는 것들을 모두 여행가방에 쑤셔넣었다. 손으로 그린 게임판과 편지봉투로 만든 화이트는 접어서 점퍼 주머니에 넣었다. 체크아웃을 하고, 빠른 걸음으로 기차역을 향해 걸었다.

게임 보드를 만드는 데 어찌나 집중했던지 호텔 밖으로 나왔을 때는 이미 거리의 열기는 식어 있었고, 하늘로부터 거대한 어둠의 그물이 떨어질 채비를 하고 있었다. 테르미니 역으로 가는 길에는 약을 파는 친구들이 거리를 어슬렁거리며 손님을 찾고 있었다. 덩치 큰 남자가 모노를 발견하고는 슬쩍 다가왔다.

"코크, 코크."

남자는 땅을 보면서 말했다. 코카인을 파는 모양이었다. 모노는 남자를 무시하고 계속 걸었다. 두 명이 더 모노 옆으로 다가와 조용히 속삭였지만 모노는 계속 무시하고 걸었다. 걷다보니, 콜라가 먹고 싶어졌다.

기차역에 도착한 모노는 베니스로 가는 기차표를 끊었다. 십오분 후면 출발하는 기차였다. 모노는 이미 출발 준비를 마친 기차에 올라탔다. 기차에서는 말로 설명할 수 없는 기묘한 냄새가 났다. 수많은 사람들이 자신의 몸을 기차 곳곳에다 묻혀서 만든 냄새였다. 냄새는 역하기도 했지만 달콤하기도 했다. 그것은 여행의 냄새였다. 모노는 그 냄새 때문에 흥분을 느꼈다. 기차가 출발하기를 기다리면서 모노는 그 냄새를 마음껏 맡았다.

13. 우주자들의 볼링시합

저는 벨기에 유학 시절 처음으로 볼스 무브먼트를 만났습니다. 길을 걷다 우연히 볼스 무브먼트의 동그란 볼을 보게 되었고(아, 어찌나 동그랗던지요!), 그 순간 벼락과 같이 우주자께서 제 마음에 들어오셨습니다.

제가 대학에서 공부한 것은 '지구에너지환경시스템공학'이라는 거창한 이름의 학문이었습니다. 어떻게 하면 에너지를 좀더 효율적으로 사용하여 우리의 후손들에게 건강한 지구를 물려줄 수 있을까를 연구하는 학문입니다. 공부를 할 때마다 도저히 풀 수 없던 질문이 하나 있었습니다. '어째서 우주는 지구를 포기하지 않고, 이렇게 여러 번의 기회를 주는가?' 형제님들, 혹시 알고 계십니까? 매번 새로운 희망이 주어지는 이유를 아십니까?

저는 그 해답을 우주자님으로부터 얻었습니다. 볼스 무브먼트의 형제님들이라면 우주자들의 볼링시합에 대해 한번쯤은 들어보셨을 겁니다. 아시다시피 우주자들의 볼링시합은, 수명을 마친 행성에다 작은 구멍을 뚫은 다음 그걸 볼링공처럼 사용하여 우주의 쓰레기들을 구석으로 몰아내는 시합입니다. 우주자들은 볼링시합을 통해 우주를 깨끗하게 청소합니다. 왜 하필 볼링시합일까요? 야구나 축구나 농구가 아니라 어째서 볼링일까요? 이유는 간단합니다. 다른 종목들은 공을 장난감으로 사용하지만 볼링은 공을 도구로 사용하기 때문입니다. 공을 도구로 사용하여 어떤 목적을 이뤄내기 때문입니다.

우주자들은 볼링시합을 통해 우리에게 이렇게 얘기하고 있습니다. "너희들은 우주의 도구들이다. 스페어 처리를 제대로 하지 못한다면, 이번이 마지막 기회일 것이다." 형제들이여, 우리는 지금 볼링게임의 마지막 프레임에 있는 것은 아닐까요?

저는 한국으로 돌아와 볼스 무브먼트의 전도에 매달렸습니다. 사각형이나 오각형, 육각형 등 수많은 모서리를 생각하는 속된 마음을 버리고 오직 볼을 생각하는 삶만이 진리임을 사람들에게 알리고 싶었습니다. 저는 젊은이들에게 희망을 주고 싶었습니다. 모든 대학의 도서관이나 식당 앞에는 하릴없이 빈둥거리는 대학생들이 많았고, 그들의 마음속에는 욕망이 그득했습니다. 새로운 사각형을 원하는 마음, 번듯하고 각진 삶을 원하는 마음뿐이었습니다. 저는 그런 젊은이들에게 게임을 가르쳤습니다. 다 먹고 남은 빈 우유팩을 육면체로 만든 다음 그들 앞에다 던졌습니다. 그들은 발로 우유팩을 차고, 또 찼습니다. 운동 삼아 찬다는 사람도 있었고, 재미있어 찬다는 사람도 있었습니다. 그들은 우유팩을 바닥에 떨어뜨리지 않기 위해 온 힘을 다해 찼습니다. 그러던 어느 날, 그들

은 자신들이 차고 있는 우유팩이 점점 둥글어지고 있다는 걸 깨달았습니다. 육각형의 모서리는 닳아 없어지고 우유팩은 볼이 되어 가고 있었습니다. 그들은 둥그런 우유팩을 차면서 다시 한번 깨달았습니다. 육각형의 우유팩보다는 동그란 우유팩이 훨씬 차기 쉽다는 걸 말입니다. 그들은 둥근 우유팩을 보면서 볼과 우주자를 생각할 것입니다.

오래전 우주자들 역시 볼을 만들기 위해 육각형의 행성을 다듬었던 것은 아닐까요? 형제님들과 제 머리 위에 떠 있는 저 수많은 별들은 육각형의 쓸모없는 별이었을지도 모릅니다. 우리도 육각형을 원으로 다듬는 마음으로 하루하루를 살아야 할 것입니다.

저는 볼스 무브먼트를 만나고, 새로운 삶을 얻었습니다. 언제나 볼을 생각하고, 둥근 것만을 떠올립니다. 언제나 우주자의 뜻을 생각합니다. 우주자가 저를 필요로 한다면, 저는 아무런 망설임 없이 볼이 될 것입니다. 저를 볼링공으로 쓰신다면 모든 쓰레기를 저 바깥으로 밀어버릴 것입니다. 우주자가 핀볼 게임 속에 저를 넣고, 막대기로 사정없이 두드리신다면 저는 우주자의 뜻대로 움직이며 점수를 올리겠습니다. 형제들이여, 늘 볼을 생각하십시오. 볼은 진리입니다.

공항으로 가는 흔들리는 택시 안에서 고우창은 아버지가 쓴 간증을 읽었다. 큰머리안내원이 쥐여준 볼스 무브먼트 책자에 들어 있던 것이었다. 글을 읽는 내내 화가 났다. 우주자의 볼링 게임이며, 팩 차기며, 고우창의 상식으로는 도저히 이해할 수 없는 말들이었다. 언제나 똑똑한 척하던 아버지의 모습이 떠올라서 더 화가 났다. 택시 운전사는 라디오 방송을 열심히 들으면서 운전을 하고 있었다. 고우창은 고갑수의 간증에 어찌나 집중했던지 라디오에서 어떤 이야기가 흘러나오고 있는지도 몰랐다.

"손님, 종교가 있습니까?"

라디오 이야기 사이로 택시 운전사가 기습적으로 물었다. 택시 운전사는 룸미러를 통해 보면서 고우창이 책 읽기를 멈추길 기다리고 있었다.

"네? 종교요? 아뇨, 없는데요."

고우창은 대답을 하면서 라디오 방송의 정체를 확인했다. 기독교 채널이었다.

"그럼 가는 길에 심심하실 텐데 제 얘기 좀 들어보시겠어요?"

"무슨 얘기요?"

"예수님이 얼마나 놀라운 분인지 아십니까?"

"예수님요? 네, 알죠."

"아신다고요?"

"못 박히고, 부활도 하시고, 거 뭐죠? 떡이랑 물고기로 사람들도 먹이고, 그런 분이잖아요."

"네, 맞습니다. 그뿐이 아니죠. 예수님은……"

"그런 분은 믿을 만하죠."

"네, 그렇습니다. 믿을 만한 분이죠."

"아버지도 그런 분을 믿으면 좋았을 텐데……"

"아버님은 어떤 분을 믿으시는데요?"

"아닙니다."

고우창은 창밖으로 고개를 돌렸다. 다른 사람에게 아버지의 이야기를 하고 싶지는 않았다. 고우창은 손에 쥐고 있던 고무공을 꾹 눌러보았다. 단단해서 눌러지지 않았다. 그 속에 무엇인가 들어 있는지도 몰랐다. 택시 바닥에 고무공을 떨어뜨려보았다. 바닥에 푹신한 카펫이 깔려 있는데도 공은 고우창의 손으로 되돌아왔다. 엄청난 탄력이었다.

택시 운전사가 라디오 볼륨을 높였다. 라디오에서 낮은 목소리의 남자가 설교를 하고 있었지만 고우창의 귀에는 아무런 소리도 전달되지 않았다. 택시 뒷유리로 햇살이 스며들어 고우창의 뒷목을 따끈하게 데웠다. 택시가 공항에 도착할 때까지 고우창은 창에서 시선을 떼지 않았다. 뒷목이 발갛게 변했다. 손바닥도 따뜻해졌다. 고무공이 뜨거워지고 있었다. 날씨 때문이라고, 햇빛 때문일 거라고, 고우창은 생각했다. 고우창은 택시에서 내리면서 자동차 계기판의 디지털시계가 오전 11시 59분으로 바뀌는 걸 보았다.

14. 확률이 적은 사건도 언젠가는 반드시 일어난다

모노의 전화를 끊은 고우인은 곧바로 서울로 가는 버스표를 끊었다. 빨리 서울로 가서 상황을 알아봐야 했다. 고우인은 고우창의 일이 걱정되면서도 한편으로는 마음이 기뻤다. 모노의 목소리를 들을 수 있어서 좋았고, 모노가 자신에게 의지한다는 사실이 기뻤다. 모노의 목소리가 계속 귓가에 남았다.

"우인아, 솔직히, 좀 무서워. 멀리 있으니까 자꾸 이상한 상상을 하게 돼."

"무슨 상상?"

"우창이에게 무슨 일이 생긴 거 아닐까?"

"별일 없을 거야, 오빠."

"연락도 없이 사라질 애가 아니잖아."

"그럴 사람은 아니지. 내가 알아볼게, 걱정하지 마요."

"전에 내가 했던 말 있지. 확률이 적은 사건도 언젠가는 반드시 일어난다. 자꾸 그 말이 생각나."

"모노 오빠가 지금 상상하는 건 단순히 확률이 적은 사건이 아니고 아주 희박한 사건이야. 확률이 너무 희박해서 평생 한 번도 경험하지 못할 확률이 훨씬 더 큰 사건이라고. 설마 간도 작은 오빠가 그렇게 큰 돈을 어떻게 했겠어? 출장 가셨으면 일이나 열심히 보셔요."

"네 목소리 들으니까 좀 안심이 된다."

"응."

"알아보고 연락해줄래?"

"응, 걱정 마."

고우인은 자신의 목소리를 듣고 안심이 된다던 모노의 말이 좋았다. 그 목소리를 녹음해놓고 매일 아침에 듣고 싶을 정도였다. 버스를 타고 서울로 가는 내내 그 목소리를 잊지 않으려고 애썼다.

모노에게 걱정 말라고 큰소리를 뻥뻥 쳤지만 마음이 불안하긴 고우인도 마찬가지였다. 바닷가 동네를 산책하다가 놓쳐버린 두 통의 전화가 계속 마음에 걸렸다. 부재중전화를 확인하고 전화를 걸었지만 수신이 불가능한 번호라는 안내만 나왔다. 아마도 공중전화에서 건 전화일 것이라고, 고우인은 생각했다. 공중전화라면, 혹시 납치 같은 것일까. 엄마에게 전화를 걸어 확인해보았지만 엄마에게는 아무런 전화도 걸려오지 않았다. 납치범이 고우인에게만 전화를 걸지는 않았을 것이다. 무엇보다 이상한 것은 고갑수와 고우창, 둘 다 전화를 받지 않는다는 사실이었다. 뭔가 큰일이 생겼을 확률이 높다. 모노에게는 말하지 않았지만 고우인 역시 그 말을 믿었다. 확률이 적은 사건도 언젠가는 반드시 일어난다.

한 사람의 일생에서 최악의 순간은 반드시 닥치게 마련이지만, 사람들은 그 사실을 받아들이려고 하지 않는다. 최악의 순간이 닥칠 확률은 낮기 때문에 어쩌면 최악의 순간이 자신을 피해갈지도 모른다고 생각한다. 고우인은 자신의 얼굴에 난 흉터를 볼 때마다 확률에 대해 생각하곤 했다. 죽을 수도 있었어. 하지만 살아남았지. 또 이런 일이 생기지 않을까. 나는 살아남을 수 있을까. 이 흉터가 최악의 순간이 아니면 어쩌지. 죽지 않고 살아남아서 이렇게 깊은 흉터를 얼굴에 새긴 채 살아갈 확률은 높은 것일까, 낮은 것일까. 고우인은, 지금 자신이 누리고 있는 삶은, 확률이 적은 사건들이 연속해서 일어난 기적의 순간일지도 모른다는 생각을 자주 했다. 스무 살이 넘을 때까지 살아남는 것은, 둥근 공에다 아주 작은 점을 찍은 다음 그 공을 굴렸을 때 점이 맨 위로 보이도록 서는 확률보다 낮을지도 모른다고 생각했다.

고우인은 고속버스 정류장에서 내려 집까지 택시를 탔다. 집에 도착한 것은 저녁 9시 30분이었다. 이수진은 아직 미용실에서 일을 하고 있을 시간이었다. 불을 켜자 어둠 속에서 빛의 조짐이 후다닥 나타났다가 사라졌고, 이내 집안이 환해졌다. 아무런 일도 없었던 것처럼 집은 입을 꾹 다물고 있었다. 고우인은 아빠의 서재로 갔다. 모든 게 그대로인 것처럼 보였다. 고우창이 서재에서 사진 한 장과 수첩 한 권과 고무공 하나를 들고 갔지만 '구석구석 관찰 전문가' 고우인도 그걸 발견해낼 수는 없었다. 출장을 간다면 어떤 게 빠져 있어야 하는 걸까. 고우인은 드레스룸으로 가서 아빠의 옷들을 살펴보았다. 어떤 게 빠져 있는지, 출장을 가기 위해 어떤 옷을 챙겼는지 알 수 없었다. 아빠의 부재를 알아내기 위해서는 일상의 틈에 난 미세한 균열을 찾아내야 했지만 초능력의 소유자 고우인에게도 쉬운 일은 아니었다.

고우인은 고우창의 방으로 갔다. 고우창의 방문을 열자마자 고갑수의 서재와는 다른, 분명한 혼돈이 보였다. 물건과 물건 사이에 아무런 인과관계가 없었고, 방에 살고 있는 사람의 정확한 동선을 파악하기 힘들 정도로 모든 것이 헝클어져 있었다. 무슨 일인가 생긴 게 분명했다. 고우인은 거실로 나와 이수진에게 전화를 걸었다.

"엄마, 끝났어?"

"아니, 마무리중이야. 어디서 자?"

"나, 서울 왔어. 집이야."

"뭐? 더 돌아보고 온다더니."

"응, 그냥 컨디션이 별로여서."

"야, 컨디션은 엄마가 더 별로다. 온몸을 바늘로 콕콕 찌르는 것 같다. 다 보내고 혼자 편하다고 벌받는 건가?"

"아빠 출장 간 거 맞아?"

"간다고 했으니 갔겠지. 왜 자꾸 그래?"

"엄마가 옷 챙겨줬어?"

"엄마가 그런 거 챙겨주는 거 봤냐? 그런 건 아빠가 더 잘하잖아. 옷은 왜?"

"아빠 출장 갔다는데 아무런 흔적도 없어서."

"얘가 별 이상한 소리를 다 하네. 출장 가는 데 흔적이 왜 남아. 출장 갈 때 이삿짐 트럭이라도 불러? 고우인, 너 무슨 일 있어?"

"아냐. 그냥 집이 텅 비어 보여서."

"왜 그런 줄 알아?"

"왜 그런데?"

"그건 말야, 엄마가 일을 너무너무 열심히 해서 지나치게 큰 집을 샀기 때문이야. 하하하."

"못 말려."

"엄마 곧 갈게. 조금만 기다려."

전화를 끊고 나서 고우인은 집을 둘러보았다. 이수진의 말처럼 네 식구에게 집은 너무 컸다. 엄마 아빠가 방 하나를 차지하고, 고우인과 고우창이 하나씩 차지하고, 아빠가 서재용으로 또하나를 차지하고, 온 가족의 옷을 넣어두는 드레스룸으로 또하나를 써도 방 하나가 남았다. 그 방은 손님들을 위한 게스트룸으로 남겨두었지만 손님은 전혀 없었다. 가끔 놀러 오는 모노가 유일한 손님이었지만, 그 방에 들어가는 일은 없었다.

집은 잠잠한 호수 같았다. 무언가를 꿀꺽 삼키고 흔적을 지워버리는, 아무리 큰 물건을 집어던져도 모두 수면 아래 가둬버리는, 호수 같았다. 고우인은, 자꾸 호수 밑으로 가라앉는 것 같아서, 누군가 자신을 꿀꺽 삼켜버릴 것 같아서, 집에 있을 수가 없었다.

고우인은 밖으로 나와서 동네를 걸었다. 걸으면서 다음으로 해야 할 일을 생각했다. 고우창의 행방을 찾으려면 어떻게 해야 할까. 친구들? 누가 있지? 모노 오빠 말고 누가 있지? 아무도 생각나지 않았다. 오빠가 정말 돈을 들고 사라졌다면, 어떤 흔적이 남게 되는 거지? 방에 들어가서 또다른 흔적을 찾아봐야 하는 것일까?

생각을 하면서 계속 걷다보니 동네 초입의 '지상에서 천원으로' 까지 이르게 됐다.

몇 년 사이에 많은 변화가 있었다. '엄마머리'의 성공 덕분에 고우인의 가족은 동네에서 가장 큰 집으로 이사를 가게 됐고, '지상에서 천원으로' 는 몇 년 사이 자그마한 분식집에서 2층 건물의 대형 분식점으로 변해 있었다. 10시가 다 되어가는 시간이었는데 아직 불이 켜져 있는 게 이상했다.

"야, 동네 디자이너, 오랜만이네."

'지상에서 천원으로'의 주인 한형준이 가게 앞에서 맥주를 마시다 알은체를 했다. 파라솔을 펴놓고 앉은 모습이 평화로워 보였다.

"아직 안 들어가셨어요?"

"응, 가게 닫고 맥주 한잔 하고 있었어. 마실래?"

"잠깐만 앉을게요."

한형준은 가게 안에서 맥주잔 하나를 들고 나와서 고우인 앞에 놓았다. 맥주를 반만 따랐다.

"더?"

"아뇨."

"퉁퉁 불어터진 떡볶이 남은 것 좀 있는데 줄까?"

"살쪄요."

"오늘은 얼굴이 어둡네. 무슨 일 있어?"

"아저씨."

"응?"

"아저씨는 머리 아픈 일이 생기면 어떻게 풀어요?"

"머리 아픈 일? 예를 들면?"

"누가 아저씨 돈을 들고 튀었다면요?"

"사기당했어?"

"아뇨. 예를 들라면서요."

"당장 쫓아가서 머리채를 잡고 흔들어야지. 계속 흔들다보면 돈이 툭툭 떨어질 거야."

"쫓아갈 수가 없으면요? 어디로 도망갔는지 알 수가 없으면요?"

한형준은 잔에 남아 있던 맥주를 마저 마셨다. 고우인의 잔에는 맥주가 남아 있었다.

"그럼 자야지."

"자요?"

"자고 일어나면 많은 게 바뀌어 있을 때가 많거든. 내 돈을 들고 도망간 놈이 잘못을 뉘우치고 돌아올 수도 있고, 들고 튄 게 내 돈이 아닐 수도 있고, 뭐, 아무것도 바뀌지 않으면 내가 바뀔 수도 있고."

"팔자 편하시네요."

"어이, 동네 디자이너, 내가 매일매일 장사하면서 제일 뼈저리게 느끼는 게 뭔지 알아?"

"묻지 말고 그냥 얘기하세요."

"잠은 잘수록 늘고, 돈도 벌수록 늘어."

"그게 뭔 소리예요?"

"나도 몰라. 하하하. 그냥 너 웃으라고."

"별로 안 웃기거든요."

"근데 너네 집은 돈을 그렇게 버는데 왜 좋은 동네로 이사를 안 가냐?"

"엄마는 여기가 좋은가봐요."

"좋기야 좋지. 공기 좋고, 인심 좋고, 집값 싸고."

"아저씬 왜 이사 안 가요?"

"나도 여기가 좋아."

한형준은 가게 안에서 맥주 한 병을 더 들고 나왔다. 고우인은 맥주를 마셨다. 시원하지는 않았지만 맛이 좋았다. 보리향이 입안에 남았다. 두 사람은 동네 입구에서 큰길을 바라보며 맥주를 마셨다. 자동차들이 빠른 속도로 지나갔다.

"참, 아까 우창이 봤는데, 자식이 다 컸다고 이제 인사도 안 하더라."

"네? 정말요?"

"왜 그렇게 놀라?"

"아뇨, 놀라긴요. 언제 봤어요?"

"좀 한가한 시간이었으니까 열한시쯤이었나? 요 앞에서 택시 타던데?"

"어디로 갔는지는 모르죠?"

"모르지. 택시에 노선도가 붙어 있는 것도 아니고…… 너네 무슨 일 있구나?"

"아니에요. 일은 무슨 일……"

고우인은 불이 켜진 가게 안을 들여다보았다. 커다란 디지털 시계가 10시를 알리고 있었다.

15. 우주볼

공항에 도착한 고우창은 예약 데스크를 향해 뛰어갔고, 한 시간 후에 출발하는 암스테르담 행 표를 끊을 수 있었다. 10월이었고, 휴가철이 모두 끝난 시점의 평일이긴 했지만 그래도 운이 좋았다. 비행기를 기다리면서 고우창은 자신이 지금 제대로 된 선택을 하고 있는 것인지 확신이 들지 않았다. 모든 걸 모노에게 얘기해야 하는 게 아닐까. 잘못을 바로잡기 위해서는 최대한 빨리 진상을 털어놓는 게 좋지 않을까. 아직은 시간이 있었다. 일단은 스스로 해결하고 싶었다. 문제의 시작은 고우창 자신이었다.

벨기에에서 아버지를 찾아낸다면 일은 간단히 해결할 수 있었다. 비행기 출발시각 이십 분 전, 고우창은 고우인에게 전화를 걸었다. 누군가에게는 말을 하고 떠나야 할 것 같았다. 고우인은 전화를 받지 않았다. 전화벨이 오랫동안 울렸다. 고우창은 전화를 끊고 다시 전화를 걸었다. 역시 받지 않았다. 전화를 걸 만한 다른 사람은 떠오르지 않았다.

암스테르담으로 날아가는 열한 시간 동안 고우창은 100페이지에 달하는 볼스 무브먼트 책자를 꼼꼼하게 읽었다. 책자에는 우주자의 탄생부터 우주자가 우주를 만들었던 과정, 새롭게 발견된 예언서의 의미, 아버지의 글에서 읽었던 우주자들의 볼링시합, 볼스 무브먼트 형제로서 해야 할 일과 하지 말아야 할 일들이 빽빽하게 적혀 있었다. 고우창은 기내식을 먹으면서도 책자를 읽었다. 밥을 다 먹고 난 다음에는 와인을 마시면서 읽었다. 무언가 그렇게 열심히 읽는 것도 참 오랜만이었다. 읽으면 읽을수록 볼스 무브먼트가 퍽 재미난 집단이라는 생각이 들었다. 종교라고 부르기에는 선악의 개념이 모호했고, 과학을 숭배하는 집단이라고 보기에는 우주자라는 존재의 의미가 지나치게 장엄했다. 정체를 알 수 없는 집단이었다. 고우창은 책자를 읽는 내내 입가를 씰룩거리며 피식피식 웃었는데, 군데군데 숨어 있는 볼스 무브먼트의 해괴한 교리 때문이었다. 고우창이 가장 웃었던 대목은 지구의 구조를 설명하는 어느 과학자의 글이었다. 과학자는 자신을 신실볼교도라고 밝혔다.

지구의 핵에는 열에 쉽게 반응하면서 탄성이 높은 고무공(original ball; 원공)이 들어 있는데, 우주자는 원공을 보호하기 위해 당신의 머리카락을 뽑아 여러 갈래로 덮으시었다. 우주자께서는 또한, 고무공을 덮은 머리카락이 헝클어지는 것을 막기 위해 당신의 엉덩이 가죽을 얇게 뜯어내 공 형태로 둘러쌌는데, 3개 층으로 이뤄진 이 공을 '우주볼'이라 부른다.

우주볼 속의 원공은 자체의 열을 발산하여 행성에 에너지를 공

급하고, 우주자의 머리카락은 서로 뒤엉히며 행성의 균형을 잡아 주는 역할을 한다. 우주자의 엉덩이 가죽은 외부의 충격으로부터 우주볼을 보호한다. 우주자께서는 우주볼이 들어가 있는 별에서만 생명체를 살 수 있게 하셨는데, 볼스 무브먼트 벨기에 본부의 분석에 의하면 우주볼이 들어 있는 별의 수는 전 우주를 통틀어 백 개가 넘지 않는다고 한다.

볼스 무브먼트는 우주볼의 구조를 본떠서 교육용 샘플 볼을 만들었는데, 이는 현재 전 세계 야구시합에서 쓰이는 야구공의 모태가 되었다. 야구공이 하늘 높이 날아가는 장면을 볼 때 어쩐지 마음이 뭉클하다면, 이는 야구공 속에 들어 있는 우주볼의 모습을 보았기 때문이리라. 아니, 어쩌면 야구공 속에 들어 있는 원공의 모습을 보았기 때문이리라. 원공은 우주의 근원이자 우주자의 또다른 모습이다. 우리는 이 원공으로 세상을 바꿀 수도 있을 것이다.

고우창은 손에 쥐고 있던 고무공을 들여다보았다. 고우창은 책자를 읽는 내내 그 공을 쥐고 있었다. 쥐고 있으면 따뜻한 기운이 손바닥에 전해졌다. 이게 원공이란 말이지? 하하하, 이게 우주의 근원이라고? 고우창은 소리내어 웃었다. 옆자리에 잠들어 있던 남자가 잠깐 눈을 떴다가 다시 감았다.

암스테르담이 가까워졌다는 모니터 속 메시지를 보고 고우창은 잠시 눈을 감았다. 계속 책자를 들여다봤더니 눈이 침침했다. 고우창은 고갑수를 생각했다. 만약 고갑수가 신실볼교도라면 책의 어떤 대목 때문에 볼교에 매료됐을지 생각해봤다. 책자 속 모든 글귀가 아버지가 쓴 것 같았다. 아버지가 볼스 무브먼트를 만들었다고 해도 믿을 수 있을 것 같았다.

암스테르담 스키폴 공항에 도착한 고우창은 고우인에게 다시 전화를 걸었다. 이번에는 전화를 받았다.

"나야."

"뭐야, 어떻게 된 거야? 어디야?"

고우인이 소리를 질렀다가 다시 목소리를 낮추었다. 이수진은 그 소리를 듣지 못했다. 이수진의 잠은 얼마나 깊던지, 세상이 뒤집혀진대도 물구나무선 채로 계속 잠들어 있을 것 같았다.

"여기, 암스테르담."

"거기서 뭐해? 무슨 일이야, 도대체!"

"아까 전화했는데 안 받더라."

"그게 몇 시간 전인데."

"그사이에 비행기를 탔고 여기까지 왔지. 딱 열한 시간 걸리네."

"도대체 무슨 일이냐니까!"

"얘기하자면 길어."

"길어도 얘기해. 모노 오빠한테 연락했어? 모노 오빠 지금 완전 패닉상태야."

"돈 없어진 거 모노도 알지?"

"알지 그럼. 오빠가 그런 거야? 아니지?"

"우인아, 아빠가 사라졌어."

"아빤 어떻게 된 거야? 같이 출장 간다고 했다면서?"

"아빠가 이상한 데 빠진 것 같아."

"이상한 데라니?"

"사이비 종교에 빠진 것 같아."

"사이비 종교? 어떤 종교?"

"볼교."

"불교? 불교가 왜 사이비 종교야?"

"불이 아니고 볼. 공 말이야, 공."

"그게 무슨 소리야. 볼교가 뭐야?"

"설명하자면 좀 길어. 엄마는 아직 모르시지?"

"응, 아직 얘기 안 했어."

"우인아, 잘 들어. 별일 아니야. 별일 아니니까 걱정하지 마. 모노가 다시 전화하면 조금만 기다려달라고 해. 내가 다 해결할 거니까 조금만 기다려달라고 해. 알았지? 엄마한테는 말하지 말고 출장 간 걸로 해줘."

"모노 오빠한테는 오빠가 직접 전화해."

"지금은 좀 그래. 내가 다 해결하고 전화할 거니까 조금만 기다려달라고 해."

"뭘 기다려? 얼마나 기다려?"

"내가 다시 전화할게. 거기 지금 밤이지? 네가 일어날 때쯤이면 모든 게 다 해결돼 있을지도 몰라. 다시 전화할게. 잘 자. 미안해."

고우창은 서둘러 전화를 끊었다. 고우인의 목소리를 들으니 눈물이 날 것 같았다. 고우창은 고우인에게 여태껏 단 한 번도 미안하다고 말한 적이 없었다. 그 말을 왜 했는지, 고우창은 전화를 끊고 나서도 자신을 이해할 수 없었다. 전화기 속 고우인의 목소리가 너무 생생했고 가까웠기 때문일 것이다.

고우창은 스키폴 공항에서 기차를 타고 앤트워프로 간 다음 거기서 다시 브뤼셀로 가는 기차로 갈아탈 생각이었다. 브뤼셀에 도착해 아버지를 찾은 다음 아버지를 설득해서 집으로 돌아갈 생각이었다. 모든 일들이 간단할 것 같았다. 사실 뭐, 어려울 것도 없지. 안 그래? 아빠도 내 얼굴을 보면 생각이 달라질 거야. 여기까지 찾아온 나를 보면 분명히 달라질 거야. 아빠에게도 최소한의 책임감이라는 게 있을 거 아냐. 책임감이 없다면 최소한의 양심 같은 건 있을 거 아냐.

고우창은 앤트워프로 가는 기차표를 끊었다. 기차표에 적힌 앤트워프(Antwerp)라는 글자를 계속 들여다보았지만 시간이 지나도 스펠링이 눈에 익지 않았다. 〈헬로, 모노레일〉에 등장하지 않는 도시이기 때문일 것이라고 생각했다. 고우창은 모든 일이 순조롭게 풀린다면 〈헬로, 모노레일〉 업그레이드판을 만들 때 반드시 앤트워프를 추가해야겠다고 생각했다. 게임에 어울리는 도시 이름이었다. 앤트워프, 라고 발음하면 어떤 모험담이 끝없이 흘러나오는 것 같았다.

고우창은 플랫폼에 임시로 만들어둔 대합실로 들어가 앤트워프행 기차를 기다렸다. 곧 기차가 도착할 것이었다. 고우창은 고무공을 만지작거리다가 무심코 바닥에 튕겼다. 고무공이 손에서 벗어나는 순간, 고우창은 이미 자신의 행동을 후회하고 있었다. 바닥에 닿은 고무공은 튀어올라 고우창의 키를 훌쩍 넘겼고, 대합실 천장에 부딪친 다음 아래로 떨어져서 다시 바닥에 부딪쳤고, 다시 튀어올라 천장에 부딪쳤다. 고무공은 살아 있는 생명체처럼 튀어올랐다. 탄성이 강한 것은 알고 있었지만 이렇게 제멋대로일 줄은 몰랐다. 고우창은 상체를 굽혀 고무공이 튀어오르는 걸 막으면서 무릎을 꿇고 두 손을 허공에 휘저은 끝에 간신히 고무공을 붙들었다. 바닥에 있는 공을 집는 순간 기차를 기다리던 사람들 모두 고우창을 보았다. 고우창은 태연한 척하며 고무공을 집었다. 고무공은 뜨끈뜨끈했다. 뭐야, 정말 에너지 같은 거라도 공급한다는 거야? 그럴 리 없지. 그냥 여기저기 튀어오르다가 열이 난 거겠지.

무릎을 꿇고 있던 고우창의 눈앞으로 탁구공 크기만한 쇠공이 지나갔다. 아주 짧은 순간이었지만 고우창은 그 쇠공을 자세히 보았다. 쇠공은 누군가의 가죽가방 손잡이에 달려 있었는데, 순간, 고우창의 눈앞에는 모든 풍경이 사라지고 오직 쇠공만 보였다. 그 쇠공을 본 적이 있었다. 볼스 무브먼트 사무실의 문에서 보았던 바로 그 공, 어딘지 모르게 찌그러져 있고 비대칭적인데다 가운데 점선이 있던 바로 그 공이었다. 세상에 무수히 많은 공이 있지만 고우창은 한눈에 그 공을 알아볼 수 있었다. 고우창은 일어서서 대합실 밖 플랫폼으로 나갔다. 가방을 든 사람은 플랫폼에서 기차를 기다리는 군중의 물결 사이를 빠른 걸음으로 지나갔다. 가방을 든 사람은 페도라를 쓰고 있어서 남자인지 여자인지도 분간이 되질 않았다. 사람들 머리 위로 페도라가 지나가는 것만 보였다. 그냥 단순히 비슷한 공일 거야. 그렇게 입으로 되뇌었지만 사실은 그렇지 않다는 걸 고우창은 알고 있었다. 비슷한 공일 수 없었다. 고우창이 망설이는 동안 가방을 든 사람은 순식간에 멀어졌다. 가방을 든 사람이 출발시간을 기다리던 기차에 올라타는 게 멀리 보였다. 쾰른 행 기차였다. 고우창은 어쩌면 그게 아버지일지도 모른다고 생각했다. 뒷모습은 아버지와 달랐다. 덩치도 훨씬 컸고, 걷는 모습도 달랐다. 그렇지만 자꾸만 아버지일지도 모른다는 생각이 들었다. 고우창은 쾰른으로 향하는 기차에 올라타고 싶었다. 그래야 할 것 같았다. 그 공이 갑자기 나타난 것은 자신에게 올바른 방향을 알려주기 위한 신의 선택일지도 모른다는 생각이 들었다. 그러면서도 한편 겨우 쇠공 하나가 자신의 판단력을 송두리째 흔든다는 사실을 믿을 수 없었다. 쾰른 행 기차를 출발시키기 위해 기관사가 깃발을 흔들었다.

플랫폼의 공기가 잠깐 흔들렸다. 두꺼운 공기를 밀어내 바람을 만들면서 반대편 철로로 앤트워프 행 기차가 들어오고 있었다. 고우창은 두 대의 기차를 번갈아가며 바라보았다.

16. 프링글스 검표원

기차 밖으로 지나가는 풍경은 고향에서 보던 것과 크게 다르지 않았다. 모노는 창밖으로 스쳐 지나가는 모든 풍경을 눈에 아로새겼다. 어둑어둑한 들판, 건물, 나무, 집, 나무, 덜컹, 건물, 낙서, 기찻길, 덜컹, 덜컹, 소떼, 나무, 나무, 큰 나무, 양떼, 숲, 건물, 덜컹 덜컹, 집, 들판, 낙서, 터널, 낙서가 빠른 속도로 모노의 눈앞을 지나갔다. 누군가 밖에서 똑같은 순서의 그림을 계속 반복시키고 있는지도 모른다고 모노는 생각했다.

모노는 고리를 이용해 앞좌석 등받이 뒤쪽에다 휴대전화기를 걸어두었다. 전화가 오면 곧바로 볼 수 있도록, 고우창이 전화를 하면 놓치지 않도록, 고우인이 전화하면 곧장 받을 수 있도록 눈앞에다. 눈을 감았다가 뜨면 전화기의 액정이 눈앞에 있었다. 기차가 움직이자 전화기도 좌우로 움직였다. 휴대전화기가 최면을 거는 것 같았다. 자, 이제 잠을 좀 자둬. 자고 일어나면 많은 게 달라져 있을 거야. 하나, 둘, 셋. 잠이 드는 거야. 전화기의 액정에 불이 들어왔다. 고우인이었다.

"응, 우인아."

"오빠랑 통화했어요."

"그래? 뭐래?"

"지금 암스테르담에 있대."

"암스테르담? 거긴 왜 갔어?"

"자세한 얘긴 안 했어요. 좀 횡설수설하는 것 같기도 하고, 오빠한테 미안하다고, 미안하지만 조금만 기다려달라고 전해달래요."

"왜 갔는지, 뭐가 미안한 건지, 그런 얘긴 안 해?"

"곧 모든 게 해결될 거라고, 조금만 기다려달라고요."

"뭘 기다려? 얼마나?"

"나도 모르지, 아무튼 걱정하지 마요. 별일 없을 거야."

"그래, 알았어. 우창이한테서 연락 오면 다시 전화해줘."

"응, 오빠는 어디야?"

"베니스 가는 길."

"좋겠다."

"좋을 게 뭐 있어. 거긴 밤이지? 얼른 자."

"응."

모노의 머리가 지끈거리기 시작했다. 베니스로 가는 것이 옳은 일인지 확신할 수 없었다. 고우창에게 무슨 일이 벌어졌는지도 모르는데, 태평하게 베니스로 가는 게 옳은 일일까. 그럼 어떡하지? 지금 당장 로마로 돌아가서 한국 행 비행기를 타는 게 옳은 일일까? 한국으로 가서는 뭘 하지? 달라질 게 없었다. 아무것도 모르는 채 암스테르담으로 갈 수도 없었다. 모든 게 마찬가지였다. 고우창의 말대로 기다리는 것밖에는, 어떤 일이 벌어졌는지는 모르지만 모든 게 해결되길 기다리는 것밖에는, 할 수 있는 일이 없었다.

어차피 어딘가에서 고우창의 소식을 기다려야 한다면 좀더 가까운 곳에서 기다리는 게 나을지도 모른다고, 모노는 생각했다. 베니스로 가는 길은 암스테르담과 가까워지는 길이다. 가까워지면, 고우창에게 혹시 무슨 일이 생기더라도 금방 갈 수 있다. 가까워지면, 좀더 안심할 수 있다. 그렇게 생각하니 마음이 한결 가벼워졌다. 모노는 휴대전화기를 다시 제자리에 걸어두고 등받이에 몸을 기댔다. 덜컹거리는 기차의 리듬에 맞춰 휴대전화기가 다시 좌우로 흔들렸다.

리드미컬하지만 반복적으로 움직이는 창밖의 풍경을 십 분쯤 감상하고 나자 모노는 지루해졌다. 나무가 지나갈 때 눈을 감았는데 눈을 떠도 나무였고, 덜컹 하고 나면 다시 나무, 나무, 또다른 나무, 눈길을 먼 곳으로 돌리면 들판의 소떼가 모노를 놀리듯 바라보았는데, 순간 다시 눈이 감겼다가, 아차 눈을 떠보면 휴대전화기가 좌우로 덜컹덜컹 최면을 걸고 있고, 다시, 아차 눈을 떠서 창밖을 보면 아까와 똑같은 소떼가 모노를 놀리듯 바라보고 있었다. 분명히 다른 소들일 텐데 기찻길 옆 소들의 표정은 모두 비슷해 보였다. 무표정한 소들은 불침번을 서듯 달리는 기차 옆에 교대로 붙어서서 긴 혀를 끌끌 차며 졸고 있는 모노를 비웃고 있었다. 끌끌, 저렇게 집중력이 없어서야, 저 봐라, 조는 것 좀 봐라. 모노는 눈을 감았고, 잠이 들었다. 모노가 잠든 사이 창밖의 모든 풍경은 어둠 속으로 자취를 감추었다.

누군가 모노의 어깨를 손가락으로 툭 건드렸다. 아주 미세한 접촉이었지만 모노는 쇠공으로 어깨를 두들겨맞기라도 한 것처럼 자리에서 벌떡 일어섰다. 꿈과 현실의 경계에서 어느 쪽으로 발을 내밀어야 할지 알 수 없었다. 객실에는 모노가 잠들기 전과 마찬가지로 대여섯 명의 승객이 각자 제자리에 조용히 앉아 있었다. 모노가 잠들어 있던 십 분 사이 객차 실내의 공기가 달라져 있었다. 하지만 무엇이 바뀐 것인지는 정확하게 집어낼 수가 없었다. 창밖의 풍경이 바뀐 것인가, 아니면 기차의 방향이 달라진 것인가, 아니면 기차의 속도가 달라진 것인가, 아니면,

아니면?

아니면.

"기차표를 보여주시겠습니까, 손님."

모노는 그제야 녹색 승무원 복장을 한 남자가 뒤에 서 있는 걸 발견했다. 승무원은 자신의 뜻대로는 절대 움직이지 못하고, 누군가의 지시가 있어야만 다음 행동을 결정할 수 있는 존재이기라도 한 듯 작은 움직임도 없이 꼿꼿하게 서 있었다. 승무원은 키가 컸고, 뼈대가 굵직해서 사람이라기보다 전봇대나 기둥 같은 게 서 있는 것처럼 보였다. 길쭉한 원통형 인간이라고 해야 할까, 아니면 프링글스 과자통 같다고 해야 할까. 모자를 벗기면 그 속에 납작한 과자가 차곡차곡 쌓여 있을 것 같았다.

"네?"

모노는 되물었다.

"기차표요, 차표."

승무원은 엄지와 검지로 모노의 눈앞에다 작은 직사각형을 만들어 보였다. 승무원은 자신의 영어가 제대로 전달된 것 같지 않아 마음이 언짢았지만 내색하지는 않았다.

"차표요? 아, 예, 차표요. 여기 있습니다."

모노는 주머니에 들어 있던 기차표를 승무원에게 건넸다. 승무원은 기차표를 유심히 들여다보았다. 모노는 불안한 마음으로 승무원의 눈을 쳐다보았다.

"무슨 문제가 있습니까?"

"아닙니다. 문제는 없습니다. 차표를 오래 보는 게 습관이 되어서요."

승무원은 펀치를 손에 쥐고 기차표에다 작은 구멍을 냈다. 기차표에 구멍이 나는 순간 동그랗고 작은 종이가 허공으로 튀어올랐다. 승무원은 왼손을 뻗어 순식간에 그 작은 종잇조각을 낚아챘다.

"우와!"

모노는 저도 모르게 탄성을 질렀다. 승무원은 입가를 끌어올리면서 모노를 향해 웃어 보였다. 그 짧은 탄성이 모노와 승무원 사이에 있던 어떤 얇은 막을 걷어내버렸다. 서로 다른 세계에 있던 두 사람이 한곳으로 모였다.

"베니스에는 놀러 갑니까?"

"예? 제가 베니스에 가는 걸 어떻게 아세요?"

"기차표에 적혀 있잖아요."

"아, 그렇죠. 아니요. 다른 볼일이 있어서."

"아름다운 동네죠. 골목도 많고."

"저는 처음이에요."

"베니스를 좋아하게 될 겁니다."

"아까 그 동작, 멋있어요."

모노는 승무원이 종잇조각을 낚아채던 동작을 흉내냈다. 승무원은 왼손을 허공에다 던진 다음 공기를 휙, 낚아채며 춤을 추는 것처럼 움직였지만 모노의 동작은 힘없이 허공에 떠 있는 파리를 낚아챌 때처럼 밋밋하고 뻣뻣했다. 모노의 뻣뻣한 동작이 오히려 승무원을 웃게 만들었다. 프링글스 과자통을 닮은 승무원은 프링글스 과자통의 프링글스 아저씨처럼—프링글스 아저씨가 웃는 것처럼 보이는 것은 콧수염 때문이지 실제로 웃는 것은 아니라는 주장도 있지만—웃었다. 승무원에게는 콧수염이 없었지만 콧수염처럼 보이는 입가의 주름이 많았다. 승무원이 웃을 때마다 입가의 주름이 사방으로 뻗어나갔다.

이번에는 승무원이 자신을 흉내내는 모노를 다시 흉내냈다. 입술을 비틀고 얼굴을 찡그리고 팔을 흔들며 모노의 동작을 따라 했다. 허공에다 손을 던지고 아무렇게나 흔들었다. 동작으로만 보면 신체장애가 있는 사람처럼 보이기도 했다. 모노는 조금 부끄러웠지만 프링글스 승무원씨에게 나쁜 뜻이 있어서 그런 게 아니란 걸 알았기 때문에 가만히 웃어주었다.

프링글스 승무원씨는 주머니에서 손톱보다 더 작은 동그란 종잇조각을 한움큼 꺼내 모노에게 보여주었다. 펀치로 뚫은 동그란 종잇조각들이 좁은 우리에 갇힌 병아리들처럼 빼곡하게 모여 있었다. 병아리들이 아니라 계란일지도 모르지. 저 종잇조각에서 손톱보다 작은 병아리들이 뛰쳐나올지도 모르는 거지. 종이가 찢어지면서 평면처럼 보이던 종이 저 밑바닥에서 꿈틀거리며 작은 병아리들이 기어나오는 거지. 모노는 수많은 종잇조각 사이로 병아리가 튀어나오는 상상을 하다 소름이 끼쳤다.

"이걸 왜 모으는 거예요?"

"궁금하죠?"

"궁금한데요."

"정말 알고 싶어요?"

"네, 알고 싶은데요."

"비밀 지킬 수 있습니까?"

"누구한테 비밀을 지켜야 하는데요?"

"모두에게."

"아무에게도 말하면 안 되는 건데 저한테 얘기해주신다고요?"

"당신은 눈이 맑아서 믿음이 가는군요."

"얘기해보세요."

프링글스 승무원씨는 양쪽 출입구를 확인하고는 모노의 통로 건너편에 앉았다. 그가 의자에 앉자 굽혀지지 않을 것 같던 원통이 반으로 접혔고, 뱃살이 옷 주름을 편평하게 만들며 불룩하게 튀어나왔다. 몸속에 과자가 들어 있었다면 가운데 부분의 과자들은 모두 바스러졌을 것이다.

"동그란 이 종잇조각들을 자세히 보세요."

프링글스 승무원씨가 오른손을 통로 건너편의 모노에게 내밀었다. 모노는 손바닥 위 종잇조각들을 자세히 들여다보았다. 쉰 개 정도의 동그란 종잇조각들이 소복하게 쌓여 있었다. 특별할 건 없어 보였다.

"자세히 보면 색이 다르죠. 어떤 것은 회색이고 어떤 것은 흰색입니다."

"그거야 기차표 앞면이 회색이고 뒷면이 흰색이니까 그렇겠죠."

"오, 예리한데요. 예리해요."

"그 정도는 누구나 다 아는 거 아닙니까?"

"누구나 알지는 못해요. 누구나 아는 건 아닙니다. 절대로요. 그럼 왜 어떤 건 뒷면이 위쪽으로 보이고, 어떤 건 앞면이 위쪽으로 보일까요."

"그거야."

"그거야?"

"우연이겠죠."

"우연이다? 이 모든 게?"

"모든 게 그렇다는 게 아니라 하나하나의 종잇조각이 앞면이나 뒷면이 된 건 우연이겠죠."

"하나하나는 우연일지 모르지만 그렇다면 전체적인 그림은 어떨까요?"

"모르겠어요."

"모르겠죠? 저도 모르겠습니다. 주머니에 손을 넣고 종잇조각 한움큼을 꺼냈을 때 왜 어떤 것들은 앞면이 위쪽이고 어떤 것들은 뒷면이 위쪽인지 말입니다. 저는 가끔 그걸로 점을 치기도 합니다.

점을 믿습니까?"

"아뇨."

"동양 사람들은 다들 점을 믿는 줄 알았습니다."

"믿지는 않지만 점을 쳐본 적은 많습니다. 어떤 식으로 점을 치는데요?"

"회색이 많으면 우울한 날, 흰색이 많으면 밝은 날, 하하하."

"단순하네요."

"점은 단순할수록 좋은 거 아니겠어요. 점을 치는 이유가 뭡니까. 복잡해 보이는 현실을 어떻게 하면 단순하게 생각할 수 있을까, 그걸 알아보는 거 아닙니까?"

프링글스 승무원씨는 이야기 사이사이 창밖을 내다보았다. 기차가 어디쯤 지나고 있는지를 확인하기 위해서였다. 모노의 눈에 보이는 것은 완전한 어둠뿐이었지만 프링글스 승무원씨는 어둠 속을 잠깐만 들여다보아도 기차가 어디를 지나고 있는지 알 수 있었다.

"그럼 점을 치기 위해서 이 종잇조각들을 모은단 말씀이세요? 그게 비밀인 거죠? 절대 아무에게도 말하면 안 되는."

"아, 아닙니다. 그런 건 비밀이 아니죠. 이제 비밀을 말해드리죠. 이 동그란 종잇조각을 삼천만 개 모아야 합니다. 삼천만 개를 모으면 특별기동검표반이 될 수 있습니다."

"특별기동검표반요?"

"특별, 기동, 검표반."

"그게 뭔데요?"

"설명하기가 쉽지 않습니다만, 이름에서 뭔가 느껴지지 않습니까? 특별, 기동, 검표반."

"검표는 지금 하고 계시는 일이고, 기동이라는 건 바쁘게 움직이는 거고, 특별하다는 건 특별한 거겠죠. 특별히 바쁘게 움직이면서 검표를 하는 직업이라는 건데, 특별히 좋아 보이진 않는데요. 일이 많을 것 같아요."

"특별기동검표반은 검표원들의 꿈입니다. 일종의 비밀경찰 같은 겁니다. 유럽의 어느 곳에서나 활동할 수 있고 어느 기차에서나 존경받는 인물이죠. 어느 기차에나 올라탈 수 있고, 어떤 승객이라도 차표를 검사할 수 있습니다. 그리고 또하나, 특별한 비밀임무가 있다고 들었습니다. 저도 지금은 그게 어떤 일인지 모릅니다. 대단한 일이겠죠. 삼천만 개의 차표를 만져보고 삼천만 개의 종잇조각을 모아야 가능한 겁니다."

"그러니까 일종의 쿠폰의 세계인 셈이군요."

"쿠폰이라니오?"

"쿠폰을 모아서 새로운 걸 얻는 거 아닙니까? 저희 동네에도 그런 슈퍼마켓이 있어요. 쿠폰 백 장을 모아서 가져가면 고급 티슈세트를 선물로 줍니다. 쿠폰의 세계만큼 아름다운 게 없죠."

"하하하, 이야기를 듣고 보니 그렇군요. 쿠폰의 세계였군요."

"지금까지 몇장을 모으신 거예요?"

"그건 누구에게도 말할 수 없습니다. 혼자서 조용히 숫자를 세야 하는 거예요. 검표원이 되면 맨 먼저 펀치와 차푯조각을 모아두는 폴더를 지급합니다. 매일 저녁 집에 돌아가서 그날분의 차푯조각을 폴더에 붙이고 그 숫자를 셉니다. 조용히 그날의 승객과 그날의 차표와 그날의 기찻길을 생각하는 겁니다. 그렇게 조용한 시간들을 견뎌낸 자만이 특별기동검표반이 될 수 있어요."

"와, 대단합니다. 그런데 어떤 대목을 비밀로 해야 하는 거죠?"

"특별기동검표반이란 말을 들어본 적 있습니까? 없죠? 특별기동검표반은 완전한 비밀조직입니다. 일반인들은 알아서 안 되는 단어죠. 특별한 일을 하는 사람들이니까요."

"그런데 일반인인 저한테 그 얘기를 하시는 거고요?"

"눈이 맑다니까, 당신은."

프링글스 승무원씨는 창밖을 유심히 살피더니 갑자기 의자에서 일어섰다. 부스러졌던 과자는 제 모습을 찾지 못하겠지만 구부러졌던 원통 모양은 되살아났다. 쭈글쭈글했던 옷의 주름도 그의 몸에 맞게 팽팽해졌다. 승무원은 모노를 향해 크게 한번 웃어 보이고는 펀치를 달그락거리며 출입구 쪽으로 걸어갔다. 모노는 그의 뒷모습을 유심히 살폈다. 발과 다리가 의자에 가려서 보이지 않았기 때문에 원통이 허공에서 허공으로 스르륵, 움직이는 듯했다. 프링글스 승무원씨는 분명히 웃고 있었다. 뒷모습만 봐도 웃고 있다는 걸 알 수 있었다. 어째서 웃는 것일까. 모노는 꿈을 꾼 것일지도 모른다고 생각했다. 녹색 옷을 입은 승무원이 갑자기 나타났다. 동그란 차푯조각을 주머니에 넣고 다니면서 특별기동검표반이라느니, 비밀조직이라느니, 이상한 이야기만 늘어놓고는 사라졌다. 현실보다는 꿈의 세계에 더 어울리는 광경이었다.

이상한 점이 하나 더 있었다. 프링글스 승무원씨는 모노의 표만 확인했을 뿐 다른 승객의 표는 검사하지 않고 사라졌다. 모노는 창밖을 바라보았다. 자신의 얼굴이 보였다. 모노의 얼굴이 모노의 얼굴 같지 않았다. 모노는 창에 비친 자신의 얼굴을 자세히 들여다보았다. 뭐가 바뀐 것인지 알 수 없었다. 순식간에 늙어버린 것 같기도 했고 대여섯 살 꼬마의 얼굴이 된 것 같기도 했다. 어쨌거나 자신이 알고 있던 자신의 얼굴이 아니었다. 모노는 프링글스 승무원 씨를 쫓아가기 위해 출입구 쪽으로 뛰어갔다.

기차가 멈추고 있었다. 덜컹거림이 거세지고 좌우로 심하게 흔들리더니 기차의 속도가 느려졌다. 모노는 출입구 쪽을 향해 빨리 걸었다. 승객들은 대부분 잠에 빠져 있었다. 출입문을 열면 거기에 한 번도 보지 못한 세계가 있을지도 모른다고 모노는 생각했다. 어떤 세계? 블랙홀 같은 세계? 문을 여는 순간 엄청난 힘이 모노를 끌어당긴 다음 낯선 세계에다 사정없이 내팽개칠지도 몰랐다. 모노는, 다시는 이 세계로 돌아올 수 없을지 모른다. 창밖의 풍경처럼 완벽한 암흑. 두 개의 주사위를 던져 똑같은 숫자가 나오면 이 세계로 돌아올 수 있다. 그러나 모노의 손에 쥐여진 주사위는 한 개뿐이다. 하나의 주사위를 더 찾아야 하지만 완벽한 암흑의 세계에서 주사위를 찾는 것은 불가능하다. 모노는 바닥을 기면서 작고 단단한 정육면체의 주사위를 찾기 위해 어둠 속을 더듬어보지만 세계는 너무 넓다. 모노는 머리를 흔들었다. 그런 세계는 없다. 모노는 출입문을 열었다.

보통의 기차 연결칸과 다를 게 없었다. 모노가 출입문을 여는 사이 기차가 멈췄고, 기차의 모든 움직임이 정지했다. 안내방송이 흘러나왔지만 무슨 말인지 알아들을 수 없었다. 머뭇거리는 사이 프링글스 승무원씨는 이미 모노의 눈앞에서 사라지고 없었다. 모노는 다음 객실 문을 열었다. 거기에도 뒷모습은 보이지 않았다. 모노는 기차에서 내려보았다. 멀리 프링글스 승무원씨가 걸어가고 있었다. 모노와 그 사이의 거리는 백 미터도 넘을 것 같았다. 소리 내어 부르고 싶었지만 그의 이름을 몰랐다. 프링글스라는 단어가 생각났지만 그 이름으로 부를 수는 없었다. 지나가던 매점 아저씨가 프링글스를 찾느냐며 과자통을 건네줄지도 몰랐다.

헤이.

모노는 작은 목소리로 불렀다.

헤이.

조금 더 큰 목소리로 불렀다.

프링글스 승무원씨가 돌아보았다. 돌아보았지만 모노는 아무 할 말이 없었다. 당신이 뭔가 바꾸어놓은 건가요? 뭔지는 모르겠지만 어떤 걸 바꾸어놓은 건가요? 큰 소리로 소리치기엔 문장이 너무 길었다. 도대체 뭘 한 거야?

프링글스 승무원씨가 오른손을 들더니 모노를 향해 흔들었다. 그게 아니야, 지금 인사를 하는 게 아니라고, 이 뚱땡이 원통 모양의 프링글스 승무원 같으니라고. 모노는 그런 생각을 하면서도, 저도 모르게 오른손을 흔들고 있었다. 프링글스 승무원씨는 오른손에 든 물건을 모노에게 보여주고 있었다. 오른손에 들린 물건이 반짝, 하고 가로등 빛을 반사해서 모노에게 보내주었다. 펀치였다. 모노는 먼발치에서도 그게 펀치라는 걸 알아보았다. 프링글스 승무원씨는 펀치를 바닥에 내려놓고는, 모노를 향해 두 손을 내밀어이 펀치는 이제 네 것이니 어서 가져가라는 제스처를 해 보였다.

기적이 울렸다. 출발하겠다는 신호인 듯했다. 프링글스 승무원씨는 펀치를 바닥에 내려둔 채 역사를 향해 걸어갔다. 모노는 펀치를 가지러 뛰어가고 싶었지만 객실 선반에 올려둔 여행가방이 생각났다. 늘 이놈의 가방이 문제군. 멀리 승무원이 깃발을 들고 출발신호를 보내고 있었다. 모노는 객실 안으로 뛰어들어가서 선반에 얹혀 있던 여행가방을 내렸다. 완전히 다른 세계일지도 몰라. 환상의 세계가 너를 이 세계에서 끄집어내려는 거야. 거기에 말려들면 다시는 이 세계로 돌아올 수 없을지도 몰라. 뭐 어때, 어차피 이 세계도 내 세계는 아니잖아. 낯선 나라, 낯선 도시, 낯선 세계야. 조금 더 낯설다고 달라질 게 뭐 있어. 망설일 시간이 없었다. 모노는 피콰드로 가방을 걸쳐메고 커다란 여행가방을 품에 안은 채 출입문 쪽으로 다시 뛰었다. 기차 문이 닫히고 있었다. 모노는 발을 내밀었다. 그리고 힘껏 걷어찼다. 문이 다시 열렸다. 모노는 기차에서 뛰어내렸다. 모노의 뒤로 문이 닫히고 기차는 곧장 출발했다. 기차에서 내린 승객 몇 명이 어둠 속에서 역사를 향해 걸어가고 있었다. 프링글스 승무원씨는 사라졌지만 그가 놓고 간 펀치는 버려진 작은 동물처럼 반짝, 소리를 내며 바닥에 웅크리고 있었다.

17. 산책로 No. 3

자고 일어나면 많은 것이 바뀌어 있을 테지만 고우인은 밤새 잠을 이룰 수가 없었다. 모노와 고갑수와 고우창이 고우인의 머릿속을 어지럽게 돌아다녔다. 세 사람은 자신들의 이야기를 늘어놓느라 고우인의 머릿속을 밤새 시끄럽게 만들었다. 고우인은 잠자는 걸 포기하고 침대에 누운 채 조용히 그들의 이야기를 들었다.

네 목소리 들으니까 좀 안심이 된다. 내 곁에 언제나 함께 있어줄 거지? 너하고 같이 있으면 하나도 외롭지 않아. 모노가 말했다. 고우인은 싱긋거리며 천장을 바라보았다. 몇 시간 전에 통화했던 모노의 목소리가 귓가에 생생하게 남아 있었다. 거긴 밤이지? 잠 깼겠다. 잘 자. 응, 오빠, 그런데 오빠 생각하니까 잠이 안 와. 우인아, 정신차려. 아빠가 사이비 종교에 빠진 것 같다니까. 거짓말이 아니야. 볼교에 빠졌다니까. 고우창의 목소리가 모노를 밀어냈다. 오빠, 조금만 기다려봐. 모노 오빠랑 이야기하고 있잖아. 우인아, 아니야. 그런 게 아니야. 아빠가 그럴 리가 있겠어? 우인아, 아빠를 가장 잘 이해하는 사람이 너잖아. 네가 날 몰라주면 어떡해. 이건 모두 외계인들의 음모란다. 아빠를 궁지에 몰아넣고 지구를 정복하려는 외계인들의 음모야. 지구가 위험해. 우인아, 어서 날 구해줘. 네가 오면 날 구할 수 있어. 네가 빨리 움직여야 해.

세 사람은 천장에 찰싹 붙은 채 서로의 얼굴은 보지 않고 자신의 말만 열심히 하고 있었다. 고우인은 모노와 고우창의 얼굴을 천장에서 지우고 아빠에게 말을 걸었다.

"아빠."

"응, 우인아."

"난 아빠 믿어."

"그래야지."

"아빠가 회사 돈을 들고 간 건 아니지? 오빠가 잘못 알고 있는 거지? 이상한 종교에 빠진 것도 아니지?"

"물론이지, 우인아."

"아빤 어쩔 수 없이 끌려간 거지?"

"맞아, 우인아."

"아빠, 그런데 볼교라는 게 뭐야?"

"우인아, 그런 건 인터넷을 찾아봐야지."

고우인은 책상 앞으로 가서 노트북 전원을 켰다. 검색창에다 볼교라고 적은 다음 엔터키를 눌렀다. 불교를 볼교라고 잘못 쓴 몇 개의 글이 있었고, 불교를 볼교라고 잘못 썼다는 이유로 욕설을 퍼붓는 댓글이 있었고, 위키피디아 검색 결과에 몇 줄의 정보가 나타났다.

볼교(ball敎; Balls Movement)

볼교, 혹은 볼스 무브먼트는 우주의 모든 원리가 볼에 집약되어 있다고 생각하여 볼을 찬양하고 숭배하는 종교다. 태초에 우주자(볼교에서의 神)가 하나의 구슬을 만든 다음 그 구슬을 무한복제해 지금의 우주를 만들었다고 믿으며, 우주는 무수히 많은 구슬을 품은 거대한 볼이라고 여긴다. 볼교의 총본부는 벨기에의 브뤼셀에 있다.

고우인은 몇 줄 되지 않는 그 문장들을 한참 들여다보았다. 모든 원리가 볼이라, 무한복제하고, 무수히 많은 구슬을 품은, 거대한 볼이란 말이지. 고우인은 한숨을 쉬듯 모니터에 떠오른 문장들을 따라 읽었다. 무슨 말인지 이해하기 힘들었다. 고우인은 노트북을 닫고 다시 침대에 누웠다.

"아빠, 무슨 말인지 모르겠어."

고갑수는 아무런 대답이 없었다.

"아빠!"

고우인은 천장을 향해 소리를 질렀다.

"이제부터는 너 혼자 생각해야 해."

"왜?"

"나는 그냥 이미지일 뿐이잖아. 실재하는 게 아니라고."

"그거야 알지. 그래도 대답은 해줄 수 있잖아."

"여기까지야. 나머지는 나도 얘기해줄 수 없어."

"그런 게 어디 있어. 어쨌거나 나타났으면 책임을 져야지."

"이젠 너 혼자야. 너 혼자 나를 찾으러 와야 해."

고갑수는 천장에서 사라졌다. 고우인은 한동안 말없이 누워 있었다. 천장에는 이제 아무도 없었다. 고우인은 자신이 직접 그려둔 천장의 낙서들을 꼼꼼하게 살폈다. 구석구석 숨겨놓은 낙서를 확인하다보면 잠이 오기도 했다. 낙서를 모두 확인했는데도 잠이 오지 않아서 책상을 밟고 올라가 새로운 낙서를 그려넣었다. 고우인은 새벽 5시쯤 얕은 잠에 빠졌다가 두 시간 만에 깨어났다.

고우인은 엄마를 깨우지 않기 위해 조심조심 집을 빠져나갔다. 자신만의 마을 산책길을 걷다보면 좋은 생각이 떠오를 것 같았다. 고우인이 자주 이용하는 자신만의 산책길은 모두 세 군데였는데, 1번은 동네와 학교와 번화가를 관통하는 평범한 코스였고, 2번은 야트막한 뒷산을 통과하여 건너편 동네까지 다녀오는, 제법 운동이 필요한 코스였고, 3번은 뒷산의 둘레를 이리저리 가로질러야 하는 (고우인이 붙인 이름으로는) 뱀 발자국 코스였다.

생각해볼 필요도 없이 3번이었다. 3번은 고갑수가 고우인에게 알려준 산책길이었다. 고갑수는 고우인의 작은 손을 잡고 산길을 걸으면서 어린 여자아이에게는 전혀 어울리지 않는 이야기를 들려주었다.

"와, 아빠, 이 꽃은 별 모양이야."

"우인아, 별은 이렇게 생기지 않았어."

"선생님이 이게 별 모양이라고 했어."

"그건 선생님이 잘 몰라서 그러는 거야. 하늘에 떠 있는 모든 별들은 동그랗게 생겼어. 우인이는 지구가 어떻게 생겼는지 배웠지?"

"응, 공처럼 생겼어."

"맞았어. 지구가 공 모양인 것처럼 다른 별들도 다 공 모양이야."

"그런데 별을 왜 그렇게 그려?"

"그건 말야, 사람들은 자기 눈에 보이는 그대로가 진리라고 믿기 때문이야. 그런데 인간의 눈으로는 별을 제대로 볼 수 없거든. 빛이 번져나가서 삐죽삐죽하게 보이는 건데, 사람들은 그게 진짜 별 모양인 줄 아는 거야. 진리는 동그라미 속에 있는데 사람들은 그걸 몰라. 아무도 몰라."

"아빠, 무슨 말인지 모르겠어."

"우인이가 크면 알게 될 거야."

"진리가 무슨 뜻이야?"

"진짜라는 거. 확실하게 움직이지 않는 거. 동그란 모양이 진리야."

"난 동그란 모양보다 별 모양이 더 예쁜데."

"동그란 모양이 별 모양이고, 별 모양은 동그란 거라니까."

"그럼 별 모양은 뭐라고 불러?"

"그 모양을 꼭 불러야겠어?"

"응."

"왜 부르려고?"

"별 모양하고 비슷한 게 나오면 불러야 하잖아."

"우인아, 별 모양이 아니고…… 그래, 그럼 불가사리하고 비슷하니까 불가사리 모양이라고 부르자."

"불가사리 모양이라는 말은 안 예쁘잖아."

고우인은 혼자서 3번 산책길을 걸으면서 아빠를 생각했다. 아침의 시원한 공기가 콧잔등과 턱을 감쌌다.

두 사람의 산책이 시작된 건 사고로 고우인의 얼굴에 흉터가 생긴 후부터였다. 고갑수는 그렇게라도 자신의 잘못을 뉘우치고 싶었다. 막상 딸과 이야기를 시작하면 이상한 말만 해대는 고갑수였지만 손을 꼭 쥐고, 산책하고, 이런저런 이야기를 하고 나면 고해성사라도 하고 난 기분이 들었다. 우주자로부터 '죄 사함'을 받는 것 같았다.

고우인 역시 아빠의 손을 잡고 걷는 게 좋았다. 중학생이 되고 나서도 고우인은 아빠와 산책을 하고 싶었지만 고갑수는 더이상 시간을 내주지 않았다. 그때 고갑수는 인생을 바꿀 준비를 차근차근 하고 있었으니 딸과 함께 빼뚤빼뚤한 산책길을 걷고 있을 여유가 없었겠지.

고우인은 땅을 보며 걸었다. 보물이라도 찾아낼 기세였지만 풀과 나무와 돌멩이밖에는 보이지 않았다. 오랜만에 걸어서 길이 낯설게 느껴진다고, 고우인은 생각했다. 낯선 게 좋다. 낯설어야 모든 게 더 잘 보인다. 어딘가 아빠의 흔적이 있을지 몰라. 어쩌면 아빠는 혼자서 이 길을 계속 다녔는지도 몰라. 이제부터는 너 혼자 생각해야 해. 고갑수의 목소리가 들렸다.

뒷산 꼭대기 근처에 도착했을 때 고우인은 이상한 표식을 발견했다. 베어진 나무의 그루터기 한가운데가 동그라미로 도장을 찍은 것처럼 까맣게 그을려 있었다. 그루터기에 새겨진 크고 작은 수많은 동그라미 한가운데에 자리잡은 작은 동그라미였기 때문에 구석구석 관찰전문가가 아니면 찾기 힘든 것이었다. 그루터기에 새겨진 나이테와 구별하기가 쉽지 않았다. 고우인은 그을린 동그라미를 보는 순간 아빠의 흔적임을 직감했다. 작은 동그라미 속에 작은 엑스자가 들어 있었다.

ⓧ

고우인은 그루터기들을 살폈다. 거인들이 사용하는 길쭉한 전기톱으로 한꺼번에 베어낸 것처럼 백여 그루의 그루터기가 가지런히 언덕에 박혀 있었다. 어떤 이유 때문에 이 많은 나무를 잘라내게 된 것일까. 고우인은 그 이유를 생각해보았다. 아빠가 사라진 것과 이 그루터기 사이에 어떤 관계가 있는 것이 아닐까. 고우인은 그루터기를 하나씩 살폈다. 어떤 곳에는 그을린 엑스 동그라미가 있었고, 어떤 곳에는 없었다. 고우인은 엑스 동그라미가 그려진 그루터기 위에다 나뭇가지들을 얹어서 표시해두었다. 그을린 엑스 동그라미가 있는 그루터기는 모두 열두 개. 고우인은 나뭇가지가 얹힌 그루터기들을 한 발짝 떨어져서 바라보다 그 형상에 숨이 멎는 줄 알았다. 그것은 분명히 화살표였다.

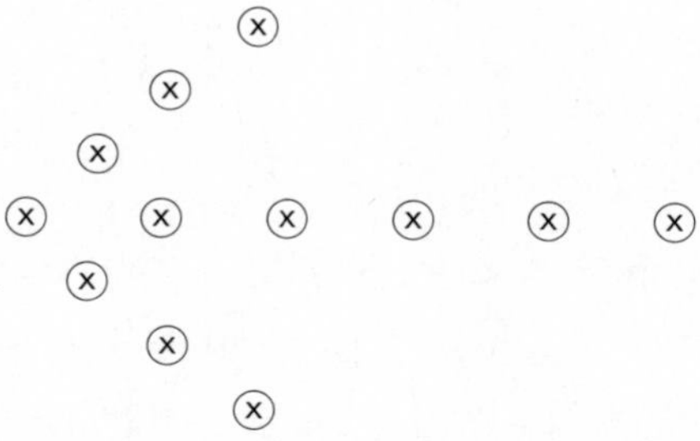

화살표는 어딘가를 가리키고 있다. 그곳이 어디일까. 고우인은 그루터기가 가리키고 있는 쪽으로 고개를 돌렸다. 집과 반대방향이었다. 무슨 뜻일까. 집밖으로 나가라? 집을 떠나라? 아빠는 그래서 집을 나간 것일까. 가출의 화살표? 아니야, 그렇게 단순한 뜻일리 없잖아. 고우인은 그루터기에 앉아 생각했다. 이 동그라미를 아빠가 만들었다면 누구를 위한 메시지일까. 스스로를 위한 메시지일까, 아니면 나를 위한 메시지일까. 고우인은 고개를 저었다.

이것은 분명히 외계 비행물체를 위한 신호다. 그루터기에 작은 동그라미로 신호를 만들어서 비행물체를 인도하기 위한 것이다. 지구인들은 도저히 볼 수 없고, 엄청난 시력을 지닌 외계인들만 볼 수 있는 작은 동그라미를 그린 것이다. 그렇다면 그들을 어디로 인도하는 것일까. 화살표를 따라가면 어디가 나올까. 그 끝이 어디일까.

고우인은 화살표가 가리키고 있는 먼 풍경들을 보다가 그 방향의 저 끝에 유럽이 있다는 것을 깨달았다. 볼교의 본부는 벨기에의 브뤼셀에 있다고 했지. 아빠는 정말 볼교에 빠진 걸까. 외계 비행물체를 볼교로 데려가기 위해 동그라미를 그린 것일까. 아니야, 아빠가 그렇지 않다고 했잖아. 그렇다면,

아빠는 납치당한 거야.

고우인은 소리내어 말했다. 분명히 납치당한 거야. 아빠는 외계인들에게 납치당하는 그 순간, 자신이 어디로 끌려가는지 알게 됐고, 나에게 그걸 알려주기 위해 그루터기에다 신호를 만든 거야.

이렇게 작은 신호는 나밖에 알 수 없으니까. 내가 '구석구석 관찰 전문가'라는 건 아빠도 아니까 나에게 이런 신호를 남긴 거야. 동그라미 속에 엑스가 들어 있다는 것은 동그라미를 부정한다는 뜻일 거야. 아빠가 불교에 빠진 게 아니라는 증거야. 그래, 아빠는 그렇게 급박한 순간에도 내 생각을 해냈구나. 그렇게 급박한 순간인데도 나를 위해 정성스럽게 작은 동그라미를 열두 개나 만들어냈구나. 고우인은 눈물이 날 것 같았다.

길 가던 개에게 의견을 물어봐도 알 수 있을 정도로 터무니없는 상상이 분명했지만 고우인은 자신의 생각에서 빈틈을 찾아낼 수 없었다. 추리는 완벽하고 모든 상황은 잘 들어맞았다. 고우인은 아빠를 구해야겠다고 마음먹었다. 아빠는 지금 분명히 브뤼셀에서 나를 기다리고 있을 거야. 새벽에 들었던 목소리가 선명했다. 이젠 너 혼자야. 너 혼자 나를 찾으러 와야 해.

기다려, 아빠. 고우인은 집을 향해 뛰었다. 이러고 있을 때가 아니었다. 오빠가 믿어주지 않아서 아빠는 더욱 절망하고 있을 거야. 바보 같은 오빠. 고우인은 뛰면서 생각했다. 너무 늦은 건 아닐까. 뛰면서 자신을 탓했다. 어째서 아빠의 구조신호를 더 빨리 찾아내지 못한 것일까. 뛰면서 모노를 생각했다. 모노 오빠라면 나를 도와줄 거야. 모노 오빠와 함께 아빠를 구해야겠다. 모노를 생각하자 고우인의 입가에 웃음이 생겼다. 혼자가 아니야. 고우인은 더 빨리 뛰었다.

고우인은 집에 도착하자마자 짐을 쌌다. 엄마에게는 지방으로 출장 간다는 핑계를 댔다. 말도 안 되는 핑계는 아니었다. 고우인은 공항으로 가는 택시에서 모노에게 계속 전화를 걸었다. 신호는 갔지만 전화를 받지 않았다. 택시에서 내릴 때까지도 모노는 전화를 받지 않았다. 불안한 마음이 들었지만 일단은 유럽으로 날아가기로 했다. 고우인은 티켓박스 앞에 서서 암스테르담이요, 라고 크게 소리쳤다.

18. ×, ○

고우인이 아빠의 흔적이라고 생각했던 엑스자 동그라미는, 실은 두 명의 동네 고등학생이 만든 것이었다. 불량서클을 만들어보는 게 학창 시절의 소원이었던 두 녀석은 조직의 이름을 정하기 위해 그루터기에 앉아 한참을 고민하고 있었다.

"폭투 어때?"

"무슨 뜻인데?"

"폭력적인 두 명의 아이. 폭, 투."

"야, 무슨 야구서클 이름 같잖아. 우리 둘밖에 없으니 차라리 더블플레이로 하자 그러지."

"씹새, 말만 많아가지고, 더블플레이면 둘 다 죽는 거잖아. 그럼 네가 생각해봐."

"좀 그럴듯한 거 없냐? 졸라 쌔끈한 거, 무섭고 살벌하고 그런 거."

"영어로 할까? 난, 영어 쓰면 살벌하더라."

"영어 알아?"

"폭투도 반은 영어잖아."

"야, 투가 영어냐?"

"그럼 한글이냐?"

"그런 거 있잖아. 어이, 선생들. 우린 머리에 든 거 없는 그런 폭력서클이 아니야. 우린 입시교육에 반대하고, 우릴 감옥에 가두고 길들이려는 너희들에게 저항하는 거야."

"저항해? 진짜로?"

"그냥 멋있어 보이잖아."

"그럼 오엑스 어때?"

"오엑스?"

"오엑스 문제 내잖아. 난, 씨팔, 오엑스 문제가 젤 좆같아. 네 개 중에 하나 찍었다가 틀리는 건 괜찮은데 두 개 중에 하나 찍어서 틀리면 기분 진짜 더럽지 않냐."

"야, 말 된다. 우릴 오엑스로 나누지 마라. 공부 잘하는 새끼, 못하는 새끼로 나누지 마라. 우등생 열등생으로 나누지 마라. 뭐 그런 거 같잖아."

"야, 우리 진짜 머리 좋다. 그리고 영어야, 영어."

"야, 오엑스가 영어냐? 알파벳이지. 근데 오엑스보다는 엑스오가 더 살벌하게 들리지 않냐? 엑스가 먼저 나와줘야 좀 거친 느낌이 든단 말야."

"좀 그러네."

"좋다. 엑스오로 하자."

두 녀석은 영어를 거의 몰랐기 때문에 엑스오가 포옹과 키스를 뜻하는 따뜻한 약어일 줄은 꿈에도 생각하지 못했다. 생애 처음으로 만든 폭력서클의 뜻이 '포옹과 키스'라는 사실을 알게 됐을 때, 두 사람은 어떤 표정을 지을까. 뭐, 창피해서 죽고 싶지 않을까.

두 고등학생은 며칠이 지나서 다시 그루터기 언덕으로 왔다. 한 녀석이 엑스 동그라미 모양의 철물을 구해왔고, 그걸 불에 달구어 어깨에다 문신을 하기로 했다. 두 사람은 모닥불을 지피고 엑스 동그라미 모양의 철물을 발갛게 달구었지만 쉽게 엄두를 내지 못했다. 누가 먼저 문신을 할 것인가에 대한 논의가 오갔고, 과연 위생적인가에 대한 논의가 오갔고, 도대체 어느 정도의 화력인지를 알아야 참아도 참을 것 같다는 의견이 나왔다. 두 사람은 불에 달군 엑스 동그라미 모양을 그루터기에다 지졌다. 야, 이거 장난이 아니다. 우와, 연기 봐라. 뜨겁겠지? 뜨겁지 그럼, 씨발, 안 뜨겁겠냐?

두 녀석은 자신들의 어깨에는 손도 대지 못하고 애꿎은 그루터기만 작살냈다. 지지고 지지고 또 지졌다. 두 고등학생이 지진 그루터기가 화살표 모양이 된 것은, 어쩌면 운명인지도 모르겠다. 고우인은 말도 안 되는 공상으로 고갑수가 위험에 처해 있다는 결론에 이르렀지만 과정이야 어떻든 고우인은 정답을 찾아냈다. 그 시각, 고갑수는 브뤼셀에 있었고, 실제로 위험에 처해 있었으니까. 두 녀석은 모닥불을 밟아 끄고 집으로 돌아갔다.

고우인이 엑스와 오의 숨겨진 비밀을 밝히고 숨가쁘게 뛰어가고 십 분도 지나지 않아서 엑스 동그라미를 만들었던 두 녀석이 그루터기 언덕에 나타났다. 그루터기에다 엑스 동그라미를 만든 지 사흘이 지나서였다. 폭력서클을 만들겠다는 야심이 있는 녀석들 치고는 겁이 무지하게 많아서, 매일 아침 담배를 피우러 그 먼 언덕까지 기어올라갔다. 아침 첫 담배에 불을 붙이고 연기를 내뿜다가 한 녀석이 기침을 해댔다.

"야, 저게 뭐야?"

"뭐?"

"저기, 누가 뭘 올려놨잖아."

"병신, 나뭇가지잖아."

"누가 나뭇가지인 줄 몰라? 우리가 그끄저께 불로 지진 데만 나뭇가지가 올라가 있잖아."

"어, 정말이네. 너 시력 되게 좋다."

"시력이 좋다고 하는 게 아니고 눈썰미가 좋다고 하는 거야."

"똑똑해서 좋겠다. 근데 누가 올려놓은 거지?"

"그러게. 도대체 이걸 어떻게 발견했을까?"

"학주 아냐?"

"학주가 여길 어떻게 알아."

"학주야 동에 번쩍 서에 번쩍 하잖아. 우리가 폭력서클 만든다는 정보를 입수하고 쫓아다니는 거 아닐까?"

"우리가 서클 만드는 거 누구한테 얘기한 적 있어?"

"아니, 없지. 얘기할 사람이 없잖아. 넌?"

"나도 없지. 우리 둘밖에 모르는데 학주가 어떻게 알아."

"그럼 학주는 아니겠다. 누구지?"

"야, 그런데 이거 화살표 모양이야. 우리가 화살표 모양으로 지졌나?"

"그냥 보이는 대로 지졌는데."

"뭐야, 우리 보고 화살표 방향으로 오라는 건가? 저쪽에 뭐 있지?"

"저쪽이면 학교 쪽인데?"

"씨발 뭐야, 따라오라는 거야? 정말 학주가 왔다 갔나?"

두 녀석은 담배를 급하게 마저 피웠다. 누군가 자신들을 보고 있을지도 모른다고 생각하자 마음이 조급해졌다. 두 녀석은 그루터기 위 나뭇가지를 치워야 할지 그냥 놓아두어야 할지 망설였다. 오랜 시간 쓸데없는 토론을 벌이다가 결국엔 그냥 놓아두기로 했다. 범죄현장에서는 아무것도 건드리지 않는 게 좋다는 한 녀석의 의견이 설득력이 있었다. 둘은 바닥에다 담배를 비벼끄고 언덕 아래로 내려갔다. 다시는 언덕에 올라오지 말고 다른 본부를 개발하자, 고 한 녀석이 말했고 다른 녀석도 고개를 끄덕였다. 녀석들은 정말 졸업식을 할 때까지 이 년 동안 단 한 번도 언덕에 모습을 드러내지 않았다. 녀석들이 이 년 만에 다시 언덕을 찾았을 때는, 이미 많은 것이 변해 있었다.

19. 난, 아무 데도 안 가

모노는 어둠 속에서 펀치를 자세히 들여다보았다. 평범한 펀치였다. 가장 단순한 형태였고, 구멍을 뚫는 것 말고는 아무것도 할 수 없을 것 같은 펀치였다. 하긴, 다른 기능이 뭐가 필요할까. 구멍만 동그랗고 정확하게 뚫으면 그만이지. 모노는 그런 생각을 하면서도 특별한 게 없을까 펀치의 위아래 구석구석을 살펴보았다. 프링글스 승무원씨의 이니셜 같은 거라도 찍혀 있지 않을까, 오랜 시간 사용한 거라면 자신만의 표식 같은 게 있지 않을까, 하다못해 회사의 로고 같은 거라도 있지 않을까, 살펴보았지만 특별할 건 전혀 없었다.

펀치가 동물을 닮았다는 사실을 모노는 뒤늦게 발견했다. 동그랗고 큰 눈, 상대를 집어삼키기 위해 벌리고 있는 커다란 입, 긴 혓바닥, 단 하나뿐인, 그러나 뾰족하고 길쭉하여 단번에 상대의 숨통을 끊어버릴 수 있을 것 같은 이빨, 적을 추격할 때 쓰는 두 다리. 숨결을 불어넣기만 하면 당장이라도 살아나서 아무나 물어뜯으며 온 마을을 쑥대밭으로 만들어버릴 것 같은 모습이었다.

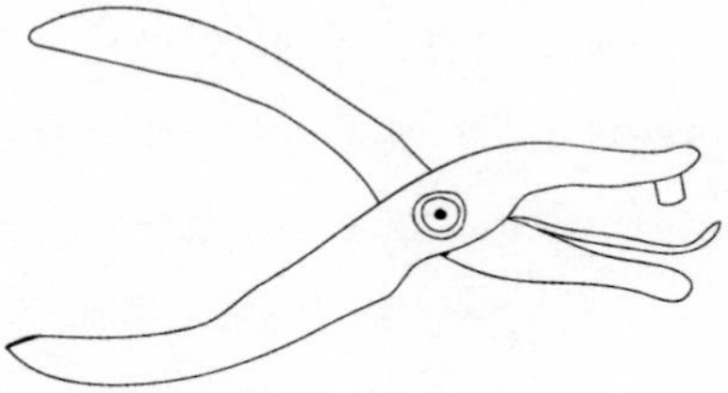

모노는 머릿속의 하얀 도화지에다 펀치를 닮은 괴물의 모습을 그려보았다. 조금만 더 다듬으면 괴수영화의 주인공으로도 손색이 없을 것 같았다.

승무원의 손에서 평범하게 일하며 지내던 펀치는 승객 한 명으로부터 백만 개의 기차표를 먹으면 생명체로 거듭날 수 있다는 이야기를 듣게 된다. 기차표를 하나씩 뚫으면서 희망을 품고 살아가던 펀치는 어느 날 새벽, 종이기차표가 사라지고 플라스틱 정기승차권이 그 자리를 대신하게 된다는 뜻밖의 소식을 접하게 된다. 자신의 힘으로는 플라스틱 정기승차권을 뚫을 수 없다는 걸 알고 실의에 빠진 펀치는 점점 녹이 슬어가는데…… 몇 년 후, 백만 개의 기차표 이야기를 해주었던 승객이 다시 나타나 펀치에게 이상한 제안을 한다. 펀치에게 생명을 불어넣어줄 테니 자신과 함께 일을 하지 않겠냐는 것이었다. 그와 펀치는 기차를 돌아다니면서 정기승차권 사용자들의 손바닥을 뚫어버리는 범행을 저지르는데, 까지 생각하고 모노는 고개를 저었다. 생각하는 것만으로도 손바닥이 얼얼했다.

모노는 펀치를 주머니에 조심스럽게 넣고 주위를 살펴보았다. 어둠 속에서 작은 역사의 불빛이 등대처럼 빛났고, 기차가 떠나버린 철길이 삐걱거리며 소리를 냈다. 주머니에 들어 있는 펀치와 철길이 한 패거리일지도 모른다고 모노는 생각했다. 철길이 벌떡 일어나 자신의 목을 휘감는 동안, 주머니에 들어 있던 펀치는 모노를 내부에서부터 갉아먹어버릴지도 모른다. 하나는 바깥쪽에서 하나는 안쪽에서, 차근차근 체계적으로 모노를 집어삼킬지도 모른다. 철길과 펀치가 만나는 순간 모노의 육체는 흔적도 없이 사라지게 되는 것이다.

모노는 주머니에 들어 있는 주사위를 만지작거리며 작은 소리로 콧노래를 불렀다. 한 번도 불러보지 않은 멜로디였지만 아무렇게나 이어붙이자 제법 그럴싸한 노래가 됐다. 모노는 노래를 계속 부르면서 역사를 향해 걸어갔다. 소리를 내면서 걷다보니 조금은 덜 무섭게 느껴졌다.

SIENA

모노는 역사에 붙어 있는 도시 이름을 읽었지만 현실의 명칭 같지 않았다. 시에나. 처음 들어보는 이름이었다. 태어나서 처음 들어보는 이름이 한두 개가 아니겠지만, 시에나라는 이름은 너무 쉬운 이름이어서 더욱 낯설었다. 누구나 다 아는 다섯 개의 알파벳이 가지런히 붙어 있었고 발음도 쉬웠지만 모노에게는 해독이 불가능한 암호나 마찬가지였다. 모노는 바짓주머니 속 주사위를 꼭 쥐고 역사로 들어갔다.

역에는 사람이 많지 않았다. 열 명 정도의 사람이 로마로 가는 기차를 기다리고 있었다. 모노는 대합실과 역 광장을 훑어보았지만 프링글스 승무원씨는 어디에도 없었다. 일반인들은 들어갈 수 없는 승무원들만의 장소에 있거나 이미 다른 곳으로 사라진 뒤일 것이다. 둘 중 어떤 경우든 이미 찾기는 글렀다. 어느 쪽일까. 승무원들만의 장소에 있다면 곧 모습을 드러낼 것이다. 그게 언제든, 삼십 분 후든 한 시간 후든 다시 모습을 드러낼 것이다. 이미 다른 곳으로 사라진 뒤라면, 다시 이곳으로 나타나지는 않을 것이다. 다른 승무원에게 프링글스 승무원씨의 행방을 물어볼까 싶었지만 설명할 길이 막막했다.

모노는 대합실 벤치에 앉았다. 대합실의 사람들이 모노를 흘끗거리며 바라보다가 이내 눈길을 거두었다. 모노는 벽에 붙어 있는 시간표를 보았다. 베니스로 가는 기차는 두 시간 후에 있었고, 로마로 가는 기차는 삼십 분 후에 있었다.

"어디 가?"

옆자리에 앉아 있던 이십대 후반쯤의 남자가 모노에게 말을 걸었다. 금발의 귀여운 얼굴이었는데, 눈이 저 깊숙한 곳에서 반짝이고 있었다. 모노는 한동안 대답을 못하고 그 눈만 들여다보았다.

"베니스. 넌?"

"난 아무 데도 안 가."

"그럼 여기서 뭐해?"

"기다려."

"누굴?"

"내가 죽여야 할 놈."

"뭐?"

"난 킬러야. 곧 도착할 놈 한 명을 죽여야 하는데, 삼십 분만 있으면 기차에서 내릴 거야. 조금만 기다리면 좋은 구경 시켜줄게. 사람 죽이는 거 본 적 있어?"

"아니."

"곧 보게 될 거야."

"정말이야?"

"놀라긴, 농담이야. 내가 정말 킬러처럼 생겼어? 손님들을 기다리는 중이야."

"무슨 일을 하는데?"

"와이너리 투어 가이드야. 손님들을 데리고 시에나 근처 와이너리를 구경시켜주는 일. 근처에 괜찮은 와이너리가 많거든."

"이 밤에?"

"오늘은 우리 집에서 재우고 내일 아침에 한 바퀴 돌리는 거지."

"집이 호텔이야?"

"응, 포도밭이 딸려 있는 작은 호텔. 너도 나중에 시간 나면 놀러 와. 집에서 만든 와인도 마실 만하고, 경치는 끝내주게 좋아. 명함 하나 줄게."

"난 와인은 별로 관심 없어서……"

"인생은 어떻게 될지 몰라. 네가 어느 날 갑자기 와인을 미치도록 좋아하게 될지도 모르잖아. 와인의 세계에 빠져서 맛을 알아갈 때쯤, 아 세상에는 참 맛좋은 와인들이 많구나, 깨달았을 때 갑자기 시한부 선고를 받는 거야."

"그런 상상은 별론데."

"그냥 상상인걸 뭐. 네가 침대에 누워서 죽음을 기다리고 있는데 이런 생각이 드는 거야. 아, 죽기 전에 꼭 몬탈치노 성에서 끝내주는 풍경을 내려다보며 몬탈치노 와인을 마시고 싶다. 그때 나한테 전화를 해. 몬탈치노가 훤히 내려다보이는 창가 자리랑 최고의 와인을 준비해놓을 테니까."

"어디라고?"

"창가 자리, 싫어?"

"아니, 방금 어디 와인이라 그랬어?"

"몬탈치노."

"몬탈치노가 이 근처야?"

"자동차로 사십 분쯤 가면 되지. 몬탈치노 들어봤어? 와인을 좋아하지 않으면 잘 모르는 지명인데."

"거기에 아는 사람이 있어."

"정말? 네가 아는 사람이 있다고?"

"혹시 몬탈치노에 아시아 사람이 한 명 있지 않아?"

"아시아 사람이라…… 아시아 사람이 있었나."

"키가 크고, 눈썹도 아주 짙고, 코도 꽤 오뚝한 편이야."

"여기 사람들은 다 그렇게 생겼어. 키가 크고, 눈썹이 짙고, 코는 전부 소시지보다 크다고."

"아, 그런가. 얼굴도 입도 아주 큰 편이야. 입술도 두껍고, 또,

아, 귀가 안 들리는데."

"그걸 어떻게 알아. 그냥 봐서는 귀가 안 들리는지, 육백만 불 사나이의 귀를 가지고 있는지 알 수 없잖아. 얼굴과 입이 큰 편이라면 떠오르는 사람이 있긴 한데."

"어떤 사람인데."

"좀 웃기는 아저씨야. 레드라고 부르던데, 어째서 레드라는 이름으로 불리는지는 모르겠지만 아무튼 다들 레드라고 불러. 그러고 보니 그 아저씨가 아시아계였던 것 같기도 하네."

"레드?"

레드라는 이름을 듣는 순간 모노는, 정신이 아찔해졌다. 레드를 레드라고 부르기 시작한 것은, 레드와 헤어진 후였다. 레드라는 이름을 붙인 사람은 모노였다. 모노가 레드를 레드라고 부른다는 사실을 레드가 알 리가 없었다. 모노가 레드라고 부르는 그 레드가 아닐 수도 있었다. 하지만 다른 사람이라고 생각하기엔 모든 게 너무 딱 들어맞았다. 몬탈치노에 사는, 얼굴과 입이 크고, 입술이 두꺼운 레드가 두 명일 것 같지는 않았다.

"그 사람 맞아?"

"그런 것 같아. 여기서 몬탈치노로 가려면 어떻게 해야 해?"

"베니스는 어떻게 하고."

"나중에 가도 돼."

"오, 마음에 드는데. 좋아, 인생은 그렇게 사는 거야. 그런데 어떡하나. 몬탈치노 가는 버스는 진작 끊겼어. 방법이 하나 있긴 하지만."

"뭔데?"

"내가 태워주는 거지."

"몬탈치노로 가는 게 아니잖아?"

"근처까진 가지. 액셀러레이터에서 발을 떼지 않고 조금만 더 밟으면 갈 수 있을걸."

"태워줄 수 있어?"

"뭐, 인생을 망치겠다는 데 그쯤은 도와줘야지. 하지만 손님들이 도착할 때까지 기다려야 해."

모노는 기차를 기다리면서 몬탈치노로 가는 게 제대로 된 선택일까 생각해보았다. 지금 몬탈치노로 가서 레드를 만나는 게 그렇게 중요한 일일까. 시간낭비가 아닐까. 잘못된 선택이 아닐까. 하지만 유럽으로 여행을 온 것부터가 잘못된 선택일지 몰랐다. 첫번째 선택이 잘못된 것이라면 나머지 선택은 이미 잘잘못을 가릴 필요가 없을지도 모른다.

모노는 하루 동안 일어난 일들을 차근차근 더듬어보았다. 아침에는 소매치기를 당했고, 오후에는 호텔방에서 주사위를 던졌고, 갑자기 베니스 행 기차를 타게 됐고, 기차에서 이상한 승무원을 만났고, 승무원의 펀치 때문에 시에나에 내리게 됐고, 시에나는 몬탈치노와 아주 가까운 곳이란 것을 알게 됐고, 몬탈치노까지 가는 버스는 끊어졌지만 몬탈치노까지 태워다줄 수 있는 사람을 알게 됐다. 모노는 처음부터 자신의 선택이란 별로 중요한 게 아닐지도 모른다는 생각이 들었다. 누군가 주사위를 던지고, 자신은 던져진 주사위의 숫자만큼 이동하는 말일지도 모른다는 생각이 들었다.

누군가 자신을 위해 주사위를 던져주는 거라면, 모노는 온전히 그 주사위에 자신을 의지하고 싶었다. 몬탈치노로 가서 레드를 만나는 것은, 어쩌면 게임 속 멋진 지름길일지도 모른다고, 모노는 생각했다.

기차는 십 분 연착되어 도착했다. 루카는—모노와 이야기를 나누었던 청년의 이름이 루카였다—기차가 도착하자마자 익숙한 몸놀림으로 손님들의 짐을 밴으로 옮겼다. 다섯 명의 미국 남자는 큼직한 체구답게 우렁찬 목소리로 루카에게 인사를 했다. 모노는 여행가방을 들고 밴 옆에 섰다. 손님들이 모두 타고 나면 빈 좌석에 앉을 생각이었다.

"뭐해, 여기에 앉아 있어."

루카가 모노에게 조수석을 가리켰다.

"다 탈 때까지 기다릴게. 난 덤으로 가는 사람이잖아."

모노의 말에 루카가 웃었다.

"덤으로 가는 거니까 자리가 없어지기 전에 얼른 앉아야지."

루카는 짐을 실으면서 손님들에게 자리를 안내했다. 그의 목소리에는 나지막이 상대를 압도하는 힘이 있었다. 많은 사람들을 상대하면서 얻은 목소리일 것이다. 자신을 절대 깔보지 못하게 하려는 자존심이었고, 일을 수월하게 하기 위한 수단이었다.

루카의 호텔까지는 한 시간이 좀 넘게 걸렸다. 어두운데다 길이 험해서 속력을 내기 힘들었다. 루카는 손님들을 호텔에 내려놓고 다시 모노를 데리고 몬탈치노로 향했다.

"고마워."

"뭐가 고마워. 탈선을 도와줘서?"

"어차피 베니스가 목적지는 아니었어."

"다행이네. 죄책감 때문에 집에 가기 전에 성당에 들를 생각이었는데, 하하."

몬탈치노에 도착한 것은 시에나에서 출발한 지 두 시간이 지나서였다. 몬탈치노로 향하는 길은 언덕이 많고 평탄하지 않아서 운전하기 쉽지 않았지만 루카는 부드럽게 차를 몰았다. 좌우로 흔들리는 자동차 때문에 거울에 달아둔 작은 인형이 이리저리 움직였다. 모노는 인형이 움직이는 걸 보다가 까맣게 잊고 있던 걸 떠올렸다.

"아."

"왜?"

모노는 손에 들고 있던 가방과 주머니를 뒤졌다.

"뭘 찾아?"

루카가 물었다.

"전화기."

모노가 한숨을 쉬며 말했다.

"전화기?"

"기차에 전화기를 두고 내렸어."

"하하, 그걸 지금 안 거야?"

"잊지 않으려고 앞좌석 등받이에다 걸어뒀거든. 이 인형처럼."

"급하게 내렸나봐."

"아, 정말 바보 같다."

"지금쯤 어디까지 갔으려나. 피렌체도 지났겠다. 전화기 혼자서 흔들흔들 외롭게 흔들렸겠네, 하하하."

루카는 몸을 좌우로 흔들면서 운전했다. 모노는 루카의 장난스러운 동작이 밉지 않았다. 오히려 귀여웠다. 고우인과 고우창이 그 사이에 전화했을지도 모르니 도착하자마자 음성메시지를 확인해야겠다고, 모노는 생각했다.

루카는 여기저기 페인트가 벗겨진 파란색 문 앞에 차를 세웠다. 차에서 내리더니 문을 세차게 두드렸다. 아무 반응이 없자 문 옆에 달린 벨을 눌렀다. 루카는 모노를 향해 어깨를 으쓱해 보였다. 자신이 할 일은 여기까지라는 뜻이었다. 제대로 된 레드가 나오든, 레드라고 불리긴 하지만 레드가 아닌 레드가 나오든 자신이 할 일은 거기까지라는 뜻이었다. 모노는 두 손을 모으고 루카를 향해 고맙다는 인사를 했다.

문 안쪽에서 목소리가 들렸다. 누군가 걸어나오고 있었다. 파란색 문이 열렸을 때 모노는 그 사람이 누군지 한눈에 알 수 있었다. 긴 시간이 흘러도 변하지 않는 사람이 있는 법이니까. 레드는 처음에 모노를 알아보지 못했다. 모노가 레드를 향해 한 발짝 더 다가서자 그제야 얼굴을 알아보았다. 레드가 환하게 웃자 모노는 눈물이 날 것 같았다.

20. 무서운 놈과 미친놈

기차를 타고 앤트워프로 가는 동안 고우창의 머릿속은 반대방향인 쾰른으로 달려가고 있었다. 몸을 분리시켜 두 개의 선택을 모두 할 수 있다면 얼마나 좋을까. 플랫폼에서 어떤 기차를 탈지 잠깐 망설였지만 결국 고우창은 고우창처럼 움직였다. 일단 목표가 정해지면 그걸 이루고 난 다음에야 다른 목표를 세울 수 있다. 그사이에 다른 곳으로 움직이는 건 허용되지 않는다. 샛길은 인정하지 않는다. 그게 고우창이었다. 고우창도 그런 자신을 알았다. 피곤한 인생일 수도 있지만 나름의 장점도 있었다. 일단 목표가 정해지면 다른 건 신경쓸 필요가 없다.

고우창은 앤트워프에서 기차를 갈아타고 밤 10시가 넘어서 브뤼셀에 도착했다. 브뤼셀 역에 내려서 택시를 타고 볼교 본부의 주소를 내밀었지만 기사는 고개를 저었다.

"돈을 더 드릴게요."

"에이, 돈을 더 줘도 이 시간에 거긴 못 가요."

"왜 못 가요?"

"우리도 퇴근해야지. 가봤자 돌아오는 사람도 없으니 빈 차로 와야 하고."

고우창은 역 앞에 줄지어 서 있는 택시 기사들에게 주소를 내밀었지만 모두 고개를 내저었다. 신이 살고 있는 곳에 인간이 함부로 갈 수 없다는 듯, 그곳에 가기만 해도 신의 저주를 받는다는 듯, 모두들 고우창의 시선을 외면했다.

고우창이 포기하려고 할 때쯤 기사 한 명이 고개를 끄덕였다. 키가 작고 눈과 코와 입이 아주 가까운 탓에 토포*라는 별명이 붙은 이였다.

"타요."

"가실 거예요?"

"가니까 타라고 하죠."

"돈을 더 드려야 되죠?"

"더 주면 좋죠."

고우창은 조수석에 앉았다. 뒷자리에 앉고 싶었지만 지도를 보여주고 설명을 하려면 앞자리가 나을 것 같았다.

"여기 이 주소, 아시겠어요?"

"알죠. 볼스 무브먼트."

"네, 아시네요. 거기로 갑니다."

"지금 가도 문은 닫혔을 텐데."

---

* 이태리어로 '쥐'라는 뜻이다.

"네, 열어봐야죠."

"사연이 있으신가보네."

"사연이요?"

"사연 없는 사람이 이 시간에 볼스 무브먼트에 얼쩡거릴 이유가 없잖아요."

토포는 고우창의 사연을 기다리기라도 하는 것처럼 한동안 아무 말도 없었다. 고우창이 입을 열지 않자 토포는 의자를 바싹 끌어당겨 운전대에 바싹 붙이고는 거칠게 차를 몰았다. 오른쪽 입술에다 실을 꿰어 오른쪽 귀에 걸어둔 것처럼 입술이 위로 씰룩거렸는데, 오른쪽에서 그 모습을 보던 고우창은 슬그머니 손잡이를 잡았다.

"천천히 가셔도 됩니다."

고우창이 말했다.

"사연이 있는 분들은, 빨리빨리 모셔다드려야지."

토포는 속도를 늦추지 않았다. 브뤼셀 밤 풍경이 빠르게 창밖을 지나갔다. 고우창의 손에 땀이 배어나왔다. 역 앞에 있던 기사 한 명은 볼스 무브먼트가 있는 마을까지 가려면 넉넉잡고 한 시간은 걸릴 거라고 했지만, 토포의 거친 운전 때문에 삼십 분밖에 걸리지 않았다. 불붙은 로켓에 앉아서 온 기분이었다.

"기다려드릴까요, 먼저 갈까요."

"여기, 요금이요. 얼마나 걸릴지 모르니 먼저 가세요."

"열어주지 않을 텐데."

"까짓것, 문 앞에서 밤새우죠 뭐."

"내가 한 가지만 얘기해줄까요?"

"네, 말씀하세요."

"무슨 사연인지는 모르겠지만 되도록이면 거기 볼스 무브먼트 놈들하고는 엮이지 말아요. 아주 제대로 미친놈들이거든. 세상에는 피해야 할 두 종류의 인간이 있는데, 무서운 놈들하고 미친놈들이야. 무서운 놈들은 피하면 쫓아오지는 않아요. 자기를 무서워하는 줄 아니까 그걸로 된 거지. 그런데 미친놈들은 그렇지가 않아. 자기를 피하면 더 쫓아가고 싶어하지. 자기가 미친 줄을 모르니 왜 자기를 피하는지 궁금한 거야. 혹시 무서운 놈하고 미친놈을 동시에 만나면 무서운 놈이랑 가깝게 지내는 게 나을 거요. 제대로 미친놈을 만나면 아, 정말, 피곤하지, 피곤해. 볼스 무브먼트 놈들은 미친놈들입니다. 무슨 말인지 알겠어요? 무슨 사연인지는 모르겠지만 어지간하면 조용히 있다가 가요."

"네, 알겠습니다."

토포는 고우창을 볼스 무브먼트 건물 앞에 내려놓고 순식간에 어둠 속으로 사라졌다. 고우창은 택시 뒤꽁무니를 잠깐 바라보다가 볼스 무브먼트 건물을 올려다보았다. 주위가 어두워 전체적인 윤곽은 보이지 않았지만 거대한 지구본 같은 게 건물 중간에 자리잡고 있었다. 고우창은 거대한 볼을 올려다보다가 그게 누군가의 눈동자일지도 모른다는 생각을 하고 몸을 떨었다.

고우창은 정문 옆에 붙어 있는 벨을 눌렀다. 아무 반응이 없었다. 다시 누르고, 다시 누르고, 다시 눌렀다. 아무런 인기척이 없었다. 한 서른 번쯤 벨을 눌렀을 때 누군가 인터폰을 받았다.

"누구십니까?"

"한국 지부장님이 여기 와 계신 걸로 알고 있습니다. 잠깐만 뵙고 싶습니다."

"형제님, 지금은 볼이 닫혀 있는 시간입니다. 내일 다시 방문해 주십시오."

"잠깐만 얘기하면 됩니다. 들어갈 필요도 없고, 인터폰으로 얘기하면 됩니다. 지부장님이 여기 와 계신 건 맞죠?"

"형제님, 지금은 성자님들이 우주자와 소통하는 시간입니다. 성스러운 시간이란 말입니다. 누구도 이 시간을 방해할 수 없습니다. 제 말 아시겠습니까?"

"인터폰으로 얘기만 한마디……"

고우창의 말이 끝나기도 전에 인터폰이 끊겼다. 고우창은 다시 벨을 눌렀다. 무서운 놈과 미친놈 이야기를 하던 택시 기사의 말이 떠올랐지만 고우창은 물러설 수 없었다. 저 볼 속에 아버지가 있다. 미친놈들 속에 아버지가 있다.

한 시간 넘게 벨을 눌렀지만 건물 안에서는 다시 아무런 대꾸도 없었다. 아예 무시하기로 작정한 모양이었다. 정면승부는 힘들게 됐다. 고우창은 담을 타 넘어가볼 생각으로 건물을 한 바퀴 둘러보았다. 담을 넘기란 불가능해 보였다. 건물 사방이 육 미터가 넘는 담으로 둘러싸여 있었고, 곳곳에 CCTV가 설치돼 있었다. 주변은 대부분 1, 2층의 낮은 주택들이어서 안을 들여다보는 것도 불가능했다. 이건 종교단체가 아니라 무슨 군대 같잖아. 고우창은 건물을 한 바퀴 돌고 나서 중얼거렸다. 건물의 크기도 엄청나서 한 바퀴 도는 데 십 분이 넘게 걸렸다. 고우창은 담을 넘겠다는 계획을 포기하고 정문 앞에 주저앉았다. 무작정 기다려보는 수밖에 없었다. 기온은 높은 편이었지만 공기 속에 스며 있는 냉기가 고우창의 몸을 으슬으슬하게 만들었다. 냉기가 고우창의 몸속으로 파고들어가 뼈와 뼈를 잇는 이음새의 나사를 풀고 있는 것 같았다.

고우창은 시계를 보았다. 밤 11시가 넘었다. 성자와 우주자가 소통한다고? 젠장, 뭐야, 족구시합이라도 연다는 거야, 뭐야. 고우창은 옷깃을 세워 목을 여몄다. 어떻게라도 공기와 맞닿는 부분을 최소화해야 한다. 고우창은 고갑수를 만나는 장면을 상상해보았다. 자신을 모른 척할 수는 없을 것이다. 열 시간 넘게 비행기를 타고 달려온 아들을 보고 모른 척할 아버지가 있을까. 아버지는 이미 문밖에 아들이 와 있다는 것을 알고 있을지 모른다. 인터폰을 받은 사내는 한국에서 온 이상한 남자가 문밖에 서 있다는 이야기를 전했을 것이고, 아버지는 CCTV를 통해 나를 보고 있을지도 모른다. 고우창은 정문에 달린 CCTV를 보면서 웃어 보였다. 아버지, 추워요. 얼른 나와요. 모노에게 잘못을 빌고, 전처럼, 아버지가 평생 살아오던 방식대로 스포츠 게임 승부 맞히기나 하면서, 멍하니 하늘을 올려다보면서, 하루하루 즐겁게, 눈앞에 닥치는 일들만 생각하면서, 그렇게 재미있게 살아요.

고우창은 기다란 두 팔을 다리 사이로 끼웠다. 몸을 동그랗게 말아야지 추위를 이겨낼 수 있을 것 같았다. 볼스 무브먼트의 정문은 큰길에서 옴폭하게 들어와 있어서 바람이 지나다니지는 않았다. 냉기만 버티면 그럭저럭 버틸 수 있을 것 같았다. 몸을 동그랗게 말아서 날카로운 추위가 지나갈 수 있는 길을 터주자. 부드럽게,

부드럽게, 냉기의 성질을 건드리지 말고, 조용히 추위를 이겨내는 거다. 뭐야, 젠장, 불교 신자처럼 말을 하고 있잖아. 곧 누군가 지나갈 거야. 조금만 견디면 될 거야. 고우창은 자신이 볼스 무브먼트 본부 앞에 쪼그리고 앉아 있다는 사실이 믿기지 않았다. 아버지를 만나기 위해서 하루 만에 지구의 반대편까지 와 있다는 사실이 믿기지 않았다.

문득 점퍼 주머니 속에 들어 있던 고무공이 생각났다. 고무공은 여전히 거기에 웅크리고 있었다. 플랫폼에서 고무공을 바닥에 튕겼을 때, 스프링처럼 튀어올랐고 순식간에 뜨거워졌다. 고우창은 주머니 속에서 고무공을 이리저리 움직여보았다. 고무공은 뜨거워졌다. 고우창은 고무공을 꼭 쥐었다. 손이 따뜻해졌다. 핫팩은 손만 따뜻해지는 느낌이지만 뜨끈뜨끈해진 고무공은 온몸을 데워주는 듯했다. 고무공은 온몸에 얇은 막을 만들어주었다. 잘하면 잠깐이라도 눈을 붙일 수 있겠다.

고우창은 고무공을 손에 쥐고 눈을 감은 채 좋은 기억을 떠올려보았다. 따뜻한 기억, 즐거운 기억, 생각만 해도 몸이 뜨끈뜨끈해지는 기억.

"우창아, 자, 여기로 던져봐."

"간다."

"좋았어, 스트라이크. 야, 우리 아들 나중에 투수 시켜야겠다."

"난 포수가 더 좋아."

"왜? 투수가 더 멋진 거야."

"포수는 앉아 있잖아."

"쪼그려앉아 있어서 되게 힘들어."

"정말?"

"응, 정말이지. 너 지난번에 체육선생님한테 쪼그려뛰기 벌받았다고 했지? 그렇게 몇 시간 동안 앉아 있어야 해."

"힘들겠다."

"그럼, 힘들지."

"투수 하면 뭐가 좋은데?"

"사람들이 다 쳐다보잖아. 투수가 던지는 공 하나하나에 집중하잖아."

"쳐다보는 거 싫은데."

"주인공이 싫어?"

"난 그냥 앉아 있는 게 좋아."

앉아 있는 게 좋다더니, 이렇게 덜덜 떨면서 앉아 있구나. 고우창은 어린 시절 아버지와 캐치볼을 하던 때가 떠올랐다. 학교 운동장에서 공을 던지고 받던 평화롭던 시절로 돌아가고 싶었다. 하얀 야구공이 하늘을 가로지르던 풍경을 인생의 배경화면으로 사용하고 싶었다. 지금 고우창은 정체를 알 수 없는 고무공을 손에 꼭 쥐고 괴물 같은 볼 앞에 쪼그려앉아 있다. 서럽고 추워서 눈물이 날 것 같았지만, 어찌나 피곤했던지 잠깐 잠이 들었다. 눈을 떴더니 한 시간이 지나 있었다. 따끈따끈한 고무공이 없었다면 추위를 버텨내지 못했을 것이었다. 고우창은 다시 눈을 감았다.

21. 레지스탕스 놀이

고우인은 공항에서 세 시간째 고우인 놀이를 하고 있었다. 고우인은 공항 구석구석을 돌아다니면서 사람들의 흔적을 찾아보았다. 커다란 텔레비전 앞에 가지런히 배열된 의자들의 바닥, 화장실 입구에 설치된 식수대의 뒷면, 인공적으로 꾸며놓은 정원의 흙, 카트의 손잡이 아랫면, 수평 에스컬레이터의 고무벨트, 곳곳에 설치된 하얀색 화살표…… 곳곳에 사람들의 흔적이 있었다. 짧은 낙서도 있었고, 껌도 있었고, 색연필로 그린 그림도 있었고, 아무도 모를 누군가의 표식도 있었다. 공항은 감시하는 사람도 많고 하루에도 몇 번씩 청소를 하는 곳이기 때문에 자신의 흔적을 남기기 쉽지 않은 곳이다. 티나지 않게, 낙서여도 낙서인 줄 모르게 해야만 한다. 구석구석 관찰전문가 고우인은 구석구석 하나씩 흔적을 발견할 때마다 주먹을 불끈 쥐었다. 동지를 만난 느낌이었다. 깨끗한 사회를 건설하고자 하는 악의 무리에 맞서 싸우며, 일상생활의 작은 장소에서부터 낙서혁명을 일으키는 레지스탕스들. 물론 고우인은 그런 자신을 레지스탕스라고 생각한 적이 없지만 그녀의 행동 하나하나는 레지스탕스들과 다를 게 없었다. 고우인은 흔적을 발견할 때마다 대답을 남겼다. 동지들에게 보내는 비밀스러운 메시지랄까. 흔적을 남겼던 장소로 돌아와 대답을 발견한다면 얼마나 기쁠까. 공항 관계자들은 어떤 이유로 출발하는 곳과 도착하는 곳을 분리시켜뒀을까. 출발하는 자들과 도착하는 자들이 서로 만나지 못하게 하기 위해서가 아닐까. 오래 기다리는 자들과 서둘러 빠져나가려는 자들이 비밀스러운 메시지를 주고받지 못하도록 하기 위한 게 아닐까.

고우인은 이륙시간을 알리는 전광판을 멍하니 바라보면서 이런 생각을 하다가도 삼십 분에 한 번씩 모노에게 전화를 걸었고, 대기자 상태를 확인하러 창구에 갔다. 모노는 계속 전화를 받지 않았고, 비행기 빈자리도 전혀 없었다. 고우인은 온갖 도시로 떠나는 비행기에 대기자로 이름을 올렸다. 암스테르담, 베를린, 파리, 프라하, 로마, 바르셀로나, 스톡홀름, 런던, 취리히, 그리고 닥치는 대로 모든 비행기에 예약을 했다.

"그러니까 대체 어디로 가시려는 건데요."

고우인과 상담을 하던 항공사 직원이 짜증을 내며 물었다. 남자는 빨간 넥타이를 정성스럽게 매고 있었지만 얼굴과 전혀 어울리지 않았다. 고우인 때문에 짜증을 내다가 얼굴이 붉어졌는데 붉은색 넥타이가 어우러지니 온몸이 붉어 보였다.

"일단은 암스테르담으로 가려는 건데요, 비행기가 없으니까 일단 그 근처로만 가면 어떻게든 갈 수 있지 않을까요?"

고우인이 밝은 목소리로 대답했다.

"암스테르담이랑 스톡홀름이 얼마나 먼지 아세요?"

"네? 잘 모르는데요. 그래도 한국보다는 가깝지 않을까요?"

"참 답답하시네. 거기 가면 암스테르담으로 가는 비행기를 또 타야 할 텐데, 그 비행기가 없으면 어떡하려고요?"

"괜찮아요. 가보면 알겠죠."

"그래서 전부 다 예약하시겠다는 거죠?"

"그러면 안 되나요?"

"안 될 거야 없지만…… 알았어요. 일단 기다려보세요."

고우인은 너무 많은 비행기에 이름을 올려놓아서 예약한 모든 도시를 기억할 수도 없었다. 삼십 분에 한 번씩 남자 직원을 귀찮게 할 수밖에 없었다. 두 시간쯤 지나자 고우인은 이상한 기대를 하게 됐다. 만약 자리가 난다면 어느 도시로 가게 될까. 어떤 도시가 자신을 기다리고 있을까. 암스테르담이면 제일 좋겠지만, 모노가 있는 로마여도 좋을 것 같고, 바르셀로나도 멋진 도시라던데 거기도 좋을 것 같고…… 고우인은 자신이 가게 될 도시를 상상하면서 고우인 놀이를 계속했다.

"고우인씨."

빨간 넥타이의 남자 직원이 고우인을 불렀다. 얼굴의 붉은색은 많이 옅어져 있었다. 고우인은 남자의 얼굴을 보는 순간 빈자리가 생겼다는 걸 직감했다. 어디일까. 암스테르담일까. 로마일까. 고우인은 남자 직원을 향해 뛰었다.

"네. 저예요, 고우인요."

"취리히 행 비행기에 자리가 있어요. 가실래요?"

"취리히요? 와, 좋아요. 취리히면 스위스죠? 스위스에 꼭 한 번 가보고 싶었어요."

"알겠습니다. 다행이네요. 자리가 생겨서."

"그런데, 취리히는 암스테르담에서 멀어요?"

"비행기로 가든가 바젤에 가서 야간기차를 타는 방법이 있죠. 최종 목적지가 암스테르담이에요?"

"아뇨, 브뤼셀이라는 곳이에요. 아세요?"

"알죠. 브뤼셀이면 암스테르담 가는 길에 있죠. 아마 바젤에서 쾰른을 경유해서 가는 기차가 있을 거예요."

"와, 정말요? 그럼 제가 비행기표를 제대로 뽑은 거네요."

"그런 셈이죠. 스톡홀름이나 바르셀로나에서 내리는 것보다는 훨씬 가까울 테니까요."

"너무 감사해요. 고맙습니다."

고우인은 남자 직원에게 허리를 굽혀 인사했다. 툴툴거리던 남자도 고우인의 행동을 보고 웃을 수밖에 없었다. 오후 1시 비행기였고, 고우인이 표를 구한 것은 12시 15분이었다. 고우인은 탑승 수속을 마친 다음 모노에게 다시 전화를 걸었다. 방금까지도 신호가 계속 울렸지만 이번엔 몇 번 신호가 가더니 음성사서함으로 연결된다는 안내메시지가 나왔다. 불가피한 상황이 아니면 음성메시지를 절대 남기지 않는 고우인이었지만, 이번에는 피할 길이 없었다.

"아아, 오빠, 나예요, 우인이. 들리죠? 바쁜 일이 있는 거겠지?

지금쯤 베니스에 도착해서 기차역 정찰을 하고 있는 걸까? 음성메시지로 남길 일이 아니긴 한데, 오빠, 나는 지금 취리히로 가고 있어. 왜 취리히로 가게 됐냐면, 암스테르담으로 가는 비행기가 없어서 그런 거고, 아, 그러니까, 이거 되게 어색하다. 왜 취리히로 가게 됐냐 하면, 브뤼셀로 가야 하는데 취리히를 거치는 거고, 음, 무슨 말인지 알겠지?"

고우인은 음성메시지를 녹음하는 내내 비행기 출발시간을 알리는 전광판을 보았다. 전광판 속의 글씨가 계속 깜빡였다. 탑승과 수속이라는 단어가 낯설어 보였다. 외국으로 나가는 게 실감이 났다. 고우인은 말을 끝마치고 음성메시지를 모노에게 보냈다. 고우인은 고우창에게도 짧은 음성메시지를 보냈다. 아빠를 찾으러 유럽으로 간다는, 음성메시지를 확인하는 대로 연락 달라는 얘기였다. 고우창이 언제 확인할지 알 길이 없었다.

고우인은 전원버튼을 눌러서 전화기를 끄고 비행기에 탔다. 작은 창문으로 활주로가 보였다. 활주로를 보자 마음이 두근거렸다. 어째서 이렇게 마음이 두근거리는 걸까. 아빠를 빨리 구하고 싶어서? 모노 오빠를 만날 수 있다는 기대감 때문에? 생전 처음 스위스에 간다는 설렘 때문에? 정확한 이유를 알 수 없었지만 고우인은 두근거림이 마음에 들었다. 활주로를 보고 두근거리는 자신의 심장이 마음에 들었다.

22. 게임은 게임, 룰은 룰

“에잇, 정말, 거기서 괜히 브뤼셀로 빠져가지고. 난 핑크로 하면 꼭 이렇게 게임이 꼬이더라.”

“왜, 괜찮은데. 브뤼셀에 있다가 블랙을 잡을 수 있잖아.”

“아, 그런가? 그래, 여기서 기다렸다가…… 에이, 아니잖아. 블랙은 지금 무장하고 있잖아. 무장하고 있으면 어차피 통과시켜줘야 하는걸 뭐. 베를린까지 쫓아가야 잡을 수 있겠네. 당신, 지금 다 알고 모른 척하는 거지? 젠장, 이번 판도 또 졌네.”

“아직 어떻게 될지 몰라. 우리 화이트가 지금 다른 데로 빠져 있잖아. 지금은 레드 구역이라서 중립지역이지만 다음에 어떻게 될지 몰라.”

“화이트야 뭐, 또 특급열차 타고 질러가시겠지. 당신 특급열차 카드 들고 있는 거 다 알아.”

“어머, 눈치챘어? 호호, 미안해서 어쩌지. 그나저나 당신 블루는 거기서 뭐하고 있는 거야?”

"모르겠어. 형사 양반이 오늘 꽤 우울하시네. 도통 움직이질 않네. 게임을 뭘 이렇게 복잡하게 만들어놨어."

"우리 아들 머리에서 나온 게임이란 말이야, 이게. 자랑스럽지 않아? 난 하면 할수록 뿌듯하고 재미있어."

"당신은 만날 이기니까 재미있겠지. 열 판 내리 져봐라, 재미있다는 소리가 나오나."

"우리 아들이랑 이 화이트랑 닮지 않았어?"

"닮긴 뭐가 닮아. 잔머리만 발달해서 지름길이나 찾는 놈이 화이트인데."

"잔머리가 아니고 센스가 있는 거지. 이것 봐, 얼굴도 하얀 게 얼마나 예쁘게 생겼어."

"그나저나 이 녀석은 며칠 동안 아무 소식이 없네. 지금 로마에 있다고 했나?"

"잘 있겠지. 걱정 마. 알아서 잘할 거야."

"내가 전화 한번 해볼까?"

"일하는데 왜 방해야. 하지 마. 무소식이 굿 뉴스야."

"아냐, 오늘 게임할 때 자꾸 화이트가 옆길로 새는 거 보니까 아무래도 이상해. 당신도 그랬잖아. 화이트가 아들 닮았다고. 전화 한번 해봐야겠다."

"그럼 패배 인정?"

"무슨 소리야, 아직 둘 다 멀쩡하게 살아 있는데. 기다려봐, 전화하잖아."

"이쯤에서 인정해. 세 바퀴 뒤처진 거 알지? 아무리 초고속 특급열차를 타도 추월은 불가능해. 얼른 쓰레기나 치워. 냄새나, 여보."

"어, 전화를 안 받네."

"걱정 마, 잘 있을 거야. 자, 내 차례야, 던진다."

"아들 걱정도 안 돼?"

"당신이 지금 아들 걱정하는 거야? 어떻게든 벌칙을 피해보려고 그러는 거 누가 모를 줄 알아? 패배 인정 못하시겠다면 내가 끝까지 자근자근 밟아줄게. 3하고 4, 합이 7이지? 특급열차카드 쓰고, 여기서 파리까지 직행. 자, 이제 패배 인정?"

"주사위가 너무 많다니까, 이거."

"패배 인정?"

"알았어, 인정."

"얼른 쓰레기 치워."

"새벽 다섯시야. 내일 치우면 안 돼?"

"안 돼. 게임은 게임, 룰은 룰."

"젠장, 만날 저 소리지. 게임은 게임, 룰은 룰."

"그거 당신이 만든 말이잖아."

"그러니까 더 신경질 나잖아."

"쓰레기 버리고 한판 더?"

"졸려."

"이탈리아는 지금 몇시지?"

"밤 아홉시겠지."

23. 프로슈토와 치즈를 넣어 파니노

레드가 몬탈치노에서도 레드라고 불렸던 이유는 〈헬로, 모노레일〉 때문이었다. 몬탈치노로 떠났던 레드는—그때는 레드가 아니었지만—한국의 인터넷 사이트에서 모노의 인터뷰를 보았고, 얼굴의 선과 단순한 표정을 보는 순간 자신이 알던 그 아이임을 직감했다. 생긴 건 얼음덩어리 같지만 이상한 유머로 자신을 웃겨주던 그 아이가 분명했다. 이름이 뭐였더라, 맞아, 별명이 모노라고 했지. 별명으로 게임을 만들었구나. 짜식, 생긴 건 옛날이랑 똑같네. 레드는 인터넷으로 〈헬로, 모노레일〉을 주문했다. 유머를 좀 알던, 오래전 만났던 친구가 어떤 게임을 만들었는지 궁금했다.

〈헬로, 모노레일〉은 몬탈치노를 발칵 뒤집었다. 레드는 한글로 적힌 게임방법을 마을 사람들에게 번역해 읽어주었고, 많은 사람들이 〈헬로, 모노레일〉에 빠져들었다. 젊은 친구들은—어딜 가나 마찬가지겠지만—인터넷 게임이나 술 마시며 노는 데 여념이 없었기 때문에 〈헬로, 모노레일〉에 빠져든 사람은 레드와 비슷한 오

륙십대가 대부분이었다. 몬탈치노의 어르신들은 셋 이상 모이면 〈헬로, 모노레일〉 게임을 했다.

레드는 게임 캐릭터 중에서 레드를 가장 좋아했다. 자신과 닮은 점이 많았다. 농부라는 것도, 다른 캐릭터에 비해 머리가 좀더 크다는 것도, 그의 비밀무기가 레드와인이라는 것도, 게임 설명 시나리오에 적힌 몇 줄 되지 않는 유머 가득한 대사 역시 모두 자신이 모델이라는 생각이 들었다. 레드는 사람들에게 자신을 레드라고 불러달라고 말했고, 사람들 모두 흔쾌히 인정해주었다. 누가 보더라도 레드는 레드와 닮았다.

"아저씨가 절 기억할 줄 몰랐어요."

"내가 너한테 몬탈치노로 오라고 했던 거 기억나냐?"

"그럼요. 몬탈치노라는 마을 이름을 잊어본 적이 없어요."

"언젠가 네가 올지도 모른다고 생각은 했었다. 아니, 네가 왔으면 좋겠다고 생각했지."

"이렇게 왔네요."

"그래, 이렇게 왔네. 잘 왔다. 한쪽 귀는 여전히, 그렇고?"

"뭐, 이젠 크게 불편하지도 않아요. 아저씨 귀도, 여전히, 그렇죠?"

"이젠 멀쩡했던 친구들도 잘 안 들릴 나이지."

"에이, 이제 겨우 육십 아니에요?"

"네가 육십을 우습게 아는구나. 너 환갑이 뭔지 알지?"

"알죠."

"한 바퀴 다 돌았다는 뜻이야. 이제부터는 갔던 길을 또 가는 거라고. 〈헬로, 모노레일〉로 치면 특급으로 유럽을 한 바퀴 돌았는데, 파업카드 때문에 완행으로 갈아타고 또 도는 거지."

"그래서 재미없다고요?"

"지루하지."

"아저씬 나이를 잘 모르겠어요. 스무 살 같기도 하고 여든 살 같기도 해요."

"나도 내 나이가 스무 살로 딱 굳어졌으면 좋겠다."

"하하, 스무 살은 너무 심하신 거 아니에요?"

"오랜만에 굳히기 유머 해봤는데 반응이 별로네. 하하하, 레드하고 만났으니 레드와인 한잔 해야지."

모노는 레드와 이야기를 나누면서 무언가 잃어버린 것을 되찾는 것 같은 기분이 들었다. 레드와 처음 만났을 때 모노는 날카로운 아이였다. 스치기만 해도 상대방에게 상처를 입히는 아이였다. 모노는 그 시절의 모노로 되돌아간 것 같았다. 덜 세련된 아이, 덜 자란 아이, 덜 다듬어진 모노로 되돌아간 것 같았다. 레드가 모노보다 훨씬 나이가 많아서 그런 건지도 몰랐다. 투정을 부리고 싶은 건지도 몰랐다. 가끔은 아이처럼 굴어도 좋은데 모노는 좀처럼 그러질 못했다. 책임질 게 너무 많았고, 부드럽게 대해주어야 할 사람이 너무 많아졌다. 눈을 감고 아무 방향으로나 농담을 던져도 절대 바닥에 떨어뜨리지 않고 거뜬히 받아줄 만한 사람이 곁에 없었다.

예전에는 고우창이 그랬지만 함께 일을 하기 시작한 뒤로는 관계가 변한 것 같다고, 모노는 생각하고 있었다. 언제나 정확하게 이야기해야 했고 진심을 보여줄 때에도 예쁜 포장을 해야 했다. 모노는 누군가에게 상처를 입히는 건 죽도록 싫었지만 그렇다고 모서리 하나 없이 둥글둥글해지는 것도 마음에 들지 않았다.

모노는 레드와 이야기를 하는 순간, 어째서 십 년 넘도록 이 사람을 잊지 못했는지 깨달았다. 레드는 가장 빠르고 정확한 공을 던지도록 모노를 이끌어주는 최고의 포수였다.

레드와인을 마시기 전에 해야 할 일이 있었다. 모노는 레드의 유선전화기로 자신의 휴대전화에 전화를 걸었다. 신호가 울렸지만 아무도 받는 사람이 없었다. 받는 사람이 없다는 건 좋은 징조라고 생각했다. 누군가 전화기를 주웠다면 두 가지 반응 중 하나일 것이다. 돌려줄 생각이 있으면 전화를 받을 것이다. 돌려줄 생각이 없다면 전화기를 껐을 것이다. 모노는 통신사 홈페이지에 접속해서 로밍중 발신을 제한하는 옵션을 실행했다. 전화를 받을 수는 있지만 걸 수는 없다. 다섯 번 신호가 울린 다음 음성메시지로 전환되도록 했다. 일단은 그걸로 됐다. 누군가 음성메시지를 남긴다면 확인은 할 수 있다. 내일 아침 새 휴대전화기를 산 다음 사람들에게 번호를 알려주면 될 것이다. 모노는 내친 김에 음성메시지가 들어온 게 있는지도 확인해보았다. 메시지는 없었다.

그날 모노와 레드는 술을 마시며 지난 일들에 대해 얘기했다. 모노는 최근 몇 년 동안 일어났던 커다란 변화들, 게임을 만들고 돈을 벌고 회사를 차린 일들에 대해 이야기했고, 레드는 긴 시간 동안 일어났던 커다란 변화들, 이탈리아로 와서 친구와 함께 포도농사를 짓고 와인을 만들었고, 삼 년 전에는 아내와 사별했고 일 년 전에 마을 입구에다 작은 와인숍을 차린 일들에 대해 얘기했다.

루카가 뒤늦게 술자리에 합세했다. 루카는 호텔로 가서 손님들에게 다음날 일정을 알려주고, 다시 레드의 집으로 왔다. 레드와 루카는 친한 사이가 아니었지만 레드가 루카를 저녁 만찬에 초대했다.

지하저장고에 꼭꼭 숨겨뒀던 레드와인, 다시 만난 걸 축하하기 위해 준비한 스파클링와인, 양고기구이와 안초비 절임, 올리브, 치즈가 식탁 가득 차려졌고, 세 사람은 먹고 마시고 이야기하고, 먹고 마시고 이야기했다. 세 사람은 전부터 잘 알던 사람들처럼 마음이 통했다. 공통된 화제는 없었지만 누구 한 사람 대화에서 소외되는 듯한 느낌을 받지 않도록 서로가 서로를 배려했다. 한 사람이 이야기하면 두 사람은 열심히 들었고, 한 사람의 이야기가 심각해질 것 같으면 퍽퍽한 빵 사이에 프로슈토와 치즈를 넣어 파니노를 완성하듯 둘 중 하나가 농담을 곁들여 분위기를 부드럽게 만들었다.

"루카, 내일 괜찮겠어? 가이드 해야 하잖아."

모노가 물었다.

"괜찮아. 일 년에 이런 날이 몇 번이나 있겠어. 아니, 일 년이 뭐야, 십 년에 한 번 올까 말까 한 날이지. 우연 곱하기 우연의 날이잖아."

루카가 와인잔을 들어 보이며 대답했다.

"그럼. 이렇게 괜찮은 남자 세 명이 모인다는 게 쉬운 일이 아니지, 하하하."

레드가 루카와 모노의 잔에 잔을 부딪쳤다.

"레드, 이건 몇년산인데 이렇게 맛있는 거예요? 전 처음 마셔보는 것 같은데요?"

"끝내주지? 몇년산일 거 같아?"

"모르겠어요."

"자, 봐라. 이 해에 내가 몬탈치노로 이사를 왔어. 최고의 빈티지야. 내가 가는 곳엔 언제나 축복이 함께하거든."

"레드 아저씨가 이탈리아로 간 해에 한국 경제가 살아난 거 보면 꼭 그렇지도 않은 것 같은데요."

"하하, 그런가. 루카야, 내가 모노한테 한 방 먹은 것 같다."

"모노 말대로라면 아저씨가 한 나라의 경제를 살리신 거잖아요. 대단하세요. 몬탈치노 와인협회에 제가 편지 한 통 써야 할 것 같아요. 최고의 와인을 원한다면 레드 씨를 다른 지방으로 보내버리세요. 레드가 사라지는 그 해가 몬탈치노 최고의 빈티지. 하하하."

"루카, 너까지 그러기냐. 좋아. 내 이 몸 바쳐서 부르고뉴 지방으로 이사를 떠나마. 괜찮겠지?"

"오, 부르고뉴의 명성도 이젠 끝장이네요. 시간 나면 보르도 쪽에도 좀 들러주세요."

"보르도는 내가 안 가도 알아서 쓰러지지 않겠냐?"

"하하, 제 생각도 그래요."

"레드 아저씨, 전 와인을 몰라서 무슨 얘기인지 잘 모르겠지만 절대 한국에는 돌아오지 마세요."

"하하, 이 녀석들이 아주 어른을 갖고 노는구나. 둘 다 농담을 좀 아는 녀석들이라서 내가 특별히 봐준다. 오늘은 십 년에 한 번 있을까 말까 한 특별한 날이니까 지하저장고에서 텅 빈 메아리가 들릴 때까지 마셔보자. 하하하."

모노는 모든 것을 잊고 레드와의 만남을 즐겼다. 먹고 마시고 웃고 떠들다보니 모든 걸 잊을 수 있었다. 고갑수는 어디로 간 것인지, 고갑수를 찾으러 간 고우창은 어디에서 뭘 하고 있을지, 고우인은 한국에서 얼마나 불안해하고 있을지, 기차에 두고 내린 휴대전화기는 의자에 매달린 채 좌우로 얼마나 흔들리고 있을지, 모든 걸 까맣게 잊고 열심히 먹고 마시고 떠들었다.

새벽 4시, 도미노 게임을 하듯 세 사람이 차례로 쓰러졌다. 맨 먼저 루카가 탁자에 엎어졌고, 루카를 깨우려고 안간힘을 쓰던 모노가 그 옆에 쓰러졌고, 지하저장고에 와인을 가지러 갔다 온 레드가 쓰러진 두 사람을 보고 마지막으로 탁자에 쓰러졌다.

아침 7시, 모노는 목이 말라 잠에서 깼다. 올리브오일이 되기 직전 압착기에 들어간 올리브들이 이런 심정이었을까. 누군가 양쪽에서 모노의 머리를 짓누르는 것 같았다. 조금만 더 쥐어짜면 모노 두개골오일을 생산할 수 있을지도 몰랐다. 모노는 두 눈을 꼭 감고 골로 가는 통증을 분산시켜보았다. 모노는 냉장고에서 물을 꺼내 마셨다. 온몸에다 물을 퍼부어서 알코올 농도를 희석시키면 좀 낫지 않을까. 모노는 일 리터 정도의 물을 단숨에 마셨다.

모노는 자신의 휴대전화에 전화를 걸어보았다. 다섯 번 신호가 울리더니 음성메시지 메뉴로 이동했다. 발신을 제한했으니 별 문제가 되지 않을 것이다. 음성메시지를 확인해보았다. 짧은 시간 동안 세 건의 음성메시지가 들어와 있었다.

삐.

응, 아빠야. 어디서 뭘 하는데 전화를 안 받는 거냐? 기분이 좀 별로야. 오늘도 〈헬로, 모노레일〉 게임 했다가 엄마한테 된통 깨졌는데, 휴, 네 엄마한테 게임을 지면 왜 이렇게 약이 오르나 모르겠어. 오늘까지 10연패다. 혹시, 〈헬로, 모노레일〉 비법 같은 거 없냐? 있으면, 메일로 좀 보내봐라. 별일 없지? 별일 있으면 안 된다, 아들. 메시지 들으면 전화해.

삐.

삐.

아아, 오빠, 나예요, 우인이. 들리죠? 바쁜 일이 있는 거겠지? 지금쯤 베니스에 도착해서 기차역 정찰을 하고 있는 걸까? 음성메시지로 남길 일이 아니긴 한데, 오빠, 나는 지금 취리히로 가고 있어. 왜 취리히로 가게 됐냐면, 암스테르담으로 가는 비행기가 없어서 그런 거고, 아, 그러니까, 이거 되게 어색하다. 왜 취리히로 가게 됐냐 하면, 브뤼셀로 가야 하는데 취리히를 거치는 거고, 음, 무슨 말인지 알겠지? 중요한 건 아빠가 이상한 놈들에게 납치된 거 같아. 우창 오빠는 아빠가 큰 사고를 친 것 같다고 하지만, 아니야 오빠, 아빠는 불교인지 뭔지 그 사람들한테 납치된 거야. 모노 오빠가 취리히로 와서 도와주면 좋을 텐데, 그럴 수 있을까? 베니스에서 취리히는 많이 먼가? 우창 오빠는 휴대전화기가 꺼져 있어서 연락이 안 돼. 오빠는 뭔가 오해하고 있어. 취리히에 도착하면 다시 전화할게. 음성메시지를 듣게 되면 메시지 남겨줘. 음, 도착시

간이 몇시냐면, 열 시간 삼십 분 걸리니까, 한국 시간으로 열한시 삼십분이고, 그러면 거기 시간으로 오후 네시 삼십분인가. 오빠가 공항에 있으면 참 반가울 텐데, 그러긴 힘들겠지? 아무튼 도착했을 때 오빠 음성메시지라도 날 반겨주면 좋겠네. 안녕.

삐.

삐.

모노야, 나, 우창이야. 그동안 연락 못 해서 미안해. 지금 여긴 브뤼셀인데, 아빠를 쫓아왔어. 간단하게 끝날 줄 알았는데, 일이 좀 길어지네. 우인이한테 계속 소식을 전했는데, 지금은 우인이 전화기가 꺼져 있네. 음, 지금쯤은 너한테 직접 연락을 해줘야 도리일 것 같기도 하고…… 정말, 면목이 없다. 회사 돈은, 걱정하지 마. 내가 어떻게 해서든 맞춰놓을 게. 그리고 아빠는 이상한 놈들하고 엮인 것 같아. 돈도 그놈들한테 뜯긴 것 같고. 나도 잘은 모르겠지만 이상한 종교집단 같기도 하고, 피라미드 조직인지도 모르겠어. 거의 꽁무니를 잡았는데, 쾰른으로 도망가버렸어. 내가 바로 쫓아가서 아버지를 붙잡아올 거야. 내가 다 해결할 거니까 걱정하지 말고, 조금만 더 기다려줘. 정말 미안하다. 얼른 다 해결하고, 서울에서 술이나 한잔하자. 다시 연락할게.

삐.

세 개의 음성메시지를 듣고 난 모노는 의자에 앉아서 생각을 해보려고 했지만 아무 생각도 할 수 없었다. 몇 개의 단어들이 문장에서 분리되더니 공중에서 빤히 모노를 쳐다보았다. 마치 모노를 비웃기라도 하듯.

취리히, 암스테르담, 납치, 브뤼셀, 쾰른, 볼교, 피라미드

모노는 허공에서 자신을 내려다보고 있는 단어들의 공통점을 찾을 수 없었다. 아니, 공통점을 찾는 게 아니었지. 단어들의 공통점을 찾아서 답을 얻는 게임이 아니었지. 그렇다면, 이 단어들 중에 하나를 선택하는 거였나? 그것도 아니다.

모노는 고개를 흔들며 정신을 차리려 애썼다. 고우창은 쾰른으로 가고 있다. 고갑수가 쾰른에 있기 때문이다. 고우인은 취리히에 도착한다. 고우창이 고우인에게 메시지를 남겨놓았겠지. 그렇다면 고우인도 쾰른으로 가게 되겠지. 하지만 두 사람은 서로 다른 생각을 갖고 있다. 한쪽은 아빠를 구하러 가는 거고, 한쪽은 아빠를 벌하러 가는 거다. 무슨 차이가 있나? 구하든 벌하든 일단 만나야겠지. 만난 다음에는…… 거기까지는 알 수 없다. 일단 만나려고 하겠지.

더이상 여행을 즐기고 있을 때가 아니었다. 넋을 놓고 두 사람이 연락하기만 기다리고 있을 때가 아니었다. 모노는 벽시계를 보았다. 7시 30분이었다. 고우인은 오후 4시 30분에 취리히에 도착한다. 모노는 벽에 걸려 있던 유럽지도를 들여다보았다. 오후 4시 30분까지 취리히에 도착하기는 힘들 것 같았다. 게다가 고우인과 연락하기 위해서는 새 휴대전화기도 사야 한다.

모노는 서둘러 짐을 챙겼다. 일 분이라도 빨리 출발해야 한다. 취리히까지는 못 가더라도 최대한 가까운 곳에 가 있어야 한다. 가방을 끌어내는데 레드가 잠에서 깼다.

"뭐하는 거냐?"

"아저씨, 죄송해요. 빨리 가봐야 할 데가 생겼어요."

"지금? 이 새벽에? 무슨 일인데?"

"얘기가 좀 복잡해요. 나중에 말씀드릴게요."

"지금은 몬탈치노에서 나가는 차가 없을 텐데."

"택시도 없을까요?"

"없지. 일곱시 삼십분에 누가 택시를 몰겠냐."

"방법이 없을까요?"

"방법이야, 내가 태워주면 되지. 어디까지 갈 건데?"

"일단 취리히로 가야 해요. 어떻게 가죠?"

"취리히라…… 헤이, 루카, 루카. 일어나봐라. 이 녀석이 그런 건 잘 알겠지. 루카!"

"……무슨 일이에요?"

"잠이 안 깨지? 하나만 대답하고 다시 자라. 여기서 취리히까지 가는 가장 빠른 방법은?"

"네? 어디요? 취리히? 거길 왜 가요?"

"묻는 말에 대답이나 해."

"1번, 차를 타고 취리히까지 밟는다. 2번, 밀라노까지 차를 타고 가서 비행기로 갈아탄다. 3번, 밀라노까지 가서 기차를 탄다. 빠른 순서대로예요. 취리히 가려고요?"

"알았다. 다시 자라."

"아저씨, 취리히는 왜 가는데요?"

"일단 밀라노까지 차를 타고 가야겠다. 속력을 내면 밀라노까지 한 네 시간 걸릴 테고, 거기서 비행기로 갈아타면 서너시에는 도착할 수 있을 거다."

"귀찮게 해드려서 죄송해요, 아저씨."

"귀찮긴. 그런 말 하지 마라. 무슨 일인지 모르겠지만 일단 가면서 얘기하자."

레드는 방으로 들어가 간단한 짐을 꾸렸다. 모노와 함께 밖으로 나가려는데 잠에서 깬 루카가 기지개를 켜며 따라나섰다.

"넌 왜 일어나? 더 자다 가."

"취리히 간다면서요."

"왜? 너도 같이 가려고?"

"아저씨 음주운전이에요."

"너도 음주운전이잖아."

"전 젊잖아요. 아저씨는 밀라노 도착할 때까지 자고, 돌아올 때 교대해주면 되죠. 그리고 아저씨 똥차로는 밀라노까지 네 시간 만에 절대 못 갈걸요."

"아침 투어는 어떻게 하고?"

"이렇게 재미난 기회를 놓칠 수 없잖아요. 십 년에 한 번 있을까 말까 한 술자리가 끝나고 여행을 떠나는 건, 백 년에 한 번 있을까 말까 한 일 아니겠어요?"

"같이 가면 좋긴 하겠다만."

"투어는 아버지한테 대신 해달라고 하죠, 뭐. 어차피 이 정신으로 손님들 만났다가는 미국 와인 전부 개똥이다, 이런 말만 하고 올 게 뻔해요."

"어젠 나파 밸리 와인이 이렇게 맛있는 줄 몰랐다고 침을 튀기더니."

"공짜로 마시는 미국 와인이야 최고죠, 하하하."

"좋아, 그럼 다 같이 가자."

모노는 한마디도 못하고 옆에 서 있기만 했다. 루카는 모노를 향해 한쪽 눈을 찡긋하더니 냉장고에 들어 있던 물 한 통을 다 마시고 서둘러 밖으로 나갔다.

루카는 시동을 걸었다. 모노는 자동차를 향해 걸어가다가 담 너머로 보이는 풍경에 넋을 잃고 말았다. 언덕 아래로 아기자기한 집들과 나무들과 널따란 평야가 펼쳐져 있었다. 오래된 성에 서 있는 기분이었다. 모노는 아무 말도 못하고 입만 벌리고 있었다. 레드가 모노 옆에 서서 함께 풍경을 바라보았다.

"어제 밤에 도착해서 이 광경을 못 봤겠구나. 정말 멋지지 않냐."

루카가 자동차 경적을 울리며 소리를 질렀다.

"급하다면서요. 빨리 출발해요."

모노가 조수석에 타고 레드는 뒷자리에 앉았다. 모노는 루카의 오른쪽 어깨를 두드렸다. 루카는 별일 아니라는 듯 손사래를 치면서 웃었다.

"자, 밀라노 행 특급자동차 곧 출발합니다. 자동차가 많이 흔들릴 예정이니 모두 손잡이 꽉 잡으시고요. 어젯밤 과음하신 분들은,

특히 고가의 몬탈치노 와인을 드신 분들은, 구토에 유의해주십시오. 차에다 토하면 바로 내리셔야 합니다. 운전사도 조심해야겠습니다. 자, 그럼, 출발합니다."

루카의 밴은 몬탈치노의 아름다운 돌길을 하나씩 하나씩 밟으며, 마치 비밀의 돌멩이를 모두 밟지 않으면 이곳을 빠져나갈 수 없다는 듯 덜컹거리며 달려갔다. 모노는 창밖에 펼쳐진 풍경을 보느라 정신이 없었다. 언덕길을 내려와 몬탈치노를 벗어나자 속력이 붙기 시작했다. 울퉁불퉁한 길을 달리느라 너무 시끄러워 말은 할 수 없었다. 울퉁불퉁한 길이 끝나면 레드와 루카에게 왜 취리히로 가야 하는지를 설명해야겠다고, 모노는 생각했다. 고우인과 고우창이 누구인지, 그들이 모노의 인생에서 얼마나 중요한 사람들인지, 모두 설명해야겠다고. 덜컹거리는 길이 계속됐다. 고우인과 고우창을 만나면 레드와 루카에 대한 이야기도 해야겠다. 이 사람들이 얼마나 괜찮은 사람들인지, 얼마나 나와 잘 통하는 사람들인지.

모노는 흙먼지가 뽀얗게 날리는 도로에서 표지판을 보았다. 표지판에는 도시 이름이 여러 개 적혀 있었다. 그 길은 피렌체로 가는 길이고, 볼로냐로 가는 길이고, 결국엔 밀라노로 가는 길이었다. 밀라노라는 글자를 보는 순간 늦지 않게 고우인을 만나러 갈 수 있을 거라는 확신이 들었다. 루카는 밴의 속력을 높였다. 레드는 창밖의 풍경을 바라보았다. 모노는 손잡이를 꽉 붙들고 덜컹거리는 길이 끝나기를 기다렸다.

24. 원과 볼의 공식

고우창이 볼스 무브먼트 본부의 정문을 두드릴 때 고갑수는 수행장에서 몇몇 신자들과 함께 핀볼 게임을 하고 있었다. 고갑수 주변으로 열 명이 넘는 신도들이 모여서 게임을 지켜보고 있었지만 입을 여는 사람은 단 한 명도 없었다. 가끔 고갑수의 놀라운 기술을 볼 때마다 탄성을 지르는 사람이 있었지만 모두 숨죽이고 고갑수의 핀볼을 지켜보았다. 플런저(plunger)로 쏘아올린 볼은 우주정거장을 지나고, 블랙홀 터널을 지나고, 웜홀로 빠져들었다가 우주 한가운데에서 사방으로 향해 있는 슈퍼범퍼에 튕기며 제멋대로 공간을 떠돌아다녔다. 잠시라도 한눈을 팔았다간 볼의 행방을 놓치기 십상이었다. 고갑수는 두 손을 플리퍼 레버(flipper lever)에 고정시킨 채 고삐 풀린 말처럼 사방으로 움직이는 볼을 눈으로 좇았다. 볼이 어딘가에 부딪칠 때마다 점수판의 숫자가 빠른 속도로 바뀌었다. 고갑수는 그날따라 컨디션이 좋았다. 역대 최고기록을 막 경신하고 그 누구도 도달하지 못했던 십억 점을 향해 달려가고 있었다. 각자 자신의 기계에서 핀볼을 하던 신도들이 고갑수 주위로 모여들었다. 신도들은 새로운 역사가 만들어지는 현장에 있다는 기쁨에 전율을 느꼈다.

핀볼 유니버스*의 가장 큰 특징은 핀볼 머신 한가운데 독립된 공간으로 구분돼 있는 미러 스페이스(Mirror Space)다. 미러 스페이스에서는 모든 게 뒤집혀 있다. 위아래와 좌우가 바뀌어 있어서 플리퍼로 볼을 맞추기가 쉽지 않다. 중력의 법칙이 뒤집힌 세계다 보니 초보자들은 적응하기가 쉽지 않지만, 일단 그 속으로 들어가기만 하면 고득점을 올릴 수 있으니 핀볼러들은 기를 쓰고 미러 스페이스로 들어가려고 한다. 고갑수의 주무대가 바로 미러 스페이스였다. 볼이 미러 스페이스로 들어가면 고갑수는 평소보다 더 리드미컬한 동작으로 게임을 했다. 반대로 볼 수 있는 거울 눈이 하나 더 있는 것처럼 능숙하게 플리퍼를 움직였다.

미러 스페이스에 들어간 공이 140연속 범퍼에 돌입하는 순간 점수판의 숫자가 십억 점으로 바뀌었다.

"이야, 역시 핀볼 성자님이야."

누군가 소리를 질렀고, 신도들이 일제히 박수를 쳤다. 십억 점이 넘자 고갑수가 플리퍼 레버에서 손을 뗐다. 볼은 순식간에 블랙홀로 빨려들어갔고, 게임 오버라는 글자가 나타났다. 신도들은 의아한 눈으로 고갑수를 쳐다보았다.

---

* 핀볼 유니버스(Pinball Universe) : 1960년대에 제작되어 모던 핀볼 역사의 한 획을 그었던 기계. 현재 전 세계에 다섯 대 정도만 남아 있으며 거래되는 핀볼 기계 중 가장 비싸다.

"오늘은 여기까지입니다. 새로운 기록은 미래를 위해 남겨두겠습니다."

1,020,040,300

고갑수는 점수판에 적힌 숫자를 가리키며 말했다. 핀볼 게임의 점수라고 하기에는 비현실적으로 큰 숫자여서 무슨 암호 같아 보였다. 고갑수의 말에 신도들이 환호하며 박수를 쳤다. 박수소리가 잦아들 때쯤 볼스 무브먼트의 본부장 비비(BB)가 손을 들어 모두에게 조용히 하라는 신호를 보냈다. 비비는 볼스 무브먼트의 이인자였다. 볼스 무브먼트의 일인자가 쾰른에서 은둔하는 유니볼 성자라는 점을 생각해보면, 현실세계의 일인자는 비비인 셈이었다. 그는 열다섯 살 때 볼스 무브먼트의 세계에 빠져들자마자 자신의 이름을 우주자의 심부름꾼이라는 뜻으로 '볼보이(ball boy)'로 바꾸었고, 그후 삼십 년 동안 여러 경쟁자들을 하나씩 물리치고 본부장의 자리에 올랐다. 비비는 백구십 센티미터가 넘는 키에 어깨도 넓고 뼈도 두꺼워서 처음 만나는 사람에게 거인 같은 인상을 주었다. 눈썹도 짙고 코도 컸다. 손 역시 말도 안 되게 큼지막해서, 그 손으로 인간들이 주로 하는 일들—예를 들면 글씨를 쓰거나 그림을 그리거나 피아노를 치거나—을 할 수 있을 거라고는 상상하기 힘들었다. 멀리서 보면 두 개의 커다란 쇠망치를 쥐고 다니는 것처럼 보였기 때문에 볼보이라는 이름은 어울리지 않았다. "헤이, 볼보이!"라고 그를 불렀다가는 "헬로, 당신 머리를 몸에서 떼어내면 멋진 볼이 될 것 같아"라며 그가 쇠망치 같은 주먹으로 머리를 내려칠 것 같았다. 그래서 언제부턴가 사람들은 그를 비비라 부르기 시작했다.

"오늘 우리는 기적을 보았습니다. 방금 여러분이 보신 걸 믿을 수 있겠습니까? 핀볼 유니버스가 만들어진 이래 십억 점을 넘긴 건 처음 있는 일입니다. 인간의 능력으로 십억 점을 넘긴다는 건 불가능한 일입니다. 오늘 이 자리에 우주자가 함께 있다는 증거로 이보다 더 명확한 게 어디 있을까요? 오늘 우주자는 핀볼 성자와 함께했습니다. 핀볼 성자님, 우주자를 느꼈습니까?"

비비가 고갑수의 어깨에 손을 얹었다. 고갑수의 연약한 어깨가 곧 무너질 듯 휘청거렸다. 신도들은 고갑수가 입을 열기를 기다렸다.

"저는 한국에서 오랜 시간 비행기를 타고 방금 이곳에 도착했습니다. 비행기를 타고 오면서 내내 창밖을 내다보았습니다. 거기에 완전한 암흑이 있었습니다. 아무것도 보이지 않았습니다. 거울에 비친 제 얼굴 말고는 아무것도 없었습니다. 그 어둠 속에는 밝음에 대한 그 어떤 징조나 계시도 없었습니다. 하지만 저는 믿고 기다렸습니다. 어둠 속으로 걸어들어가면 어떤 일이 벌어지는지 알고 계십니까? 믿고 기다리는 자에게 어둠은 잠깐이지만, 믿지 못하고 회의하는 자들에게 어둠은 영원합니다. 어둠은 곧 사라졌고, 태양이 나타났습니다. 저는 핀볼을 할 때마다 우주자를 느낍니다. 그에게 제 손가락을 맡깁니다. 저는 우주자를 믿고 손가락을 온전히 그에게 바칩니다. 우리가 흔히 운동신경이라고 말하는 것은 우리에게 주어진 능력이 아닙니다. 그것은 믿음의 문제입니다. 믿으면 더 빨리 반응할 수 있습니다. 볼을 놓치는 것은 믿음이 희박해지기 때문입니다. 인간은 그렇습니다. 믿음을 유지하기 어렵습니다. 우리가 수행을 해야 하는 이유가 바로 그 때문입니다. 그것이 핀볼이든 볼링이든 명상이든 기도든 상관없습니다. 우리는 믿음을 유지하고 우주자에게 우리 몸을 맡기는 방법을 배워야 합니다. 저는 오늘 우주자와 함께 저 기록을 달성하였습니다. 모든 영광은 우주자에게 돌려야 마땅합니다."

"통."

"통."

"통."

'통' 소리*와 함께 박수가 시작되었고, 전염병처럼 사방으로 퍼져나갔다. 수행장에 있던 이백여 명의 신도들은 '통'을 외치며 손바닥이 부서져라 박수를 쳐댔다. 박수소리가 핀볼의 볼처럼 수행장 사방으로 통, 통, 튀어다녔다. 고갑수는 비비 본부장과 함께 본부장실로 들어갔다.

"대단한 게임이었어요, 핀볼 성자님."

"저야말로 영광입니다, 비비님."

"핀볼 성자님처럼 믿음 깊은 분이 많아야 우리 유니볼 성자님께서도 안심하고 수양에 정진하실 텐데 말이죠. 유니볼 성자님이 핀볼 성자님을 만나면 아주 좋아하실 거예요."

---

* 볼교인들은 자신들의 믿음을 소리내어 말할 때 볼이 튀어오를 때의 소리를 흉내내어 '통' 이라고 외친다.

"내일이면 뵐 수 있는 건가요?"

"네. 유니볼 성자님도 기대하고 계실 겁니다. 내일 긴 여행을 떠나야 하니까 좀 쉬세요."

비비가 고갑수의 어깨에 다시 한번 손을 올렸을 때 문이 열리고 고갑수를 머나먼 볼교 본부까지 데리고 온 한국 지부장이 들어왔다. 지부장의 손에는 휴대전화기가 들려 있었다. 지부장은 몸이 땅딸막하고 손이 작아서 휴대전화기가 유난히 커 보였다.

"갑수씨, 이거 큰일났네."

"왜요?"

"아들이 여기까지 따라왔어."

"우창이가요?"

"모르는 번호라 무시하고 있었는데, 계속 해대길래 중요한 전화인가 싶어 받아봤더니 갑수씨 아들이더라고. 지금 본부 앞에 와 있대. 저녁부터 와서 계속 벨을 누르고 있다나봐."

한국어로 말하던 지부장은 무슨 일인지 궁금해하는 비비에게 영어로 상황을 설명했다. 비비는 벽 한쪽에 있던 모니터를 켰다. 비비는 채널을 돌려가며 건물 주변의 CCTV를 확인했다. 볼교 본부 정문 앞에 한 남자가 쭈그리고 앉아 있는 게 보였다. CCTV 화면 속의 고우창은 구겨놓은 종이뭉치처럼 초라해 보였다. 사방의 바람이 그를 짓누르고 있는 것 같았다.

"그래서 뭐라고 하셨어요?"

"뭐라고 그러긴, 전화 잘못 걸었다 그랬지. 그런 사람 모른다고."

"우창이가 믿어요?"

"몰라. 그런 사람 모르니까 전화하지 말라고 얘기하고 끊어버렸어. 계속 전화하는데 어떡하지, 갑수씨?"

"어떡하긴요. 그냥 모른 척해야죠."

"저렇게 내버려둬도 될까?"

"지부장님, 전 이제 출가한 사람입니다. 모든 인연을 끊기 위해 여기까지 온 겁니다."

비비는 두 사람이 무슨 말을 하는지 몰라 두 눈만 끔뻑거리고 있었다. 지부장이 비비에게 고갑수의 말을 번역해주자 비비는 양손으로 고갑수의 어깨를 감싸쥐었다.

"핀볼 성자님, 어려운 결정을 하셨습니다. 지금 흔들리면 그동안의 수행이 모두 헛된 것이 됩니다."

"비비님, 전 흔들리지 않습니다. 걱정하지 마세요. 반드시 쾰른으로 가서 유니볼 성자님을 만날 겁니다."

"네, 그래야지요. 핀볼 성자님은 그럴 자격이 충분합니다."

"갑수씨, 아들은 어떻게 하지? 계속 저렇게 죽치고 앉아 있을 건가본데."

"아침에 출발할 때 뒷문으로 나가면 될 거예요. 혼자 온 것 같으니까 쉽게 따돌릴 수 있을 겁니다. 허탕친 걸 알면 집으로 돌아가겠죠."

"핀볼 성자님, 여기 앉아보세요. 제가 재미난 얘기 하나 해드리지요."

거구의 비비는 소파에 앉으며 맞은편 자리를 가리켰다. 고갑수가 거기 앉았다. 고갑수는 CCTV 속의 고우창을 보지 않으려고 애썼다. 고우창은 두 손을 다리 사이에 낀 채 하나의 작은 볼처럼 몸을 웅크리고 있었다. 화면 속 아들의 모습을 보는 것만으로도 고갑수의 몸이 떨렸다. 아들이 느끼는 추위를 눈으로 느낄 수 있었다. 비비는 일어나서 모니터를 껐다.

"핀볼 성자님, 유니볼 성자님이 출가할 때의 이야기 아십니까?"

"책에서 읽은 적은 있습니다. 열네 살 때 속세를 버리고 나와 깨달음을 얻으신 거 아닙니까?"

"네, 맞습니다. 하지만 실제로는 책에 적힌 것보다 더 많은 일들이 있었죠. 모든 일이 그렇지 않습니까. 책에는 빙산의 일각만 박혀 있습니다. 글자로 표현할 수 있는 건 징후와 암시뿐이죠. 유니볼 성자님의 표현대로라면……"

"보이는 게 반원뿐이라면 그 아래 나머지 반원이 있다."

"그렇죠. 정확합니다. '원과 볼의 공식'에서 하신 말씀이죠. 유니볼 성자님은 여덟 살 때 동네 아이들로부터 집단 구타를 당했습니다."

"유니볼 성자님께서요?"

"네. 볼교의 공식 문서에서 삭제됐기 때문에 아는 사람이 거의 없긴 합니다만, 분명히 그런 일이 있었죠. 그러고는 열두 살부터 열네 살까지 학교 친구들로부터 거의 매일 구타를 당했습니다."

"무슨 이유로요?"

"자신들과 다르다는 거죠. 유니볼 성자님께서는 어렸을 때부터 하이소울을 소유하셨으니까요."

"하이소울요?"

"종교학에서는 일반적인 영혼보다 상급단계에 있는 영혼을 완전한 영혼, 혹은 하이소울이라고 부릅니다."

"네, 이상한 이름이군요. 하이소울."

"멍청한 이름이긴 하죠. 그래도 유니볼 성자님을 일반 사람과 구별하기 위해선 그런 거라도 있어야 합니다. 멍청한 사람들이 알아듣게 설명하려면 멍청한 언어가 필요한 법이죠. 유니볼 성자님은 매일 맞으면서 이런 생각을 했습니다. 이들의 각진 마음은 어디에서 비롯됐을까. 왜 상대방을 찌르는 것으로 쾌감을 얻는 것일까. 너무나 평온한 얼굴로 맞고 있으니, 때리던 친구들은 더 화가 날 수밖에 없죠. 폭력은 강해졌고, 때리던 아이들은 더 난폭해졌습니다. 유니볼 성자님은 어느 가을밤, 출가를 결심하고 집을 나왔습니다. 부모님과 친구들에게 보내는 짧은 메시지만 남겨놓은 채. 순례길에 오른 유니볼 성자님은 유럽 각지를 돌아다니며 거리 곳곳에 자신의 질문을 늘어놓았습니다. 한 걸음에 질문 하나씩. 그러던 어느 날 불교로부터 질문의 대답을 얻게 된 것입니다. 불교의 수평적이고 순환적인 세계관에서 대답을 찾은 것입니다. 불교에는 특별한 교주가 있는 게 아닙니다. 다른 종교처럼 누군가 이끄는 한 사람이 있고, 그를 따르는 신도들이 있는 구조가 아닙니다. 밖에서 볼 때는 그렇게 볼 수도 있겠지만 우리는 그게 아니라는 걸 알지 않습니까. 유니볼 성자님은 인간이란 결국 버려진 하나의 짧은 끈이 아니겠는가, 끈과 끈들이 모여 하나의 거대한 원을 이루는 게 아니겠는가, 그런 생각을 하게 됐습니다. 그리고 기꺼이 우리와 손을 맞잡으시어 원을 완성하셨죠. 그 뒷얘기는 핀볼 성자님도 잘 아시는 얘기들이고."

"통통…… 아, 정말 감동적인 이야기입니다."

"아주 지난한 과정을 거쳐 끈에 대한 생각까지 이르렀는데 과학계의 끈이론과 겹치는 바람에 김이 좀 새긴 했지만 말입니다."

"네, 저도 끈이론에 대한 과학계와의 논쟁은 좀 읽어봤습니다."

"과학으로 설명할 수 있는 건 반원뿐입니다. 과학자들은 보이지 않는다는 이유로 나머지 반원을 무시해버리죠. 분명히 그 아래 있는데도 말입니다."

"비비님의 말씀에 동감합니다."

고갑수는 이야기를 잘 들을 줄 알았다. 많은 말들을 빠른 속도로 흡수했지만 가끔은 이야기를 튕겨내는 벽으로 변신하여 대화에 긴장감을 불어넣기도 했다. 비비와 고갑수는 오랜 시간 많은 이야기를 나누었다. 비비는 볼교에 대한 고갑수의 믿음을 인정했지만 볼교 내부 사정에 대해서는 말하지 않았다. 쾰른에서 어떤 일이 벌어지게 될지도 얘기해주지 않았고, 결국 어떤 방식으로든 볼교의 운명이 며칠 내로 결정될 것이라는 이야기도 해주지 않았다. 한국이라는 작은 나라에서 온 소성자 고갑수를 완전히 믿을 수는 없었다. 고갑수 역시 비비가 자신에게 완전히 마음을 열지 않는다는 사실을 알았다. 마음을 열지 않는 건 피차 마찬가지였으니 탓할 이유가 없었다.

"쾰른에 가면 성자 임명식 외에 또 어떤 행사가 있는 겁니까? 소성자의 수를 백이십 명에서 삼백 명으로 늘린다는 얘기도 있던데요."

"기적을 보게 될 겁니다. 유니볼 성자님이 신도들의 환부를 치료하는 기적을 볼 수 있을 거예요."

"어떻게요?"

"원을 그릴 뿐입니다. 유니볼 성자님이 원을 그리기만 해도 상처가 낫거든요."

"그게 가능합니까?"

"핀볼 성자님."

"네?"

"지금 볼을 부정하셨습니다."

"아니요, 아닙니다. 부정하는 게 아니라…… 죄송합니다."

"잠깐이라도 주무십시오. 아침 일찍 출발해야 하니까요."

비비는 일어나서 간단한 목례를 한 다음 밖으로 나가버렸다. 덩치는 산처럼 컸지만 삐친 얼굴은 아이와 다를 게 없었다. 고갑수는 방에 혼자 앉아 꺼진 모니터를 보았다. 까만 모니터에 자신의 얼굴이 비쳤다. 모니터를 켜서 아들의 얼굴을 보고 싶었지만 그랬다가는 눈물이 날 것 같았다. 고갑수는 소파에 누워 잠깐 눈을 붙였다. 일 분이나 되었을까 싶었는데 두 시간이 지나 있었다. 누군가 고갑수의 어깨를 흔들어 깨웠다. 지부장이었다.

"갑수씨, 이제 출발할 시간이야."

고갑수는 정신을 차리려고 눈을 비볐다. 모니터는 여전히 꺼져 있었다. 비비의 지휘 아래 볼교 신도들이 뒷문을 통해 빠져나갔다. 고갑수도 정신없이 그들을 쫓아나갔다. 잘 모르는 사람들과 함께 밴에 올라탔고 차는 곧바로 출발했다. 정문 앞에 잠들어 있던 고우창은 아무것도 눈치채지 못했다.

25. 후, 하, 후, 하, 후, 하

비행기의 안전벨트 표시등이 깜빡이더니 개인 조명이 모두 꺼졌다. 비행기 안은 순식간에 암흑으로 변했다. 사람들의 비명이 고우인의 귓속으로 파고들었다. 비행기 엔진의 굉음과 사람들의 비명이 어지럽게 뒤섞였다.

기체가 좌우로 심하게 흔들렸다. 고우인은 어렸을 때 아빠와 함께 배를 탔던 기억을 떠올렸다. 섬으로 여행을 가는 길이었다. 바다는 깜깜했고 먼바다와 가까운 바다를 구별할 수 없었다. 바다와 하늘도 구별할 수 없었다. 가끔 벼락이 치면 그제야 하늘이 나타났다. 배가 흔들리면서 고우인의 뱃속에 들어 있던 모든 것들이 좌우로 심하게 요동쳤다. 고우인은 뱃속에 있는 음식물들이 좌우로 미끄러지고 뒤집히면서 뒤엉키는 장면을 상상했다. 뭘 먹었더라, 핫도그와 아이스크림과 오렌지주스와 고로케와 떡볶이를 먹었지. 핫도그에 떡볶이 소스가 버무려지고 고로케 위에 아이스크림이 얹히고 오렌지주스가 그 모든 음식물을 뒤덮는 장면을 상상하자마자 토악질이 시작됐다. 등을 두드려주던 아빠의 큼지막한 손바닥의 느낌이 여전히 생생하다. 상상이 모든 고통의 시작이었다. 고우인은 흔들리는 비행기 속에서 상상을 하지 않기 위해 노력했다. 아무것도 상상하지 말자. 고우인은 눈을 감고 방금 읽었던 위급상황 대처 매뉴얼을 머릿속에 떠올렸다. 몸을 동그랗게 말라고 했지. 비행기가 불시착해도 고양이처럼 몸을 동그랗게 말면 살 수 있어. 동그란 건 부드럽고, 동그란 건 단단하니까.

아닌가, 구명조끼를 입는 게 먼저라고 했나. 구명조끼를 입고 바람을 불어넣으면 몸이 팽팽해질 텐데 그러면 어떻게 몸을 동그랗게 말지? 구명조끼를 입은 채로 몸을 말고 있다가 위급상황이 되면 바람을 불어넣는 건가. 위급상황에 그렇게 재빨리 바람을 불어넣을 수 있을 리 없잖아. 순서가 뒤죽박죽이었다. 고우인은 눈을 뜨고 매뉴얼을 다시 읽어볼까 하다가 그랬다간 곧장 뱃속에 들어있는 음식물을 상상하게 되고 토악질이 시작될 것 같아서 차마 그러지 못했다. 고우인은 눈을 감은 채 생각나는 대로 매뉴얼의 내용을 중얼거렸다. 비행기가 더욱 심하게 흔들리는 것 같았다. 기체가 앞쪽으로 쏠리더니 빠른 속도로 곤두박질쳤다. 롤러코스터를 탈 때 이런 기분이었지. 비행기가 땅바닥에 부딪치기 전에 바람을 불어넣어야 한다. 살기 위해선 재빠르게 움직여야 한다. 고우인은 몸을 웅크린 다음 빠른 속도로 바람을 불어넣었다. 후, 하, 후, 하, 후, 하, 더 빨리 바람을 넣어야 동그랗게 몸을 부풀릴 수 있어. 후, 하, 후, 하, 더 빨리 더 많이 바람을 불어넣어야 해.

"아가씨, 이제 그만 좀 하지. 참는 데도 한계가 있어."

고우인은 눈을 번쩍 떴다. 옆자리에 앉은 백발의 할머니가 고우인의 어깨를 툭툭 치고 있었다. 할머니는 한국 사람처럼 보이지 않았지만 정확한 발음으로 한국말을 하고 있었다. 고우인은 옆자리에 누가 앉았는지 신경도 쓰지 않고 있었다. 신경쓸 겨를이 없었다. 갑자기 나타난 할머니는 그래서 더 비현실적으로 느껴졌다.

할머니는 일흔 살이 넘어 보이는 나이에도 어깨를 꼿꼿하게 세우고 앉아 흐트러짐 없이 정면을 응시하고 있었다.

"할머니는 안 무서워요?"

"뭐가?"

"이제 곧 죽을 거잖아요."

"왜 죽어?"

"지금 비행기가 추락하고 있잖아요."

"무슨 소리를 하는지 모르겠네. 비행기가 왜 추락해?"

고우인은 주위를 둘러보았다. 모든 게 평화로워 보였다. 사람들은 곤히 잠들어 있었다. 이상한 풍경이라고 고우인은 생각했다. 천국이 있다면 이런 곳이 아닐까. 찜질방 휴게소처럼 어두컴컴한 실내에 각자 자신만의 자리에 곤히 잠들어 있고, 바깥에는 무시무시한 굉음이 들리지만 모두들 아랑곳하지 않고 조용히 잠들어 있는 곳. 어쩌면 이곳은 현실이 아니라 사후의 세계인 것은 아닐까.

"할머니, 혹시, 여기가 천국이에요?"

"천국? 여긴 지옥이야, 저쪽이 천국이지."

"저쪽 어디요?"

"비즈니스석."

"그러면 할머니, 저 아직 살아 있는 거예요?"

"이렇게 좁은 데다 사람들을 꾸역꾸역 때려넣는데 모두 불평 한 마디 없이 죽지 않고 살아 있는 걸 보면 신기하긴 하지. 아가씨, 보다시피 내 몸이 좀 커. 그러니까 좁은 데서 자꾸 뒤치락거리지 말고 조용히 좀 가자고. 알겠어?"

"제가 어쨌는데요?"

"어쨌냐고? 삼십 분 동안 혼자서 몸을 말았다가 중얼중얼거렸다가 옷 속에다 바람을 불어넣었다가 몸을 왼쪽 오른쪽으로 흔들다가, 온갖 버라이어티쇼를 벌여놓고서 어쨌냐니…… 자고 있었던 거야?"

"모르겠어요. 그냥 머리가 멍한 게 현실인지 꿈인지 분간이 안 돼요. 아빠도 만났어요."

"비행기 처음 타?"

"네, 처음이에요. 앞으로 얼마나 더 가야 해요?"

"일곱 시간쯤 남았나. 이제부터 시작이지. 처음이면 힘들겠네. 창문에다 볼을 좀 비벼봐. 차가운 게 닿으면 현실감각이 좀 돌아오니까."

"이렇게요?"

고우인은 비행기의 작은 아크릴 창에다 얼굴을 갖다댔다. 차가운 감촉이 볼을 타고 목덜미까지 뻗어내려갔다. 작은 창 바깥쪽에 또다른 창이 있는 게 보였다. 그 창 너머에는 어둠밖에 없었다. 고우인의 얼굴이 창에 희미하게 비쳤다. 두 개의 창에 고우인의 얼굴이 어른거렸다. 두 명의 고우인을 바라보고 있으니 혼자라는 게

실감이 났다.

"할머니, 비행기에는 창문을 왜 이렇게 작게 달아놓았을까요? 답답하게."

"크면 얼마나 무섭겠니."

"왜 무서워요? 창이 크면 별도 보고 달도 보고 좋을 텐데."

"보이는 게 많을수록 더 무섭지."

"알면 알수록 더 무서운 건가요?"

"몰라도 무섭고."

"알아야 해요, 몰라야 해요?"

"알려고 해도 알 수 없으니까 더 무서운 거지."

"바다나 우주 같은 거요?"

"응, 대충 그런 거."

고우인은 아크릴 창에 얼굴을 바싹 대고 다시 바깥을 내다보았다. 거기가 허공이라는 사실이 믿기지 않았다. 하늘을 날고 있다는 게 새삼 신기했다. 바깥을 보고 있으니 다시 이상한 상상이 시작되려고 했다. 할머니 쪽으로 몸을 돌렸다.

"전 고우인이라고 해요."

"난 니나라고 한다."

"와, 예쁜 이름이에요."

"예뻐봤자지. 이름은 내 게 아니니까. 다른 놈들 좋으라고 그렇게 예쁜 이름을 쓰고 있다는 게 화나지. 내 이름이 예쁘다니, 넌 기분이 좋겠구나. 예쁜 걸 만나면 기분이 좋아지지."

"제 이름도 예쁜 이름이에요."

"뭐 그렇다고 하자. 누가 지어준 이름이야?"

"아빠요."

"아빠하고 친한가보네. 아까도 아빠를 만났다고 하더니."

"지금 아빠를 만나러 가는 길이에요. 아빠가 위험하거든요."

고우인은 니나에게 자신의 이야기를 시작했다. 아빠 고갑수에 대한 이야기, 엄마 이수진에 대한 이야기, 오빠 고우창에 대한 이야기, 흉터에 대한 이야기, 모노에 대한 사랑까지. 모르는 사람에게 이야기를 털어놓으니 몸이 한결 가벼워졌다. 고우인은 비밀을 이야기하듯 니나의 귀에다 조용한 목소리로 말했고, 니나는 정면을 향해 꼿꼿하게 앉은 자세 그대로 고우인의 이야기를 들었다. 흉터 얘기를 하는데도 볼 생각을 하지 않았고 가끔 고개를 끄덕여 자신이 주의해서 이야기를 듣고 있다는 표시만 해주었다. 작은 고갯짓만으로 대화가 완성됐다.

비행기 안은 캄캄하고 조용했다. 니나에게 이야기를 하고 있으면서도 모든 게 현실의 일 같지 않았다. 하늘나라의 천사와 이야기를 하고 있는 것 같았다. 천사 치고는 나이가 많고 몸이 좀 뚱뚱하긴 했지만 천사의 직무를 완수하려면 — 도대체 천사가 하는 일이 뭐지?— 이 정도의 연륜은 있어야 하는 게 아닐까. 고우인에게 니나의 고갯짓은 천사의 날갯짓처럼 부드러웠다. 천사는 가끔 직접 대꾸해주기도 했다. 응, 그래, 그럼, 그렇지, 오호, 그랬구나, 저런, 맙소사, 하긴, 흠, 역시. 짧고 간략한 단어들이었지만 니나는 그 단어들을 꼭 들어가야 할 자리에 끼워맞추었다. 고우인은 세 시간 동안 음료수를 마셔가며 니나에게 이야기를 했고, 공항에서 있었던

일까지 모두 이야기하고 나서야 지쳐 쓰러져 잠이 들었다. 니나는 그제야 고우인 쪽으로 고개를 돌렸다. 니나는 승무원에게 담요를 한 장 더 달라고 부탁했다. 담요를 덮어주자 고우인이 작은 소리로 잠꼬대를 했다.

"모노 오빠, 기다려."

26. 비비가 문제

고우창이 볼스 무브먼트 본부의 정문 앞에서 죽치고 있던 그날 밤, 고갑수가 아들의 존재를 무시한 채 비비와 이야기를 나누던 그날 밤, 모노와 루카와 레드가 정신없이 레드와인을 마시며 술에 취하던 그날 밤, 고우인이 비행기 속에서 덜덜 떨고 있던 그 시간, 쾰른의 한 사무실에서는 볼스 무브먼트의 소성자 아홉 명이 회의를 하고 있었다. 아홉 명의 소성자들은 말없이 차를 마셨다. 입을 먼저 여는 사람이 지는 게임이라도 하는 것처럼 서로 눈치만 보고 있었다. 전화벨이 울리자 아홉 명의 눈이 동시에 그곳으로 쏠렸다. 엠씨 성자가 전화를 받았다.

"네, 핀볼 성자님, 무사하셨군요. 내일 저녁 집회 전에 잠깐 만날 수 있을 겁니다. 여긴 모든 준비가 끝났습니다. 네…… 네…… 알겠습니다. 그건 걱정 마십시오. 눈치채지 못할 겁니다. 네, 그럼 좋은 꿈 꾸십시오."

전화를 끊자 모두의 눈이 이번에는 엠씨 성자에게로 향했다. 엠씨 성자는 볼교의 거의 모든 집회와 행사의 사회를 도맡아 보면서 엠씨 성자라는 이름을 얻었지만 다음날 있을 총집회의 사회는 다른 성자가 맡게 되어 있었다. 엠씨 성자는 좌중을 둘러보며 말했다.

"차질 없이 준비되고 있습니다. 핀볼 성자님이 내일 저녁 집회 때 유니볼 성자님을 알현하게 될 겁니다. 드디어 내일 우리의 뜻을 전할 수 있게 됐습니다. 지금 볼교는 아무것도 아닙니다. 우주자님의 뜻을 전하기는커녕 세력을 확장하는 데만 열중하고 있습니다. 모든 게 썩어 있습니다. 내일 총회 때 소성자 백이십 명을 삼백 명으로 늘리는 행사가 있을 거라는 공문이 내려왔습니다. 이것은 소성자의 세력을 죽이고, 쾰른 성지와 브뤼셀 본부의 권한을 강화시키려는 의도로밖에 볼 수 없습니다. 지부장들을 소성자 위에 두어서 장악력을 높이겠다는 뜻입니다. 게다가 지금 추진하고 있는 원공 프로젝트는 완전히 미친 짓입니다. 막아야 합니다."

엠씨 성자의 말이 끝나자 팔짱을 끼고 있던 헬드볼 성자가 물었다.

"유니볼 성자님을 쾰른 성지에서 빼낸다고 해서 해결이 될까요?"

"지금 비비는 유니볼 성자님을 신격화하려 하고 있습니다. 유니볼 성자님이 쾰른 성지에 계속 있는 한 바꿀 수 있는 건 없습니다. 반드시 모셔와야 합니다."

"비비는 어떻게 처리할 생각입니까?"

"일단 비비 모르게 유니볼 성자님을 모셔오는 게 제일 좋겠지만 눈치를 챈다면 우리도 가만히 있을 수는 없죠. 여러분도 일단 각오하시는 게 좋을 겁니다. 우리 세력도 만만치는 않으니 앉은자리에서 당하지는 않을 겁니다."

"엠씨 성자님, 만약, 만약 말이죠. 이 모든 게 유니볼 성자님의 뜻이라면, 비비가 문제가 아니라 유니볼 성자님의 뜻이라면 어떻게 하실 겁니까?"

"최악의 상황까지 생각해야겠죠."

"뒷감당하기가 쉽지 않을 겁니다."

"거기까지도 생각은 해뒀습니다만, 그런 일이 없기를 바라야죠. 만약 최악의 상황이 벌어진다면, 유니볼 성자님을 아름답게 보내드려야죠. 볼스 무브먼트를 위해서라도 성자님은 전설이 될 필요가 있습니다. 살아서 이용당하시는 것보다 전설이 되는 편이 낫지 않겠습니까."

"핀볼 성자만 믿고 있을 수는 없지 않습니까?"

"지금으로선 유니볼 성자님에게 가장 쉽게 접근할 수 있는 사람이 핀볼 성자입니다. 핀볼 성자가 유니볼 성자님을 잘 모실 수 있도록 우린 집회장에 비비를 잡아둬야 합니다. 계획대로만 된다면 반드시 성공할 테니 모두들 걱정 마세요. 그리고 기억하십시오. 이번 기회가 마지막일 수도 있습니다."

"다른 소성자들은 어때요?"

"돌아다니면서 의견을 좀 들어봤는데 모두들 비비에 대한 반감이 크긴 커요. 원공 프로젝트와 예언서도 비비의 머릿속에서 나온 거니까요. 일단 일을 벌이고 나면 나머지는 하늘의 뜻에 맡겨야죠."

"우주자님이 우리와 함께하실까요?"

"함께하실 겁니다."

"통."

"통."

"그리고, 이번 작전의 이름은 엠씨스퀘어로 하겠습니다."

"스퀘어라니오. 엠씨 성자님, 그게 무슨 말씀입니까."

"만약 실패하게 된다면 제가 모든 걸 책임지겠습니다. 여러분은 모든 걸 제 책임으로 돌리십시오. 저 하나 희생하면 그만입니다."

"그래도 스퀘어라니오. 스퀘어라면 정사각형인데, 그건 너무 위험합니다. 볼을 부정하면 목숨이 위험해질지도 모릅니다."

"그래야 제 말을 믿을 겁니다. 만약 일이 잘못되면 작전의 이름을 엠씨스퀘어라고 밝히고 여러분은 아무것도 알지 못했다고, 그저 엠씨가 여러분을 이용했다고, 여러분은 엠씨스퀘어가 그저 방정식인 줄 알았다고, 에너지의 이동에 대한 작전인 줄 알았다고, 엠씨 성자는 계속 '에너지는 엠씨스퀘어다' 라는 구절만 반복했다고, 그렇게 얘기하십시오."

"엠씨 성자님!"

"아인슈타인 박사는 이렇게 말했습니다. 우주자는 우주를 우연에 맡겨두지 않는다고요. 우리 역시 볼스 무브먼트를 우연의 힘에 맡겨둘 수는 없습니다. 우리가 옳다면 우주자가 우리와 함께할 것입니다."

"통."

"엠씨스퀘어를 기억하십시오. 통."

엠씨 성자는 밖으로 나갔지만 나머지 여덟 명의 소성자는 자리를 뜨지 못했다. 뜻을 함께하기로 했지만 작전일이 하루 앞으로 다가오자 모두들 긴장한 기색이 역력했다. 모두들 탁자 위에다 손가락으로 정사각형을 그렸다. 스퀘어라니…… 정사각형은 그들에게 익숙하지 않았다. 정사각형을 열심히 그리다보면 어느 순간 원으로 변해 있었다. 모두들 손가락을 떨고 있었다. 엠씨스퀘어는 그들이 들어본 중에 가장 위험한 작전명이었다.

27. 열 바퀴만 돌면 당신도 성자

모노는 몬탈치노의 포도밭 사이를 달리면서 몬탈치노라는 단어를 처음 들었던 열다섯 살 때를 생각했다. 그때 모노는 모든 세상이 막막하고 까마득해서 그저 두 귀를 틀어막은 채 하루하루를 살아가야겠다고 생각하고 있었다. 미래라는 건 생각하지 않고. 한쪽 귀는 이미 망가졌으니 나머지 한쪽만 확실하게 틀어막으면 편하게 살 수 있을 거라고.

열다섯 살 치고는 기막히게 시니컬한 생각이었지만 한쪽 귀가 들리지 않는다는 건 열다섯 살에게 그만큼 잔인한 일이었다. 아이들은 모노에게 '야, 이 모노 새끼야' 라고 놀렸지만 모노는 언제나 그 소리를 '야, 이 호모 새끼야' 라는 소리로 바꿔 들었다. 그즈음 아이들은 유별나게 친한 남자아이 두 명이 눈에 띄기만 하면 '호모 새끼들' 이라고 놀려대곤 했는데, 모노는 호모라는 말이 마음에 들었다. 어감이 좋았다. 둥글둥글하고 부드러웠다. 모노는 아이들이 자신을 놀려댈 때마다 이런 주문을 외웠다.

모노나 호모나 별다른 차이가 없었다. 마음껏 놀려대라. 모노나 호모나. 모노는 노래를 부르듯 주문을 외웠다. 모노는 자신만의 주문으로 담을 쌓는 법을 터득해나갔다. 돌을 던지면 담을 더 높이 쌓아올렸다.

모노는 레드에게서 몬탈치노라는 단어를 듣는 순간 마음속에 쌓여 있던 담장이 무너지는 소리를 들었다. 그저 이탈리아의 어느 마을 이름에 불과했지만 몬탈치노라는 단어는 모노에게 어떤 가능성이었다. 누군가 몬탈치노라는 마을에 살고 있다는 확신, 지구 반대편에도 누군가 자신과 비슷하게 살아가고 있을 것이라는 확신, 한 번도 생각해보지 못했던 새로운 존재의 가능성. 외계인이 존재 가능성만으로 사람들의 마음속에 살아 있듯 몬탈치노라는 마을과 그 마을의 사람들은 존재 가능성만으로 모노의 마음속에 실재했다. 그렇게 좋아하던 몬탈치노라는 단어를, 모노는 한참 동안 잊고 있었다.

레드와 루카와 함께 몬탈치노 마을의 포도밭을 지나갈 때 모노는 열다섯 살의 자신으로 되돌아갔다. 어째서 진작 몬탈치노에 올 생각을 못했을까. 어째서 이탈리아에 있으면서 몬탈치노를 생각하지 못했을까.

모노는 몬탈치노에 있다는 사실만으로 기분이 좋아져 달리는 차 안에서 루카와 레드에게 쉴새없이 떠들어댔다.

"지금 볼교라고 했어?"

모데나 지역을 지나고 있을 때쯤 이야기를 듣고 있던 루카가 밴의 속도를 줄이며 모노에게 물었다. 레드는 뒷좌석에서 코를 골며 자고 있었다.

"응, 볼교. 알아?"

"볼교라…… 오랜만에 들어보는 이름이네. 잘 알지."

모노는 루카의 눈치를 보았다. 루카는 말없이 운전만 했다. 해야 할 말들을 차곡차곡 쌓아둔다는 느낌이 들었다. 하고 싶은 이야기는 많지만 쉽게 꺼내지 못하고 있는 게 얼굴에 드러났다. 모노는 기다렸다.

"외삼촌이 볼교 신자였어."

모노는 다음 이야기를 기다렸지만 루카는 쉽게 말을 잇지 않았다. 모노는 루카의 옆모습을 바라보았다. 루카는 입을 오물거리며 다음 이야기를 찾고 있었다.

"정말 요란한 볼교 신자였지. 참 내, 그게 뭐 그렇게 대단한 종교라고…… 외삼촌 때문에 엄마가 얼마나 힘들었는지 몰라. 몸고생, 맘고생 있는 대로 다 하고 돈도 많이 갖다바쳤지. 외삼촌이 대장암 선고를 받고 제일 먼저 한 일이 뭐였는지 알아? 볼교에 가서 헌금을 하고 자신의 신체를 볼교에 맡긴다는 서약이었어. 그리고 집에 돌아와서 매일 자기 배에다 동그라미를 그렸지."

"동그라미?"

루카는 오른손으로 자신의 배에다 동그라미를 그리는 시늉을 해 보였다.

"이렇게 계속 동그라미를 그리면 그 속에 들어 있는 병균이 모두 죽고 영생을 얻을 수 있다는 거야. 그리고 벽에다가는 이런 그림을 붙여놨어."

루카는 운전석 왼쪽 창문에다 입김을 불어넣고 거기에다 동그라미를 그리기 시작했다. 커다란 동그라미 하나를 그리더니 그 속에다 작은 동그라미를 계속 그려넣었다. 다 그리고 나니 이런 모양의 볼이 만들어졌다.

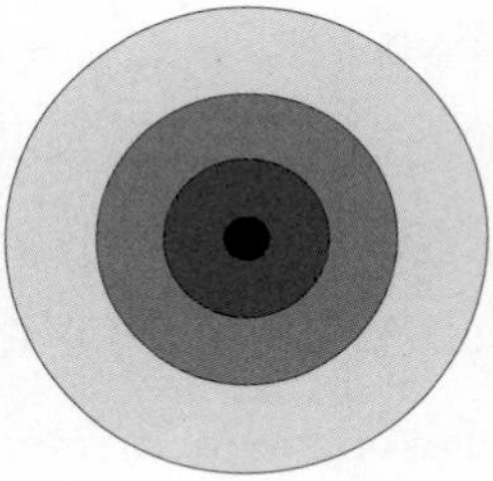

"동물의 눈 같다."

"응, 벽에 붙어 있는 이 그림을 볼 때마다 얼마나 끔찍했는지 몰라. 누군가 날 감시하고 있는 것 같았거든. 벽 앞에서 외삼촌은 계속 배에다 동그라미를 그리고 있지, 벽에 붙은 동그라미는 나를 쳐다보지, 그 방에 들어갈 때마다 아주 미치는 줄 알았다고."

"외삼촌 병은 나았어?"

"하하하, 나았겠냐. 다음해에 죽었어. 병원비는 안 들었지만 불교에다 엄청난 돈을 갖다바치는 바람에 그 돈 갚느라 엄마가 고생 좀 했지. 엄마는 아직도 볼만 봐도 치를 떨어. 그렇게 좋아하던 축구도 안 본다니까. 그때 외삼촌 때문에 불교에 대해 좀 알아봤는데, 외삼촌이 벽에 붙였던 건 볼교의 상징 문양이기도 하고 볼교의 조직을 나타내는 그림이더라고. '원형조직도'라는 건데, 한가운데 작은 동그라미가 볼교의 핵심인 유니볼 성자를 가리키는 거고, 그것보다 조금 더 큰 동그라미가 성자를 둘러싸고 조직을 운영하는 기술관료들이야. 기술관료들 바깥에 있는 동그라미가 전 세계에 퍼져서 활동하는 백이십 소성자를 뜻하는 거고, 가장 큰 동그라미는 일반 신도들. 대부분의 조직구성표는 피라미드 형태인데, 볼교는 그 사람들답게 볼로 나타낸 거지. 어떻게 보면 야구공하고 비슷한 모양이야. 중간에 작은 공이 있고, 그걸 실과 가죽이 둘러싸고 있는 거잖아. 조직 구성으로 봤을 때 이상적인 형태라고 할 수도 있지. 강력한 종교가 되기 위해서는 네 가지가 필요하대. 압도적인 리더, 일사불란하게 조직을 운영하는 실무자, 죽음을 무릅쓰고 믿음을 퍼뜨릴 수 있는 충성도 높은 전파자, 무턱대고 모든 걸 믿는 신도."

"듣고 있으니 뭔가 굉장한 조직 같네."

"그렇지? 한때 굉장한 기세로 성장하기도 했는데, 언젠가 정치인들 살인사건의 배후로 지목되면서 세력이 많이 약해졌나봐. 무죄판결이 나긴 했지만 살인사건의 배후로 지목됐다는 건 종교단체의 이미지에 악영향을 끼칠 수밖에 없으니까."

"우창이 아버지가 어쩌다가 거기 가게 된 걸까?"

모노는 고갑수의 얼굴을 떠올렸다. 특유의 멍한 얼굴, 언제나 먼 곳을 응시하던 눈동자가 선명하게 떠올랐다. 어쩌다가 그런 종교에 빠지게 된 것일까.

고갑수의 목소리가 허공에서 들려왔다. 조금 열어둔 자동차 창문 사이로 비집고 들어오는 바람소리가 아닐까. 모노는 버튼을 눌러 창문을 더 열었다. 뭘 모르겠다는 거냐? 모노야. 모노는 창밖으로 고개를 내밀었다.

"불교에 대해 알아보다보니 세상에는 별 희한한 종교가 다 있더라. 스파게티나 랍스터나 생쥐를 믿는 종교도 있더라고."

"으엑, 생쥐? 아무리 그래도 생쥐는 좀 심했다."

"아마 생쥐교 사람들하고 삼십 분만 이야기하면 입회원서에 사인하고 말걸."

"설마."

"세상에는 두 개의 레이어가 있어. 생쥐와 인간들. 이제 곧 지구가 멸망하고 나면 생쥐가 인간들을 대신하는 거야. 생쥐교 사람들은 선택된 자들만이 생쥐로 환생할 수 있다고 믿어."

"선택되지 못하면?"

"인간으로 다시 태어나서 멸망하는 거지."

"나 같으면 멸망하더라도 인간으로 태어나는 게 낫겠는데?"

"생각 자체가 다르다니까. 어쨌거나 끝까지 살아남는 게 승리하는 거라고 생각하는 사람들이야."

"어디쯤 왔냐? 깜빡 잠들었네."

창으로 들어온 바람 때문이었는지 레드가 잠에서 깨어났다. 루카가 거울 속 레드를 보았다.

"깜빡 잠들긴요. 삼십 분이나 잤어요."

"무슨 소리야, 잠깐 잤는데."

"방금 모데나도 지났다고요."

"어, 그래? 많이 왔네. 별일 없었지?"

"아저씨 자는 사이에 모노에게 특별강의 해주고 있었어요. 종교란 무엇인가!"

"네가 종교를 알아?"

"그럼요, 한때 저도 종교인이었는데요."

"어떤 종교?"

"랍스터교요."

"랍스터교? 농담하냐?"

"진짜예요. 랍스터교 전도사 얘기를 듣는데 혹하더라고요. 매일 랍스터를 먹을 수 있다는 거예요."

"그게 무슨 전도사냐, 식당 삐끼지."

"아, 레드 아저씨가 그 전도사를 만나봤어야 하는 건데…… 얼마나 진지한 줄 알아요? 신은 그의 날카로운 집게발로 우리를 간택하십니다. 신은 딱딱한 껍질 속에 부드러운 마음을 감추고 계십니다. 신은 우리를 벌하시지만 우리를 먹이십니다. 우리는 랍스터 속에서 우주를 봅니다."

"야, 무슨 식당 광고 같다. 그래서 정말 랍스터교를 믿었다고?"

"진지하게 믿어볼까 생각하는데, 죄 지은 사람들의 손을 랍스터 집게발로 잘라낸다는 얘기에 바로 도망쳤어요. 크크크, 진짜 웃기지 않아요, 랍스터교?"

루카는 한 손으로 운전대를 붙들고 한 손으로는 배를 움켜쥐고 웃기 시작했다. 모노도 따라 웃었다. 어쩌면 루카는 일부러 웃는 건지도 몰라. 심각했던 외삼촌 얘기를 공중으로 증발시키기 위해. 어쩌면 랍스터교라는 것도 루카가 만들어낸 종교일지도 모른다고 모노는 생각했다. 그런 생각을 하고 있으니 모노도 웃을 수밖에 없었다. 웃음은 전염되었고, 세 사람은 이유도 없이 계속 웃었다.

모데나를 지나 파르마와 피아젠차를 지나는 동안 세 사람은 농담을 계속 하다 게임을 만들어냈다. 종교 이야기를 하던 루카가 아이디어를 꺼냈고, 레드와 모노가 살을 붙였다. 세 사람은 키득거리면서 게임의 룰과 여러 가지 함정을 만들었다. 게임의 이름은 '세인트잇(Saint It)', 부제는 열 바퀴만 돌면 당신도 성자. 평범한 사람으로 시작하지만 순렛길로 이뤄진 게임판을 돌며 결국엔 성자가 되는 게임이다. 수많은 유혹이 있는 험난한 길이지만 게임을 그대로 따라 하다보면 게임을 하는 사람도 어느 순간 성자가 되어버리고 마는, 마력의 게임이라고 레드는 자평했다.

"모노야, 이거 너네 회사에서 출시하면 난리날 것 같지 않냐?"

레드가 만족한 얼굴로 모노에게 말했다.

"난리나겠죠. 종교단체들이 절 죽이려 들걸요."

"순교하는 거지."

"푸하하, 게임 때문에 죽는데 그게 무슨 순교예요."

"자신의 뜻을 굽히지 않다가 죽으면 다 순교야. 그렇지 않냐, 루카?"

"제 생각은 좀 달라요. 이거 출시하면 아마 종교인들이 제일 많이 살걸요. 게임에서라도 성자가 되고 싶어할 거예요."

"좋아, 좋아, 루카, 그런 정신이 필요하다. 모노가 총책임을 맡고 루카 네가 방문판매를 담당하는 거야. 교회나 절이나 각종 사원을 다니면서 세인트잇 게임을 파는 거야."

"레드 아저씨는 뭐할 건데요?"

"나야 정신적 지주 같은 거지."

"정신없기로 유명한 레드 아저씨가 무슨 정신적 지주예요. 아저씨는 전화상담요원 어때요? 항의전화가 많을 테니까 귀가 잘 안 들리는 아저씨가 딱 적임자 아니겠어요?"

"너 뭐라 그랬어?"

레드가 정색하며 소리치자 차 안의 공기가 탁해졌다. 몇 초 동안 세 사람 다 말이 없었다.

"딱이네, 딱이야. 하하, 내가 화낼 줄 알았냐? 하하하. 전화상담요원, 너무 좋아. 만날 똑같은 소리만 하고 전화를 끊어버리는 거지. 고객님, 세인트잇 게임을 이용해주셔서 감사합니다. 안타깝게도 저는 귀가 잘 안 들리는 상담요원이니 자세한 상담내용은 문자로 남겨주세요. 하하하."

모노는 잠깐 레드의 눈치를 살폈다. 루카의 농담에 기분이 상해서 일부러 유쾌한 척하는 게 아닌지.

아니, 레드는 진심으로 웃고 있었다. 루카의 위험한 농담이 차 안을 훑고 지나가자 세 사람은 더욱 스스럼없는 사이가 되었다. 밀라노에 도착할 때까지 세 사람은 세인트잇을 더욱 완성도 높은 게임으로 만들었고, 농담과 이야기를 주고받으며 서로에게 더욱 가까워지고 있었다. 밀라노가 가까워지자 서로 조급해하는 게 느껴졌다. 모두들 이대로 헤어지기엔 뭔가 아쉬운 눈치였다. 함께 운동장에서 뛰어 놀던 아이들이 하나둘 집으로 돌아가려고 할 때, 한 녀석이 이렇게 외치는 거다. "얘들아, 우리 집에 가서 더 놀래?" 집에 가도 별게 없고 친구들과 더 놀고 싶었던 아이들이라면 눈을 반짝이겠지.

"레드 아저씨, 우리도 모노를 따라 쾰른으로 가면 어때요?"

밀라노에 접어들자 루카가 눈치를 보며 말을 꺼냈다.

"쾰른까지?"

뒷좌석에 앉았던 레드가 상체를 내밀며 되물었다.

"모노 혼자 보내기도 그렇고, 제가 쾰른에 기가 막힌 맥줏집을 알거든요."

"오, 그래? 맛있어?"

"두 분 지금 무슨 얘기 하시는 거예요? 어딜 같이 가시겠다는 거예요? 저한테도 의견을 물어봐야죠."

"모노, 넌 좀 빠져 있어봐. 맥주가 맛있냐고요? 그럼요, 독일 최고의 맥줏집이죠."

"너 와이너리 팽개치고 가도 괜찮아?"

"열심히 일했으니 며칠 휴가 좀 갔다 오죠, 뭐. 아저씨야말로 괜찮아요?"

"나야 괜찮지. 관광객도 별로 없는 시기니까. 간 김에 독일 와인업자도 좀 만나고 오면 되겠네."

"그럼 가는 거죠?"

"좋아, 가자."

모노는 대화를 들으며 두 사람을 번갈아 보기만 할 뿐이었다. 끼어들 여지가 없었다. 함께 간다는 말이 반가웠지만 부담스럽기도 했다.

"루카, 그럴 필요 없어."

"무슨 소리야. 우리가 좋아서 간다는데."

"나 걱정해서 그러는 거잖아."

"맥주 때문이긴 하지만 아무래도 너 혼자 보내기엔 불안하단 말야. 너, 볼교의 성지가 왜 쾰른에 있는 줄 알아?"

"아니, 몰라."

"그게 바로 내가 필요한 이유야. 내가 함께 있으면 뭐라도 도움이 될 거야."

"고맙긴 하지만."

"걱정 마. 우린 맥주 마시러 가는 거니까. 그렇죠, 레드 아저씨?"

"응, 그렇고말고."

"그런데 볼교의 성지가 쾰른에 있는 이유가 뭐야?"

"전 세계 도시 중에서 스펠링 O에 움라우트가 붙은 유일한 곳이 어딘 줄 알아?"

"어딘데?"

"쾰른."

"그거랑 무슨 상관이야?"

"가보면 알 거야."

루카는 밀라노 공항을 향해 빠르게 밴을 몰았다. 출발한 지 네 시간 만에 밀라노에 도착했다. 운이 좋으면 고우인이 도착하기 전에 취리히 공항에 도착할 수 있을지도 모른다고, 모노는 생각했다.

28. 지독하게 운이 없어서 5와 5

고우창은 양손목을 꺾어보았다. 우두둑, 뼈들이 어긋나는 소리가 들렸다. 목을 좌우로 비틀어보아도 비슷한 소리가 났다. 간밤에 제대로 자지 못해서 목과 어깨와 팔꿈치와 손목이 시큰거렸다. 고우창은 브뤼셀 역으로 걸어가는 내내 제 머리를 쥐어박았다. 멍청한 놈, 멍청한 놈, 멍청한 놈.

고무공을 꼭 붙들고 잠깐 잠든 줄 알았는데 눈을 떠보니 아침이 시작되고 있었다. 스스로 눈을 뜬 것도 아니었다. 누군가 고우창의 발을 툭, 툭 차는 바람에 고개를 들어보니 사십대 중반쯤의 남자가 고우창을 내려다보고 있었다.

"어이, 이것 봐요. 여기서 뭐하는 겁니까?"

"예? 아, 여기, 누굴 좀 기다리는데요."

"여기서 누굴 기다려요? 불교 신자예요?"

"예? 아…… 예."

"오늘은 집회가 없는데?"

"그래요? 아, 그렇죠, 네, 저기, 뭐더라, 오늘 다른 일이 있다고 만나서 같이 들어가기로, 했는데……"

"아, 성지 총회 가는 분이에요?"

"네, 성지 총회요. 그거 간다고."

"벌써 다 갔죠. 지금이 몇신데."

"몇신데요?"

"여섯시 사십분요. 삼십분에 버스 출발했을걸요. 저런, 시간을 잘못 아셨나보네."

"정말이에요?"

"참 대책 없는 분이시네. 가만있어봐요. 나한테 기차 시간표가 있을 거예요. 어디 보자, 쾰른, 쾰른이 몇시냐, 아, 여기 한시 삼십분이 첫차네. 낮 집회는 못 봐도 저녁 총회 전에는 도착할 수 있겠네. 버스 시간표도 알아봐드려요? 버스로 가면 한참 돌아서 난 꼭 기차를 타게 되더라고."

"아뇨, 괜찮습니다. 고맙습니다."

"아니 약속을 어떻게 했길래 친구가 이런 데서 잠자고 있는데도 모르나."

고우창은 자리에서 일어나 뒤도 돌아보지 않고 곧장 기차역 쪽으로 걸었다. 고우창은 택시를 찾다가 이내 자신이 택시를 탈 이유가 없다는 걸 깨달았다. 어디에 있는지 안 이상 군이 당장 쫓아가야 할 이유가 없었다. 쾰른으로 간 걸 알아낸 게 다행이었다. 멍청한 놈, 멍청한 놈. 고우창은 제 머리를 쥐어박으면서 간밤에 좀더 깨어 있지 못했던 자신을 질책했다. 분명히 자신을 보았을 텐데,

모른 척 놓아두고 간 고갑수에게 섭섭한 마음이 들기도 했다. 그래, 퀼른에서 모든 걸 해결하자. 금방 끝날 거야.

길에 있던 공중전화박스에 들어가 고우인에게 전화를 걸었지만 전화기는 꺼져 있었다. 한국 시간을 따져보았다. 오후 2시. 평소에도 전화기를 자주 꺼놓는 편이니 이상할 건 없었다. 그래도 이렇게 급박한 순간에 전화기를 꺼놓다니. 고우창은 고우인이 유럽으로 날아오고 있을 거라고는 꿈에도 생각하지 못했다. 음성메시지만 확인했어도 모든 걸 알 수 있었을 텐데, 일단 자신의 상황을 누군가에게 알려야 한다는 급박함 때문에 음성메시지를 확인할 생각은 하지 못했다.

고우창은 모노에게 전화를 걸었다. 곧 끝날 거라고, 퀼른에서 모든 걸 해결할 테니 조금만 더 기다려달라고 말해야 할 것 같았다. 모노의 전화기가 꺼져 있다는 안내가 나왔다. 다행이라는 생각이 들었다. 모노의 목소리를 들으면 너무 미안해서 제대로 이야기할 수 없었을 것이다. 고우창은 짤막한 메시지를 남기고 전화를 끊었다. 모노가 갑자기 전화를 받을까봐, 갑자기 모노의 목소리가 나타나서 너 같은 녀석 다시는 보고 싶지 않다고 할까봐, 얼른 전화를 끊었다.

볼교 본부가 있던 쪽을 돌아보았다. 멀리서도 건물은 또렷하게 보였다. 건물 꼭대기에 커다란 볼이 박혀 있었다. 전날 밤에는 어두워서 잘 보이지 않았던 볼이었다. 누군가의 눈알 같다고, 거기서 누군가 자신을 내려다보고 있는 것 같다고, 고우창은 생각했다. 네 개의 동그라미가 겹쳐져 있었는데, 한가운데 동그라미는 새까맣게 칠해져 있어 동물의 눈동자처럼 보였다. 왠지 겁이 나, 얼른 고개를 돌렸다.

브뤼셀 역으로 걸어가면서 고우창은 자신이 게임 속 캐릭터가 된 것 같은 기분이 들었다. 누군가를 쫓아가지만 매번 한 발씩 늦고 뒷북만 치는. 늘 앞서나가려고 해보지만 꽁무니만 쫓고 마는 그런 캐릭터. 지독하게 운이 없어서 그런 거야. 게임에는 실력보다 운이 필요하니까. 오랜만에 주사위 5와 5가 나와서 게임을 역전시키는가 싶으면 앞서 달리는 캐릭터들은 6과 6이 나와서 멀찌감치 달아나고, 제대로 된 미션카드로 상대방을 엿먹였나 싶으면 폭설카드나 파업카드로 역습을 당해 오도 가도 못하는 처지가 되는 캐릭터가 바로 고우창이었다. 한 번도 게임을 주도해본 적이 없었다. 늘 2등이었고 3등이었지만 한 번도 실망한 적이 없었는데, 언제나 뒤쫓기만 하는 자신에게 처음으로 짜증이 났다. 멋지게 1등으로 도착해서 결승 테이프를 끊는 자신을 보고 싶었다.

고우창에게 승부욕이 전혀 없는 것은 아니었다. 대학교 때는 맥주 많이 마시기 대회에서 1등을 차지하기도 했다. 1등을 확정짓는 마지막 잔을 다 마시고 쓰러진 걸 보면, 지지 않으려고 죽을힘을 다해 버틴 게 틀림없다. 문제는 승부욕이 오래가지 않는다는 점이었다. 절대 지지 않겠다는 마음으로 시작하지만 시간이 지날수록 다짐은 느슨해지고 결심은 희미해졌다. 늘 이길 수는 없지, 암, 그렇고말고, 질 수도 있는 거야, 아니, 지는 게 당연한가, 그래, 뭐, 한 번쯤 한 번쯤, 하다보면 어느새 게임은 끝나 있다. 맥주 많이 마시기 대회에서 1등을 차지할 수 있었던 건, 오히려 어느 순간부터 잔뜩 취해서 자신의 마음을 컨트롤할 수 없게 되었기 때문이다. 마음을 컨트롤할 수 없는 순간에 1등을 했다는 사실이 고우창은 마음에 들지 않았다.

이번 게임은 꼭 이겨야겠어. 고우창은 낮게 중얼거렸다. 이번 게임에서 아버지와 볼교를 잡고 판을 끝낸 다음 서울로 돌아가서 제대로 된 나만의 게임을 시작해보겠어. 고우창은 퀘이사를 생각했다. 퀘이사는 자신이 만들어낸 첫번째 게임이었다. 고우창이 보기에 퀘이사는 가능성이 있어 보였다. 제대로 된 우주의 룰을 만들고 멋진 게임판을 만들면 대히트를 할지도 몰랐다. 고우창은 빨리 서울로 돌아가서 퀘이사 프로젝트를 마무리짓고 새로운 시대를 열고 싶었다. 그러려면 빨리 쾰른으로 가야 했다. 게임을 마무리지어야 했다.

29. 통통

볼이란 무엇입니까? 흠 없는 완전함입니다. 어느 각도에서 보든 그 완전함에는 이견이 없습니다. 오늘 총회를 연 데는 여러 가지 의미가 있겠습니다. 백이십 명의 소성자를 삼백 명으로 확대하는 한편, 볼을 왜곡시키려는 세력에 대항해 단호한 결단을 내리기 위해서입니다. 언제부턴가 볼을 박스에 넣으려는 사람들이 늘어나고 있습니다. 볼을 박스에 넣고 나머지 공간에다 쓰레기를 채워넣으려는 무리들이 있습니다. 박스에 든 볼을 움직이지 못하게 하려는 것입니다. 볼은 완전한 형태입니다. 세상 사람들은 박스에 볼을 넣으며 볼이 박스를 꽉 채우지 못한다고 말합니다. 하지만 우리는 압니다. 볼이 박스를 꽉 채우지 못하는 것이 아니라, 박스의 네 귀퉁이를 버리지 못해서 생기는 헛된 욕망입니다. 볼을, 믿습니까?

통,

통,

통, 통, 통, 통, 통, 통, 통, 통, 통, 통,

통통, 통통,

통,

통.

오늘 저녁 총회에서는 유니볼 성자님이 기적을 보여줄 것입니다. 병든 자를 낫게 하고, 믿지 못하는 자를 믿게 하며, 떨어지는 자를 붙잡을 것이며, 앞서나가는 자를 붙들어맬 것이고, 뒤처진 자를 밀어줄 것입니다. 그리고 앞으로 우리가 해야 할 일을 구체적으로 알려줄 것입니다. 우리를 박스에 가두려는 저들에게 우리가 해야 할 일은 무엇입니까. 우주자가 원하는 것은 무엇입니까. 우리는 각진 세상을 온몸으로 깎아내어 볼로 만들 사명이 있습니다. 볼을, 믿습니까?

통, 통, 통, 통, 통, 통, 통, 통, 통, 통, 통,
통, 통, 통, 통, 통, 통, 통, 통, 통, 통, 통,

통, 통, 통, 통, 통, 통, 통, 통, 통, 통, 통,
통, 통, 통, 통, 통, 통, 통, 통, 통, 통, 통,
통, 통, 통, 통, 통, 통, 통, 통, 통, 통, 통,
통, 통, 통, 통, 통, 통, 통, 통, 통, 통, 통,

여러분, 저녁 총회가 있을 때까지 집회장에서 볼을 생각하십시오. 기도하실 분들은 2층 기도장으로 가시고, 팩차기와 족구로 볼을 섬기실 분들은 1층 체육관에서 함께하십시오. 핀볼장은 2층 기도장 옆에 있습니다만, 기도하는 분들에게 방해가 되지 않도록 해주십시오. 오늘 날씨가 험하기 때문에 야외활동은 삼가주시기 바랍니다. 볼은 완전하지만 완벽한 볼은 불가능합니다. 지름이 일정한 볼은 세상에 존재하지 않습니다. 하지만 우주자와 함께하는 마음속에서는 완벽한 볼을 만들 수 있습니다. 저녁 총회 때까지 여러분의 마음을 완전무결한 볼로 만들어두십시오. 유니볼 성자님이 여러분을 축복해주실 것입니다.

통.

30. 선의 끝에서 선의 시작이 보이지 않을 정도로

비행기가 머리를 기울여 땅으로 천천히 내려올 때 고우인은 저도 모르게 양손을 꼭 모았다. 창 아래로 작게 보이던 도시가 조금씩 커졌다. 비행기가 속도를 줄이지 못하고, 땅으로 곤두박질치고, 화염에 휩싸이고, 아삭아삭한 오이가 칼에 잘려나가듯 사람들의 몸이 날카로운 기체에 부딪치면서 깔끔하게 두동강나고, 어떤 사람들은 큰 소리로 비명을 질러보지만 폭발음이 너무 커서 아무 소리도 들리지 않는 장면을, 고우인은 상상했다. 고개를 돌려보니 니나는 고개를 아래위로 흔들며 졸고 있었다.

"할머니, 도착했어요. 내려가요, 할머니."

고우인이 니나의 어깨를 살짝 흔들었다.

"응? 도착했다고? 그래, 알았어."

"눈 떠봐요, 할머니."

"왜 눈을 떠?"

"도착했잖아요. 그러니까 잠들지 말고 일어나보세요."

"왜? 무서워?"

"무서워요."

"자꾸 눈에 뭐가 보이니까 무서운 거야. 눈을 감아봐. 한 오 분만 더 자. 세상에서 제일 달콤한 잠이 뭔지 알아? 비행기 이륙할 때랑 도착할 때 까무룩 드는 잠이야."

"몸이 울렁거리고 이상해요. 롤러코스터 타다가 뚝 떨어질 때랑 비슷해요."

"그걸 느끼면서 자보라니까. 자, 눈을 감고 선을 하나 그어 봐…… 그었어?"

"네."

"얼마나 긴 선을 그었어?"

"좀 길어요."

"더 그어."

"네. 더 그었어요."

"대답이 너무 빠르잖아. 더 그어."

"얼마나 길게요?"

"바라보고만 있어도 잠이 올 것 같은 긴 선."

고우인은 눈을 감고 선을 그었다. 계속 긋고 그어서 선의 끝에서 선의 시작이 보이지 않을 정도였다. 고우인은 선을 긋다가 깜빡 잠이 들었다. 달콤한 잠이었다. 실제로 잠이 든 시간은 이 분 정도였지만 두 시간은 자고 일어난 것처럼 몸이 개운했다. 니나는 아직도 눈을 감은 채 졸고 있었다. 고우인은 다시 눈을 감았다. 좀전에 그렸던 선이 남아 있었다.

짧지만, 그래도 남아 있었다.

쿠구쿵, 소리와 함께 기체가 흔들렸다. 비행기 바퀴가 활주로 바닥에 닿았다. 기내 스피커에서 음악소리와 함께 안내방송이 흘러나왔다. 승객들이 기지개를 켜며 떠들어댔다. 니나는 그제야 잠에서 깨어나서 중얼거렸다.

"이, 빌어먹을 놈의 비행기, 무릎이 썩어들어가는 줄 알았네."

고우인은 휴대전화기를 켰다. 낯선 곳의 신호를 잡아내느라 시간이 걸렸다. 메시지가 없었다. 고우창에게서도 모노에게서도 메시지가 없었다. 모노에게 전화를 걸어보았다. 전화기가 꺼져 있었다. 고우창의 전화기도 꺼져 있었다. 일단 도착했지만 혼자서 브뤼셀로 갈 생각을 하니 마음이 갑갑했다.

"어떻게 가는지 알겠어?"

니나가 고우인에게 물었다.

"그럼요. 저 혼자서도 잘할 수 있어요. 걱정 마세요."

"이건 내 전화번호니까 무슨 일 있으면 전화해라. 별일 없인 하지 말고. 괜히 놀란다."

"네, 고맙습니다."

고우인은 몸을 비틀어 니나를 살짝 안았다. 고우인은 니나의 물렁물렁한 살들이 마음에 들었다. 몸 곳곳에 비밀의 장소가 있을 테니 그곳을 하나씩 탐험해보고 싶었다. 니나도 고우인의 등을 두드려주었다. 고우인은 제 트렁크가 나오길 기다리며 모노에게 다시 전화를 걸었다. 전화기는 계속 꺼져 있었다. 고우인은 주위를 둘러보았다. 모두들 당당하게 걸었고, 어디로 가야 하는지를 정확하게 알고 움직이는 사람들처럼 보였다. 가방이 빙글빙글 돌아가는 회전벨트 건너편에서 니나가 트렁크를 찾아서 집어드는 게 보였다. 니나는 가방 손잡이를 길게 빼내어 작은 가방을 거기에 걸더니 고우인에게 손을 한번 흔들고는 밖으로 나갔다. 니나의 뒷모습을 보면서 고우인은 마음이 초조해졌다. 어차피 혼자였는데, 갑자기 혼자가 된 기분이었다. 수많은 가방들이 회전벨트 위에서 나뒹굴고 있었다. 가방들은 얼마나 편할까. 누군가 집어들고 가주니까. 고우인의 가방이 멀리 보였다.

고우인은 가방을 끌고 입국장으로 갔다.

"야, 우인아."

입국장 앞에서 수많은 사람들이 누군가를 기다리고 있었는데, 그 속에서 고우인은 제 이름을 부르는 소리를 들었다. 분명히 우인이라고 했다. 처음에는 환상 속에서 들려오는 목소리인 줄 알았다. 천천히 둘러봐도 아는 얼굴은 보이지 않았다. 사람들 사이에서 모노의 얼굴이 불쑥 나타났다. 고우인은 가방을 끌고 모노가 있는 곳으로 뛰었다.

"오빠!"

고우인은 저도 모르게 모노의 품에 안겼다. 지난 며칠 동안 고우인의 머릿속에서 벌어진 수많은 사건들과 생각들과 추측들을 떠올려보면 포옹 정도야 가볍게 할 수 있는 것일 텐데, 모노는 아무것도 아는 게 없으니 고우인의 포옹이 어색할 수밖에 없었다. 고우인은 한참 후에야 포옹이 어색하다는 걸 느꼈다. 고우인은 반 발짝 물러서면서 모노에게 말했다.

"오빠가 내 메시지 못 들은 줄 알았어."

"미안해. 그동안 일이 많았어. 전화기도 잃어버리고, 이상한 일도 많았고, 게다가 어제는 술을 엉망으로 먹어서……"

"야, 이렇게 예쁜 여자친구라고는 말 안 했잖아. 안녕하세요? 저는 루카라고 합니다. 모노를 살려준 생명의 은인이죠."

물러나 있던 루카가 손을 내밀며 자신을 소개했다. 고우인은 루카가 내민 손을 물끄러미 바라보기만 했다.

"하하, 생명을 살려준 건 아니지만, 은인인 건 맞아."

고우인은 모노의 설명을 듣고서야 손을 맞잡았다.

"이쪽은 레드 아저씨."

"반가워요. 아가씨 얘기를 어찌나 많이 들었는지 처음 보는 사람 같지가 않네. 난 레드라고 해요. 예쁜 아가씨를 보면 얼굴이 빨개져서 레드야. 지금처럼, 하하하."

"모노 오빠가 제 얘길 많이 했어요? 뭐라고요?"

"글쎄, 그렇게 펄떡펄떡 뛰는 이야기들은 입밖으로 나오는 순간 금세 죽어버리니까, 나는 말 못 해. 직접 들어야지. 좋은 이야기만 했으니까 그렇게 긴장한 얼굴은 하지 말고."

"레드 아저씨, 빨리 출발해야겠어요. 쾰른으로 가는 기차 타려면 시간이 별로 없어요."

"쾰른? 쾰른에는 왜? 오빠, 브뤼셀로 가야 하는 거 아냐?"

"일단 가자. 가면서 얘기해줄게."

네 사람은 공항 지하역에서 취리히 중앙역으로 가는 기차를 탔다. 고우인은 정신이 하나도 없었지만 모노를 만났다는 사실만으로 마음이 편안해졌다. 루카와 레드는 기차 안에서도 연신 농담을 하며 여행 분위기를 냈다. 모노와 고우인은 커다란 트렁크 때문에 여행자 분위기가 났지만 루카와 레드는 취리히 사람이라고 해도 믿을 정도였다.

"우인씨, 그건 뭐예요? 문신인가? 그려넣은 거예요? 멋지다."

루카가 고우인에게 물었다.

"누구랑 같은 소리 하네요. 흉터예요. 그냥."

고우인이 얼굴의 흉터를 손으로 매만지며 대답했다. 옆에 있던 모노가 웃었다. 루카가 팔소매를 걷었다.

"아, 흉터라면 나도 좀 있는데."

루카의 팔꿈치 근처에 길쭉한 상처가 나 있었다. 그때부터 루카와 레드의 흉터 전쟁이 시작됐다. 두 사람은 온몸을 샅샅이 헤집으면서 누구의 흉터가 더 많은지, 누구의 흉터에 얽힌 사연이 더 절절한지 경쟁을 하기 시작했다. 이건 와인병 들고 싸우다가 찔린 거고—에이, 병에 찔린 상처가 아닌데요—제 상처는 절벽에서 떨어지다가 간신히 덩굴을 잡고 살아남았을 때 생긴 거예요—우리 동네에 절벽이 어디 있냐, 인마—옆동네 갔을 때 생긴 상처라니까요—옆동네 어디? 이 정도는 되어야 진짜 상처지, 여기 이 종아리에 있는 흉터 보이지? 이게 바로 부르고뉴 놈들이랑 패싸움을 할 때 칼에 베인 상처야. 두 사람은 취리히 중앙역에 도착할 때까지 계속 흉터 전쟁을 했다. 두 사람의 전쟁은 이태리어로 진행됐기 때문에 모노와 고우인은 정확히 어떤 뜻인지 알아들을 수 없었지만 두 사람의 몸짓과 흉터를 보여주는 과장된 행동만으로도 어떤 이야기가 오가는지 짐작할 수 있었다. 모노와 고우인은 두 사람을 보고 계속 웃음을 터뜨렸다.

모노는 한참을 그렇게 웃다가 문득 이제는 현실로 돌아와야 할 때라는 걸 알았다. 전날 밤 와인을 마시며 신나게 웃고 떠들 때까지만 해도 잊고 있었던 현실감각이 고우인을 보자 되살아났다. 고우인은 웃다가도 순간순간 심각해졌다. 모노는 고우인의 심각한 표정을 볼 때마다 모든 걸 빨리 해결해야겠다는 마음이 들었다. 빨리 우창이를 만나 모든 걸 깨끗하게 해결하고 싶었다. 아무 일도 없던 때로 돌아가고 싶었다. 결국 그 순간으로 돌아갈 수는 없겠지만 그때와 비슷한 순간으로 돌아가고 싶었다. 한 바퀴를 돌아 출발했던 장소로 돌아가면 〈헬로, 모노레일〉처럼 돈도 쌓이고 경험치도 쌓이고 결승점에 가까웠으면 좋겠다고, 모노는 생각했다.

루카와 레드는 쾰른 행 기차를 타고 나서야 잠잠해졌다. 취리히에서 쾰른까지 다섯 시간 넘게 기차를 타야 하니 잠이나 푹 자두자는 생각이었다. 모노와 고우인은 잠을 잘 수 없었다. 두 사람 모두 심장이 쿵쾅쿵쾅 뛰고 있었다. 고우인은 몇 시간 만에 지구 반대편으로 날아와서 모노 옆에 앉아 있게 됐다는 사실이 믿기지 않았다.

"오빠, 저 사람들한테 내 얘기 뭐라고 했어?"

"얘기 별로 안 했어. 레드 아저씨가 그냥 하는 말이야."

"그래? 실망이네."

"왜 실망이야?"

"난 내 얘기 많이 한 줄 알고 좋았지."

"그러면 좋아?"

"내 얘기 많이 하면 좋잖아."

"응, 앞으로 많이 할게."

"누가 앞으로 그러래. 바보 같다, 오빠."

"내가 왜?"

"됐어, 그만해. 우창 오빠는 아직도 전화 안 받네. 전화기 좀 켜놓지, 멍청이, 멍청이, 멍청이, 답답해 죽겠어. 아빠한테는 별일 없겠지?"

"우창이 목소리로 봐서는 괜찮으신 것 같아. 근데 아빠가 납치됐다는 건 무슨 소리야?"

"아빠가 나타나서 얘기해줬어. 아빠는 어쩔 수 없이 끌려간 거라고."

"환상을 본 거야?"

"아냐, 정말 나타났다니까. 그리고 아빠랑 자주 가던 뒷산에 가봤는데 거기에도 결정적인 증거가 있었어."

"어떤 증거?"

"아무튼 그런 게 있어. 화살표가 유럽을 가리키고 있었어. 아빠는 분명히 뒷산에서 납치당한 거야."

"알았어. 그랬으면 좋겠다. 우창이가 틀렸고, 네가 맞았으면 좋겠다."

"그럴 거야. 내가 맞고 오빠가 틀렸을 거야."

모노는 고우인과 이야기하면서 쾰른으로 가는 기차에 온몸을 내맡겼다. 긴장을 유지하려 했지만 자꾸만 몸이 스르륵 녹아내렸다. 현실에 뛰어들어 모든 걸 멋지게 해결하고 싶었지만 달리는 기차 안에서 할 수 있는 건 어차피 아무것도 없으니까.

덜컹거리는 기차가 모노의 심장을 튜닝해주었다. 너무 빠르게 움직이던 모노의 심장을 느릿느릿하게 바꾸어놓았다. 졸음이 왔다. 통로 건너편에서는 레드와 루카가 코를 골며 자고 있었다. 간밤에 잠도 제대로 못 잔데다 아침 일찍부터 오랫동안 차를 타고 이동했으니 피곤할 만도 했다. 모노는 고개를 꺾지 않으려고 노력했지만 온몸은 이미 통제불능이었다. 입을 열기도 힘들었다. 소매치기를 당해서 얼마나 놀랐는지, 몬탈치노가 얼마나 아름다운지, 고우인에게 얘기해주고 싶었다. 주머니에 들어 있는 편치에 얽힌 이야기와 프링글스 승무원씨에 대한 이야기도 해주고 싶었다. 하지만 팔과 다리에는 힘이 없었고, 코는 고우인의 몸에서 그리운 냄새를 감지했고, 고개는 이미 고우인의 어깨를 향하고 있었다. 모노는 자신도 모르는 새에 고우인의 어깨에 머리를 기댔다. 고우인의 얇은 어깨뼈가 모노를 지탱해주었다. 고우인은 모노가 더 잘 기댈 수 있게 어깨높이를 조절해주었다. 고우인은 모노의 머리에 제 머리를 기댔다. 기차가 흔들릴 때마다 두 사람의 머리가 살짝 부딪치며 사각거리는 소리를 냈다. 고우인은 그 소리가 날 때마다 혼자서 웃었다.

31. 자넨, 꼬리가 길군

저녁 8시가 지나자 신도들의 기도가 시작됐다. 볼과 통을 찾는 시간이다. 볼교의 쾰른 성지는 쾰른 대성당 같은 고딕풍 양식을 마구잡이로 베낀 쾰른 시 외곽의 건물이었는데, 방음시설이 전혀 되어 있질 않아서 반경 일 킬로미터 밖에서도 신도들의 기도 소리가 들릴 지경이었다. 멀리서 들으면 개구리 울음소리 같기도 하고, 벽을 두드리는 소리 같기도 하고, 볼을 튕기는 소리 같기도 했다. 주변에는 전통 깊은 섬유공장 단지가 들어차 있어서 시끄럽다고 항의할 만한 사람은 없었다. 소음의 정도로만 치자면 볼교 집회장이 제일 조용한 편이긴 했다.

쾰른 성지는 크게 두 개의 건물로 이루어져 있었는데, 한쪽은 수백 명을 수용할 수 있는 대형 강당이 있는 집회장 건물이었고 그 뒤편에 유니볼 성자가 기거하는 작은 수련장 건물이 있었다. 두 개의 건물은 겉으로 봐서는 전혀 연결이 안 되어 있는 것 같지만 지하에 긴 통로가 있었다. 일반 신도들은 알 수 없는 비밀통로였다.

원래는 비밀통로 같은 게 없었지만 건물을 사들인 비비가 집회장과 수련장을 지하에서 연결시켰고, 유니볼 성자가 집회장에 드라마틱하게 등장할 수 있도록 무대장치도 새로 설치했다. 수련장 건물의 지하통로로 이동해서 집회장의 원형 볼을 타고 무대 위로 떠오르는 것이다. 비비는 유니볼 성자의 등장에 공을 많이 들였다. 무대연출전문가 여러 명이 함께 붙어서 만든 스펙터클 기획물이었다. 기도가 무르익어 사람들의 넋이 반쯤 나가 있는 밤 11시쯤이 유니볼 성자가 등장하는 시간인데, 볼을 타고 하늘로 솟구치는 유니볼 성자를 보는 순간 몇 명은 까무러치기도 한다.

유니볼 성자는 밤 11시가 되기 전까지 신도들의 특별 개인수련을 돕는데, 개인수련을 받기 위한 조건은 퍽 까다롭다. 우선 소성자 이상의 자격이어야 하고, 볼교 공헌도가 높아야 하며 특별헌금을 이억원 이상 내야 한다. 유니볼 성자와 단둘이 있을 수 있는 특별한 시간이기 때문에 사람들은 돈을 들여서라도 축복을 받고 싶어한다. 개인수련을 삼 회 이상 마친 사람은 특별소성자가 되는데, 엄밀히 말하자면, 이것도 일종의 쿠폰의 세계인 셈이다. 서비스가 좀 인색한 쿠폰의 세계이긴 해도 특별소성자가 되면 나름의 특권이 주어지니 도전해볼 만한 쿠폰이라고 생각하는 사람이 많았다.

고갑수는 대기실에서 계속 손을 떨었다. 옆에 앉아 있던 비비가 어깨를 두드려주었다.

"긴장하지 마세요, 핀볼 성자님. 오늘의 개인수련을 마치면 더욱 깊은 믿음을 갖게 될 겁니다. 특별한 시간이 될 거예요."

"네, 비비님."

"저는 집회장에 가봐야 합니다. 은혜로운 시간이 되길 바랍니다."

고갑수는 비비의 눈을 제대로 볼 수 없어서 고개를 숙인 채 인사를 했다. 비비가 한번 더 고갑수의 등을 두드렸다. 비비가 문에 달린 종을 울리자 건장한 사내 둘이 나타났다. 둘 다 몸이 건장했지만 한쪽은 오랫동안 웨이트트레이닝을 한 듯한 몸이었고, 다른 쪽은 근육을 키우기보다 순발력을 키우기 위한 운동을 주로 한 듯한 몸이었다. 순발력 사내가 고갑수의 몸을 수색했다. 팔과 다리와 종아리, 발밑까지. 고갑수는 식은땀을 흘렸다. 두 사내는 고갑수를 데리고 수련장 쪽 통로로 갔다. 비비의 목소리가 들려왔다.

"핀볼 성자님, 의심하지 말고 모든 걸 맡기세요."

고갑수는 고개를 숙이고 통로를 걸었다. 통로는 길었다. 죽어서 가게 되는 지옥의 통로가 이렇지 않을까. 아마도 그곳이 지옥인 이유는 도착지가 끔찍하게 나빠서가 아니라 끔찍하게 나쁜 결과를 자꾸만 상상하게 되는, 지나치게 긴 통로라서가 아닐까. 두 사내는 말없이 걷기만 했다. 고갑수도 걷기만 했다. 통로는 쭉 뻗은 직선이 아니라 완만한 곡선이어서 앞이 보이지는 않았다. 한참 후에야 문이 나타났고, 두 사내가 문을 열어주었다. '이제부터는 혼자 가는 겁니다' 라는 의미였다.

고갑수는 스무 개의 계단을 올라간 다음 다시 작은 문을 열고 수련장으로 들어갔다. 수련장이 너무 어두워서 고갑수는 잠시 멈춰섰다. 빛이 나타나길 기다렸다. 곧 어둠에 익숙해졌다.

"자넨 꼬리가 길군."

어둠 속에서 목소리가 들렸다. 고갑수는 무의식적으로 뒤를 돌아봤다. 당연히, 꼬리 같은 건 없었다.

"그런 꼬리 말고, 생각의 꼬리 말이야."

"성자님, 가르침을 받고 싶습니다."

"가까이 오게. 거기, 그래, 거기 앉게. 거기 앉아서 배꼽 주위에 있는 상상의 볼을 조금씩 키워보게."

"배꼽볼 명상은 매일 하고 있습니다만, 어느 순간부터 볼이 더 커지지는 않습니다."

고갑수는 가부좌를 틀고 앉아 어둠 속 유니볼 성자의 모습을 자세히 보려고 했지만 어렴풋이 윤곽만 보일 뿐이었다. 긴 수염이 있고 마른 몸이라는 것 말고는 확인할 수 없었다.

"볼이 큰지 작은지는 중요하지 않아. 밖으로 볼을 키우기보다는 안으로 볼을 키워야지. 볼이 꽉 차 있지 않으면 어느 순간 풍선처럼 펑, 터지고 말아. 볼이 차 있지 않으면 그 볼을 없애고 새로운 볼을 천천히 만들어가게. 배꼽에서부터 시작해야 해. 그게 제일 중요하네."

"성자님, 볼을 미워하는 자들, 볼을 인정하지 않는 자들, 볼을 외면하는 자들은 어떻게 해야 합니까? 그들을 미워해야 합니까?"

"한꺼번에 볼의 모든 면을 볼 수는 없는 거야. 아무리 뛰어난 사람이라도 말이야. 그들을 이해하게. 미워하지 말고 볼을 품듯 그들을 품어주게. 그들도 언젠가는 볼을 이해할 거야."

"성자님, 비비님께서 지금 어떤 일을 꾸미고 있는지 아십니까?"

"일을 꾸미다니?"

"비비님은 지금 유니볼 성자님 뒤에 숨어서, 유니볼 성자님의 이름을 앞세우고 인질 삼아서 위험한 일을 계획하고 있습니다. 성자님께서는 볼을 미워하는 자들을 미워하지 말라고 하셨지만 비비님은 지금 볼을 미워하는 자들을 심판할 계획을 세우고 있습니다."

"수련이나 계속하게."

"성자님이 방관하신다면 그건 비비님의 뜻에 동조하는 것입니다."

"자네 목적이 이거였나? 나한테 그 말을 하려고 여기까지 온 건가? 비비는 볼교의 중심이네. 비비가 없었다면 볼교는 지금까지 오지도 못했을 거야. 비비를 부정하는 건 볼교를 부정하는 걸세."

"그래서 성자님은 가만히 보고만 계시겠다고요? 볼교의 타락을요?"

"마지막으로 한마디만 더 하겠네. 수련을 계속하겠나, 아니면 여기서 나가겠나? 나가겠다면 사람들을 불러주지."

고갑수가 자리에서 벌떡 일어섰다. 일어나면서, 두려움에 떠는 유니볼 성자의 표정을 본 것 같았다. 고갑수는 유니볼 성자가 앉아 있는 어둠 속으로 걸어들어갔다. 유니볼 성자는 오른손을 내밀어 더이상 다가오지 말라는 표시를 했지만 오히려 고갑수를 향해 손을 내민 꼴이 되고 말았다. 고갑수는 유니볼 성자의 오른팔을 잡고 끌어당겼다.

"성자님, 죄송합니다. 이해해주십시오."

고갑수는 유니볼 성자를 일으켜세웠다. 너무 가벼워 하늘 높이 던져버릴 수도 있을 것 같았다. 어둠 속에서 끄집어낸 유니볼 성자의 체격은 볼품없었다. 키는 고갑수의 어깨에 닿을까 말까 했고, 몸무게는 오십 킬로그램이 넘지 않을 듯했다. 얼굴에 난 기다란 수염이 무거워 보였다.

"이러지 말게. 뒷일을 어떻게 감당하려고 그러나."

"죄송합니다. 성자님. 나머지는 나중에 말씀드리겠습니다. 일단 성자님을 모시겠습니다."

고갑수는 유니볼 성자의 오른팔을 잡아끌고 들어왔던 문의 반대 방향으로 걷기 시작했다.

"어디로 가? 거긴 폐쇄된 건물이야. 제발, 나한테 왜 이러는 건가!"

고갑수는 대답하지 않았다. 고갑수는 어둠 속에서 여러 번 연습을 했다. 수련장에 들어와봤던 소성자를 통해 빛의 밝기를 확인했고, 건물 설계도를 바탕으로 똑같이 제작한 방에서 발걸음을 연습했다. 눈을 감고도 길을 찾을 수 있게 연습했다. 하지만 막상 들어와보니 연습할 때와는 달랐다. 어둠 속에서 눈을 뜨고 있으니 더욱 혼란스러웠다. 하지만 멈출 수는 없었다. 왼손으로는 유니볼 성자를 잡아끌고 오른손으로는 앞을 더듬었다. 드디어 철문이 만져졌다. 철문에는 두 손으로 돌려서 열어야 하는 잠금장치가 달려 있었다. 계획에 없던 것이었다. 고갑수가 철문을 열기 위해 손을 잠깐 놓는 순간 유니볼 성자는 어둠 속으로 사라졌다. 잠깐 사이에 유니볼 성자가 없어졌다. 고갑수는 일단 문부터 열었다. 있는 힘껏 철문을 돌려 열자 차가운 바람이 방안으로 달려들었다. 고갑수는 어둠 속에서 유니볼 성자를 찾았다. 방은 둥근 형태였는데, 어두워서 그 넓이를 짐작하기 어려웠다. 시뮬레이션으로 만들어놓은 방을 통해 실제 넓이를 알았지만 어둠 속에서는 역시 제대로 가늠할 수 없었다. 철문을 열었더니 통로를 통해 집회장의 소리가 흘러들어왔다.

삐익, 하는 소리가 고갑수의 귓가를 울렸다. 고갑수는 손으로 귀를 막으면서 소리의 진원지를 찾았다. 벽에 붙어 서 있는 유니볼 성자를 발견했다. 거기에 비상벨이 달려 있었다. 고갑수는 어둠 속을 달려 유니볼 성자의 팔을 다시 낚아챘다.

"가자고요, 좀!"

고갑수는 유니볼 성자에게 화를 내고 있는 자신이 놀라웠다. 곧 경비원들이 들이닥칠 것이었다. 친절한 말투로 상냥하게 유니볼 성자를 모시기는 이미 글렀다. 고갑수는 유니볼 성자의 가느다란 손목을 꽉 잡고 열어둔 철문을 향해 달렸다. 철문을 열고 나갈 때 수련장 불이 켜졌다. 고갑수는 일단 달렸다. 수련장 불이 켜진 덕분에 작은 빛이라도 있어 달리기는 수월했다.

"저 새끼 잡아!"

누군가 뛰어오는 소리가 뒤쪽에서 크게 들려왔다. 사람의 목소리보다 발소리가 훨씬 크게 들렸다.

다음 갈림길에서 오른쪽, 그리고 왼쪽, 다시 오른쪽, 오른쪽, 마지막에 왼쪽.

고갑수는 수십 번 반복해서 외웠던 길을 되뇌었다. 고갑수는 첫번째 갈림길을 돌면서 주머니에 들어 있던 원공 하나를 꺼냈다. 수련할 때 흔히 쓰는 원공이 아니라 특별한 목적으로 제작한 것이었다. 몸수색을 피할 수 있는 무기는 원공뿐이었다. 고갑수는 달려온 길 바닥을 향해 원공을 크게 튀겼다. 원공은 바닥에 튕긴 다음 높이 솟구쳐올랐다가 다시 바닥에 닿았고 다시 천장에 닿았다. 원공은 바닥과 천장을 빠른 속도로 왕복하면서 조금씩 철문 쪽으로 다가갔다. 추격을 늦추기 위한 방법이었다. 원공은 바닥과 천장에 부딪치면서 빨갛게 달아올랐고, 부피도 조금씩 커졌다. 빨갛게 달아오른 원공에 정통으로 맞으면 죽을 수도 있었다. 고갑수는 원공 하나를 더 꺼내 똑같은 방법으로 바닥에 튕겼다. 빨갛게 달아오른 두 개의 원공이 지그재그로 바닥과 천장을 오갔다. 아무리 운동신경이 뛰어난 사람이라도 통과하기가 쉽지 않을 것이다. 탕, 탕, 탕, 탕, 탕, 탕, 원공이 튀어오르는 소리 뒤로 집회장에서 통, 통, 통을 외치는 소리가 희미하게 들렸다.

철문이 열리고 덩치 좋은 사내가 나타났다. 사내는 빨갛게 달아오른 원공을 보고는 몸을 움찔했다. 사내가 자신의 뒤쪽을 향해 소리를 질렀다.

"빨리 방패 가지고 와."

고갑수는 유니볼 성자의 손목을 잡고 다시 달렸다. 갈림길이 나왔다. 두번째 갈림길이었나? 아니, 세번째 갈림길이었나? 고갑수는 잠시 멈칫했다.

"이것 봐. 핀볼 성자라고 했지? 헉, 헉, 미안해, 난 더 못 뛰겠어. 난 그냥 평범한 늙은이야. 다리에 힘이 없어."

고갑수는 침착하게 길을 찾았다. 왼쪽이었다. 그리고 다시 오른쪽. 네번째 갈림길을 지날 때 고갑수는 마지막 남은 원공을 튕겼다. 고갑수와 유니볼 성자는 수련장 건물 뒤쪽의 폐쇄된 작은 창고로 나왔다. 비비가 만들어놓은 창고의 통로였지만 정치인 살인사건의 조사를 피하기 위해 폐쇄한 곳이었다. 고갑수는 밖으로 나와서도 계속 달렸다. 유니볼 성자가 뭐라고 떠들어댔지만 돌아보지 않았다. 돌아보면 죄책감 때문에 더 달릴 수 없을 것 같았다.

준비해둔 자동차가 보였다. 자동차에 거의 다 왔을 때 집회장에서 나던 기도 소리가 툭 끊겼다. 집회장에서도 상황을 알게 됐다는 뜻이었다. 웅성거리는 소리가 바깥까지 새어나왔다. 고갑수는 트렁크를 열고 유니볼 성자를 밀어넣었다. 계획대로였다. 고갑수 혼자서 탈출해야 했기 때문에 옆자리나 뒷자리에 앉힐 여유가 없었다.

자동차를 출발시킬 때 집회장에서 사람들이 쏟아져나왔다. 배신자가 있으니 당장 잡아서 처형하자는 비비의 목소리에 밀려나온 신도들이었다. 신도들 무리 중에는 저녁에 도착해 몇 시간 동안 집회장을 헤집으면서 고갑수를 찾아 헤매던 고우창도 있었다. 고우창은 볼교의 배신자가 고갑수일 것이라고는 상상도 하지 못했다. 사람들이 모두 밖으로 몰려나온 때를 틈타면 아버지를 찾기도 쉬울 것이라는 생각 때문에 따라 나온 것이었다.

고갑수와 유니볼 성자가 탄 자동차는 매연을 뿜으며 집회장 반대편에 난 왕복 이차선 도로로 달려나갔다. 섬유공장 단지 앞으로 난 큰길로 가지 않고 좁은 길을 택한 것은 그곳이 퀼른 기차역으로 가는 지름길이기 때문이었다. 고갑수는 이차선 도로로 들어선 다음 최대한 속력을 높였다. 밤의 이차선 도로에는 자동차가 한 대도 없었다. 가슴이 빠른 속도로 쿵쾅거렸다.

고갑수는 맞은편에서 오는 자동차의 상향등 때문에 잠깐 눈을 찡그렸다. 그 차는 고갑수의 차를 보고도 상향등을 끄지 않았다. 그 자동차에는 모노와 레드와 루카와 고우인이 타고 있었지만 아무도 고갑수의 얼굴을 보지는 못했다. 모노가 운전하고 고우인이 조수석에 앉아 있었다면 고갑수의 얼굴을 볼 수도 있었겠지만 운전석에 앉은 사람은 루카였고, 옆에는 레드가 앉아 있었다. 두 사람은 어떤 길이 맞는지 서로의 의견을 얘기하느라 상향등을 켜둔 줄도 몰랐다. 뒷좌석에 앉은 모노와 고우인은 실내등을 켠 채 지도를 보고 있었다. 쾰른 역에서 들은 설명으로는 거의 도착한 게 맞았다. 쾰른 역의 택시 운전사는 친절하게 지름길을 알려주었다. 두 사람은 섬유공장 단지를 알리는 작은 표지판을 찾고 있었다. 모노와 고우인은 그렇게 찾아 헤매던 고갑수와 아주 잠깐 가까워졌다가 빠른 속도로 멀어져갔다.

32. 순교자나 배신자

비비, 비비.

비비를 부르는 소리가 새소리처럼 원형수련장에 울렸다. 볼교 사람들은 비비의 이름을 부를 때마다 긴장하곤 했다. 볼보이라고 부를 수도 없었지만 '비비'라는 이름도 불편하긴 마찬가지였다. 비비라는 이름을 발음할 때마다 그 소리가 너무 아름다워서 자신이 바라보고 있는 이 거대한 사람을 그렇게 부른다는 게 무례하게 느껴지곤 했다. 굴삭기를 가리키며 튤립이라고 부른다거나 전투기를 보면서 나비라고 외치는 듯한 기분이었다. 볼교인들은 어떠한 긴박한 상황에서도 나지막한 목소리로 조심스럽게 비비를 불렀다. 비비, 비비. 원형수련장에서 명상에 빠진 비비를 깨우기 위해 베이글 성자가 용기를 냈다.

비비가 눈을 떴다. 비비의 눈에서 눈물이 흐르고 있었다. 비비를 깨웠던 베이글 성자가 한발 뒤로 물러섰다. 비비는 두 손으로 눈물을 닦았다.

"방금 우주자와 소통했습니다. 우주자께서는 분노하고 계셨습니다. 아무 말씀 없이 제 가슴을 볼로 치셨습니다. 아직도 가슴이 욱신거립니다. 여러분, 제 눈물을 기억하십시오. 이 눈물은 비비의 눈물이 아니라 우주자의 분노의 눈물입니다."

"비비, 엠씨 성자를 잡아왔습니다. 어떻게 할까요?"

"지금 어디 있습니까?"

"밀폐수정구 속에 넣어두었습니다."

"제가 가겠습니다."

비비는 자리에서 일어나 큰 걸음으로 걸었다. 비비의 걸음걸이만으로도 그의 분노를 알 수 있었다. 바닥에 닿는 발소리가 거칠고 웅장했다.

밀폐수정구가 있는 방은 '닫힌 우주'라고 불리는 일종의 고문실이다. 문제가 있는 신도들을 벌주는 방이기도 하고, 기나긴 순렛길의 종지부를 찍는 마지막 단계의 방이기도 하다. 밀폐수정구 속에는 팔과 다리를 묶을 수 있는 의자가 하나 놓여 있는데, 거기에 앉으면 오랫동안 수련을 한 사람이라도 중심을 잡기가 여간 어렵지 않다. 이리저리 비틀거리며 토하는 사람도 있고, 수정구의 내벽에 부딪쳐서 피를 흘리는 사람도 있고, 어지러워 정신을 잃는 사람도 있다. 볼의 중심에 들어가 제대로 볼을 느끼는 것이다. 비비는 베이글 성자를 포함한 자신의 수하 다섯 명만 데리고 닫힌 우주로 들어갔다. 문을 열었을 때, 엠씨 성자는 3번 수정구 속에서 땀을 흘리며 중심을 잡고 있었다.

"엠씨 성자님, 오랜만입니다."

비비의 목소리가 수정구 속 스피커에서 울렸다.

"비비님, 저 혼자…… 한 일입니다. 다른…… 사람들은 아무런…… 상관이 없습니다."

엠씨 성자의 목소리가 떨렸다. 중심을 잡기 위해서 안간힘을 쓰다보니 제대로 말을 할 수 없었다.

"얼마나 버티겠어요, 거기서. 그냥 마음껏 볼에 자신을 맡기세요, 엠씨 성자님. 뒹굴고 부딪치고 토하고 토한 걸 다시 삼키다보면 저한테 할 말이 생각날 겁니다."

"비비님, 저는 해야 할 일을 한 겁니다. 볼교를 위해, 유니볼 성자님을 위해, 해야 할 일을 한 겁니다."

비비는 손가락으로 수정구를 살짝 건드렸다. 수정구가 흔들리면서 웨엥, 하는 소리가 났다. 수정구가 돌기 시작했다. 엠씨 성자는 중심을 잃고 왼쪽으로 쓰러졌다. 수정구에 머리를 부딪쳤고, 그 충격으로 수정구가 다시 흔들리고 이리저리 비틀거리며 닫힌 우주 속을 굴러다녔다. 엠씨 성자는 정신을 잃지 않기 위해 눈을 감고 온몸에 힘을 주었다. 한번 흔들리기 시작한 수정구 속에서 다시 중심을 잡기란 불가능했다. 누군가 꺼내주기를 기다리는 수밖에 없었다.

엠씨 성자는 정신을 바짝 차리고 한 점을 응시했다. 그리고 몸이 잠시 바로 섰을 때, 순간적으로 팔과 다리에 힘을 주고 버텼다. 그리고 균형을 잡았다.

"역시 엠씨 성자님이십니다. 이렇게 믿음 강한 분이 어째서 그런 무모한 짓을 하셨을까요? 볼교에는 엠씨 성자 같은 분이 필요

합니다. 저를 실망시키지 마세요. 지금이라도 모든 걸 되돌릴 기회는 있습니다."

비비는 엠씨 성자의 수정구 쪽으로 다가가 다시 손가락으로 밀었다. 수정구가 굴렀다. 순간 엠씨 성자의 입이 열리면서 허연 액체가 흘러나왔다. 덩어리도 함께 솟구쳐나왔다. 닫힌 우주에 함께 있던 소성자들이 눈을 돌렸다.

"하하, 저는 닫힌 우주에서 토사물을 볼 때마다 혜성을 보는 것 같단 말이에요. 저 꼬리 좀 보세요. 아름답지 않아요?"

비비는 낄낄거리면서 엠씨 성자의 수정구를 쫓아다니며 손가락으로 그걸 밀었다. 오 분쯤 지나자 엠씨 성자가 정신을 잃었다. 비비는 손가락을 까딱거려 엠씨 성자를 밖으로 꺼내라는 지시를 내렸다. 동그란 문을 열어 엠씨 성자를 밖으로 꺼낸 다음 얼굴에다 차가운 물을 부었다. 엠씨 성자가 가늘게 눈을 떴다가 다시 감았다. 비비는 엠씨 성자의 머리맡에다 의자를 놓고 앉았다.

"엠씨 성자님, 파라오 시대의 이집트 사람들은 태양을 숭배했어요. 어찌 보면 불교의 원형일 수도 있죠. 태양이 우리를 내려다보면서 따뜻한 눈길로 감싸준다고 생각한 거예요. 그럼 태양은 누가 보살피지? 그 생각까진 못했어요. 가까운 곳밖에는 못 본 겁니다. 태양 너머, 은하계 너머 우주자가 있다는 건 몰랐으니까요. 지금 엠씨 성자님은 그때 그 이집트 사람들과 다를 게 없어요. 자기가 보고 있는 이 작은 세계를 진리라고 믿고 있는 겁니다. 우주에는 수많은 우주자가 계십니다. 태양을 돌보는 우주자, 목성을 돌보는 우주자, 지구를 돌보는 우주자, 또다른 은하계를 돌보는 우주자, 수많은 우주자가 우리와 함께 계신데 엠씨 성자님께서는 어째서 태양에만 그렇게 집착하는 겁니까? 더 넓게 더 멀리 보세요."

엠씨 성자는 눈을 뜨고 비비의 말을 들었지만 아무 대꾸도 하지 않았다. 대꾸할 힘이 없었다.

"자, 새로 개발한 원공을 지금부터 하나씩 입에다 넣을 거예요. 이번 원공은 아주 성능이 좋아요. 순식간에 달아오르거든. 원공을 넣은 다음 엠씨 성자님의 얼굴을 한 대씩 때릴 겁니다. 원공이 아주 빨갛게 달아올라서 뜨끈뜨끈해지겠죠. 몇개나 들어갈까요? 다섯 개가 넘으면 말을 할 수 없을 겁니다. 입이 너무 뜨거워서 불을 삼킨 것보다 더 고통스러울 거예요. 아마 영원히 말을 할 수 없게 될지도 모르죠. 뭔가 할 얘기가 있다면 지금밖에 시간이 없을 거예요."

엠씨 성자는 말없이 비비의 눈을 들여다보았다. 비비는 원공 하나를 엠씨 성자의 입 한쪽으로 밀어넣었다. 사탕을 문 것처럼 엠씨 성자의 볼이 불룩해졌다. 비비는 가운뎃손가락이 약간 튀어나오도록 주먹을 쥔 다음 엠씨 성자의 얼굴을 때렸다. 퍽, 하는 소리와 함께 엠씨 성자가 눈을 껌뻑였다. 원공을 뱉아내려 했지만 다른 소성자들이 입을 틀어막았다. 입술 사이로 침과 피가 뒤섞여 질질 흘러내렸다. 비비가 얼굴을 찡그렸다. 엠씨 성자는 눈을 감았다. 비비가 다시 원공 하나를 집어들고 엠씨 성자의 입에다 쑤셔넣었다. 소성자들이 엠씨 성자의 입을 벌렸다. 입속에는 피가 그득했다. 뜨거워지고 있는 원공 때문에 동굴에다 불을 피운 것처럼 붉은 빛이 입안에서 어른거렸다. 이번에는 반대쪽으로 원공을 밀어넣고 왼손으로 엠씨 성자의 얼굴을 때렸다. 불룩해진 뺨 아래 살짝 벌어진 입술 사이로 피가 흘러내렸다.

"엠씨 성자님, 엠씨스퀘어라는 작전명을 듣고 얼마나 웃었는지 몰라요. 농담하자는 거였죠? 좋습니다. 저도 농담 좋아해요. 이름을 그렇게 지어놓았으니 책임을 지셔야죠. 지금 뜨끈뜨끈한 입속의 그 에너지를 잘 보존하세요. 하나 더 들어갑니다."

비비가 엠씨 성자의 입을 벌리려는 순간 엠씨 성자가 원공 하나를 꿀꺽 삼켰다. 엠씨 성자의 표정만으로도 뜨거운 원공이 식도를 지나 뱃속으로 들어가는 모습이 눈에 보이는 것 같았다. 주위에 서 있던 소성자들은 그 모습을 멍하니 보고만 있었다.

"빨리 토하게 해!"

비비가 소리를 지르자, 소성자들이 달려들어 엠씨 성자의 등을 두드리고 입을 위아래로 벌렸다. 엠씨 성자는 입을 열지 않고 버텼다. 그러다가는 입에 머금고 있던 원공 하나를 더 삼켰다. 불덩이처럼 뜨거운 두 개의 원공이 뱃속으로 들어갔으니 엠씨 성자의 속이 타들어가고 있을 것이다. 소성자들의 힘으로도 엠씨 성자의 입을 열게 할 수는 없었다. 소성자들이 어찌할 줄 모르고 서 있는데 엠씨 성자의 배 부근에서 흰 연기가 피어오르더니 불길이 치솟아 올랐다. 엠씨 성자의 몸이 불타고 있었다. 소성자들은 뒤로 물러났다. 누군가 "불이야!"라고 외쳤고, "물 가져와, 빨리!"라고 소리치며 밖으로 뛰어나가는 소성자도 있었다.

"잠깐만, 잠깐만."

비비가 손을 들어 그들을 막았다. 비비가 갑자기 피식, 웃더니 소성자들을 향해 소리쳤다.

"야, 휴대폰에 카메라 있는 놈들 빨리 꺼내! 동영상 찍으라고! 야, 이거 볼 만하네, 장관이야, 장관. 큭큭큭."

비비는 엠씨 성자가 불타는 내내 웃음을 멈추지 못했다. 비비의 말마따나 장관은 장관이었다. 뱃속에 화약을 장착해놓은 것처럼 엠씨 성자의 배에서는 불길이 치솟았다. 불길은 점점 거세졌다. 불길이 잠잠해지나 싶을 때 다시 두번째 불길이 솟구쳤다. 두번째 원공이 폭발한 것이었다. 배에서 시작된 불길은 엠씨 성자의 온몸으로, 가슴과 목으로, 허벅지와 무릎으로 번져나갔다. 얼굴이 타들어갈 때쯤 불길은 잦아들었다. 엠씨 성자의 온몸이 까맣게 변했다. 닫힌 우주는 순식간에 매캐한 연기로 가득 찼고, 고기 굽는 냄새가 진동했다.

"비비, 다 찍었어요. 어떻게 할까요?"

베이글 성자가 비비에게 말했다.

"편집해서 나한테 보내."

"어떻게 하시려고요?"

"생각중이야. 이걸 순교로 만들어야 하나, 아니면 배신자의 자결로 만들어야 하나."

"야, 역시, 대단하십니다, 비비. 이걸 배신자의 자결로 편집해놓으면 신도들의 마음이 많이 움직일 거예요. 모두 유니볼 성자를 찾으러 나설 겁니다."

"순교가 나을 수도 있어."

"순교한 걸로 하면 범인이 없어지는 거잖아요."

"핀볼 성자가 있잖아. 핀볼 성자에게 다 뒤집어씌우고 엠씨스퀘어의 존재는 땅속에다 묻어버리는 거야. 신도들이 알아서 좋을 게 없어. 새로운 이야기를 만들어보자. 핀볼 성자가 유니볼 성자를 납치했다는 얘길 들은 엠씨 성자는 우주자와 통화하기 위해 새로 만든 원공을 몸에다 넣은 거지. 원공의 에너지를 이용해 우주자의 뜻을 들은 엠씨 성자는 우리에게 그걸 알려준 다음 열기를 이기지 못하고 순교한 거야. 예언자 엠씨 성자의 결말. 대충 이야기가 되지?"

"환상적입니다, 비비. 그런데 엠씨 성자가 전해준 우주자의 뜻은 뭘까요?"

"뭘 것 같아?"

"글쎄요, 제 머리로는……"

"크, 언제까지 머리 타령만 할 거야. 핀볼 성자는 어떻게 됐어?"

"지금 위치를 파악중입니다. 후면도로를 이용한 걸 보면 기차역으로 갔을 확률이 높아요. 기차역에는 이미 연락해뒀습니다. 퀼른을 벗어나진 못할 겁니다."

"엠씨스퀘어 나머지 멤버들은?"

"두 놈 빼곤 다 자잘한 것들이라서 겁만 줘도 될 것 같아요."

"실수 없이 잘 처리해. 뒷말 나오지 않게."

"네, 그럼요."

"팽이 성자랑 퍽(puck) 성자는 찾고 있어?"

"꼬리가 보이질 않네요. 금방 찾아내겠습니다. 흐흐, 녀석들이 튀어봤자 볼이죠."

비비와 베이글 성자는 나란히 서서 엠씨 성자의 시체를 내려다 보았다. 타버린 시체 속에 두 개의 공이 보였다. 입에 넣었을 때보다 훨씬 작아진 상태였다. 원공은 점점 작아지다가 끝내 치익, 하는 소리와 함께 흔적도 없이 사라졌다. 비비는 타버린 시체를 보면서 만족스런 웃음을 지어 보였다.

33. 블랙, 핑크, 화이트, 레드, 블루, 보기에 좋았더라

자동차에서 내리는 모노 일행을 알아본 고우창은, 처음에는 도망칠 생각이었다. 모노의 모습을 보자마자 몸이 움츠러들었다. 집회장 앞마당에는 수십 명의 신도들이 삼삼오오 모여서서 이야기를 나누고 있었기 때문에 숨을 곳은 많았다.

루카와 레드의 모습을 멀리서 본 고우창은 그들이 탐정이나 킬러, 혹은 폭력배일지도 모른다고 생각했다. 레드의 나이가 많긴 했지만 멀리서 보면 덩치 좋은 사내로 보였고, 루카의 몸은 운동선수처럼 날렵했으니 그렇게 생각하는 것도 무리는 아니었다. 고우창은 슬금슬금 뒷걸음질치며 몸을 숨기려다 자동차에서 내리는 고우인의 모습을 보고 말았다. 모노와 함께 서 있는 고우인을 보는 순간 고우창의 두 다리에서 힘이 빠져나갔다. 이제는 두 손 들고 항복해야 할 때였다. 혼자서 해결하겠다는 고집은 더이상 부릴 수 없었다.

고우창은 천천히 그들 앞으로 걸어갔다. 신도들 사이를 지나가는데 다리가 후들거렸다. 모노가 화를 낼까. 분명히 나한테 실망했겠지. 저 사람들은 누구일까. 덩치가 장난 아니네. 내 손목을 비틀까. 권총을 꺼낼지도 몰라. 팔을 뒤로 꺾고 권총을 겨눈 다음 돈을 내놓으라고 할까. 아냐, 우인이가 있는 걸 보면 그 정도는 아닐 거야. 모노가 그런 일을 꾸밀 리 없다는 걸 알면서도 고우창의 머릿속에는 자꾸만 최악의 상황이 그려졌다.

"오빠!"

고우인이 소리쳤다. 고우인은 사람들 사이로 걸어오는 고우창을 보자마자 달려가서 오빠를 끌어안았다. 그러지 않으면 다시 사람들 사이로 사라질 것 같아서, 붙잡아두지 않으면 먼지처럼 다시 날아갈 것 같아서, 꼭 끌어안았다.

고우창은 고우인에게 안긴 채 모노의 얼굴을 살폈다. 모노는 웃고 있었다. 모노의 웃는 모습을 보자마자 고우창의 마음 한 귀퉁이가 조금 녹아내리며 뭉글뭉글해졌다.

고우인과 고우창은 철들고 나서 처음으로 서로를 안아보는 것이었다. 안기는커녕 손을 잡아본 일도 없었다. 고우창은 고우인을 놀려먹기 바빴고, 고우인은 고우창을 피해 다녔으니까. 고우인이 고등학교를 졸업한 이후부터 조금씩 더 가까워지긴 했지만 보통의 남매들이 그렇듯 속 깊은 이야기를 나누지는 않았다.

고우인은 고우창을 안으면서 전에는 한 번도 경험하지 못했던 감정을 처음으로 느꼈다. 고우창의 몸을 통해, 가늘게 떨리는 팔과 다리를 통해 고우창의 생각이, 고우창의 불안이, 고민이, 분노와 절망이 하나의 덩어리가 되어 고우인에게 전해졌다. 처음 만나는 덩어리였다. 고우인은 고우창을 꼭 끌어안아주었고, 고우창은 끝내 울음을 터뜨렸다. 고우인은 고우창의 등을 두드려주었다.

"오빠, 울지 마, 괜찮을 거야. 다 괜찮을 거야, 오빠."

고우창은 울면서도 자신이 왜 우는지 몰랐다. 마음은 그렇게 슬프지 않았다. 아직은 버틸 수 있었다. 고갑수를 찾아낼 때까지 버틸 수 있었다. 하지만 몸은 이미 지칠 대로 지쳐 있었다. 마음이 조급해지고 다급해질수록 마음보다 몸이 힘들었다. 고통으로 마음이 비틀릴 때마다 몸에서 물기가 빠져나갔다. 고통의 세기는 점점 강해졌고, 몸에서 빠져나오는 수분의 양은 점점 줄어들었다. 고통은 고우창의 몸을 끝까지 쥐어짰다. 몸이 바스라지기 직전이었다. 고우창은 고우인의 품에서—고우창의 큰 키 때문에 고우인의 품에 안겼다기보다는 고우인의 머리에 가슴을 묻고—한참을 울었다. 한참 울고 나니 얼굴에 생기가 돌았다.

모노는 고우창에게 아무 말도 하지 않았다. 평소보다 조금 더 웃기만 했다. 사장과 부사장의 만남이 아니라 오랜 친구의 만남이었다.

"미안하다."

"뭐가 미안해. 이렇게 만났으니까 됐지."

"자세하게 얘기해줄게."

"됐어. 자세한 얘기가 뭐가 필요해. 빨리 갑수 아저씨 찾아서 한국으로 돌아가자. 나 떡볶이가 너무 먹고 싶어."

"떡볶이? 네 말 들으니까 나도 먹고 싶다."

"그 집 떡볶이 생각나지? 회사 앞에 있는."

"생각나지. 휴, 침 나온다."

"야채튀김 찍어서."

"야채튀김 받고 김말이."

"김말이 받고 파전."

"흐, 그만하자. 못 참겠다."

"우창아."

"응."

"그냥 불러봤어. 갑수 아저씨는?"

"지금 찾고 있어. 분명 여기 어딘가 있을 거야."

모노는 고우창에게 레드를 소개했다. 레드는 말없이 고우창의 손을 꼭 잡아주었다. 레드의 거대한 손이 삐쩍 마르고 길쭉한 고우창의 손을 덮었다.

루카는 집회장에 도착하자마자 신도들 사이에 끼어서 이야기를 주워들었다. 어디엘 가든 사람들의 이야기에 귀를 쫑긋 세우는 건 루카의 좋은 버릇이었다. 와이너리 투어를 할 때도 손님들끼리 나누는 이야기를 늘 훔쳐듣곤 했다. 몰래 들은 이야기를 다른 사람들에게 퍼뜨리는 바람에 문제가 생긴 적이 몇 번 있긴 했지만. 루카는 여기저기에서 건진, 알아두면 좋을 이야기들을 레드에게 요약해주곤 했다.

"레드, 좀전에 납치사건이 있었나봐요."

"납치? 누굴?"

"핀볼 성자라는 사람이 유니볼 성자를 납치해갔대요. 젠장, 유니볼 성자면 볼교 우두머린데 여기 한참 시끄럽겠어요. 빨리 그 아저씨 찾아서 여길 나가야 해요."

"이름이 뭐 그따위야, 핀볼 성자? 아무나 다 성자야?"

"핀볼이 주특기인가보죠. 불교 사람들은 다 그런 식으로 이름을 붙여요."

루카와 레드가 이탈리아어로 나누는 이야기를 듣고 있던 고우창이 핀볼이라는 단어에 깜짝 놀랐다. 고우창이 모노에게 두 사람의 대화 내용을 물었고, 모노가 다시 레드에게 묻고 나서 말했다.

"핀볼 성자라는 사람이 유니볼 성자를 납치했다는데?"

"핀볼 성자가?"

"응, 아는 사람이야?"

"핀볼 성자가 아버지야."

"아버지? 누구 아버지?"

"우리 아버지."

"응?"

고우창은 한숨을 내쉬며 바닥에 쪼그려앉았다. 서 있을 힘이 없었다. 아버지는 다시 어디론가 사라지고 없었다. 고우창의 머릿속에는 난데없이 자석 그림이 떠올랐다. 같은 극끼리 서로 밀어내는 길쭉한 막대자석들. 절대 맞닿을 수 없는 자석들.

모노는 루카와 레드에게 고우창의 이야기를 전해주었다. 고갑수가 핀볼 성자라면 빨리 뒤를 쫓아야 했다. 신도들 사이에 섞여서 잡담이나 하고 있을 때가 아니었다.

"사람들 말로는 기차역으로 갔을 확률이 높대요. 저 뒷길이 기차역으로 이어지는 길이에요."

루카는 신도들에게서 전해들은 정보를 이야기했다.

"속임수 아닐까. 어떤 납치범이 모두가 아는 뻔한 길로 가냐."

레드가 대꾸했다.

"속임수 같은 거 쓸 정신이 없었을지도 모르죠. 아니면 다른 꿍꿍이가 있든가."

"어떤 꿍꿍이?"

"첫번째 가능성, 기차역으로 간 게 아니라 기차역 방향으로 간 거죠. 그러니까, 이 도시를 떠날 생각이 없는 걸지도 몰라요. 두번째 가능성, 기차역에 뭔가 숨겨놓은 게 있을지도 모르죠."

"뭘 숨겨놔?"

"그걸 제가 어떻게 알아요? 저도 전부 주워들은 얘기들인데."

"방금까진 제법 탐정처럼 보이더니……"

"그렇죠. 저 제법 탐정 같은 포스가 있죠? 호텔에서 시간 날 때마다 탐정소설 열심히 보거든요."

"레드 아저씨, 일단 기차역으로 가보죠. 거기 가야 새로운 정보가 있을 것 같아요."

모노가 두 사람의 수다를 끊으며 말했다. 운전석에 루카가 앉았고 조수석에는 레드가 앉았다. 뒷자리 한가운데 고우인이 앉고 양쪽으로 모노와 고우창이 앉았다. 루카가 룸미러로 뒤를 볼 때마다 고우인의 얼굴이 드러났다. 자동차 안에 다섯 명이 비좁게 앉으니 하나의 작은 세계가 완성된 것 같았다. 빈틈이 없었다.

기차역으로 가는 동안 모노는 〈헬로, 모노레일〉의 실사판을 보고 있는 듯한 착각이 들었다. 모노가 만들었던 다섯 명의 캐릭터는 상상 속의 인물들이었는데, 지금 모두 현실로 튀어나와 있었다. 레드는 게임 속 레드를 닮았고, 고우인은 미용사인 핑크를 닮았고, 머리 쓰기 좋아하는 루카는 형사 블루를 닮았고, 모노와 고우인을 피해다니던 고우창은 은행강도 블랙을 닮았다. 모노는 〈헬로, 모노레일〉을 만들어냈으니 소설가 화이트와 어울렸다. 실제 인물로 변한 캐릭터들을 관찰하면서 모노는 슬그머니 혼자 웃었다. 고우창에게 은행강도 역할을 시킨 걸 빼면 모든 캐릭터가 그럴싸했다. 차를 타고 가는 내내 모노는 가상의 〈헬로, 모노레일〉 게임을 상상했다. 이 게임에선 모든 캐릭터가 같은 편이다. 모두 힘을 합해 새로운 적을 쫓아간다. 속이고 뒤쫓고 잡아먹고 뭉개버리던 캐릭터들이 공동체를 완성했다. 모노는 합쳤다가 엇갈리고 다시 만나는 친구들의 이야기를 들으면서 캐릭터를 상상하는 게 재미있었다.

블루　아무래도 수상하지 않아요? 이거야 원, 나 기차역으로 갑니다. 모두 따라오세요, 광고를 하면서 가는 거나 마찬가지잖아요. 뭔가 꿍꿍이가 있다니까.

레드　역무원 출신인가?

블루　아저씨도 참, 이 상황에 농담하고 그러세요.

레드　농담이 아니라 진짜 그럴지도 모르잖아. 귀소본능 같은 거 말야. 일을 저지르고 정신없이 도망치는데, 어느새 정신을 차려보니 자신이 오랫동안 일을 했던 기차역으로 가고 있는 거지.

블루　아저씨가 한번 물어봐요. 핀볼 성자가 역무원 출신인지.

레드　가보면 알겠지.

블랙　아버지가 유니볼 성자를 납치했다고? 도대체 말이 안 되잖아.

핑크　오빤 완전히 잘못 알고 있는 거라니까. 아빠는 볼교 사람들한테 납치당했어. 아마 거기서 빠져나오려고 그 사람을 납치한 걸 거야.

블랙　무슨 소리야. 아버진 볼교의 핀볼 성자야. 볼교의 광신도 중 한 명이라고.

핑크　아냐, 누가 광신도야, 도대체. 아빠가 나한테 얘기했단 말야. 아빠를 찾아오라고, 와서 아빠를 구해달라고.

블랙　아빠가 전화했다고?

핑크　전화는 아니고, 천장에 나타나서 얘기했어.

블랙　또, 또, 이상한 얘기 한다. 너 병원에 가봐야 한다니까.

핑크　모노 오빠, 얘기 좀 해줘요. 아빠는 납치당한 거라고.

화이트　응? 나도 정확한 건 모르잖아.

블랙　우인아, 아빠는 핀볼 성자라는 이름으로, 이쪽에선 꽤 유명해.

레드　이름을 왜 그렇게 붙인 거래? 핀볼을 잘하나? 나도 핀볼은 좀 하는데.

블루　나중에 만나면 한판 붙어보세요.

레드　내가 이기면 성자 되는 거야?

핑크　아빠는 아무도 자신을 이해해주는 사람이 없어서 이렇게 된 거라고.

블랙　이해해주는 사람이 없다고? 누군 그런 게 있어서 살아? 그렇게 따지면 모든 사람들이 범죄자가 되어야겠네.

핑크　아빠가 왜 범죄자야.

블루　아저씨가 성자가 되면 인생의 새로운 챕터로 넘어가는 거겠네요.

레드　아쉽게도 마지막 챕터겠지.

블루　성자로 마무리하는 것도 좋잖아요.

레드　나쁘진 않지. 그럼. 나쁘진 않아.

핑크　아빠 범죄자가 아냐!

네 사람의 몸에 각자의 색이 입혀지는 모습을 모노는 상상했다. 온몸이 푸른 블루가 운전을 하고 그 옆에서는 새빨간 레드가 농담을 하고, 깊이를 알 수 없이 어두운 블랙과 현기증 날 정도로 화사한 핑크가 말싸움을 벌이고, 빈 종이처럼 새하얀 화이트는 한구석에서 그들을 관찰하고 있었다. 상상만 해도 예쁜 그림이었다. 모노는 자신이 만들어놓은 색들이 마음에 들었다. 보기에 좋았다.

34. 선을 구부리면 원이 된다

유니볼 성자는 자동차 트렁크에 갇힌 채 여러 종류의 소리를 들었다. 차체가 덜컹거리는 소리, 쇳덩어리가 도로에 끌리는 소리, 커다란 물체가 자동차에 부딪치는 소리, 쇠톱 같은 걸로 뭔가를 자르는 소리 들이 들려왔다. 밀폐된 공간에서 들리는 소리들은 불규칙적이어서 더욱 불안했다. 소리만으로는 어떤 일이 벌어지고 있는지 알 수 없었다. 소리에서는 배열도 맥락도 찾을 수가 없었다. 유니볼 성자는 상상을 막아보려고 애를 썼지만 새로운 소리가 들릴 때마다 극한의 상황들이 떠올랐다. 유니볼 성자는 온몸을 떨며 어떤 일이든 빨리 벌어지길 바랐다. 이가 부딪쳤다. 입술도 떨렸고, 손가락도 가만있질 않았다. 어둠속에서 소리만 들려오는 건 견디기 힘들었다.

어느 순간 모든 소리가 사라졌다. 자동차도 더이상 흔들리지 않았다. 유니볼 성자는 꿀꺽, 침을 삼키며 어떤 소리가 들려오길 기다렸다. 침 삼키는 소리가 그 어떤 소음보다 크게 들렸다. 소리없는 시간이 계속됐다. 유니볼 성자는 눈을 떴다. 귀로 들리지 않는 소리라면 눈으로라도 듣겠다는 듯 온몸을 열었다. 자동차가 덜컹, 흔들렸다. 그리고 다시 덜컹. 규칙적인 흔들림이었다. 기차였다. 기차에는 어떻게 올라탄 거지? 유니볼 성자가 중얼거렸다. 목소리가 열쇠라도 된 듯 트렁크 문이 열렸다.

"성자님, 이제 나오시죠."

트렁크 속보다 옅은 어둠이 유니볼 성자를 기다리고 있었다.

"흠, 여기가 어디야?"

유니볼 성자는 품위를 잃지 않은 목소리를 내기 위해 애를 썼다.

"기차 안입니다."

고갑수가 대답했다.

"기차에다 자동차를 통째로 집어넣은 건가? 난 고래 뱃속인 줄 알았지."

유니볼 성자가 트렁크에서 기어나오며 말했다.

"죄송합니다. 저희가 그 정도로 기술이 뛰어나진 못해서요."

고갑수는 유니볼 성자를 부축해주었다.

"저희라면, 자네 뒤엔 누가 있는 건데?"

"우주자가 함께하시죠."

"내 뒤엔 우주자님이 안 계신 것 같나?"

"그렇다면 성자님이나 저희나 같은 곳을 보고 있는 거네요. 뒤엔 우주자가 계시고 앞엔 수많은 적들이 있으니, 말싸움할 이유가 없네요."

"어디로 가는 건가?"

"그건 알려드릴 수 없습니다."

"기차니까 철도를 따라가겠군. 쾰른에서 갈 수 있는 곳이야 뻔하지."

"어디로 가든 상관없습니다. 쾰른이 아닌 곳이면 되니까요."

"쾰른을 벗어난다고 뭐가 달라질 것 같아?"

"자, 여기 담요 덮으세요. 점점 추워질 겁니다."

고갑수는 유니볼 성자에게 두꺼운 담요를 건넸다. 기차의 화물칸에는 냉기 외에 아무런 짐이 없었다. 유니볼 성자는 머리끝까지 담요를 뒤집어썼다.

"아까도 말했지만 난 그냥 평범한 늙은이야. 성자나 뭐 그런 게 아니라고. 나를 데려가봤자 아무런 도움도 안 될 거야."

"성자님, 그렇게 말씀하실 필요 없어요. 저희가 성자님을 어떻게 하겠다는 게 아닙니다. 큰 도움을 바라는 것도 아니고요."

"난 사실 그대로를 얘기하는 거야. 나는 성자도 뭣도 아냐. 비비한테 조종당하는 늙은이일 뿐이지."

"조종당하다뇨? 누가 누구한테 조종당해요?"

"말했잖나. 비비가 나를 조종해왔다고."

유니볼 성자는 담요자락 위로 얼굴을 내밀고 한숨을 쉬었다. 수염이 담요에 가려 보이지 않자 인상이 많이 달라 보였다. 성자라기보다는 일주일 정도 굶은 평범한 노인네에 가까웠다.

"지금 그 말씀을 하는 이유가 뭡니까? '아, 저희가 잘못 알았네요' 하고 성자님을 보내줄 것 같아요?"

"그냥 사실을 얘기하는 거야. 유니볼 성자 같은 건 세상에 존재하지 않는다고. 나도 불교 신자이긴 하지만 사람을 고치는 기적 같은 건 없어. 어떻게 그런 게 가능해. 나도 이제 이따위 성자 노릇, 지긋지긋하다고."

"그런 말씀은 나중에 하시죠. 앞으로 시간이 많을 겁니다."

"빌어먹을, 내가 어쩌다 이런 데 말려들어서……"

"유니볼 성자님."

"왜?"

"전 아직 성자님을 믿습니다."

"뭘 믿어?"

"성자님이 유니볼 성자란 걸 믿습니다."

"그렇게 믿고 싶은 거겠지. 내가 성자가 아니라 그저 앙상하게 죽어가는 늙은이일 뿐이라면 자네가 목숨 걸고 한 일이 아무런 의미도 없게 되고 말 테니까."

달리 대꾸할 말이 없었다. 유니볼 성자가 하찮은 노인일 뿐이라면 뭐가 어떻게 달라지는 것일까. 많은 게 달라질 수도 있고, 달라지는 게 별로 없을 수도 있었다. 엠씨 성자와 하려고 했던 일은 결국 비비의 '미친 달리기'를 멈추려고 했던 것이니까, 어쩌면 더 나은 결과를 가져올 수도 있었다. 하지만 고갑수 혼자 판단할 수는 없었다. 팽이 성자와 퍽 성자를 만나 상의해야 할 문제였다.

"핀볼 성자라고 했나? 하하, 웃기지. 성자라는 이름을 이렇게 쉽게 달아주는 종교가 세상에 또 어디 있겠어. 성자라고 불러주니까 자네가 정말 대단한 사람이 된 것 같지? 뭔가 깨달은 것 같지? 하지만 잘 생각해봐. 자네가 깨달은 게 도대체 뭔지. 핀볼을 깨달았나? 핀볼을 깨달으면 성자야? 우주자께서 과연 성자라는 이름을 이렇게 쉽게 허락했을까? 비비는 참 똑똑한 친구야. 방법이야 어찌 됐든 이렇게 짧은 시간 안에 볼교를 어마어마한 크기로 키워놓았으니까."

"비비의 운영방식에 문제가 있다는 건 저희도 공감하고 있습니다. 볼교는 지금 잘못된 방향으로 가고 있습니다. 그걸 바로잡기 위해서 유니볼 성자님을 모시게 된 겁니다. 저희와 뜻을 함께해주십시오. 볼교를 바로잡아주십시오."

유니볼 성자가 흘러내리는 담요를 끌어올려 다시 뒤집어쓰고는 웃음을 터뜨렸다.

"하하, 바로잡아? 뭘 바로잡아. 자네는 뭐가 제대로고, 뭐가 잘못된 건지 안단 말야? 그걸 어떻게 알아? 나는 비비가 잘못했다고 생각하지 않아. 사람들은 환상을 원하거든."

"아뇨, 사람들은 진실을 원합니다."

"진실? 볼교에 진실이 있어? 거참, 나는 처음 들어보는 소리네. 환상적인 진실이나 진실된 환상을 원하긴 하겠지. 진실? 하하하, 진실이라……"

유니볼 성자는 담요에 얼굴을 묻은 채 키득키득 웃기 시작했다. 목 한가운데 박힌 깊은 우물의 바닥에서 누군가 하늘을 보며 웃고 있는 것 같았다. 목소리는 공허했고, 쇳소리도 섞여 있었고, 가래도 섞여 있었다. 상대방을 조롱하기에 딱 좋은 목소리였다. 고갑수의 얼굴이 순식간에 빨개졌다.

고갑수는 뒤로 물러서서 벽에 붙은 의자에 앉았다. 더이상 말을 하지 않겠다는 의사 표시였다. 기차가 흔들리면서 문이 덜컹거렸다. 그 소리만으로도 기차가 얼마나 빨리 달리고 있는지 실감할 수 있었다. 기차는 조금씩 속력을 내고 있었다.

"핀볼 성자, 자동차에 들어가서 히터를 틀면 좀 따뜻하지 않을까? 담요로 버티기엔 너무 추워."

"들어가 계시는 건 괜찮지만 히터는 안 됩니다. 기름을 아껴야 합니다."

"아껴서 뭐하게."

"갈 길이 멉니다."

"빡빡한 친구로구만. 핀볼 성자, 자넨 볼교 성지가 어째서 퀼른에 있는 줄 알아?"

"모릅니다."

"얘기하기 싫다 이거지? 뭐, 나도 자네 같은 덜떨어진 성자하고는 말을 잘 섞지 않는 편이긴 하지."

"그럼 조용히 앉아 계시죠."

"휴, 너무 추워서 말이라도 좀 해야겠어. 볼교의 성지를 퀼른에다 세운 게 바로 비비야. 그전에는 런던에 아주 작은 건물이 하나 있었을 뿐이지. 런던아이가 생기기 전에 말이야. 자네 같은 애송이들은 상상도 못할 정도로 힘든 시기였어. 비비가 볼교를 일으켜세운 거나 마찬가지야. 런던 시절만 해도 전 세계적으로 볼교 신도가 오만 명이 될까 말까 했어. 크리스티나 박사*가 『선을 구부리면 원이 된다』를 펴낸 게 1925년이고, 볼교 오만 명 대회가 1955년에 있었으니 삼십 년 동안 겨우 오만 명만 볼교에 빠져든 거야. 그런데 비비는 단 오 년 동안 신도를 오십만 명으로 늘렸어. 대단하지. 대단한 친구야. 비비를 처음 만난 게 열네 살 때니까, 그동안 오십 년이라는 세월이 지났는데 아직도 그 속을 제대로 모르겠다니까."

"열네 살 때 만났다고요?"

"그래, 열네 살. 이야기가 재미있지? 뭐, 따뜻한 차라도 없나?"

고갑수는 자동차 안에 있던 보온병을 꺼냈다. 보온병은 차가운 공기와 싸우기라도 하려는 듯 뜨거운 김을 내뿜었다. 고갑수는 유니볼 성자에게 커피를 건넸다.

"커피 참 오랜만에 마셔보는군."

"열네 살이면 유니볼 성자님이 출가하신 나이 아닌가요?"

"출가? 그래, 출가했지. 정확하게 말하면 가출이 맞겠지만."

"비비에게 어린 시절 얘기를 들었습니다."

"뭐? 그거? 매일 엎어지다가 하이소울을 어쩌구저쩌구, 깨달음을 얻게 되는 이야기? 그게 진짜일 것 같아? 자넨 비비에게 맞선다는 사람이 그런 이상한 얘긴 열심히 잘도 믿는군."

"저는 유니볼 성자님을 믿으니까요."

"크크크, 그래, 잘 믿어봐. 열네 살 때까지 친구들에게 만날 얻어

---

* 크리스티나 보네티로(Christina Bonetiro) : 영국에서 인지심리학을 주도한 학자이자 볼스 무브먼트의 기원이 된 『선을 구부리면 원이 된다』를 펴낸 인물. 그의 책 때문에 볼교가 시작됐지만 정작 그는 볼스 무브먼트가 종교화되는 것을 반대했다. 1940년에 윌리엄 새들러라는 남자가 쏜 총에 맞아 사망했다. 윌리엄 새들러는 볼스 무브먼트의 신도로 알려져 있지만, 볼스 무브먼트 측은 윌리엄 새들러가 암살 이 년 전 교회를 탈퇴했으며 급진적인 성향 때문에 신도들과 잦은 논쟁을 벌였을 뿐 아니라 무력기사단을 창시할 정도로 폭력적인 성향이 강했다고 밝혔다.

터졌지. 키가 작다고 맞고, 돈이 없다고 맞고, 돈을 적게 줬다고 맞고, 죽은 엄마 욕을 하길래 덤비다가 맞고, 길에 서 있었다고 맞고, 하여간 매일 맞았지. 그때 그런 생각을 했어. 이 녀석들은 상대방을 고통스럽게 하는 걸로 쾌감을 느끼는구나. 그때는 그게 어떤 마음인지 잘 모르겠더라고. 생각했지, 나도 언젠가 이 녀석들처럼 누군가를 미친 듯이 괴롭혀봐야겠다. 때린 곳을 또 때리고, 쫓아다니면서 아무런 이유 없이 때려봐야겠다. 그때 날 구해준 게 비비였어."

"비비가 구해주다뇨?"

"비비가 모든 걸 해결해줬어. 나를 괴롭히던 녀석들을 하나씩 하나씩 해치웠어. 어느 날 갑자기 나타나서는 동네를 장악했지. 한 놈은 다리가 부러졌고, 또 한 놈은 얼굴에 커다란 상처가 났지. 열네 살 애들은 단순해. 누가 대장이고 누가 부하인지 본능으로 알지. 아무튼 한 달 만에 모두 비비를 피하게 됐고, 나는 내내 비비를 졸졸 따라다녔어. 비비를 따라다니면 맞지 않아도 되니까. 그렇게 따라다니다 결국 스무 살 때 쾰른으로 오게 됐지. 비비는 쾰른(Köln)을 보는 순간 이렇게 말했어. 저길 봐, 저 표지판. 우릴 위한 도시 같지 않냐? 원 위에 두 개의 눈이 있잖아. 저게 바로 우주자의 두 눈이야. 이곳이라면 우주자가 우릴 지켜줄 거야. 여기야말로 볼교를 위한 장소야. 나도 그렇게 생각했어. 쾰른이라는 글자에 붙은 움라우트를 보는데, 그게 정말 우주자의 눈동자 같더라니까."

"어디까지 믿어야 할지 모르겠군요."

"보이는 걸 다 믿을 수는 없지만 믿으면 새로운 걸 볼 수 있다."

"'원과 볼의 공식'에 쓰신 말씀이죠."

"그것도 내가 쓴 게 아냐. 비비가 다 쓴 거지. 뭘 믿든 자네 마음이지만 내 얘기를 진실이라고 믿는 순간, 아마 새로운 걸 볼 수 있을 거야. 나는 비비가 시키는 대로 다 했어. 물론 내 생각도 들어있긴 하지만, 모르겠어, 그것도 내 생각일까. 그래, 어쩌면 나는 자네가 나를 그곳에서 데리고 나와주길 바랐는지도 몰라. 그 어두컴컴한 기도실과 수련장에서 매일 원이니 볼이니 그런 얘길 하다가 어느 순간 갑자기 죽을지도 모른다는 생각을 자주 했거든."

"잠깐만요. 유니볼 성자님, 저한테 왜 이러시는 겁니까. 혼란스럽군요."

"믿든 말든 자네 마음이라니까."

유니볼 성자는 다 마신 커피잔을 자동차 보닛에 올려놓았다. 어둠 속 자동차와 담요를 뒤집어쓴 늙은이와 커피잔은 한동안 움직이질 않아서, 그림자로 표현한 풍경화를 보는 것 같았다. 어둠 속에 더 짙은 어둠의 그림자로 그린 풍경화. 유니볼 성자가 다시 입을 열었다.

"가끔 지구의 나이를 생각할 때가 있어. 우주자가 볼을 만든 후부터 지금까지의 시간 말이야. 기나긴 시간이 있었고, 혁명과 발전이 있었고, 퇴화와 멸종이 있었고, 전쟁과 탄생이 있었던 시간. 지구의 나이를 생각하면 이렇게 길고긴 선 위에, 바로 지금 이곳에서 하나의 점으로 살고 있다는 게 참 아득하지. 우리가 알 수 있는 게 뭐가 있겠나. 우주자가 어떤 선택을 할지. 일 분 후에, 혹은 일 초 후에 우주의 어디에선가 미지의 행성이 지구로 날아들어서, 우주자의 볼링시합처럼 지구와 부딪치고, 그래서 거대한 지진과 해일과 화산이 우리를 덮쳐서 지구가 사라진다고 해도 하나도 이상할 게 없지. 그건 말이야, 어쩌면 지극히 자연스러운 과정의 한 부분일지도 몰라. 우주자가 언제쯤 지구라는 별에 싫증을 낼지 그건 아무도 모르거든. 결국 우리는 선으로 사는 게 아니라 점으로 사는 거지. 나는 크리스티나 박사의 그 책 제목이 참 마음에 들어. 선을 구부리면 원이 된다. 불교 신도들은 '원이 된다'는 대목을 좋아하지만, 나는 '선을 구부리'는 게 좋아. 선을 구부리는 순간 내가 지금 선 위에 점으로 서 있다는 걸 실감할 수 있거든. 우린 아무리 오래 살아도 선이 될 수는 없어."

"우주자는 지구를 사랑한다고 하시지 않았습니까? 그것도 비비가 쓴 겁니까?"

"비비가 썼지. 하지만 그건 나도 그렇게 생각해. 우주자가 지구를 사랑하는 건 확실해. 인간들은 가스를 마구 뿜어대면서 지구의 온도를 계속 높이고 아무렇게나 지구를 이용하지만, 우주자는 너그럽고 관대하지. 요즘 전 세계적으로 화산 폭발이 잦은 이유가 뭔 줄 아나? 화산이 폭발하면 미세한 황산입자가 성층권으로 유입되어서 평소보다 더 많은 햇빛을 반사시키게 돼. 지구가 식는 거지. 우주자께서는 지구라는 거대한 볼을 탱탱하게 유지하기 위해서 온도를 조절하시는 거야. 화산이 터지고 지진이 일어나면 물론 인간의 희생이 따르겠지만 지구는 지킬 수 있거든. 우주자는 지구를 사랑하지만 인간을 사랑하는 건 아냐. 인간은 언제든 버림받을 수 있는 존재지."

유니볼 성자는 바닥에 놓여 있던 보온병에서 커피 한 잔을 더 따랐다. 김이 모락모락 올라왔다.

"보온병 모델을 우주자가 하시면 좋겠군. 차가운 건 차갑게, 따뜻한 건 계속 따뜻하게, 하하하. 내가 가끔 듣는데 우주자님은 목소리도 참 좋으셔. 성우 뺨치는 목소리지."

유니볼 성자는 흐릅, 소리를 내며 커피를 마셨다. 어둠 속이라 커피잔 속의 커피가 어떻게 흔들리는지 자세히 보이지 않았다. 기차가 좌우로 흔들렸기 때문에 유니볼 성자는 커피를 흘리지 않기 위해 잔을 꼭 붙들어야 했다. 고갑수는 의자에 앉아서 유니볼 성자를 물끄러미 바라보았다. 기차가 빨리 파리에 도착하길 바랐다. 유니볼 성자와 함께 있으면서 그의 이야기를 계속 듣다가는 모든 게 혼란스러워질 것 같았다. 유니볼 성자에 대한 생각도, 비비의 진심도, 심지어 불교를 향한 자신의 마음까지, 확실한 게 하나도 없는 것처럼 느껴졌다.

유니볼 성자는 담요를 들고 자동차 안으로 들어갔다. 뒷좌석에 누워서 담요로 자신의 몸을 싸더니 잠을 청했다. 한 마리의 누에고치 같은 모습이었다.

고갑수는 의자에 등을 기댔다. 기차가 흔들릴 때마다 마음도 흔들렸다. 모든 일이 걷잡을 수 없게 느껴졌다. 갑자기 현실이 실감이 났다. 고갑수는 가만히 앉은 채 어둠을 응시했다. 자동차 안은 따뜻할 것이다. 문을 닫으면 추위를 피할 수 있을 것이다. 유니볼 성자가 빠르게 달리는 기차에서 뛰어내릴 수 있을 것 같진 않았지만—뛰어내리기는커녕 화물칸 문을 열 힘조차 없을 것 같았지만—경계를 게을리하고 싶지는 않았다. 고갑수는 옷깃을 여미다가, 목걸이가 떨어져나갔다는 걸 그제야 알았다. 볼교 성자들에게만 지급되는 목걸이였다. 어디에서 떨어뜨린 것인지 알 수 없었다. 고갑수는 꼼꼼하게 다시 옷깃을 여몄다. 어둠 속에 고우인과 고우창의 얼굴이 나타났다가 사라졌다. 어떤 이야기를 하고 싶어하는 얼굴이어서 곧바로 지워버렸다. 기차는 점점 더 거칠게 흔들리고 있었다.

35. 문자메시지

@ 모노

아빠저예요지금우인이전화기빌려쓰는중이에요전화기를잃어버려서어쩔수없이..ㅠㅠ....

@ 아버지

오, 아들, 걱정 많이 했잖아. 전화기를 잃어버렸어? 무슨 일 있는 건 아니지? 지금 어디?

@ 모노

전화기잃어버린거말곤별일없어요^^우창이도만났어요지금은쾰른이에요엄마도잘있죠?

@ 아버지

엄만 너무 잘있어서 샘날 정도다. 넌 아빠 걱정만 하면 돼. 아빤 요즘 화병이 도졌다.

@ 모노

아빠걱정이야늘하고있죠ㅋㅋ화병ㅋ또게임에서져서그런거예

요? 오늘은또무슨게임했는데요?

@ 아버지

모노레일. 야, 게임을 이따위로 만들었어. 무조건 이기는 방법 없냐? 아빠 전화할까?

@ 모노

전화하긴좀그래요ㅋㅋ무조건이기는방법은없죠대신팁!아빤주로어떤캐릭터로게임해요?

@ 아버지

나야 블루지. 아빠가 좀 형사 삘이 나잖냐. 예리하고 터프하고 대범하고. 그건 왜?

@ 모노

아빠처럼소심한게이머는블랙을택하는게좋을걸요그래야위급할때살아남을확률이높아요

@ 아버지

아빠가 소심해? 야, 무슨 그런 말도 안 되는 소리를... 블루로 이기는 필살기 없어?

@ 모노

제말믿고블랙으로한번해봐요미션카드랑타임카드는마지막레이스때만쓰고요엄만뭐해요?

@ 아버지

엄만 주로 화이트야. 어릴 때 꿈이 소설가였대. 하하하, 웃기지? 소설가가 꿈이라니.

@ 모노

아뇨엄마는지금뭐하냐고요자요?

@ 아버지

응, 자. 깨워줘?

@ 모노

아뇨괜찮아요아빠도주무세요나중에전화기하나사서전화드릴게요

@ 아버지

그래, 여긴 걱정하지 말고 여행 잘 해라. 아빠가 있는데 무슨 걱정이야. 바이바이.

@ 모노

넵. ^_^

@ 아버지

네 말 믿고 블랙으로 한번 해볼게. 은행강도라서 좀 찜찜하긴 하지만. ^_^

@ 모노

자신과정반대캐릭터로하는게승리로가는지름길이에요아빠자신을버리고게임에몰입하세요

@ 아버지

와, 우리 아들 다 컸네. 아빠한테 게임 훈수도 두고. ㅋㅋㅋ

@ 모노

그럼요다컸죠그럼전다시유럽대추격게임으로돌아갑니당!고고고!!!

@ 아버지

그런 게임도 있었어? 재미있겠다 ㅋㅋㅋ 잡히지 말고 잡아서 돌아와라! ㅋㅋㅋ...빠이

@ 모노

아빠도빠이빠이요!

36. 승리의 트림은 디저트보다 달콤한 법이지

비비와 유니볼 성자는 스무 살 때 쾰른 기차역 앞에 서서 거대한 괴물처럼 자신들을 내려다보고 있는 쾰른 대성당과 맞닥뜨린 후, 이곳이야말로 자신들의 꿈을 펼칠 수 있는 유일한 장소라고 생각했다. 어린 두 사람의 눈에 고딕 양식의 쾰른 대성당의 거친 벽면은 천사와 악마가 전투를 벌이는 장소처럼 보였다. 우툴두툴한 벽은 폭탄이 떨어진 자리처럼 보였고, 뾰족한 두 개의 첨탑은 악마들이 갈아놓은 송곳 같았다. 천사들이 쫓겨다니다 숨고, 악마들이 이를 갈며 쫓아다니고, 어느 날은 천사들이 악마를 쫓아다니는 아수라장이 펼쳐질 것 같았다. 두 사람은 기차역 앞에 서서 하루 종일 넋을 놓고 대성당을 바라보았다.

"저 뾰족한 꼭대기 보여?"

"응, 보여."

"되게 멋지다. 악마의 송곳니 같지 않아?"

"송곳니?"

"하늘을 물어뜯는 것 같아."

"그렇게 말하니까 무섭다."

"난 나중에 저렇게 뾰족한 송곳니를 가질래. 최고가 될 거야. 여기서 볼교를 최고로 만들어볼 거야."

쾰른이라는 이름이 비비를 유혹했고, 쾰른 대성당이 비비를 괴물로 만들었다. 쾰른 대성당에는 인간이 감당하기 힘든 기운이 감돌고 있었다. 낮은 건물들 사이에 우뚝 솟은 쾰른 대성당 주위로는 언제나 심상치 않은 바람이 휘돌았다.

모노와 고우창과 고우인과 루카와 레드는 나란히 서서 비비와 유니볼 성자가 그랬던 것처럼 입을 쩍 벌리고 쾰른 대성당을 한참 동안 바라보았다. 밝은 조명을 받은 쾰른 대성당은 더욱 위압적으로 보였다. 주변에는 높은 건물이 전혀 없었기 때문에 멀리서 보면 쾰른 대성당은 불로 만든 성 같았다. 모두들 눈빛으로 쾰른 대성당의 우둘투둘한 표면을 어루만지고 있었다.

"멋지다!"

침묵을 깨고 루카가 말을 꺼냈다.

"볼 때마다 감탄하게 된단 말야. 어떻게 저런 걸 만들었지?"

레드가 대답했다.

"레드 아저씨, 저렇게 높은 첨탑을 보면 사람들이 왜 소리를 지르면서 감탄하는 줄 알아요?"

"인간의 위대한 건축술 때문에?"

"아뇨."

"불가능을 가능하게 한 종교의 힘?"

"아뇨. 높은 곳을 올려보다보면 자연스럽게 입이 벌어지잖아요. 그러니까 소리를 내면서 감탄할 수밖에 없죠."

"너, 벌어진 입이라고 아무 농담이나 막 할 거야? 저런 위대한 건축물 앞에서 그런 농담이 나와?"

"잘못했어요."

"그런데 네 말대로 높은 곳을 올려다보니까 진짜 입이 벌어지긴 하네. 왜 그런 거지?"

"거봐요, 농담이 아니라니까요."

레드와 루카가 시답잖은 이야기를 나누는 사이 모노와 고우인과 고우창은 기차역을 뒤지고 있었다. 하지만 뭘 찾아야 하는지도 알 수 없었다. 고갑수를 찾으면 좋겠지만 고갑수가 얼굴을 빳빳하게 들고 기차역을 돌아다닐 리 없었다. 뭔가 실마리가 될 만한 걸 찾기 위해 역을 샅샅이 뒤졌지만 아무것도 보이지 않았다.

저녁의 역에는 떠나는 사람보다 돌아오는 사람이 많았다. 어디론가 떠났던 사람들도 집으로 돌아올 시간이었다. 기차가 도착하고 많은 사람들이 내렸다. 그들은 각자의 방향으로 흩어졌다. 세 사람은 삼십 분 동안 역을 헤매고 다녔지만 어떠한 흔적도 찾을 수 없었다.

"오빠, 어디서 뭘 찾아야 되는 거지?"

고우인의 말에 모노와 고우창이 돌아보았다. 제아무리 훌륭한 구석구석 관찰전문가에게도 기차역은 너무 넓었다. 두 사람도 비슷한 생각을 하고 있었다. 눈에 보이는 모든 것들이 단서가 되었다가 금세 아무것도 아닌 게 되었다. 쾰른 역 대합실의 소파와 벽과 사람들과 사람들의 가방과 도시의 이름이 적힌 전광판과 난간이 순식간에 허물어졌고, 물거품처럼 사라졌다.

세 사람은 소파에 앉았다. 루카와 레드가 와서 옆에 앉았다. 루카는 뭔가 말을 꺼내려다 입을 다물었다. 다섯 사람은 소파에 앉아서 멍하니 지나가는 사람들을 보았다.

"저 많은 도시 중에 대체 어디로 가신 걸까."

고우창은 도시 이름과 기차 시간표를 보면서 말했다.

"여기 어딘가에 뭔가 숨겨진 증거가 있을 텐데 말이야."

주위를 둘러보면서 루카가 말했다.

그때, 한 무리의 남자들이 다섯 사람 앞을 급하게 뛰어갔다. 대부분 양복을 입고 있었고, 트레이닝복을 입은 사람도 있었다. 무리 속에는 키가 작은 아시아인도 끼어 있었다.

"우창아, 저 사람들 좀 이상하지 않아?"

"응, 나도 이상하다고 느꼈어. 따라가보자."

"레드 아저씨는 여기서 우인이랑 같이 계시고요. 루카, 우리랑 같이 가볼래?"

"물론이지. 이래 봬도 내가 예전에 권투도 좀 했던 사람이야. 여기 얼굴에 흉터 보이지? 이게……"

"루카야."

"네, 아저씨."

"네가 흉터 왕인 거 인정해줄 테니까, 입 닫치고 어서 가봐."

"네."

모노와 고우창과 루카는 수상해 보이는 남자들을 따라서 뛰어갔다. 모노와 고우창과 루카도 무리지어서 뛰어가니 다른 사람들 눈에 수상해 보이긴 마찬가지였다. 셋의 뒷모습은 균형이 잘 맞았다. 가운데 고우창은 키가 컸고, 왼쪽의 모노는 말랐지만 균형 잡힌 몸매였고, 오른쪽의 루카는 어깨가 떡 벌어진 체형이었다. 사건을 해결하러 가는 삼인조 특공대라고 해도 믿을 정도였다. 사사건건 티격태격하긴 해도 결국 멋지게 일을 해결해내는 삼인조 특공대.

"셋이 참 잘 어울리지?"

"네."

"너 모노 좋아하지?"

"네? ……네."

"괜찮은 애 같지?"

"네."

"모노가 왜 좋아?"

"잘생겼잖아요."

"그래, 잘생긴 게 중요하지. 나는 잘생긴 거 같냐, 못생긴 거 같냐?"

"아저씨요? 생각 안 해봤는데요?"

"그런 건 생각하는 게 아냐. 딱 보면 아는 거지. 잘생겼다고 생각하지 않지만 못생겼다고 얘기하면 나이든 아저씨가 상처받을 거 같아서 생각 안 해봤다고 말하는 거지."

"못생기시진 않았어요."

"정말 고맙네."

"진짜예요."

"예전에는 나도 예쁜 사람인가 아닌가를 참 중요하게 생각했는데, 그 기준이 조금씩 달라지는 것 같아."

"어떻게요?"

고우인은 대답을 하면서 모노와 고우창과 루카가 뛰어간 플랫폼 쪽을 보았다. 뛰어갔던 사람들은 모두 사라지고 없었다. 그림자까지 모두 따라간 후였다.

"얼굴은 정말 예쁘고, 웃음도 참 잘 만들고, 몸매의 비율도 환상적이지만 눈빛이 탁한 사람들은 믿질 않게 돼. 살다보면 이물질이 가장 많이 들러붙는 게 바로 이, 눈이거든. 부지런한 사람은 눈을 깨끗하게 닦지만 게으른 사람들은 자신의 눈에 이물질이 들러붙었다는 것도 몰라. 그걸로 예쁜 사람인지 아닌지 판단할 수 있지."

"저는 어떤데요?"

"넌 너무 깨끗해서 안이 다 들여다보여."

"좋은 거네요."

"응, 좋은 거지. 모노랑 넌 참 잘 어울리는 커플이야. 몬탈치노에서 모노를 다시 만났을 때도 그걸 느꼈지. 이 녀석은 그때나 지금이나 눈이 참 맑구나."

"그때가 언젠데요?"

"난청극복학원에서 모노를 처음 만났을 때."

"어, 그럼 아저씨도 안 들려요?"

"응, 양쪽 다."

"잘 들으시잖아요."

레드는 왼쪽 귀에 있는 보청기를 꺼내서 고우인에게 보여주고는 다시 꽂았다.

"귀가 안 들리거나 못생겼거나 다리가 짧거나 머리가 큰 건…… 그렇다고 내가 다 그렇다는 게 아니고 말야, 그런 건 다 괜찮아. 그런 건 인간의 힘으로 어쩔 수 없는 거잖아. 아무리 고민해도 인간이 고칠 수 있는 게 아니니까 말야. 그런 것보다 눈이 깨끗하지 않은 게 더 문제지. 태어난 조건에서 발전한 게 없다는 얘기니까."

고우인은 레드의 눈을 빤히 들여다봤다.

"아저씨 눈은 어떤 편인데요?"

"나야 무지하게 맑지."

"아하, 맑은 게 이런 거구나. 전 봐도 잘 모르겠어요."

"그런 건 나이를 좀 먹어야 보이는 거야."

"별일 없겠죠?"

"나이 먹을 때까지?"

"아뇨, 모노 오빠랑 우창 오빠요. 가볼까요?"

"우린 여기서 혹시 핀볼 성자가 지나가는지 어떤지 살펴보는 게 낫지 않겠니?"

"걱정돼요."

"길이 엇갈리지 않으려면 한 명은 움직이지 말아야 해. 그래야 만날 확률이 높아지지. ……야, 어디 가니?"

"잠깐만요, 저기까지만 가보고 올게요."

고우인은 모노와 고우창이 사라진 쪽을 가리켰다. 레드는 할 수 없다는 듯 고개를 끄덕였다. 고우인은 플랫폼을 향해 걸어갔다. 고우인의 걷는 모습은 여행자 같지 않았다. 기차역 한구석 어딘가에서 살고 있는 사람처럼 느긋하고 여유 있었다. 주변에 뭐가 있는지, 천장은 어떻게 생겼는지, 생소하고 사소한 것들을 주의깊게 살펴보면서 플랫폼 쪽으로 걸었다. 어느 한 지점에 도착하자 고우인은 고개를 내밀어서 기나긴 회랑을 바라보았다. 사람들이 드물게 걸어다니고 있었지만 모노와 고우창은 보이지 않았다. 고우인은 뒤돌아 레드를 보았다. 레드는 휴대전화기를 들여다보고 있었다. 고우인은 회랑을 향해 한발 내디뎠다. 회랑 깊은 곳에서 기적소리 같은 게 흘러나왔다. 동굴에서 들릴 때처럼 먹먹한 소리였다.

모노와 고우창과 루카는 수상한 남자들을 따라 뛰어가다가 어느 순간 막다른 길에 이르렀다. 길이 없었다. 화물을 보관하는 창고가 여러 개 보였지만 남자들이 어디로 사라진 것인지는 알 수 없었다. 모노는 몇 개의 문을 기웃거렸지만 사람의 흔적은 보이지 않았다.

"어이, 너희들 뭐야?"

문 하나에서 키가 이 미터는 되어 보이는 남자가 걸어나오며 말했다. 밤색 양복을 입고 있는 걸로 봐서 쫓아가던 수상한 남자 일행이 분명했다. 루카는 어깨를 움찔하면서 뒤로 물러섰다. 모노가 한발 앞으로 나섰다.

"누굴 좀 찾고 있습니다."

"누굴 찾아? 여긴 찾을 만한 사람 아무도 없으니까 꺼져."

키 큰 사내가 왼손을 바깥으로 튕기며 꺼지라는 손짓을 했다. 루카가 키 큰 사내 앞에 섰다. 루카는 당당해 보이기 위해 허리를 꼿꼿하게 세우고 키 큰 사내를 올려다봤지만 다리가 떨렸다. 손으로 떨리는 다리를 꽉 붙들었다.

"못 꺼지겠다면 어떻게 할 건데?"

루카가 떨리는 목소리로 말했다. 키 큰 사내가 루카의 멱살을 쥐려고 손을 뻗는 순간, 루카는 몸을 비틀면서 왼주먹을 사내의 옆구리를 향해 뻗었다. 루카의 주먹이 부딪치는 순간 둔탁한 소리가 났다. 키 큰 사내는 윽, 하는 소리를 내면서 쓰러지는 대신 큭, 하고 웃었다. 루카가 다시 오른주먹을 키 큰 사내의 얼굴로 날렸다. 사내는 루카의 주먹을 향해 주먹을 뻗었다. 두 개의 주먹이 허공에서 부딪쳤다. 퍽, 하는 소리와 함께 루카가 주먹을 쥐고 주저앉았다. 뼈가 부러지는 소리였다. 사내가 무릎으로 루카의 얼굴을 찍었다. 다시 퍽, 하는 소리와 함께 뭔가 부러지는 소리가 들렸다. 루카의 코에서 피가 흘렀다.

"이 개새끼, 죽여버릴 거야."

루카가 소리를 지르면서 사내에게 달려들었다. 사내의 허리를 붙들고 밀어붙였지만 사내는 뒤로 물러날 생각이 없었다. 사내가 웃으면서 팔꿈치로 루카의 등을 내리찍었다. 모노가 키 큰 사내의 무릎을 발로 걷어찼다. 사내가 휘청했다. 사내는 깍지 낀 손으로 루카의 등을 내리쳤다. 루카가 다시 주저앉았다. 모노는 키 큰 사내가 방심하는 사이 주먹으로 옆구리를 때렸다. 사내의 상체가 꺾였다. 모노는 사내의 얼굴에 어퍼컷을 날렸다. 사내의 몸이 뒤로 꺾였다. 루카가 다시 일어나서 사내의 몸을 잡으려는 순간, 창고 안에서 다섯 명의 남자가 뛰어나왔다. 모노는 루카의 벨트를 잡은 다음 뒤로 끌어당겼다.

"너희들 뭐야?"

트레이닝복을 입은 남자가 물었다. 모노는 두 손을 앞으로 뻗어서 싸울 의사가 없다는 표시를 했다.

"저기, 잠깐만요, 누굴 찾으러 왔어요. 핀볼 성자, 아시죠?"

"무슨 성자?"

"핀볼 성자요, 고갑수씨 말이에요."

키 큰 사내가 코피를 닦으면서 앞으로 나서려 하자 트레이닝복 남자가 그를 제지했다. 창고 안에서 키 작은 남자가 걸어나왔다. 고갑수를 데리고 온 한국 지부장이었다.

"누군데 고갑수씨를 찾아?"

"저희는 한국에서 왔습니다. 고갑수씨 아시죠? 고갑수씨를 모시러 왔어요. 어떤 일이 벌어지고 있는지는 모르겠지만, 저희는 꼭 고갑수씨와 함께 가야 합니다."

"어떤 사이인지 모르겠지만, 무슨 일이 벌어지고 있는지 모르면 빨리 여기서 꺼지는 게 좋을 거요."

"여기 이 사람이 고갑수씨 아들입니다."

모노가 고우창을 가리켰다. 고우창은 벽에 기대서서 온몸을 떨고 있었다. 지부장은 잠시 고우창의 얼굴을 보기만 했다. 다섯, 넷, 셋, 둘, 하나.

"네가 전화로 날 괴롭혔던 그놈이구나."

지부장이 싸늘하게 웃으며 말했다. 지부장은 고우창을 데리고 복도 끝으로 걸어갔다. 모노와 루카는 사내들과 맞섰다. 루카는 코피를 닦으면서 키 큰 사내를 노려보고 있었고, 키 큰 사내 역시 코피를 닦으면서 모노를 노려보았다.

"용케 여기까지 찾아왔네."

지부장이 고우창의 어깨를 두드리면서 말했다.

"아버지 어디 계세요? 지금 아버지 찾고 있는 거 맞죠? 무슨 사고를 친 건데요? 아버지가 유니볼 성자를 납치했다는 게 맞아요? 왜요?"

"질문이 참 많기도 하네. 나도 지금 네 아빠 때문에 죽을 맛이야. 아주 미치겠어. 네 아빠 때문에 나까지 곤란해졌다고. 무슨 사고를 쳤냐고? 말도 못하게 큰 사고지. 나도 이제는 어떻게 해줄 수가 없어."

"아버진 어떻게 되는 건데요?"

"너, 이름이 뭐였지?"

"고우창이요."

"그래, 고우창. 지금 내 뒤에 서 있는 외국인들 보이냐? 척 보기에 어떤 사람들인 거 같냐? 친절하고 상냥하고 한국을 사랑하는 외국인들 같으냐? 고갑수씨를 잡으려고 눈이 시뻘게진 사람들이야. 한국말을 모르니까 지금 저렇게 조용히 있는 거야. 네가 고갑수 아들이란 걸 알면 널 죽을 때까지 패버릴지도 모른다. 아니면 널 인질로 붙잡으려 들거나."

"아저씨가 도와주시면 안 되나요?"

"내가 도울 수 있는 경계는 이미 넘어섰어. 방법이 없어. 고갑수씨를 잡아가지 못하면 나도 상당히 곤란해진다고."

"아버진 지금 무슨 일을 벌이고 있는 거죠?"

"쾰른을 다 뒤졌는데도 보이지 않는 걸 보면 네 아버지는 아마 퀼른을 떴을 거다. 내 생각에 고갑수씨는 지금 런던으로 가고 있을 거야."

"런던이요?"

"너무 큰 소리로 말하지 마라. 내가 너한테 이런 얘기 하는 걸 알면 위에서 가만있지 않을 거야. 저어기, 위에 무서운 분이 한 분 계신데, 지금 아주 화가 많이 나셨거든. 우창아, 내가 마지막으로 충고해줄게. 지금 너한테는 두 가지 선택권이 있다. 지금부터 아버지를 잊고, 아, 원래 난 아버지가 없었지, 그런 생각을 하면서 한국으로 돌아가. 그리고 행복하게 사는 거다."

"혼자서는 절대 못 돌아가요."

"고갑수씨를 찾을 거라면 빨리 찾아라. 누구보다 빨리 찾아서 이렇게 전해라. 아무것도 생각하지 말고 최대한 멀리, 비비의 손이 닿을 수 없는 곳까지 멀리 도망가라고. 목숨이 달린 일이라고. 알겠냐?"

"런던에 가면 아버지를 만날 수 있을까요?"

"그건 나도 알 수 없지. 하지만 내 짐작대로라면 고갑수씨는 런던의 볼교 비밀본부로 가서 뭔가 일을 벌이려는 걸 거다."

"거기가 어딘데요?"

"런던아이."

"런던아이요?"

"그래, 런던아이. 거대한 공중관람차가 있는 곳."

"거기가 볼교의 비밀본부라고요?"

"그래. 물론 고갑수씨가 정말 거기 갔는지는 확실하지 않아. 우리도 좀더 조사를 해봐야 알 수 있어."

"이런 얘기 해주시는 이유가 뭐예요?"

"난 고갑수씨가 핀볼 성자이기 전부터 알던 사이다. 오랜 친구라고 할 수 있어. 볼교 때문에 만난 사이이긴 해도 난 인간 고갑수를 좋아했고, 그 친구에게 나쁜 일이 생기지 않길 바란다. 하지만 지금 내가 제어할 수 있는 것은 아무것도 없다. 내가 얘기해줄 수 있는 것도 여기까지야. 아마 볼교의 무력기사단이 너보다 먼저 그곳에 도착하겠지. 고갑수씨가 거기 나타난다면 바로 붙잡히고 말 거다. 우창아, 네가 할 수 있는 일도 아마 없을 거야."

"그럼 아버지가 잡히면 어떻게 되는데요?"

"그건 모르겠다. 고갑수씨가 순순히 두 손을 든다면 일이 쉽게 끝날 수도 있지. 앞으로 더 나가지 않고 여기서 멈추기만 한다면. 그런데 현재 상황으로는 그럴 것 같지가 않다. 자, 난 그만 가봐야겠구나. 저 녀석들한테는, 너는 고갑수씨가 전도했던 사람으로 하자. 넌 핀볼 성자 때문에 볼교를 알게 됐고, 볼교에다 큰돈을 헌금했는데 핀볼 성자가 사라진 거야. 완전 사기당한 거지. 무슨 말인지 알겠어?"

"네, 그렇게 얘기할게요."

"그래, 행운을 빈다. 다시 만나지 않길 바란다."

"네, 고맙습니다."

지부장은 트레이닝복을 입은 남자에게 뭔가 얘기했다. 트레이닝복 남자는 고개를 좌우로 흔들었다. 더 세게 좌우로 흔들었다. 마지막에는 입술을 앙다물고 고개를 끄덕였다.

"자, 이쯤에서 넘어가줄 테니 빨리 꺼져. 핀볼 성자한테 당한 게 있으면 그놈한테 직접 따지라고."

지부장은 모든 사람들이 알아듣게 영어로 말했다. 키 큰 사내는 여전히 씩씩거렸지만 물러설 수밖에 없었다. 지부장은 사내들을 데리고 창고 뒷문으로 나갔다. 창고 뒷문은 화물열차 승강장과 연결되어 있었다.

"아아악, 젠장, 런던이라고? 이젠 런던까지 쫓아가라고? 씨팔, 아빠는 도대체 뭘 하고 돌아다니는 거야?"

고우창이 회랑의 벽을 두드리면서 소리를 질렀다. 루카는 한국말을 알아듣지 못했지만 고우창의 목소리만으로도 짜증과 분노를 느낄 수 있었다. 모노도 뭐라 해줄 말이 없었다. 모노와 루카는 고우창이 벽을 두드리는 모습만 멍청하게 보고 있었다. 고우창은 말없이 터덜터덜 걸어서 레드가 있는 대합실 소파 쪽으로 나왔다. 모노는 고우창의 어깨에다 손을 얹었다. 불규칙적으로 들썩이던 고우창의 어깨가 차분하게 가라앉았다. 루카는 혼자 중얼거리면서 그 뒤를 따랐다.

"오빠, 나 아빠가 어디로 갔는지 알아냈어."

고우인이 복도 끝에서 뛰어오면서 소리를 질렀다. 목소리에는 자랑과 흥분이 함께 묻어 있었다.

"어디로 가셨는지 알아냈다고?"

고우창 대신 모노가 대답했다.

"응, 이거."

"그게 뭔데?"

"아빠 목걸이. 아빠는 우리가 쫓아올 수 있도록 화물승강장에다 이걸 놓고 갔어. 아빠는 파리로 갔어. 파리로 가는 기차를 탔어."

고우창은 고우인이 들고 있던 목걸이를 낚아챘다.

"이게 뭐야. 이런 건 널리고 널렸다고. 아빤 런던으로 갔어."

"런던? 아닌데, 파리로 갔는데. 그거 아빠 목걸이 맞아. 아빠는 내가 볼 수 있도록 목걸이를 숨겨놓았단 말이야. 나만 볼 수 있는 곳에다가."

"그만 좀 해. 또 갑자기 아빠가 나타나서 계시를 주셨어? 아빠가 우릴 기다린다고? 우리가 찾길 기다리고 있다고? 아빠는 날 보고도 못 본 척했어. 아들이 밖에서 오들오들 떨고 있는데 내다보지도 않았다고."

"그건 오빠가 아빠를 믿지 않으니까 그런 거지."

"그만하자. 빨리 런던으로 가야 해."

"런던 아닌데."

"그럼 넌 파리로 가. 난 런던으로 갈 테니까."

모노는 고우인과 고우창이 맞잡고 있는 줄을 끊어버리고 싶었다. 가운데서 줄을 끊을 땐 신중해야 한다. 둘 중 더 세게 줄을 당기는 쪽이 넘어질지 모르니까 힘의 균형이 맞춰질 때까지 기다려야 한다. 균형이 맞았다 싶으면 곧바로 의견 제시.

"우창아, 일단 파리로 가자. 지금 런던으로 갈 수 있는 방법은 기차밖에 없잖아. 갑수 아저씨 목적지가 런던이었다고 해도 일단 파리로 갔을 거야."

"그래, 그러자."

모노의 말에 순순히 고개를 끄덕이는 고우창을 보고 고우인은 입을 삐죽거렸다. 고우인은 고우창의 손에 들려 있던 아빠의 목걸이를 낚아채 주머니에 넣고는, 주머니 속에서 목걸이의 작은 볼을 손으로 만지작거렸다.

네 사람은 레드 혼자 멍하니 앉아 있는 대합실 소파로 되돌아갔다. 레드는 고우인이 플랫폼 쪽으로 사라졌는데도 꿈쩍하지 않고 소파에 앉아 있었다. 모든 사람들에게 문제가 생겨도 한 사람이 움직이지 않는다면 언젠가 모두 만나게 될 것이라는 게 레드의 생각이었다. 결국 레드의 생각대로 됐다.

파리로 가는 밤기차는 한 시간 후에 있었다. 쾰른에서 출발하는 마지막 기차였다. 레드는 계속 참았던 질문을, 루카와 둘만 남았을 때 꺼냈다.

"너 코는 어떻게 된 거야? 맞았어? 권투 좀 한다더니."

"아, 그 자식이 먼저 주먹을 날리지 뭡니까. 야비한 자식. 일단 한 대 맞고 신나게 두들겨패줬죠. 저쪽은 지금 수술대에 올랐을 거예요. 생명이 위태로울지도 몰라요."

"확실해? 너 지금 주먹도 제대로 못 쥐잖아."

"확실하죠, 그럼. 너무 많이 쥐어박았더니 주먹이 아파서 그런 거예요."

"모노한테 물어본다?"

"아, 정말이라니까요. 레드, 그나저나 어떻게 할 거예요?"

"뭘 어떻게 해?"

"파리, 갈 거예요?"

"넌?"

"가고 싶긴 한데, 내일도 아버지한테 투어 대신 해달라고 했다간 절 죽여버릴 거 같아서요."

"설마 아들을 죽이겠냐."

"아버질 몰라서 그래요."

"잘 안 죽어."

"죽여봤어요?"

"아들이 없어서 못 죽여봤다."

"크크크, 되게 불쌍하게 말하시네. 제가 아들 해드릴까요?"

"죽을래?"

"뭐, 마음대로 하세요. 아, 게임을 시작했으면 끝을 봐야 하는 건데 말예요."

"당연히 그래야지."

"맥주는 어쩌죠?"

"맥줏집 어딘데?"

"멀죠."

"여기서 마실까?"

"그럴까요? 저기 스낵바에서 맥주 팔던데. 신나게 한판 했더니 목 되게 마르네."

"그래, 그러자. 너도 가는 거다. 파리."

"뭐, 방법이 없네요. 어차피 여기 있어봤자 호텔에서 자고 아침 기차 타야 하니까, 그럴 거면 같이 가죠, 뭐."

"너 없으면 심심할 거야. 네 권투 실력도 필요하고."

"아, 저의 주먹이 필요하신 거라면 꼭 있어야죠. 파리까지만 갈 거죠?"

"그래, 딱 거기까지만."

루카와 레드는 하이파이브를 했다. 사이좋은 아버지와 아들처럼. 루카의 눈에서 눈물이 핑, 돌았다. 하이파이브한 오른손이 너무 아팠다.

루카는 사람들을 이끌고 스낵바로 갔다. 원탁에 다섯 명이 둘러앉아서 시원한 필스너 맥주를 주문했다. 루카는 맥주가 나오자마자 숨도 쉬지 않고 들이켠 다음 탁자에 빈 잔을 내려놓았다. 도저히 이런 맛의 맥주는 불가능하다는 듯 고개를 흔들면서 엄지손가락을 치켜세웠다. 레드도 단숨에 잔을 비웠다. 모노와 고우창과 고우인은 삼분의 일도 마시지 않았는데, 루카와 레드는 두번째 잔을 주문했다. 두 사람은 새 맥주가 오자마자 잔을 부딪치고는 게임을 하듯 맥주를 마셨다. 눈으로는 서로의 맥주잔을 견제하면서 숨을 들이쉬는 대신 벌컥벌컥 맥주를 들이켰다. 루카가 빨랐다. 삼분의 이쯤 마셨을 때 레드가 손가락으로 루카의 옆구리를 찔렀고, 루카가 호흡의 균형을 잃고 바닥으로 맥주를 내뿜었다.

"푸흐합, 아저씨, 뭐하는 거예요, 반칙이잖아, 반칙."

레드는 아랑곳하지 않고 순식간에 맥주잔을 비웠다.

"크으윽, 큭, 야, 이겼다."

"뭐예요, 반칙승 한 주제에 더럽게 트림이나 하고."

"승리의 트림은 디저트보다 달콤한 법이지."

"아, 더러워, 생각만 해도 토할 것 같아요. 디저트 트림이라니."

"느껴봐. 너의 내장으로부터 역류해오는 트림의 향기를. 그거야말로 진짜 디저트다. 이 트림에 맛들이면 모스카토 다스티가 쓰게 느껴질걸."

"우웩, 그만해요. 트림 말고 다른 게 올라오니까."

"뭔가 걸죽한 게 올라오나보지? 디저트는 안 먹고 메인 코스부터 다시 시작하려고? 하하하."

"아이씨, 아저씨 정말 더럽게, 자꾸 그럴 거예요?"

모노와 고우창과 고우인이 함께 웃었다. 루카는 계속 토하는 시늉을 했고, 레드가 루카의 옆구리를 계속 찔렀다. 다섯 사람의 웃음소리가 기차역의 높은 천장에 울렸다. 대합실에는 사람이 많지 않았다. 모두 파리로 가는 밤기차를 기다리는 사람들이었다.

스낵바는 쾰른역의 서문 입구에 있었는데, 동문 쪽의 커피숍에는 열 명의 남자들이 질서정연하게 앉아 있었다. 모두 회색 양복을 입고 있었고, 표정도 비슷했다. 비장한 각오가 얼굴에 가득했다. 남자들의 한가운데에는 비비와 성자 몇 명이 에스프레소를 마시면서 파리행 밤기차를 기다리고 있었다.

37. 자넨 오늘 죽을 거야

파리 북역에 도착한 고갑수는 잠들어 있는 유니볼 성자를 담요에 싸서 안은 다음 트렁크에 다시 넣었다. 고갑수는 유니볼 성자를 들 때마다 너무 가벼워서, 아무것도 들어 있지 않은 큰 상자를 들 때처럼, 깜짝 놀랐다. 유니볼 성자는 잠깐 눈을 떴다가 이내 잠이 들었다. 탈출 같은 건 진작에 포기한 눈치였다.

고갑수는 자동차 안에서 컨테이너의 문이 열리기를 기다렸다. 바깥에서 뭔가 바쁘게 움직이는 소리가 들렸지만 동료의 움직임인지 적들이 자신을 찾는 것인지 알 수 없었다. 고갑수는 핸들을 꼭 붙들고 문을 노려보았다. 최악의 상황이라면 액셀러레이터를 밟아야 할 수도 있었다. 고갑수는 컨테이너박스에서 떨어져 곤장 바닥으로 고꾸라지는 자동차를 머릿속으로 그려보았다.

문이 열리고 퍽 성자가 나타났을 때에야 고갑수는 한숨을 내쉬었다. 퍽 성자는 문을 열면서 주위를 살폈다. 긴장한 기색이 역력했다. 퍽 성자는 조수석에 앉으면서 고갑수의 오른쪽 어깨를 두드렸다.

"수고했어, 핀볼."

"바깥은 어때?"

"난리났지. 작전이 조금 바뀌었어. 갈아타는 건 아무래도 무리야. 내가 조치를 취해뒀으니까 여기 그대로 있으면 돼."

"런던으로 바로 가는 건가?"

"응, 컨테이너를 통째로 옮겨줄 거야. 유니볼 성자는 어때?"

"몸이 약해. 런던까지 잘 버텨줄지 모르겠네."

"버티게 해야지. 뭐 필요한 건 없어?"

"난로 같은 걸 가져올 수는 없겠지? 너무 추워."

"담요라도 몇 장 더 줄까?"

"그래, 그거라도. 자넨 어떻게 움직일 거야?"

"난 런던에 먼저 도착해서 준비 좀 해둘게. 아침까지만 버티면 돼, 형제. 조금만 더 힘내자고."

"그래, 아침이 되어서 많은 걸 바꿀 수 있으면 좋겠다."

"그럴 거야. 아침이 되면 새로운 볼스 무브먼트가 시작될 거야. 아니, 예전의 볼스 무브먼트로 돌아갈 수 있을 거야."

"신도들 반응은 어때?"

"아직은 대체로 비비 편이지. 예언서*로 신도들을 세뇌시켜뒀으

---

* 볼교에서는 개별적 예언과 예언자의 존재를 인정하지만 공식 예언서는 『우주자는 우리에게 사심이 없으시다』뿐이다. 예언서는 모두 다섯 개의 장으로 이뤄졌으며, 1장은 「우주자의 건망증」, 2장은 「우주자의 볼링시합」, 3장은 「과녁 맞히기」, 4장은 「볼 속의 케첩」, 5장은 「종말」이다.

니 쉽게 돌아올 수는 없을 거야. 하지만 아침이면 그 사람들도 우리의 진심을 알아주겠지. 유니볼 성자가 우리를 믿어줘야 할 텐데……"

"유니볼 성자와 얘기를 좀 해봤어."

"그래?"

"마음을 돌리기가 쉽지는 않을 것 같아."

"그렇겠지. 정 안 되면 힘으로라도 해야 해. 마음이 조금 부러지는 한이 있더라도 말야. 이젠 어쩔 수 없잖아, 안 그래?"

"부러뜨리지 않고 휘는 게 제일 좋겠지."

"부러지는 게 좋은 마음도 있어."

"그럴까?"

"내 생각엔 그래. 그리고 확실하지는 않은데 엠씨 성자가 수축* 됐다는 소식을 들었어."

"어디서 들은 건데?"

"팽이 성자가 전해줬어."

"만약 수축된 게 확실하다면, 우리가 먼저 발표해야 해. 비비는 분명히 엠씨 성자의 죽음을 이용하려고 할 거야."

"그렇겠지. 아침에 모든 걸 해결하자고. 내가 좀더 정확한 정보를 알아볼게."

---

* 볼교의 성자들에게는 죽었다는 표현 대신 '수축됐다'는 표현을 쓴다. 인간 역시 하나의 '볼'로 여기기 때문이다. 우주자가 인간에게 바람을 불어넣어 볼로 만드셨고, 생명이 다해 그 바람이 모두 빠지면 쪼글쪼글하게 수축된다고 생각한다. 태어났다는 표현 대신 '바람이 들었다'는 표현을 쓰는 것도 같은 이유다.

"팽이는 뭐하고 있어?"

"열심히 돌고 있겠지. 비비 주변을. 난 이만 가봐야겠다. 런던에서 보자고."

"그래, 런던에서."

"좀 덜컹거려도 놀라지 마. 컨테이너를 통째로 옮기느라 그런 걸 테니까."

고갑수는 대답 대신 고개를 끄덕였다. 퍽 성자는 조심스럽게 좌우를 살피더니 문을 닫고 사라졌다. 오 분 후, 컨테이너 문이 열리더니 담요가 날아들었다. 다시 문이 닫히고 어둠이 되돌아왔다. 고갑수는 엠씨 성자의 얼굴을 떠올렸다. 엠씨 성자를 생각하면 늘 웃는 얼굴이 떠올랐다. 그는 스스로가 잘 웃기도 했고, 사람을 웃게 하는 재주가 있었다. 다른 사람을 웃기기 위해서라면 자신이 망가지는 것도 신경쓰지 않았다. 세 마디 중 한 마디는 반드시 상대방을 웃기는 말이어야 한다고 믿는 사람이었다. 고갑수는 그의 목소리가 듣고 싶었다. 확실하지 않다고 말했지만 팽이의 정보라면 믿을 수밖에 없다. 엠씨 성자는 수축된 게 확실할 것이다.

통.

고갑수는 작은 소리로 기도를 올렸다. 엠씨 성자가 날아가고 있을 우주를 생각했다. 은하계 너머 행성의 천국으로 가는 열차표를 들고 환하게 웃고 있는 엠씨 성자를 떠올렸다. 엠씨 성자의 열차와 자신이 타고 있는 열차가 연결되어 있어서 마지막으로 그 모습을 한 번만 볼 수 있으면 좋겠다고 생각했다. 선을 구부려서 원을 만들듯 멀리 있는 엠씨 성자와 그렇게 연결되면 좋겠다고 생각했다. 트렁크 두드리는 소리가 들렸다.

고갑수는 트렁크를 열었다. 유니볼 성자는 담요를 뒤집어쓴 채 떨고 있었다.

"뭐야, 늙은이를 죽일 생각이야?"

"죄송합니다. 이제 나오셔도 됩니다."

고갑수는 유니볼 성자에게 담요 두 장을 더 건넸다. 유니볼 성자는 담요를 뒤집어썼다. 어쩌면 유니볼 성자의 몸무게보다 담요가 더 무거울지도 모르겠다고, 고갑수는 생각했다.

"누가 죽었어?"

"네?"

"수축 어쩌고 하는 얘기가 들렸어."

"확실하진 않아요. 엠씨 성자요."

"흠, 그 녀석 꽤 마음에 들었는데."

"아세요?"

"알지. 집회 무대 뒤에서 나랑 얘길 많이 했어. 재미있는 친구였는데, 어쩌다 수축된 거야?"

"모르겠습니다."

"하긴, 바람이 빠지는 데 이유가 있나. 볼에 구멍이 나서 바람이 빠지기 시작하면 그땐 이미 돌이킬 수 없는 거지. 이유를 알아서 뭐해. 먹을 것 좀 없어?"

"샌드위치 있는데 드실래요?"

유니볼 성자는 담요를 뒤집어쓴 채 의자에 걸터앉아 샌드위치 두 개를 순식간에 해치웠다. 샌드위치를 다 먹고는 마지막 한 방울까지 생수병을 깨끗하게 비웠다. 유니볼 성자가 일어서려는 순간 쿠구궁, 하고 거대한 물체가 컨테이너에 부딪치는 소리가 났다. 유니볼 성자는 눈을 동그랗게 뜨고 고갑수를 보았다.

"옮기는 겁니다."

"어디로?"

"종착역으로요."

"어딘데?"

"천국요."

"천국? 잘됐네. 꼭 한 번 가보고 싶은 곳이었어."

"좀더 주무세요. 한참 걸릴 거니까."

"천국 간다는데 잘 수야 있나. 두 눈 뜨고 있어야지."

"도착하면 알려드릴게요."

"런던이지?"

"들렸어요?"

"안 들려도 그 정도는 알아. 런던이겠지. 런던아이로 가려는 거 아냐?"

"네."

"머리가 좀 돌아가는 사람이면 목적지가 런던이라는 정도는 바로 알 거야. 보나마나 비비가 사람을 쫘악 깔아놓았을 텐데, 어쩌려고 그래?"

"방법이 있습니다."

"기대해보지."

"해주실 일이 있습니다."

"비비의 예언서는 다 거짓말입니다. 모두 여러분께 사기치고 있는 겁니다. 뭐 그런 거?"

"네, 비슷한 거요. 어떻게 아셨어요?"

"진짜 성자는 아니라지만 이 짓도 벌써 수십 년째야. 공중에 뜨겠다는 마음만 먹었다면 벌써 한 일 미터는 떠올랐을걸. 그 정도는 땅 짚고 떠오르기지."

"해주셔야 합니다. 불교를 위해서."

"예언서가 정말 거짓이라고 생각해?"

"조작이란 거 아시잖아요."

"조작했지만, 그게 진짜 진실일지도 모르지."

고갑수는 한숨을 내쉬었다. 유니볼 성자의 마음을 돌리는 것은 자신의 역할이 아니지만 런던에 도착하기 전에 마음의 방향을 조금이라도 돌려놓고 싶었다. 유니볼 성자 마음의 핸들은 헐렁한 듯하면서도 빡빡했다. 파워핸들처럼 살짝만 돌려도 크게 마음의 방향이 달라질 것 같은데, 그 작은 힘이 가 닿기가 쉽지 않았다. 유니볼 성자는 그런 고갑수의 마음을 알기라도 하는 듯 두꺼운 담요 속에서 웃기만 했다. 컨테이너는 거대한 소리와 함께 어딘가에 내려앉았다. 흔들림은 더이상 없었다.

"자넨 오늘 죽을 거야."

"네?"

"이게 내 예언이야. 자넨 오늘 죽을 거야."

"갑자기 그게 무슨 말씀이에요?"

"내 예언이라고. 자넨 오늘 내 예언 때문에 하루 종일 마음이 쓰일 거야. 어딜 가든 무슨 일을 하든 내 말이 귓가에 맴돌 거야. 성자를 사칭하는 바보 같은 영감탱이가 뭘 알겠어, 전부 헛소리야 헛소리, 그러면서도 혹시나 하는 마음이 들 거야. 혹시 죽으면 어쩌지, 그게 사실이면 어쩌지, 그런 마음. 가장 무서운 게 뭔지 아나? 자네는 내 예언이 빗나가길 바라고 거기에서 벗어나길 원하겠지만 자꾸만 그리로 끌려들어가고 만다는 거지. 사실이 아니길 바라는 마음이 오히려 그걸 사실로 만들어버릴 수도 있는 거야. 예언을 조작하는 사람은, 그래서 밑져야 본전인 거지."

"조작되었다는 걸 인정하신단 말씀입니까?"

"답답하구만. 자넨 오늘 죽을 거야."

"죽는 건 상관없습니다. 죽음을 각오하고 한국에서 여기까지 온 거니까요."

"그래, 자네의 각오야 어떻든 자넨 오늘 죽을 거야."

"근거가 뭔데요?"

"근거? 그런 건 없어. 예언에 근거가 어딨어. 자넨 오늘 반드시 죽을 거야. 내 예언이 어떻게 되나 두고 보자고. 예언의 무게를 한번 느껴봐. 하하하."

고갑수는 말을 잇지 못했다. 유니볼 성자의 얼굴을 후려치고 싶은 마음까지 들었다. 분명 나를 놀리고 있는 거야. 고갑수는 유니볼 성자의 말을 머릿속에서 지워버리고 싶었지만 지워지지 않았다. 기차가 출발하자 유니볼 성자는 다시 담요를 뒤집어쓰고 자동차 뒷자리로 들어가서는 누워버렸다. 고갑수는 자동차에 시동을 걸고 히터를 틀었다. 너무 추웠다. 유니볼 성자의 예언이 그의 몸을 더욱 차갑게 만들었다.

38. 볼을 알고도 거부하는 자의 죄가 더욱 크도다

한국 지부장은 창밖을 내다보며 앉아 있었지만 실은 어디도 바라보고 있지 않았다. 어둠을 보고 있으면 두 눈에 암흑이 물들어 앞을 보지 못하게 되기라도 할 것처럼, 두 눈이 멀기를 기다리는 사람처럼, 차창 밖을 응시하고 있었다. 쇳덩어리 같은 게 어깨를 내려칠 때에야 그는 정신을 차렸다. 쇳덩어리처럼 묵직한 비비의 손바닥이었다.

"무슨 생각을 그렇게 깊게 하십니까? 잠깐 앉아도 될까요?"

"예, 그럼요. 앉으십시오."

지부장은 일어서려고 했지만 비비의 묵직한 손이 그를 내리누르는 바람에 움직일 수 없었다. 지부장 건너편에 앉아 있던 무력기사단원이 벌떡 일어나 자리를 비켜주었다. 비비가 건너편 자리에 앉은 후에도 지부장은 비비의 눈을 제대로 쳐다보지 못했다. 비비는 창밖을 내다보며 물었다.

"뭘 보고 계셨어요?"

"아뇨, 어두워서 바로 앞도 보이지 않는데요."

"난 또 수행중이신 줄 알았죠. 지부장님은 수행 많이 하기로 유명하시잖아요."

"예? 제가요? 실은 예언서를 생각하고 있었습니다."

"역시 지부장님이시군요. 이런 때에도 믿음의 바윗돌을 깨끗하게 손질하고 계시다니…… 예언서의 어떤 부분을 음미하고 계셨습니까?"

"'우주자의 건망증'이요."

"아름다운 대목이죠."

"네. 자신이 무신론자인 걸 으스대고 싶어하는 사람들은 아마도 그 대목을 제대로 이해하지 못할 겁니다. 과학적인 합리주의로는 도저히 설명될 수 없는 부분이죠. 저는 암송할 때마다 한 편의 시처럼 느껴집니다. 창밖의 어둠을 보면서 우주자가 느꼈을 막막한 건망증에 대해 생각했습니다."

"네, 한 편의 시죠. 아름다워요. '우주자의 건망증'도 좋지만 저는 '볼 속의 케첩' 부분이 좋습니다. 그 대목만 암송하면 주먹이 불끈 쥐어지죠. 지금처럼 위태로운 순간에는 그렇게 마음을 다잡아주는 말씀이 위안이 됩니다. 저를 위해서 그 부분을 낭송해주시겠습니까?"

"제가요?"

"지부장님 목소리 좋으시잖아요. 한번 낭송해주세요."

비비는 갑자기 목소리의 볼륨을 최대로 높여서 주변의 주의를 끌었다. 지부장은 비비의 큰 목소리에 놀라 몸을 움찔했다.

"자, 전부 조용히 하세요. 지부장님께서 '볼 속의 케첩'을 낭송하십니다."

지부장은 식은땀을 흘렸다. 비비가 자신에게 이렇게 따뜻하게 대한 적이 있었던가. 비비가 말을 건넨 적은 여러 번 있었지만 이렇게 길게 대화를 나누는 건 처음이었다. 게다가 말끝마다 지부장님이라는 호칭을 붙이니 왠지 자신을 비웃고 있는 듯싶었다. 지부장은 이마의 땀을 닦고 일어섰다.

"볼 속의 케허허차아압."

지부장의 목소리가 떨렸다. 케첩이라고 발음해야 할 부분이 케허허차아압, 이 되고 말았다. 웃는 사람은 없었다. 지부장의 영어 발음이 좋지 않아도 비웃는 사람은 없었다. 비비가 웃지 않으면 아무도 웃을 수 없었다. 검은 양복을 입은 기사단들은 무표정한 얼굴로 두 손을 무릎 위에 가지런히 얹은 채 지부장의 입술만 바라보았다. 한 글자라도 틀리면 가만두지 않겠다는 듯.

"볼에는 볼 말고 케첩이 들어 있어 흔들리므로 흔들림이 볼을 흔들고 흔들리는 볼에 날카로운 바늘이 닿아 거품이 되므로 남는 것은 거죽과 피로다. 볼은 영원하나 영원하지 않게 만드는 것은 저희들이며 우주자는 볼을 내리실 때 너희들이 아끼지 않는 볼은 내가 거두리라 하시었다. 무릇 생명은 흘러내리고 빠져나가는 것이므로 볼이 거죽만 남고 거품이 되니, 케첩이 흘러내려 땅을 적시고 바다를 적시며 저들의 시신을 적시고 달이 태양을 가리는 날 케첩이 피가 되어 다시 하늘로 솟구치리라. 사람들이 케첩을 보고, 저것이 케첩이 아니냐라고 물을 때 너희들은 피를 증명하고 케첩이 피가 되어 태양을 적시고 달을 적시게 하여라. 너희들은 볼로 잉태되나니 제 몸으로 볼을 깨뜨리고 나오는 자들만 축복할 것이며, 기다리지 않고 저희들의 힘으로 볼을 깨뜨려 산모와 태아를 분리시키려는 자들을 엄하게 꾸짖을 것이니라. 우주자는 자비롭고 관대하시나 볼을 부수는 자들을 부수실 것이며, 깨뜨리는 자들을 깨뜨릴 것이고, 버리는 자들을 버릴 것이며, 구멍 뚫는 자들의 몸에 구멍을 뚫을 것이고, 으깨는 자들의 머리를 으깰 것이며, 볼을 뜨겁게 만드는 자들의 내장을 케첩으로 불태우실 것이니라."

지부장은 혀를 내밀어 바싹 마른 입술을 적셨다. 비비와 기사단은 정면을 보면서 지부장이 다음 구절을 읊기를 기다렸다. 지부장이 막 다음 구절을 암송하기 시작했을 때 무력기사 한 명이 문을 열고 객실 안으로 들어왔다. 기차를 타기 전까지 지부장과 함께 수색작업을 벌이던 기사였다. 기사는 지부장의 얼굴을 한번 보고는 비비의 귀에 대고 무언가를 얘기했다. 지부장은 기사와 비비의 표정에 신경쓰느라 뒷부분을 제대로 암송하지 못했다. 지부장은 더듬거리다 암송을 멈췄다.

"지부장님, 계속하세요."

비비는 지부장에게 단호한 목소리로 말했다. 지부장이 다시 암송을 시작하자 비비는 입을 가리고 기사에게 뭔가 이야기했다.

"너희들은 볼을 파괴하는 자들을 끝까지 쫓아가 볼이 무엇인지 알려주어라. ……보, 보, 볼을 믿지 않는 자들에게 볼을 보여주고, 볼이 둥글지 않다고 믿는 자들의 손에 그것을 쥐어주어라. 그것이 너희들의 사명이니라. 사명을 지키지 못하는 자에게 영원의 형벌이 주어질 것이며 볼을 모르고 믿지 않는 자보다 볼을 알고도 거부하는 자들의 죄가 더욱 크니 그들의 입속에 볼을 채워 내장을 뜨거운 열기의 볼로 가득하게 할 것이로다."

비비가 일어서서 박수를 쳤다.

통, 통, 통, 통, 통, 통……

앉아 있던 무력기사단이 모두 일어서서 박수를 쳤다. 여기저기서 통 소리가 울려퍼졌다. 지부장의 이마에 땀방울이 맺혔다.

"역시 '볼 속의 케첩' 1장은 언제 들어도 힘이 불끈 솟습니다. 자, 모두 다시 한번 박수!"

비비의 말에 무력기사단의 박수가 이어졌다. 객실 건너편에 있던 승객 몇 명이 눈살을 찌푸리며 일어섰다가 무력기사단의 얼굴과 덩치를 확인하고는 다시 앉았다.

"볼을 모르고 믿지 않는 자보다 볼을 알고도 거부하는 자들의 죄가 더욱 크니 그들의 입속에 볼을 채워 내장을 뜨거운 열기의 볼로 가득하게 할 것이로다."

비비는 일어서서 지부장의 눈을 노려보며 끝부분을 다시 낭독했다. 비비의 입에서 나온 말들이 지부장의 얼굴 근처를 맴돌았다. 비비의 단어들이 지부장을 공격했다. 알고도, 거부, 죄가, 더욱, 크니, 내장, 볼로, 가득하게, 비비의 눈을 피하고 싶었지만 달리 눈둘 곳이 없었다.

"지부장님, 어떻게 생각하세요?"

"네?"

"예언서를 믿습니까?"

"통."

"말로만 통, 통, 통 하지 마시고, 정말 믿는지, 그게 어떤 의미인지 한번 생각해보세요. 알고도 거부하는 자들의 죄가 더욱 큽니다."

"제가 뭘 잘못했나요?"

"하하하하, 그러게요. 뭘 잘못하셨길래 이렇게 땀을 흘리십니까?"

"기차 안이 덥네요."

"핀볼 성자의 아들이 이 기차에 타고 있는 게 누구 때문입니까?"

"아들이요? 무슨 말씀이신지?"

"점점 더 저를 실망시키는군요."

"비비님, 죄송합니다. 전 단지 핀볼 성자를 더이상 찾지 말라고 얘기했을 뿐입니다. 이 기차를 같이 탄 건 우연입니다. 전 다른 말은 하지 않았습니다."

"핀볼 성자의 아들을 만났으면 저에게 먼저 알리는 게 올바른 순서 아닐까요?"

"잘못했습니다. 전 그냥……"

"그냥 뭐요."

"그냥, 시끄러워지는 게 싫어서 그랬습니다. 핀볼 성자가 잡히는 건 시간문제니까 굳이 아들까지 개입시킬 필요가 있나 싶었습니다. 아들이 나타난 걸 비비님이 알게 되면 오히려 시끄러워질 것 같아서, 걱정하실 것 같아서 그랬습니다."

"그런 판단을 이제 직접 하시는군요."

"죄송합니다, 비비님."

"아들이라면 브뤼셀 본부에 왔던 그 친구죠?"

"네, 맞습니다."

"마지막으로 기회를 드리죠. 그 녀석은 지금 3호차에 있다네요. 친구들과 함께 있는 모양입니다. 가서 잡아오세요. 녀석만 잡아오든 아니면 죄다 잡아오든, 그건 알아서 하십시오. 이번에는 판단 같은 거 하지 말고 그냥 잡아오기만 하세요."

"네, 알겠습니다."

비비는 손가락으로 무력기사단 다섯 명을 가리켰다. 그들은 일어서서 열차 통로에 정렬했다. 다섯 기사의 얼굴에는 아무 표정도 없었다. 자신만의 판단 같은 건 절대 하지 않을 얼굴이었다. 비비와 지부장이 타고 있는 객실은 10호차였다. 지부장은 9호차를 향해 걸어갔다. 다섯 기사가 그 뒤를 따랐다.

39. 손조심

지부장과 다섯 기사가 7호차 문을 통과하고 있을 때, 모노는 이상한 소리를 듣고 잠에서 깨어났다. 일어나서 주위를 둘러보았지만 소리날 만한 곳이 없었다. 객실은 어두어둑했고, 깨어 있는 사람은 거의 없었다. 책을 읽는 서너 사람의 개인조명이 유난히 밝아 보였다. 고우창도 고우인도 루카도 레드도 잠들어 있었다. 뒤쪽의 승객들도 대부분 잠들어 있었다. 모노가 자리에 앉아 눈을 감았을 때 다시 소리가 들렸다. 누군가 휘파람을 부는 소리 같기도 하고, 작은 구멍이 난 풍선에서 바람이 빠져나가는 소리 같기도 했다.

슈우우휘이이이이스으

모노는 벌떡 일어나서 뒤를 돌아보았다. 아무것도 없었다. 문은 굳게 닫혀 있었다. 움직이는 사람은 없었다. 깊은 컵에 담긴 고요한 물처럼 공기는 정체되어 있었다. 미세한 움직임 하나 없는 공기의 정지화면이었다. 책장 넘기는 소리가 들릴 정도로 조용했다. 근처에 온도계가 있다면 수은이 움직이는 소리도 들릴 것 같았다. 머리가 반쯤 벗어진 남자가 책장을 넘기고 있었다. 얼굴은 보이지 않았다. 책에다 시선을 고정시키고 있는 것인지, 아니면 다른 생각을 하면서 고개만 숙이고 있는 것인지 알 수 없었다. 책장 넘기는 소리는 날카롭기도 하고 부드럽기도 했다. 모노가 들었던 게 책장 넘기는 소리였을까. 아니, 그보다는 좀더 빈틈이 많은 소리였다. 그것은 허공을 매만지는 소리였다. 모노는 다시 앉았다. 예민해서 그런 거야. 모노는 자신에게 말했다. 모노는 한기를 느꼈다. 분명 어디선가 바람이 새어들어왔고, 실내 온도가 일 도 정도 떨어진 것 같다는 느낌이었다.

모노는 가방에서 얇은 점퍼를 꺼내서 스웨터 위에 껴입었다. 점퍼 안쪽에서 부스럭거리는 소리가 났다. 로마의 호텔에서 그렸던 〈헬로, 모노레일〉 게임판이었다. 유성펜으로 그린 게임판 사이에 편지봉투로 만든 화이트가 접힌 채 끼어 있었다. 주사위의 명령대로라면 모노는 지금 베니스에 있어야 했지만, 게임을 하다보면 수많은 변수가 생기게 마련이고, 돌발상황도 생기게 마련이니까, 목적지에 가장 먼저 도착하는 게 게임의 재미가 아니니까, 상관없었다. 모노는 접힌 편지봉투 화이트를 펼쳐서 베니스로 데려다주었다.

게임판이 허전해 보였다. 모노는 볼펜으로 게임판의 선을 좀더 선명하게 그려넣고, 한가운데에다 〈헬로, 모노레일〉의 카피도 써넣었다.

신은 주사위놀이를 하지 않는다.

〈헬로, 모노레일〉 할 때만 빼고.

카피를 써넣으니 좀더 완성된 게임처럼 보였다. 모노가 지금 가고 있는 곳은 파리. 게임 속에서 파리는 베니스와는 정반대에 있는 도시였다. 모노는 바짓주머니에 있던 주사위 두 개를 꺼내서 가지런히 모은 무릎 위로 던졌다. 주사위 두 개가 부딪치는 소리가, 또록, 또록, 들렸다. 주사위가 무릎 계곡에 비스듬하게 내려앉는 바람에 어떤 숫자를 가리키는 것인지 분명하지 않았다. 합해서 6이 될 수도 있고, 8이 될 수도 있었다.

모노는 점퍼에서 프링글스 승무원씨가 두고 간 펀치도 찾아냈다. 어둑어둑한 객실에서 펀치를 보고 있으니 버려졌다가 앙심을 품고 복수를 결심한, 상처입은 동물 같았다. 모노는 펀치를 손에 들고 게임판에다 구멍을 뚫어보았다. 파리로 가고 있으니, 파리 행 기차표로 표시를 해주자. 펀치는 딸깍, 하는 소리를 내며 경쾌하게 종이를 뚫었다. 동그랗고 작은 종잇조각이 허공으로 튀어올랐다.

시간이 멈춘 것처럼 모노의 눈에 종잇조각의 움직임이 보였다. 허공에서 회전하는 종잇조각의 'Paris'라는 글자가 선명하게 보였다. 종잇조각이 허공에 떠 있는 동안 시간이 느려졌고 공간에 굴곡이 생겼다. 모노는 게임판을 쥐고 있던 손으로 종잇조각을 낚아챘다. 어렵지 않았다. 종잇조각은 허공에 정지해 있었고, 모노는 그걸 낚아채기만 하면 됐다. 이런 일이 가능하다는 게 믿기지 않았다. 프링글스 승무원씨의 말이 떠올랐다. 왜 어떤 건 뒷면이 위쪽으로 보이고, 어떤 건 앞면이 위쪽으로 보일까요. 우연이다? 이 모든 게? 모노는 손을 펴보았다. Paris라는 글자가 보였다. 모노는 펀치를 자세히 들여다보았다. 특별할 게 없는 펀치였다. 모노는 게임판의 도시 몇 군데에다 또다른 구멍을 뚫었다. 종잇조각은 허공으로 천천히 날아올랐고, 마치 모노가 잡아주기를 기다리는 것 같았다. 손을 뻗기만 하면 쉽게 낚아챌 수 있었다.

슈우우휘이이이이스으

다시 소리가 들렸다. 모노는 일어나서 입구를 보았다. 익숙한 얼굴이 다가오고 있었다. 지부장과 다섯 기사의 굳은 얼굴들이었다. 모노는 게임판을 접어서 점퍼 주머니에 넣고, 고우창을 깨웠다. 레드와 루카의 어깨를 흔들어서 그들도 깨웠다. 고우인도 잠에서 깨어났다. 어리둥절해하는 친구들에게 모노는 손가락만으로 상황을 알려주었다. 지부장과 다섯 기사는 점점 빠른 속도로 걸어오고 있었다.

모노는 통로 앞으로 걸어나가 그들을 막아섰다. 오른손에는 펀치가 들려 있었다. 지부장이 곁눈질로 모노의 오른손을 흘낏 봤다.

"저 친구랑 할 얘기가 좀 있는데?"

고우창 쪽을 돌아보며 지부장이 모노에게 말했다.

"무슨 얘기요? 아까 얘기 다 끝난 거 아니었어요?"

모노는 고우창의 상태를 살핀 다음 지부장에게 말했다. 고우창은 잠에서 현실로 완전히 돌아오지 못한 모습이었다.

"자네가 신경쓸 일은 아닌 것 같은데, 좀 비켜주겠나?"

모노는 말없이 고개만 흔들었다. 지부장은 모노의 오른손을 다시 보았다. 언뜻 보면 펀치는 날카로운 흉기 같기도 했다.

"그걸로 어떻게 하려고? 날 치기라도 할 건가? 일을 크게 만들지 말자고. 내 뒤에 서 있는 분들은 아주 무서운 분들이거든."

모노는 다시 고개를 흔들었다. 무서울 게 없다는 뜻인지, 일을 크게 만들 생각이 없다는 것인지 알 수 없는 고갯짓이었다. 모노가 통로에 서서 지부장과 이야기를 하는 동안 모두들 잠에서 깨어났다. 다른 승객들도 통로를 기웃거렸다. 모노의 뒤에 루카와 레드와 고우창과 고우인이 늘어섰다. 등 뒤에 누가 서 있다는 걸, 그들이 모두 자기 편이라는 걸, 모노는 느낄 수 있었다. 그런 기분이 좋았다.

지부장이 눈을 찡그리면서 고개를 저었다. 지부장이 고개를 돌려 작은 목소리로 뭐라고 말을 하자 다섯 기사가 앞으로 걸어나왔다. 눈과 코와 입술과 얼굴 근육 곳곳에 나사를 박아놓은 게 아니라면 불가능할 듯싶을 정도로 무표정한 얼굴들이었다. 일이 끝나면 집으로 돌아가서 제일 먼저 얼굴 곳곳의 나사부터 풀고, 그걸 다 풀고 나야 활짝 웃을 수 있는 사람들. 모노가 고개를 뒤로 하고 소리를 질렀다.

"우창아, 도망쳐!"

고우창은 뒤쪽 통로로 냅다 뛰었다. 뒤쪽이라고 피할 곳이 있을 게 아니지만, 고우창은 뒤도 돌아보지 않고 일단 뛰었다. 다섯 기사가 다가오자 모노는 펀치를 좌우로 흔들면서 위협을 했다. 은색의 펀치는 혓바닥을 앞으로 내밀고 최대한 위협을 가했지만 다섯 기사를 상대하기엔 너무 작았다. 기사 한 명이 모노의 손을 가볍게 쳤고, 펀치는 땅바닥으로 나뒹굴었다. 모노는 펀치 대신 주먹을 흔들었지만, 그 정도로 겁을 먹을 사람들이 아니었다. 덩치 좋은 기사가 몸으로 모노를 밀쳤다. 모노가 뒤로 나자빠지면서 루카와 레드까지 중심을 잃었고, 다섯 기사는 세 사람을 가볍게 밀어낸 다음 고우창을 향해 달려갔다. 일단 목표를 정하면 절대 옆길로 새지 않는 것이 무력기사단의 장점이자 단점이었다. 일단 고우창이라는 목표를 설정해두면 다른 사람은 절대 눈에 들어오지 않는다.

모노는 펀치를 집어들고 무력기사단의 뒤를 좇았다. 루카도 그 뒤를 따라 뛰었다. 조용하던 객실이 시끌벅적해지자 여기저기서 불평 섞인 한숨소리가 터져나왔다. 모노와 고우창이 있던 객실이 3호차였으니 달아날 수 있는 곳은 두 칸뿐이었다.

1호차 끝까지 달려간 고우창은 더 갈 곳이 없다는 걸 확인하고는 돌아섰다. 좁은 통로를 잠깐 달렸을 뿐인데 가슴이 욱신거렸다. 다섯 기사는 여유만만했다. 고속으로 달리는 기차에서 뛰어내릴 수도 없으니 도망갈 곳이 없다는 걸 그들은 잘 알고 있었다. 기사 세 명은 뒤에 서 있고 두 명의 기사가 고우창을 제압하기 위해 앞으로 걸어나왔다. 손을 앞으로 뻗어서 더이상 다가오지 말라는 제스처를 취하려는 순간, 등 뒤에서 문이 열리는 바람에 고우창은 두 팔을 버둥거리면서 뒤로 넘어지고 말았다. 등 뒤에서 누군가 고우창의 목덜미를 낚아챘고, 곧바로 문이 닫혔다. 순식간에 벌어진 일이었다. 다섯 기사는 방금 일어난 일의 의미를 파악하기 위해 몇 초 동안 입을 벌리고 있을 수밖에 없었다.

기사 한 명이 고우창이 사라진 문을 두드렸다. 문에는 '관계자 외 출입금지'라고, 빨간색으로 쓰여 있었다. '손조심'이라는 글자도 그림과 함께 붙어 있었다. 손바닥 위에다 빨간색 ×자를 표시해 놓은 그림이었다. 손가락이 문에 끼는 것도 조심해야 하지만 손바닥으로 문을 두드리는 것도 조심해야 한다는 표시처럼 보였다. 문을 두드려도 안에서는 아무런 기척이 없었다. 손잡이를 돌려보았지만 꿈쩍도 하지 않았다.

다섯 기사를 뒤따라 달려온 모노와 루카는 무슨 일이 벌어진 것인지 알 수 없었다. 다섯 기사의 큰 덩치 때문에 앞이 보이지 않았다. 당황해하는 다섯 기사의 뒷모습만 볼 수 있었다. 모노는 기사들을 밀어내면서 앞으로 나갔다.

"어떻게 된 겁니까? 내 친구, 어디 갔어요?"

"꺼져, 빌어먹을, 나도 지금 황당하니까."

기사는 모노를 무시하고 계속 문을 두드리고 손잡이를 돌렸다. 문은 꿈쩍도 하지 않았다. 안에서는 아무런 기척도 없었다.

"여기로 들어간 거예요?"

모노가 다시 물었지만 대답은 돌아오지 않았다. 기사는 대꾸할 정신이 없었다. 모노도 기사와 함께 문을 두드렸다.

"우창아, 고우창!"

기사는 입을 앙다물었다. 뒤에 서 있던 다른 기사들의 도움을 받아 문을 부술 요량이었다. 건장한 다섯 기사가 힘을 합친다면 충분히 가능할 일이었다. 한 명은 손잡이를 비틀고 두 명은 문을 밀고 나머지 두 명은 뒤에서 앞쪽의 두 명을 밀어주었다. 모노는 그들의 기세에 눌려 옆으로 비켜섰다. 고우창의 안부가 걱정되기는 해도 도와줄 일은 아니었다. 기사들의 힘이 최고조에 다다르기 직전, 다시 은색 철문이 열렸다. 은색 철문은 또다시 사람들의 맥을 빼놓았다. 힘을 다해 문을 열려고 할 때는 열리지 않다가 무방비상태일 때 갑자기 열렸다.

철문이 열리고 나타난 것은 새빨간 모자를 쓰고 새빨간 제복을 입은 남자였다. 모두들 그런 제복은 난생처음 보는 것이었다. 너무나 완전한 빨간색이어서 그런 색의 옷감이 있다는 게 놀라울 정도였다. 문이 열리고 나타난 빨간색 제복은, 굳이 비교하자면 벨보이의 제복과 비슷한 옷이었다. 평상시에 입었다가는 사람들의 손가락질을 받기 딱 좋은 옷이었다. 빨간색 제복의 가슴에는 이름이 적힌 명찰이 있었다.

"무슨 일입니까?"

빨간 제복의 남자가 말했다. 나이를 가늠하기 힘든 얼굴이었다. 위아래로 빨간 제복을 입고, 모자도 빨간데, 얼굴만 보고 나이를 알아맞히기란 쉬운 일이 아니다. 마흔이라 해도 육십이라 해도, 모두 그럴듯해 보였다. 크지 않은 체격이었지만 딱딱한 나무옹이처럼 단단해 보이는 남자였다.

"방금, 여기로 들어간 남자요."

기사가 퉁명스럽게 대꾸했다.

"무슨 남자요."

"방금 들어갔잖아요."

"무슨 소립니까. 여긴 관계자 외 출입금지 구역입니다."

"들어가서 확인해봐야겠습니다."

"방금 못 들었어요? 관계자 외 출, 입, 금, 지, 라고요."

기사는 빨간 제복 남자를 옆으로 밀고 안으로 들어갈 생각이었지만 빨간 제복 남자는 밀리지 않았다. 빨간 제복 남자는 기사의 손목을 비틀어 순식간에 제압했다. 어떤 방식으로 팔을 꼬아서 제압을 하는 것인지, 눈으로 보고도 따라 할 수 없을 기술이었다.

"이런 식으로 팔을 비틀어두면 귀가 뻥 뚫려서 잘 들리기도 한다던데…… 이제 좀 들려요?"

빨간 제복 남자가 비아냥거리며 말했다. 팔이 비틀린 기사는 바닥 쪽으로 향한 얼굴을 찡그렸다. 나머지 기사들이 앞으로 나서려고 하자 빨간 제복의 남자는 붙잡힌 기사의 팔을 세게 비틀며 앞으로 걸어갔다.

"지금 소동을 벌이면, 지금 기차가 달리는 곳이 어디든지, 허허벌판이든지, 바닷속이든지, 구름 위든지 당장 기차를 세우고 당신들을 던져버릴 겁니다. 결정하세요."

기사들이 뒤로 물러섰다. 모노와 루카는 옆으로 비켜섰다. 빨간 제복 남자는 쥐어짜던 행주를 빨래통에 던져넣듯 기사를 밀어냈다. 기사들은 자기들끼리 무슨 이야기를 주고받더니 뒤로 물러나서 돌아갔다. 대장에게 다음 지시를 받든가 응원군을 더 몰고 오든가 할 생각이었다. 기사들이 건너편 객실로 사라지고 나자 빨간 제복 남자가 모노를 가리켰다.

"펀치 어쨌어요?"

"네?"

"아까 가지고 있던 펀치요."

"이거요?"

"네, 그거요. 어디서 났어요?"

"선물로 받았는데요."

"누구한테?"

"기차에서 만난 분인데요, 이름은 모르고……"

"이름도 모르는 사람이 그걸 선물로 줬다고요?"

"네. 저도 처음엔 이상했는데, 저한테 눈이 맑다고 하면서……"

"눈이 맑다고? 그런 건 하나님의 삐끼들이나 하는 짓인데. 아무튼 못 말리는 친구라니까."

빨간 제복 남자는 모자를 눌러쓰면서 혀를 찼다. 누군가를 기억하는 표정이었다. 누군가를 기억하는 얼굴에 미소가 생겼다.

"누가요?"

"펀치를 준 사람."

"아세요?"

"알지. 같은 소속이니까."

"이 펀치만 보고도 안다고요?"

"특유한 펀치니까."

"특유한?"

"그 사람의 손에 맞게 형태가 바뀌어 있다는 얘깁니다."

"잠깐 보고도 안다고요?"

"네, 압니다."

"제가 펀치를 가지고 있는 걸 어떻게 아셨죠?"

"우린 다 알고, 다 봅니다."

"우리라뇨?"

"우리요, 특별기동검표반들."

"그럼 그분이 특별기동검표반이 된 거예요?"

"오늘이 아마 첫 근무일걸요. 지금쯤 스페인의 마드리드 쪽을 달리고 있으려나? 첫 근무지가 스페인이면 땡잡은 거지. 내 첫 근무지가 어디인지 알아요? 세상에, 완전 초짜를 핀란드 산골짝에다 던져놨다니까. 거긴 말요, 특검반들이 할 일이 거의 없거든. 기껏해야 가방털이범을 잡거나 테러 예방조치 하는 건데, 우리 때는……"

"저, 제 친구는 무사한가요?"

"아, 친구, 무사할걸요."

빨간 제복 남자는 문을 열고 안으로 들어가더니 고우창을 데리고 나왔다. 고우창은 반쯤 넋이 나가 있었다.

"그런데 무슨 일인지는 잘 모르겠지만 이쪽에 있는 게 안전할 거요. 아까 그 친구들, 약이 잔뜩 올랐을 텐데."

"잠깐만요. 이리로 데려와야겠어요."

모노는 객실 쪽으로 뛰어갔다. 고우인과 레드는 무사했다. 지부장과 다섯 기사는 빨간 제복 남자에게 모욕을 당한 게 분해서 고우인과 레드는 거들떠보지도 않고 10호차 쪽으로 가버렸다. 모노는 고우인과 레드를 데리고 1호차로 왔다.

빨간 제복 남자는 잠깐 머뭇거리다 다섯 사람을 특별기동검표반 본부가 있는 0호차로 안내했다. 모노의 펀치가 빨간 제복 남자의 마음을 열었다. 모노의 펀치는 시간을 멈추게 하는 특유한 펀치였고, 비상계단을 열 수 있는 만능키였고, 특별기동검표반을 자기 편으로 만들 수 있는 신분증이었다.

특검반 본부는 콤파트먼트 형태로 이뤄져 있었다. 한쪽으로 좁은 복도가 나 있었고, 다른 쪽에는 문이 달린 별실이 있었다. 각각의 방에서 업무가 이뤄지고 있었다. 언뜻 보기엔 일반 객실과 차이가 없어 보이지만 자세히 들여다보면 온갖 기기들이 빼곡하게 들어차 있다.

"여긴 폐쇄회로 화면 모니터룸이고, 여긴 통신실, 그리고 여긴 무기창고, 건너편이 휴게실이야. 앉아서 좀 쉬도록 해."

빨간 제복 남자는 다섯 사람에게 특검반을 자세히 안내했다. 다섯 사람 모두 말없이 이야기를 들었다. 루카와 레드는 뭔가 이야기하고 싶은 얼굴이었지만 빨간 제복 남자에게 주눅들고 낯선 실내에 주눅들어서 입을 열지 못했다.

모노는 왠지 꺼림칙한 기분이 들었다. 어째서 이렇게 친절한 것일까. 펀치 하나가 이 모든 걸 가능하게 했다는 게 믿기질 않았다. 부정적으로 생각하고 싶지는 않았다. 늑대 울음이 늑대 무리를 불러들이듯 부정적인 생각이 부정적인 일을 끌어들이는 것이다. 모노는 모든 일을 긍정적으로 생각하기로 마음먹었다. 어쩌면 특검반 사람들은 착한 사람들을 단숨에 알아보는 특별한 능력을 지녔을지도 모른다고, 모노는 생각했다. 프링글스 승무원씨도 그랬지. "저한테 왜 그 얘기를 하시는 거죠?" "눈이 맑다니까, 당신은."

모노는 누군가 이 모든 상황을 조종하고 있을지도 모른다고 생각했다. 루카와 레드를 만날 수 있었던 것은 프링글스 승무원씨 때문이었다. 프링글스 승무원씨가 반짝이는 펀치를 내려놓지 않았더라면 모노는 기차에서 내리지 않고 곧장 베니스로 향했겠지. 게임은 그때부터 시작되었다. 게임의 룰을 아는 사람, 게임을 지배하는 사람, 게임의 의미를 아는 사람.

"그분하고 통화할 수 있나요?"

모노가 빨간 제복 남자에게 물었다.

"그분?"

빨간 제복 남자가 생수병 다섯 개를 건네며 대답했다.

"저한테 펀치를 줬던 분이요."

"가능하죠. 따라와요. 화상통신으로?"

"그럼 더 좋죠."

모노는 고우창과 고우인과 루카와 레드를 휴게실에 남겨두고 빨간 제복 남자를 따라가는 게 약간 걱정됐지만 네 사람의 얼굴은 많이 안정돼 보였다. 루카와 레드는 작은 소리로 이야기를 나누고 있었고, 고우인과 고우창의 얼굴에도 흥분이 사그라들어 있었다.

"얼른 갔다 와. 돌아올 때 룸서비스도 좀 불러주고. 놈들을 따돌렸으니 샴페인 같은 거라도 한잔 마셔야 하나? 크크크."

루카가 소파에 기대앉은 채 농담을 했다. 레드는 낄낄거렸고, 고우인은 핏, 하고 입으로 김빠지는 소리를 냈다.

모노는 빨간 제복 남자를 따라나섰다. 통신실에는 빨간 조끼를 입은 남자가 헤드폰을 끼고 앉아 있었다. 빨간 제복 남자에게 빨간 조끼가 거수경례를 했다.

"74번 요원 지금 어디에 있는지 확인해줘."

"네."

빨간 조끼 남자가 키보드로 검색을 했다. 검색은 순식간에 끝이 났다. 화면 위에 지도가 나타났고, 점 하나가 깜빡였다.

"지금 말라가 쪽에 있는데요."

"연결돼?"

"해보겠습니다."

빨간 조끼 남자의 앞에 있던 화면이 파랗게 바뀌더니 화상통신창이 두 개 생겼다. 상대방 쪽 화면은 비어 있었고, 작은 화면에는 빨간 조끼 남자의 얼굴이 비쳤다. 빨간 조끼 남자가 키보드로 메시지를 보내자, 화면에 답장이 날아들었다. 오 초쯤 지나자 큰 화면 위에 프링글스 승무원씨의 얼굴이 나타났다. 프링글스 승무원씨도 빨간색 제복을 입고 있었다. 모노는 자신도 모르게 낮게 신음소리를 냈다. 그 얼굴을 다시 볼 수 있어서 반갑고 기뻤다. 빨간 조끼 남자가 자리를 비워주었다. 모노가 거기 앉았다.

"저, 기억나세요?"

"하하하하, 그럼 기억하고말고요. 거기서 뭐하고 있어요?"

"여기 계신 분이 구해주셨어요."

"거기 누구? 세탁기가 도와줬나?"

"세탁기요?"

옆에 서 있던 빨간 제복 남자가 허리를 굽혀 마이크 앞으로 끼어들었다.

"어이, 별명 부르지 말라니까. 자꾸 교육 제대로 못 받은 티 낼 거야? 특검반의 위신을 지키라고. 업무중에는 요원번호를 불러."

"넵, 44번 요원님. 시정하겠습니다. 하하하. 이러면 돼? 잘 지내고 있어?"

"여긴 늘 똑같지. 어때! 할 만해? 말라가 쪽이면 풍경이 근사하겠네."

"아직 교육중이니까 정신없지."

"금방 적응될 거야. 수고해."

빨간 제복 남자는 언제 그랬냐는 듯 이전 자세로 되돌아갔다.

"축하드려요. 특별기동검표반 첫 출근날이라면서요."

"다, 덕분이죠."

"덕분이라뇨?"

"당신이 마지막 쿠폰이었거든요. 삼천만 개 중 마지막 쿠폰."

"아, 그래서 갑자기 사라지셨군요."

"하하, 마음이 급했지. 특검반이 되길 손꼽아 기다리고 있었으니까. 펀치는 잘 갖고 있어요?"

"네, 여기요."

모노는 화상카메라로 펀치를 보여주었다. 프링글스 승무원씨는 화면 아래쪽을 가만히 들여다보았다. 펀치와 대화를 나누기라도 하는 것 같았다.

"이걸 왜 주신 거예요?"

"마지막 쿠폰을 준 사람인데 뭐라도 선물하고 싶었어요. 그런데 줄 게 그것밖에 없으니까."

빨간 제복 남자가 다시 허리를 숙여 끼어들었다.

"이런 멍청아, 그렇다고 펀치를 주면 어떡해? 일 년짜리 유레일패스 같은 거 있잖아."

"그런 선물은 너무 평범하잖아. 저 친구 눈을 들여다봤어? 완전 투명하다니까. 내가 그 눈에 반해서 펀치를 주고 말았지."

"또 그런 소리도 했겠지. 손님, 자 기차표를 자세히 보세요. 왜 어떤 건 회색이고, 어떤 건 흰색일까요. 오, 모든 게 우연일까요? 운명이란 무엇일까요? 기차는 달려갑니다. 운명의 늪 속으로. 뭐 그런 소리 했지?"

"크크크, 했지."

"이런 사기꾼 같으니라고."

빨간 제복 남자는 다시 허리를 꼿꼿하게 세우고 섰다. 대화에 끼어들 생각이 전혀 없었고, 어쩔 수 없이 한마디 했을 뿐, 앞으로는 절대 아무 말도 하지 않겠다는 듯.

"고맙다는 말을 하고 싶어서요."

모노가 말했다.

"고맙다뇨. 내가 고맙죠. 쿠폰의 세계에서 상품을 받게 해줬으니까."

프링글스 승무원씨가 말했다.

"이건 돌려드릴게요."

모노가 펀치를 다시 들어 보였다.
“아뇨, 괜찮아요. 선물이니까 가져요.”
프링글스 승무원씨가 고개를 저었다.
“제가 가져가는 건 안 되겠어요. 삼천만 번을 함께한 친구인데, 그런 친구를 빼앗을 수는 없죠. 게다가 저는 벌써 펀치 덕을 톡톡히 봤어요. 이분께 드리고 갈게요.”
“아, 그 친구 위험한데.”
빨간 제복 남자가 허리를 굽히고 다시 끼어들었다.
“뭐가 위험하다는 거야?”
“다른 데다 팔아먹을지도 모르잖아.”
“이딴 펀치를 누가 사?”
“그래 보여도 굉장한 희귀 모델이야. 요즘엔 그런 거 못 구해.”
“그래봤자 펀치야.”
“알았어, 알았어. 잘 보관했다가 나중에 줘. 대신 그 친구한테 선물할 거 뭐 없을까?”
“무료 패스 챙겨줄게.”
“그래, 고마워.”
빨간 제복 남자는 다시 제자리로 갔다. 꼿꼿하게 허리를 세우고 서 있었던 시간보다 허리를 굽혀 대화에 끼어든 시간이 더 많았다.
“다시 얼굴 못 볼 줄 알았는데 이렇게 만나니 반갑네요. 어디로 가는 거예요?”
“문제가 좀 생겨서 급하게 런던으로 가고 있어요.”
“런던이라…… 어이 세탁기 선생, 그분, 런던까지 잘 부탁해. 난 그만 가봐야겠네요."

"네, 안녕히……"

모노의 인사가 끝나기도 전에 프링글스 승무원씨는 화면에서 사라졌다. 화면에서 사라졌을 뿐인데, 이 세상에서 사라져버린 것 같았다. 서서히 점멸해가는 게 아니라 커다란 얼굴이 순식간에 하나의 점으로 소멸됐다. 모노는 자신이 인사한 사람이 현실의 인물이 아니라 다른 차원에 있는 사람이었던 듯한 기분이 들었다. 하느님과 통화한 것 같은 기분이랄까. 마지막 말투는 정말 하느님 같았다. '그분, 런던까지 잘 부탁해.' 모노는 화면이 사라지고 나서도 한참을 일어날 생각을 하지 못했다.

"런던까지 가는 거였어요?"

빨간 제복 남자가 물었다. 그제야 모노는 정신을 차렸다.

"네? 아, 예, 런던까지 가요."

"파리에서는 어떻게 갈 생각인데요?"

"내려서 알아봐야죠. 야간기차는 다 끊겼겠죠? 아침 첫 기차는 몇시에 있을까요?"

"대책없는 사람들이네."

"네, 대책을 세울 시간이 없었어요."

"기차에 탄 사람들에게는 모두 사정이란 게 있는 법이니까, 그럴 수도 있죠. 미드나이트 익스프레스가 있는지 알아봐줄게요."

"미드나이트 익스프레스요?"

"일반인들이 타는 게 아니라 특검반 사람들과 철도청 인사들만 이용할 수 있는 기차가 있어요. 74번이 저렇게 부탁을 하는데 런던까지는 안전하게 모셔드려야지."

빨간 제복 남자는 어디론가 전화를 걸었다. 모노는 일어나고 싶었지만 일어날 수가 없었다. 다리에서 힘이 풀렸다. 어디든 좀 눕고 싶었다. 두 다리로 땅을 버티고 서 있는다는 게 얼마나 힘든지 새삼스럽게 깨달았다. 빨간 제복 남자가 전화를 끊고 모노에게로 왔다.

"무슨 일이 있었던 건지는 묻지 않겠어요. 74번의 친구라면 내 친구이기도 하니까. 아까 그 친구들, 피하는 게 좋겠죠?"

"그러는 게 좋긴 하지만……"

"파리에 도착하기 전에 터널을 하나 지나갈 겁니다. 그 터널을 통과할 때 미드나이트 익스프레스로 옮겨타게 해줄 테니 가서 친구들에게 빨리 준비하라고 해요."

"어떻게 옮겨타는 거죠?"

"트레인스포트 칸에 앉아 있으면 우리가 순식간에 옮겨줄 겁니다. 객차 하나를 통째로 옮길 거니까 꼼짝 않고 앉아 있기만 하면 돼요. 미드나이트 익스프레스에 타게 되면 꼭 지켜줘야 할 게 하나 있어요. 런던에 도착할 때까지 절대 문을 열고 밖으로 나가지 마세요. 특검반 아닌 사람들을 실어준 걸 담당자들이 알았다간 제가 곤란해지니까. 아셨죠?"

"네, 걱정 마세요."

모노는 빨간 제복 남자와 악수를 했다. 빨간 제복 남자는 장갑을 벗지 않았지만 모노는 남자의 따뜻한 온기를 손으로 느낄 수 있었다.

40. zerO

기차가 곧 파리에 도착한다는 안내방송이 들리자 무력기사단이 분주하게 움직이기 시작했다. 비비는 기차에서 소동을 벌이고 싶지 않아서 잠자코 물러났지만 고우창 일행을 그냥 보내주기에는 자존심이 상했다. 잘못한 일이 있으면 어떤 방식으로든 처벌받아야 한다는 게 비비의 생각이었다. 무력기사단 일부는 기차 안에서 1호차를 향해 포위망을 좁혀가고, 나머지는 기차가 도착하자마자 탈출구를 막는다는 작전이었다. 빠져나갈 곳은 없었다. 무력기사단이 기차를 뒤지고 있을 때 모노 일행은 이미 트레인스포트 객실을 통해 미드나이트 익스프레스에 올라탄 후였다. 터널을 지날 무렵 기차의 속도가 느려졌고, 스피커에서는 "우리 기차는 터널 통과시 안전을 위해 서행하고 있습니다. 승객 여러분께서는 안전한 객실에 앉아서 기다려주시기 바랍니다"라는 안내방송이 흘러나왔다. 승객 여러분이 객실에 앉아서 기다릴 때 트레인스포트 객실은 본체에서 이탈해나왔다. 트레인스포트 객실에는 자체 엔진이 장착

돼 있어 저 혼자 선로를 이탈해서 대기하고 있던 미드나이트 익스프레스로 이동할 수 있었다. 미드나이트 익스프레스는 트레인스포트 객실이 제자리에 제대로 붙은 걸 확인한 후에 곧바로 런던으로 출발했다.

무력기사단은 기차 내부와 출입구를 십 분이나 뒤진 후에야 뭔가 잘못됐다는 것을 깨달았다. 파리에 도착하는 마지막 기차였기 때문에 다른 승객과 겹칠 일도 없었고, 탑승객도 많지 않았다. 도망칠 구멍은 없었다. 증발하거나 사라질 수 있는 가능성은 제로라고 생각했지만 모노 일행은 제로의 한가운데 동그란 구멍 사이로 사라져버렸다. 무력기사단은 비비에게 상황을 보고했다.

"무슨 소리 하는 거야. 어디로 사라졌다는 거야?"

비비가 플랫폼에서 무력기사단에게 짜증을 내고 있을 때 특검반의 44번 빨간 제복 남자가 수신호를 하면서 그 앞을 지나갔다. 44번은 비비와 무력기사단을 향해 간결하고도 선명한 미소를 지어 보였는데, 누가 보아도 조롱의 의미가 담긴 것이었다. 비비는 그걸 알아챘다. 더이상 이곳에 머물러 있어봤자 건져낼 것이 하나도 없으리란 걸 비비는 깨달았다. 그물코가 큰가 작은가의 문제가 아니었다. 처음부터 물고기는 없었다. 비비는 누구보다 제로를 감지하는 능력이 뛰어났다.

"됐어. 여긴 접고, 런던으로 가자. 헬기는?"

비비가 서둘렀다.

"십 분 거리에 대기하고 있습니다."

흩어져 있던 무력기사단이 비비를 중심으로 모였다. 비비의 손짓 하나에 무력기사단이 한몸처럼 움직였다. 비비 일행이 기차역을 빠져나간 직후 기차에서 비명소리가 들려왔다. 젊은 승무원 한 명이 얼굴이 파랗게 질려서 소리를 지르며 열차 바깥으로 뛰쳐나왔다.

"불이야, 불."

승무원들이 소리가 난 곳으로 달려갔다. 불길이 화장실 밖으로 새어나오면서 거세게 몸서리치고 있었다. 44번이 소화기를 들고 나타나서 불길 속의 남자에게 포말을 쏘았다. 불길은 금세 잡혔다. 불길에 갇혔던 남자의 몸에 목욕거품 같은 하얀 포말이 남았다. 포말이 모두 걷히자 남자의 전신이 드러났다. 남자의 얼굴은 멀쩡했다. 목에도 아무런 화상이 없었다. 팔과 다리에도 화상의 흔적은 없었다. 하지만 배 부근이 엉망이었다. 내장이 까맣게 탔고, 연기가 피어올랐고, 형체를 알아볼 수 없는 장기들이 그을린 채 널브러져 있었다. 승무원 한 명이 급하게 밖으로 나가더니 철길에 머리를 박고 구토를 했다. 나머지 승무원들도 시체에서 고개를 돌렸다.

"우와, 이게 뭐야, 폭탄을 삼켰나?"

승무원 한 명이 얼굴을 찡그리며 말했다.

44번은 시체를 들여다보았다. 아는 얼굴이었다. 44번은 모니터 속에서 모노와 실랑이를 벌이던 남자의 얼굴을 기억해냈다. 44번은 얼굴을 확인한 다음 연기가 피어오르는, 까맣게 타버린 내장을 자세히 살폈다. 매캐한 연기와 고약한 냄새 때문에 코를 움켜쥘 수밖에 없었다. 44번은 눈을 찌푸리면서 내장을 살피다가 반짝이는 구슬 하나를 발견했다. 구슬은 맑고 투명하게 반짝여서 시커먼 내장과는 어울리지 않았다. 44번이 손을 뻗어 구슬을 집어내려는 순간, 구슬은 '치이익' 하는 소리와 함께 사라져버렸다. 구슬이 사라지자 시커먼 시체의 내부가 더욱 어두워졌다. 내장은 정전된 도시처럼 어두웠다.

41. 우주자의 눈

런던아이 몸체의 절반은 육지에, 절반은 탬즈 강에 걸쳐 있다. 절반이 육지에 걸쳐 있다고 하지만 실제 차지하는 면적은 $1453.2m^2$밖에 되지 않을뿐더러 A자 형 프레임이 땅에 닿는 지지점은 단 세 곳뿐이니 땅을 거의 사용하지 않는다고 표현하는 게 정확할 것이다. 런던아이를 멀리서 처음 본 사람들은 거대한 바퀴가 허공에 떠 있는 줄 알았다고들 말한다. 이렇게 거대한 바퀴를 허공에 떠 있게 만들자고 생각한 사람들이 과연 누구였을까.

많은 사람들이 놓치고 있는 부분이 있는데, 어째서 허공에 떠 있는 거대한 동그라미에다 런던아이(London eye)라는 이름을 붙였나 하는 것이다. 동그라미에 붙일 수 있는 수많은 가능성이 있었다. 런던휠, 런던서클, 런던바이시클, 런던볼, 선(sun) 오브 런던 등등. 런던아이라는 이름이 붙은 데는 그만한 이유가 있었다. (물론 'eye'라는 단수로 쓰일 수 있는 이름이라 하더라도) 눈은 두 개다. 두 개가 짝을 이뤄 함께 있을 때에만 단어가 완성된다.

그렇다. 초기 기획단계에서 런던아이는 두 개의 거대한 휠을 허공에 매달아놓은 모습이었고, 실제로 휠을 제작하는 단계까지도 그 기획은 유효한 상태였다. 모든 설계가 끝이 났고, 수평조립 형태로 설치한다는 기획안까지 통과됐다. 하지만 런던아이를 기획한 회사가 자금압박에 시달리면서 초기 기획을 수정할 수밖에 없었다. 두 개의 휠을 설치하는 것은 현실적으로 불가능했다. 그때 런던아이의 기획에 뛰어든 것이 벨기에 섬유회사 '하이-파이버(HIGH-FIB(v)ER)'*였다. 아래 그림은 '하이-파이버'의 로고다.

HIGH-FIB(v)ER

'하이-파이버'는 장갑을 비롯한 다양한 섬유제품을 전 세계로 수출하는 회사였는데, 로고에서 알 수 있듯 불교인들이 주축이 된 회사였다. '하

---

* '하이-파이버(HIGH-FIB(v)ER'라는 회사 이름에는 두 가지 의미가 결합돼 있다. 이것은 '고섬유질'이라는 뜻의 high-fiber와 '하이파이브를 하는 사람'이라는 뜻의 high-fiver를 합성한 말이다. (v)를 괄호 안에 둔 것은 회사가 동사(verb)처럼 활발하게 움직이기를 바라는 창업자의 뜻이다.

이-파이버'는 런던아이를 기획한 회사에 새로운 제안을 했다. 두 개의 거대한 휠을 제작하는 비용과 향후 오십 년 동안의 운영비를 모두 부담하는 대신 세 가지 조건을 내세웠다. 첫째, 지상에는 한 개의 휠만 설치하고 지하에다 나머지 휠 하나를 설치한다. 단, '하이-파이버'가 새로운 설계과정에 참여하며 지하에 설치하는 휠의 모든 공사비용은 '하이-파이버'가 부담한다. 둘째, 지상에 한 개의 휠만 설치하더라도 '런던아이'라는 이름은 그대로 유지한다. 셋째, 지하에 숨겨진 눈이 있다는 것은, 외부에 공개하지 않는다.(외부에서 알게 됐을 때는 '지하의 휠은 지상의 휠을 지지하는 용도이자 일종의 스페어 휠 역할을 한다'고 밝힌다)

그즈음 볼교는 정치인들을 살해한 배후로 지목되면서 새로운 형태의 비밀본부가 절실했을 뿐 아니라 '하이-파이버'의 섬유신소재 실험실도 필요한 시기였다. 거래가 성사됐고, 일은 빠르게 진행됐다. '하이-파이버'의 참여로 설계 수정은 생각보다 빨리 끝났고, 곧바로 제작에 착수했다. 지상의 눈과 지하의 눈이 동시에 제작됐지만 지하의 눈이 지상의 눈보다 삼 개월 먼저 설치됐다. 전 세계 이십여 개국에 생중계된 '런던아이' 최종 설치과정은, 그러니까 반쪽의 이벤트였던 셈이다.

'하이-파이버'에서는 완성된 런던아이를 '우주자의 눈'이라고도 불렀다. 하나의 눈은 땅 위를 굽어 살피고 또하나의 눈은 지하세계를 꿰뚫어 보고 있으니 우주자의 눈이라는 이름은 퍽 어울렸다.

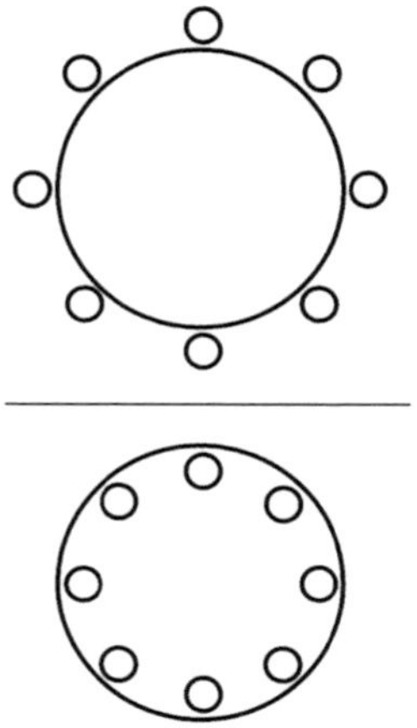

그림에서처럼 지상의 눈과 지하의 눈은 조금 다른 형태로 설치됐는데, 주변 환경을 고려한 어쩔 수 없는 선택이었다. 지상의 눈에는 전망 캡슐이 휠 외부로 나와 있지만 지하의 눈에는 여러 가지 특수한 조건 때문에 캡슐을 휠 내부에 둘 수밖에 없었다. '하이-파이버' 직원들은 지하의 눈으로 출근할 때 두 개의 눈 중에 하나는 '원시', 하나는 '근시'로 불러야 한다는 농담을 자주 했지만 어떤 걸 원시로, 어떤 걸 근시로 불러야 할지는 좀처럼 결정을 내리지 못했다.

지상의 눈에 달린 모든 캡슐은 오로지 전망을 위한 장소였지만 지하의 눈에 달린 캡슐은 제각각 용도가 달랐다. 지하의 눈에는 모두 64개의 캡슐이 빈틈없이 촘촘하게 매달려 있다.(지상에는 32개의 캡슐이 달려 있다) 어떤 캡슐은 밀폐 연구실이었고, 어떤 캡슐은 직원들의 숙소로 쓰였고, 어떤 캡슐은 볼교인들을 위한 라디오방송실이었다.

'하이-파이버'가 런던아이 프로젝트에 참여한 것은 일반인들이 도저히 납득할 수 없는 무모한 기획이었다. 그 정도 돈이면 훨씬 더 크고 좋은 건물을 살 수 있었다. 마음만 먹었다면 아예 작은 섬 하나를 살 수도 있었다. 하지만 볼교인들은 세상에서 가장 거대한 원을 갖고 싶었다. 런던아이는 우주자께 바치는 거대한 제물인 셈이었다. 볼교인들에게 런던아이는 거대한 상징이자 마음의 안식처였으며 신성한 성지였다.

지하의 눈으로 가는 방법은 모두 네 가지였다. '하이-파이버'의 직원들은 공원에 나 있는 전용 엘리베이터를 타고 지하로 내려간 다음 지하도를 따라 휠 안으로 들어갔다. 가장 일반적인 방법이며, 전용 엘리베이터를 타기 위해서는 직원카드가 있어야 했다. 두번째 길은 지상의 눈에서 지하의 눈으로 직접 내려가는 방식이었다. 지상의 눈 기계실에서 지하의 눈 기계실로 이어지는 승강기가 있는데, 일반인들의 출입은 제한되고 기술자들만 이용할 수 있는 통로였다. 세번째 길 역시 기술자들만 알고 있는 길이었는데, 조종실에서 근처 지하철 선로로 이어지는 비밀통로였다. 네번째 길은 설계자와 몇몇 사람들만 아는 통로였다. 탬즈 강으로 들어가서 수중출입구를 이용하는 것이었는데, 비상탈출로이기 때문에 평상시에는 아무도 이용할 수 없었다. 위급시에만 사용할 수 있도록 삼중 잠금장치가 되어 있으며 바깥쪽에서 여는 것은 불가능했다.

고갑수와 퍽 성자가 선택한 길은 네번째였다. 지평선처럼 잔잔하던 탬즈 강 수면이 일렁이기 시작했다.

42. 동의하든, 동의하지 않든

런던에 도착한 고갑수는 퍽 성자와 합류한 다음 곧바로 런던아이가 있는 템즈 강으로 갔다. 새벽 5시의 템즈 강은 낮의 모습과 전혀 달랐다. 템즈 강은 아무것도 반사하지 않고 모든 빛을 빨아들였다. 시커먼 물의 깊이를 가늠할 수 없었다.

퍽 성자가 강가에 있던 천을 걷어내자 소형잠수정 하나가 모습을 드러냈다. 런던아이의 캡슐과 닮은 모습이었다. 런던아이를 다 설치했는데 설계자의 실수로 인해 캡슐 하나가 남게 되었고, 설계자는 그 실수를 묻어버리기 위해 캡슐을 잠수정으로 탈바꿈시켰다고 이야기를 꾸며내도 모두 믿을 만큼 잠수정은 캡슐을 닮아 있었다.

"자, 얼른 타세요."

고갑수가 유니볼 성자의 팔을 끌었다. 유니볼 성자는 한 발짝도 움직이지 않았다.

"아, 난 싫어. 저거 안전한 거야? 난 물 무섭단 말이야."

유니볼 성자가 고갑수의 손을 뿌리치며 말했다.

"이 아저씨 진짜 미치겠네. 아니 무슨 성자가 물을 무서워해요. 물 위를 걸어다녀도 모자랄 판에."

"차라리 물 위를 걷는 게 낫지. 저걸 타고 어떻게 물속으로 들어가. 물이라도 새면 어쩌려고. 그리고 뭐? 아저씨?"

"성자님답게 굴어야 성자님이라고 부를 거 아닙니까. 그렇게 타기 싫으면 물 위를 걸어서 오시든지요."

"왜 그래. 내가 오늘 죽는다고 예언해서 삐친 거야?"

"누가 삐쳤다고 그래요. 빨리 타기나 해요."

고갑수는 힘으로 유니볼 성자를 끌어냈다. 유니볼 성자는 버둥거리다가 결국 자리에서 일어났다. 고갑수는 유니볼 성자의 등을 떠밀고 잠수정으로 갔다. 두 사람의 모습을 옆에서 지켜보고 있던 퍽 성자는 어리둥절할 수밖에 없었다. 두 사람의 대화는 동네 꼬마들이 나눌 법한 내용이었다.

마지막으로 잠수정에 올라탄 퍽 성자는 해치를 꼼꼼하게 닫은 다음 런던아이 쪽으로 방향을 잡았다. 보리밭 위를 훑고 지나가는 바람처럼 잠수정은 흔들리면서 잠시 탬즈 강 수면을 지나가다가 곧 수면 아래로 사라졌다. 캡슐잠수정은 아무 소리도 내지 않고 지하의 눈으로 접근했다.

"이거 한번 읽어보세요."

퍽 성자가 유니볼 성자에게 종이뭉치를 건넸다.

"이게 뭔데?"

유니볼 성자는 벽에 바싹 붙은 채 종이뭉치를 받았다. 어디선가 분명 물이 새고 있을 거라는 생각에서 빠져나올 수 없었다.

"성자님은 지하의 눈 방송실에 가서 이것만 읽어주시면 됩니다. 거기에 동의하든 그렇지 않든 읽어주십시오. 동의해주시면 더 좋겠습니다만."

퍽 성자는 유니볼 성자를 쳐다보지 않고 계기판을 보면서 말했다. 화면에서는 캡슐 하나가 이리저리 기우뚱거리면서 심해로 내려가고 있는 모습이 보였다. 캡슐 속에서 캡슐이 기우뚱거리는 모습을 보고 있다고 생각하자 퍽 성자는 조금 어지러웠다.

유니볼 성자는 벽에 기댄 채 종이뭉치를 읽어나갔다. 어떤 대목에서는 피식 웃기도 했지만 대체로 심각한 얼굴이었다. 종이는 모두 여섯 장이었고, 유니볼 성자는 빠른 시간에 모든 내용을 다 읽었다.

"감동적이네."

유니볼 성자가 종이뭉치를 퍽 성자에게 건넸다.

"정말요?"

퍽 성자가 환하게 웃으며 대답했다.

"비약이 심하긴 하지만 사람의 마음을 움직이는 글이야. 자네가 썼나?"

"네. 며칠 밤을 꼬박 새웠습니다."

"밤에 쓴 거 치고는 감상적인 부분이 없네. 단어 선택도 좋고. 잘 썼어."

"감사합니다."

퍽 성자는 자신이 쓴 연설문을 받아들더니 눈으로 다시 읽기 시작했다.

"단어 선택이 좋아요? 지금 백일장 심사하는 줄 아세요? 그래서 읽을 거예요, 말 거예요!"

고갑수가 다그치며 물었다.

"자네도 이젠 알겠지만 나는 성자가 아니야. 한 번도 성자였던 적이 없었고, 앞으로도 성자가 될 가망성이 없겠지. 사람들이 날 성자님이라고 부를 때마다 마음이 얼마나 아팠는지 몰라. 속으로 이렇게 외치고 싶었지. 이봐, 난 성자가 아냐. 날 믿는 시간에 자네 자신을 믿어. 그래도 난 성자 비슷한 게 되려고 노력을 했어. 병을 고칠 수는 없지만 병의 원인을 파악하려고 온갖 의술을 공부했어. 뭔가 그럴듯한 말을 해주려고 책도 많이 읽었고. 그래도 결국 아닌 건 아닌 거지. 성자 같은 건 인간의 힘으로 달성할 수 있는 목표가 아니고 우주자께서 점지해주시는 거니까 말이야. 나는 그렇게 생각하네. 성자는 우주자의 몫이라고. 그런데 좀전에 이상한 생각이 들었어. 내가 저 연설문을 읽는다면 진짜 성자가 될 수 있을지도 모른다. 성자로 태어나진 못했지만 성자로 죽을 수는 있을 거다. 저 연설문을 읽는 순간 비비가 나를 죽이겠지만 나는 성자로 죽을 수 있을지도 몰라. 그렇겠지?"

유니볼 성자는 벽에 기댄 채 바닥에 주저앉았다.

"왜 죽어요. 저희가 지켜드리겠습니다."

고갑수는 저도 모르게 유니볼 성자를 다시 성자로 받들고 있었다.

"하하, 죽어야 성자가 될 수 있어. 죽지 못하면 그냥 친구 비비를 배반한 사람인 거지. 죽지도 못한 배신자. 이 배신자를 지키겠다고? 자네나 잘 지켜. 자네는 오늘 죽을 거니까. 하하하."

"두고 보십시오. 지켜드릴 테니까."

"내가 얘기했었지. 난 선을 구부리는 게 좋다고. 이젠 나도 선을 구부릴 때가 된 것 같아. 많은 사람들을 속이면서 살아왔으니 마지막에는 진실 하나쯤 얘기해줘도 괜찮겠지. 나는 잘 모르겠네. 자네들이 하려는 일이 옳은 건지 아닌지. 어쩌면 사람들은 진실 같은 건 오히려 모르고 싶어하는지도 몰라. 삶의 진실에 짓눌려서 고통스러워하는 것보단 거짓된 평온함 속에서 환희를 찾는 걸 택할지도. 예언 같은 것에 자신들의 걱정을 맡기고 기쁘게 살아가는 게 꼭 나쁜 건가? 어느 쪽이 진실이라고 난 말 못 하겠네. 핀볼 성자, 자네와 함께 있으면서 선을 구부려야 할 때가 된 거라는 걸 깨달았어. 트렁크 속에서 이불을 뒤집어쓴 채 생각했지. 이제는 때가 된 것 같다고. 그게 내 이유의 전부야. 이대로 계속 직선이 되어 달려가다간 선을 구부릴 수 없게 될지도 모른다는 걸 깨달았어. 그거면 충분한 이유가 되겠지."

"고맙습니다."

"고맙긴. 내가 고맙지. 그래서 작전이 뭔가?"

유니볼 성자의 질문에 고갑수 대신 퍽 성자가 나섰다.

"지금 지하의 눈에서 우리를 기다리고 있는 친구가 있습니다. 우리가 가까이 가면 수중출입구를 열어줄 겁니다. 비비가 무력기사단을 준비시켰겠지만 아마 지상의 눈에서 지하의 눈으로 내려오는 통로로 몰려갈 겁니다. 그쪽에서 교란작전이 펼쳐지는 사이에 우리는 방송실로 들어갑니다."

"빠져나오는 건?"

"마지막에 캡슐을 분리하는 작전이지만 어떻게 될지 확신할 수는 없습니다. 저희는 죽음을 각오하고 있습니다."

"모두 죽을 필요는 없지. 나 하나면 충분하네. 자네들은 날 방송실까지만 안내해주게."

고갑수는 유니볼 성자를 지켜주겠다는 말을 더이상 하지 못했다. 방송실로 들어간 유니볼 성자를 지키기란 불가능할 것이었다. 캡슐을 분리하는 작전이라고는 했지만 성공할 가능성은 거의 없었다. 캡슐이 진짜 잠수정으로 변할 수 있다면, 가능할지도 몰랐다. 그럴 수 있다면 분리된 캡슐을 타고 꾸불꾸불한 템즈 강을 따라 멀리 도망갈 수 있을 것이다.

캡슐잠수정이 지하의 눈에 거의 도착했을 때 수중출입구 쪽의 해치가 열리는 게 보였다. 고갑수는 조종석에 앉은 퍽 성자의 어깨에 손을 얹었다. 퍽 성자의 어깨는 차가웠다. 고갑수의 손에 땀이 흥건해서 차갑게 느껴진 것이기도 했다. 캡슐잠수정이 수중출입구를 통과하자 먹이를 꿀꺽 삼킨 거대한 심해괴물처럼 해치가 천천히 입을 다물었다.

43. 두두둑, 둑

미드나이트 익스프레스는 밤의 한가운데를 뚫고, 다른 기차의 눈치도 보지 않고 곧장 런던으로 달려갔다. 파리까지만 가겠다고 다짐했던 루카와 레드 역시 기차에서 내릴 수 없었다.

다섯 사람은 미드나이트 익스프레스 속의 트레인스포트 칸에서 별다른 말 없이 서로를 멀뚱멀뚱 바라보기만 했다. 기차의 속도가 빨라서 긴장했고, 누군가 갑자기 들어와서 "당신들이 여기 왜 타고 있어요?" 라고 말을 건넬까봐 두려워서 모두들 입을 다물고 있었다. 기차의 속도에 익숙해지자 모두들 꾸벅꾸벅 졸기 시작했다. 기차는 빨랐지만 규칙적인 리듬으로 덜컹거렸고, 박자를 놓치는 법 없이 좌우로 흔들렸다. 졸다가 깨는 일이 반복됐고, 다섯 사람의 눈이 교대로 감겼다가 떠졌다. 숨바꼭질처럼 누군가 뜨면 누군가 감았고, 동시에 떴다가 동시에 감았고, 누군가 감으면 다시 누군가 떴다. 졸고 있는 서로의 얼굴을 보면 다시 졸음이 몰려왔다. 잠이 깰까봐 말을 걸 수 없었다.

다섯 사람이 런던의 세인트 판크라스 역에 도착한 것은 새벽 5시였다. 런던의 공기에는 작은 물방울들이 촘촘하게 맺혀 있어서 기차역에서 벗어나는 순간 짙은 안개 속으로 들어가는 기분이 들 정도였다. 맞닥뜨리자마자 옷깃을 세우게 되는 새벽 날씨였다. 작은 물방울들은 옷 속으로 스며들고 살 속으로 파고들어서 몸을 젖게 만들었다. 살 속으로 스며든 물방울들은 딱딱한 뼈를 뭉그러지게 만들어 온몸으로 날씨를 느끼게 했다. 다섯 사람은 두 대의 택시에 나눠 타고 런던아이로 향했다.

"오빠, 저거 봐. 저게 런던아이인가봐."

고우인이 런던아이를 가리키며 소리쳤다.

"꼭 자전거 바퀴만 세워놓은 것 같다."

함께 택시를 탄 고우창이 대답했다. 고우인은 거대한 사람을 떠올렸다. 커다란 두 발로 외발자전거를 타는, 비틀거리며 겨우 중심을 잡는 거대한 사람을 생각했다.

런던아이는 새벽의 공기 속에 우두커니 서 있었다. 멀리서는 런던아이의 중앙 허브와 림 사이에 있는 케이블, 자전거 바퀴로 치자면 바퀴살이 보이지 않았기 때문에 거대한 동그라미 하나만 우두커니 도시를 내려다보는 것 같았다. 거대한 동그라미는 자신의 한가운데로 모든 것을 통과시켜주겠다는 듯 관대해 보이기도 했고, 거대한 눈으로 도시의 곳곳을 꿰뚫어보겠다는 듯 엄정해 보이기도 했다.

택시에서 내린 다섯 사람은 목을 최대한 뒤로 젖혀 런던아이를 올려다보았다. 루카의 정확한 지적처럼 높은 곳을 올려다보는 다섯 사람의 입이 자연스럽게 벌어졌고, 벌어진 입에서 작은 신음 같은 게 새어나왔다.

"이야, 멋지다."

"우주정거장 같아."

"가까이서 보니까 진짜 높다."

"쾰른 대성당이 높을까, 런던아이가 높을까?"

"비슷한 거 같아. 목 아픈 정도가 비슷해."

런던아이는 우두커니 다섯 사람을 내려다보았다. 바람이 런던아이의 휠을 감싸며 돌았고, 꼭대기에 있는 캡슐 하나가 살짝 흔들렸다.

"그런데 여기 뭐가 있다는 거야?"

루카가 주위를 돌아보며 말했다. 루카의 말대로 주위에는 아무것도 없었다. 런던아이의 출입구는 굳게 닫혀 있었고, 주위에는 불이 켜진 곳이 없었다. 날이 채 밝지 않은 강변을 달리는 한두 사람이 보일 뿐이었다.

"비밀본부라고 했으니까 어디 비밀스러운 데 있을 거야. 잘 찾아보자."

모노가 고우창을 향해 말했다. 고우창의 희망을 꺾고 싶지 않아서 한 말이지만 고우창은 이미 주위의 풍경을 보면서 실망하고 있었다. 그 어디에도 비밀스러워 보이는 곳은 없었다.

"그 아저씨가 우릴 속였는지도 모르겠어. 여기 비밀본부가 있다고? 저기 꼭대기 캡슐에? 아님 강 속에? 있을 데가 없잖아. 우인이 말대로 파리로 가야 했는지도 모르겠다."

고우창은 강변의 벤치에 주저앉았다. 강물이 찰랑이는 소리까지 들릴 정도로 조용한 새벽이었다. 시커먼 물에 조금씩 빛이 더해지고 있었지만 속은 들여다보이지 않았다.

강으로 뭔가 후드득 떨어지는 소리가 들렸다. 빗방울이었다. 수면 위에 작은 물방울들이 원을 만들고 있었다. 수많은 동그라미가 수면을 가득 채웠다.

"저기로 일단 피하자."

모노가 소리쳤고, 일제히 뛰었다. 다섯 사람은 런던아이 매표소로 쓰이는 작은 천막 아래에서 비를 피했다. 거센 빗방울이 천막 지붕을 두드려, 천막 아래의 텅 빈 공간에 북소리처럼 울렸다.

두두두두두둑,

둑,

둑,

두두둑, 둑,

텅텅, 둑

텅, 텅,

두둑,

두두둑,

텅, 텅, 터덩,

둑, 두둑, 둑,

두두두, 두두두두두, 두두, 두,

텅, 텅, 텅,

텅,

텅,

떨어지는 빗줄기를 보지 않고 소리만 들어도 어떤 비인지 알 수 있었다. 다섯 사람은 그 소리를 들으면서 런던아이가 우뚝 솟아 있는 템즈 강을 바라보았다. 잠잠한 풍경 위로 떨어지는 빗방울들이 난폭해 보였다.

"야, 루카야, 저기 런던아이가 움직이는 거 같지 않냐?"

레드가 눈을 가늘게 뜨고 런던아이를 보며 말했다.

"에이, 그게 왜 움직여요. 레드 아저씨, 나이드니까 자꾸 헛게 보이고 그러는 거예요? 그거 안 좋은 건데."

루카가 시큰둥하게 대답했다.

"인마, 내 시력이 삼점 영이야. 자세히 봐. 조금씩 움직이잖아."

"어, 그러고 보니 정말 움직이는 것 같기도 하고…… 뭐야, 비가 오면 물레방아가 되는 건가?"

"무슨 소리야, 빗방울이 어떻게 관람차를 움직여."

두 사람의 말에 모두 런던아이를 바라보았다. 런던아이는 정말 움직이고 있었다. 휠이 회전하면서 투명한 캡슐들도 이동했다. 아무도 눈치채지 못하게 하려는 듯 슬그머니 조금씩 움직이긴 했지만 분명 회전하고 있었다. 가장 높은 곳에 있던 캡슐이 아래로 내려오고 다른 캡슐이 그 자리를 대신했다. 캡슐의 움직임을 자세히 관찰하면 런던아이의 회전속도를 알 수 있을 것 같았다.

빗줄기가 더욱 굵어졌고 런던아이의 회전속도도 점점 빨라졌다.

빗줄기가 런던아이를 회전시킨다고 해도 믿을 정도로 굵은 빗줄기였다. 하늘이 아래로 내려앉았고 사방이 어두워졌다. 아스팔트 바닥에 닿은 빗방울은 위로 한참 솟구쳤다가 거품을 내면서 아래로 흘러갔다.

"와, 비 한번 사납게 오네. 지구 종말의 날 같지 않냐? 런던아이도 미친 거야."

레드의 말에 아무도 대꾸하지 않았다. 다섯 사람은 쪼그리고 앉아서 비 구경을 했다. 빗줄기는 많고 많아서 지루할 틈이 없었다. 그들이 비 구경을 하는 사이에도 런던아이는 계속 회전했고, 점점 빨라졌다.

덜컹, 하는 소리와 함께 런던아이의 출입문이 열리고 그 안에서 회색 작업복을 입은 남자 세 명이 뛰어나왔다. 비 구경을 하고 있던 다섯 사람은 테이블 뒤로 몸을 숨겼다. 작업복 남자들은 런던아이 꼭대기를 한번 올려다보고는 건너편으로 뛰어갔다. 비가 오는 것도 아랑곳하지 않았다. 곧이어 검은 양복을 입은 남자들이 문 안쪽에서 뛰어나왔다. 검은 양복 남자들 역시 나오자마자 런던아이 꼭대기를 올려보았다.

"너희 셋은 캡슐에 누가 탔는지 확인하고, 나머지는 날 따라와."

지시를 한 남자는 여러 명의 검은 양복 남자들과 함께 회색 작업복 남자들을 쫓아갔다. 회색과 검은색이 눈앞에서 모두 사라지자 고우창이 작은 소리로 말했다.

"여기에 뭔가 있긴 있나봐. 어떻게 하지?"

"오빠, 기다려보자. 기다리면 아빠가 나타날지도 몰라."

고우인이 말했다.

"레드 아저씨, 셋밖에 안 되는데 덮쳐버릴까요?"

루카가 말했다.

"안 돼. 지금 잘못 건드렸다간 일이 더 커질지도 몰라. 아가씨 말대로 좀 기다려보자."

레드가 말했다.

"저기 봐요. 왼쪽 가운데쯤에 있는 캡슐요. 누군가 있어요."

모노가 손가락으로 캡슐 하나를 가리켰다. 사람이 있었다. 강한 빗줄기 때문에 시야가 흐릿했지만 분명히 무언가 어른거렸다. 손을 흔드는 것 같기도 하고, 창을 닦는 것 같기도 했다.

캡슐 속에서 손을 흔든 사람은 팽이 성자였다. 일찌감치 런던에 도착한 팽이 성자는 무력감시단을 유인할 목적으로 런던아이에 올랐다. 팽이 성자의 역할은 비비의 곁을 맴돌며 정보를 제공하는 거였지만 이미 모든 이야기가 결말을 향해 달리고 있었으니 굳이 비비의 위성으로 계속 회전할 이유가 없었다. 팽이 성자는 무력기사단이 볼 수 있도록 계속 손을 흔들었다. 약간의 고소공포증이 있었지만 기분이 좋았다. 캡슐에서 보이는 풍경이 근사했다. 빗줄기 사이로 런던의 모든 거리가 보이는 듯했다. 처음에는 무력기사단을 향해 손을 흔들었지만 풍경에 눈을 빼앗긴 후부터는 풍경을 잘 보기 위해 창을 닦느라 분주했다. 팽이 성자는 자신이 탄 캡슐이 런던아이의 꼭대기에 이르렀을 때 모든 것이 허공에 멈췄으면 좋겠다고 생각했다. 회전하지 않고 그대로 멈춰서 오랫동안 풍경을 보고 싶었다. 멈출 수 없다면 회전하지 않는 직선이어도 좋겠지. 회

전해서 땅으로 돌아가지 않고 이대로 하늘까지 이어지는 관람차라면, 시작은 땅이지만 마지막엔 하늘이 되는 관람차라면, 좋겠지. 팽이 성자의 바람과는 달리 런던아이는 계속 회전했다. 꼭대기를 지난 캡슐은 다시 땅으로 향하고 있었다.

44. 알려드립니다

세계 각국의 볼교도 여러분 안녕하십니까? 저는 유니볼입니다. 오늘 하루도 볼과 함께하는 여러분들의 마음에 우주자가 함께하시길 바랍니다.

통.

오늘은 여러분께 특별한 이야기를 해드리려고 이 자리에 나왔습니다. 지금 여기는 런던아이 지하의 눈 방송실입니다. 쾰른 성지를 떠나 참으로 오랜만에 런던 나들이를 했습니다. 풍경을 제대로 보지는 못했지만 런던의 날씨는 예전 그대로군요. 런던의 날씨에는 섬뜩하고 예리한 칼날 같은 게 숨어 있어서 만날 때마다 깜짝깜짝 놀라게 됩니다. 저는 오래전부터 런던의 날씨를 사랑했고, 지금도 사랑합니다. 런던의 날씨는 제가 살아 있다는 걸 깨닫게 해줍니다. 제가 사랑하는 런던의 날씨를 복사해서 여러분들이 살고 있는 곳으로 부쳐드리지 못하는 게 안타까울 뿐입니다. 시간이 나면 꼭 한번 런던에 들러서 이 날씨를 마음에다 복사해가시기 바랍니다.

런던에 도착하니 예전 기억이 떠올랐습니다. 제가 불교에 막 입문해서 교리를 배우던 시절이었습니다. 그때 저는 의문덩어리였습니다. 온몸에 갈고리 같은 물음표를 덕지덕지 달고 다녔죠. 나는 왜 태어난 걸까. 어째서 세상은 공정하지 못할까. 사람들은 왜 힘으로 세상을 지배하려 할까. 죽음이란 무엇일까. 불교가 나를 구원해줄 수 있을까. 수많은 의문들이 저를 괴롭게 만들었습니다. 그때 불교의 경전에 적힌 한 문장이 제 머리를 거대한 쇠망치로 내려쳤습니다.

미래는 과거의 과거, 과거는 미래의 미래, 현재는 현재의 현재.

정확한 의미를 알 수 없었지만 뭔가 비밀이 가득한 문장이라는 생각이 들었습니다. 저는 문장의 의미를 풀기 위해 그때부터 수행에 들어갔습니다. 어느 순간, 저 짧은 문장에 불교의 모든 것이 들어 있다는 걸 깨달았습니다. 과거와 현재와 미래의 모든 의미가 저 문장 속에 들어 있었습니다.

여러분은 어떤 미래를 기다립니까? 어떤 미래가 올까요? 많은 분들이 저에게 미래를 물어봅니다. 저는 가끔 제 눈에 보이는 여러분의 미래를 말해주기도 했습니다. 그걸 예언이라고 얘기한 분도 있었습니다. 제가 미래를 알 수 있을까요? 제가 아는 미래가 정말 미래일까요?

자, 이제 여러분께 오늘의 본론을 말씀드리겠습니다. 오 년 전, 비비께서는 예언서 『우주자는 우리에게 사심이 없으시다』를 발굴하여 세상에 발표하셨습니다. 크리스티나 보네티로 박사의 서재에서 발견된 것이지요. 많은 학자들은 크리스티나 박사가 윌리엄 새들러의 총에 맞기 직전에 완성한 예언서라고 결론을 내렸습니다. 예언서 마지막 장인 5장 '종말'은 자신의 죽음과 지구의 종말을 함께 예언한 것이라는 분석도 있었지요. 여러분 모두 5장 '종말'의 시작을 기억하고 계실 것입니다. 새 하늘과 새 땅이 있어, 모든 것이 천천히 시작되었으나 소멸은 빠를 것이로다. 어느 누구도 자신이 죽을 날을 알지 못하나 우주자께서는 그날을 지정할 수 있으시니, 우주자께서 종말을 내려주실 때 피하지 말 것이며, 날아오는 칼날에 비켜서지 말고 당당히 맞서 우주자의 담대함을 너희가 세상에 알려야 할 것이로다. 크리스티나 박사는 우주자의 거룩한 음성을 듣고 이 예언서를 작성했다고 합니다.

저는 여러분께 한 가지만 물어보겠습니다. 과연 크리스티나 박사가 이 예언서를 쓴 것일까요? 우주자의 거룩한 음성을 듣고, 이 길고긴 예언서를 작성했을까요? 우주자와 볼의 영원함을 믿었지만 볼교라는 종교를 반대했던 크리스티나 박사가 이 예언서를 만들었을까요?

여러분, 예언서는 진실이 아닙니다. 부끄럽지만, 저는 비비와 함께 이 예언서를 만들

었

고,

치이이잇, 츠으으읏

비비는,

아,

아,

핀볼 성자,

이거, 방송 되

고 있

치지지지지지, ㅊㅇㅇㅇㅇ

아,

아,

아,

ㅊㅇㅇㅇ

치

ㅊ

.

.

.

.

.

.

45. 최대로 하면 북해 어딘가

"끊었어?"

헬리콥터 프로펠러의 소음 때문에 비비는 소리를 질러야 했다. 수화기 속에서 들려오는 목소리를 듣기 위해서 전화기에다 귀를 바싹 댔다.

"네, 비비님. 일단 방송 송출을 모두 막았고, 지하의 눈 방송실로 기사단을 내려보냈습니다."

"어디까지 방송 나갔어?"

"예언서는 진실, 까지만 나갔습니다. 뒷부분은 잡음이 섞여서 알아듣지 못했을 겁니다. 지금은 우주자의 노래, 재방송 나가고 있고요."

"어디까지라고?"

"예, 언, 서, 는, 진, 실, 이요."

"확실해?"

"네, 확실합니다."

"그뒤는 무슨 얘기였는데?"

"예언서는 진실이 아닙니다. 부끄럽지만 저는 비비와 함께 이 예언서를……"

"됐어, 알았어. 예언서는 진실, 바로 뒷부분부터 대본 작성해서 대기하고 있어. 유니볼 말투 살려서. 무슨 말인지 알지?"

"네, 비비님."

"십오 분 내로 도착할 거니까 대본 빨리 만들고 올 스탠바이 시켜놓고 있어."

비비는 전화를 끊고 뻐근해진 목을 뒤틀었다. 목뼈가 우두둑거리는 소리가 났겠지만 헬리콥터의 소음 때문에 아무도 듣지는 못했다.

"방송실이라…… 거참, 왜 자꾸 일을 크게 벌이려고 하지? 아니, 그냥 조용히 해결할 수 있는 일이잖아. 뭐가 그렇게 불만이야. 응? 내가 혼자 잘 먹고 잘 살자는 거야? 볼교를 위해서 이러는 건데, 자꾸 이러면 날더러 어쩌라는 거야. 용서해주고 싶어도 용서해줄 수가 없잖아."

비비가 창밖을 향해 소리를 질렀다. 누구에게 다그치는 게 아니라 혼자 다짐하는 말이었다. 조종사는 비비의 눈치를 보면서 조용히 운전에 전념했다.

"방송이 뭔지 몰라서 그러는 거야? 방송이 장난인 줄 알아? 아무나 마이크 잡고 아무 얘기나 하면 그게 다 방송인 줄 알아? 예언서는 진실이 아니라고? 그럼 뭐가 진실이야? 유니볼, 그럼 네가 진실이야? 도와준 사람을 배신하는 게 진실이야? 그래, 진실이 좋아? 그럼 더 좋게 해주지 뭐. 응, 조금만 기다려보라고. 쌍, 진실이 뭔지 보여주고, 진실로 진실된 응징이 뭔지 보여줄 거니까, 조금만 기다리라고."

비비는 주먹으로 헬기 유리창을 때렸다. 유리창이 작은 조각으로 박살나고 주먹에서 피가 철, 철, 철, 흐를 만큼 세게 때리지는 않았다. 비비는 자신의 감정 때문에 몸을 상하게 할 사람은 아니었다. 헬기 유리창이 텅, 하는 소리를 낼 정도였다.

공원 헬기장에 도착한 비비는 공원의 전용 엘리베이터를 타고 지하의 눈으로 내려갔다. 통제실에 모든 사람들이 모여 있었고, 캡슐은 모두 봉쇄한 상태였다. 비비가 통제실로 들어서자 기사단이 모두 차렷 자세를 했다.

"대본 줘봐."

비비의 말에 베이글 성자가 대본을 내밀었다. 비비는 빠른 속도로 대본을 읽어내려갔다.

"잘 썼네. 화면에 띄우고 방송실이랑 오디오 연결해."

비비의 한마디에 수십 명의 스태프가 빠르게 움직였다. 통제실의 커다란 모니터에 방송실 실내가 나타났다. 핀볼 성자는 계기판을 만지고 있었고, 유니볼 성자는 멍한 눈으로 모니터를 바라보고 있었다. 마치 비비의 얼굴이 화면에 곧 나타날 걸 알고 있었던 사람처럼. 비비는 모니터 앞 의자에 앉았다.

"유니볼, 들려?"

비비가 마이크에 대고 말했다.

"어, 왔어?"

유니볼 성자가 무덤덤하게 대답했다.

"이게 다 무슨 일이야? 깜짝 놀랐잖아. 뭐야, 녀석들이 고문 같은 거라도 했어? 그렇다고 네가 고문에 넘어갈 사람도 아니잖아."

"고문? 고문 좀 당했지. 지나간 내 인생을 자꾸 돌아보게 만들더라고."

"그런 신기술 고문법이 있어? 하하, 무서운 놈들이네."

"비비야."

"왜 그래?"

"난 이제 좀 피곤해."

"피곤하면 쉬어."

"그래, 쉬어야지. 좀 쉬어야겠어. 너무 멀리 왔나봐. 돌아가려고 뒤를 돌아봤더니 까마득한 게 아무것도 안 보여."

"돌아보지 마, 유니볼. 그냥 잠깐 쉬고 다시 가면 돼."

"그래, 나도 돌아보는 건 싫어. 돌아볼 생각 없어. 그냥 여기 주저앉을 거야."

"바보 같은 소리 하지 마. 자, 화면 보이지? 내가 사인 보내면 거기 화면에 나오는 내용을 읽어. 그리고 나와서 좀 쉬자. 같이 어디 가서 좀 쉬고, 다시 시작하자. 네가 없으면 난 아무것도 못 해."

유니볼이 고개를 돌려 화면에 나타난 글을 보는 사이, 고갑수가 끼어들었다.

"비비님, 마지막 부탁입니다. 더이상 불교를 훼손시키지 말아주십시오. 유니볼 성자님도 저희와 함께하기로 하셨습니다."

고갑수가 공손하게 말했다. 하지만 비비는 아무런 대답도 하지 않았다. 자신의 눈에는 유니볼밖에 보이지 않는 것처럼 행동했다. 고갑수의 존재 자체를 인정하지 않았다.

"유니볼, 준비됐어? 짧게 읽고 나와. 다른 생각 하지 말고. 알겠지?"

"비비야, 예전에 쾰른 대성당 바라보면서 했던 말 기억나지?"

"무슨 말?"

"우리 쾰른에 처음 왔을 때, 쾰른 대성당 두 개의 첨탑이 악마의 뾰족한 송곳니 같다고, 네가 그랬잖아."

"그랬나? 기억이 안 나네."

"하늘을 물어뜯으려고 송곳니를 세운 모습 같다고. 지금 네 모습이 그래. 하늘을 향해서 날카로운 송곳니를 바싹 세우고 있지. 난 이제 늙었나봐. 목이 아파. 그만 목을 내리고 땅을 보면서 살아야겠어."

"그래서 날 배신하겠다고?"

"배신이 아니야. 그냥 내 길을 가려는 거지."

"네 길이 어딨어? 네 길은 전부 내가 만들어준 거야. 몰라?"

"알지. 그러니까 이제 내가 내 길을 만들어서 가겠다고."

"내가 보내주지 않으면 어쩔 건데."

"보내줘야 할 거야."

"그래, 알겠어. 좋아, 쉴 때도 됐지. 쉬는 건 좋은 데 왜 내 길을 망치려는 거야. 그냥 조용히 노르웨이 같은 데 가서 연어나 처먹으면서 푹 쉬면 될 거 아냐. 내 길은 왜 건드리는 거야?"

"비비야, 널 망칠 생각은 없어. 난 널 존경해. 넌 앞으로 좋은 지도자가 될 거야. 난 그저 내가 잘못 벌여놓은 일만 수정하고 싶은 거야. 예언서에 대한 부분은 꼭 바로잡고 싶어."

"그게 날 망치는 거야. 얼마나 중요한지 알잖아."

"아냐, 사람들은 금방 잊을 거야. 비비야, 사람들은 널 좋아해. 예언서가 거짓이라고 해도 불교를 버리는 사람은 없을 거야."

"마음 돌릴 생각은 없어?"

"돌아가도 예전의 내가 될 수는 없을 거야. 다시 유니볼 성자로 살 수는 없을 거야. 난 좀 쉴게."

"그래, 푹 쉬어. 좋아, 내가 푹 쉬게 해줄게. 네가 선택한 거니까 날 원망하지 마. 알았어? 난 마지막까지 기회를 줬어."

비비가 모니터 화면을 껐다. 통제실에는 수십 명의 스태프가 있었지만 아무도 말을 하지 못했다. 모두 비비의 숨소리만 듣고 있었다. 비비가 어떤 말을 할지, 어떤 선택을 할지 그것만 기다리고 있었다. 비비는 손톱을 물어뜯고 있었다.

"베이글."

비비가 베이글 성자를 불렀다.

"네, 비비님."

베이글이 잰걸음으로 다가왔다.

"날리는 데 얼마나 걸려?"

"네?"

"날리는 거 준비하는 데 얼마나 걸리냐고."

"지금요?"

"응, 쇼타임이야."

"삼십 분 정도는 걸릴 겁니다. 그런데 곧 아침이 되는데요."

"상관없어. 이십 분 만에 준비 끝내."

"네, 알겠습니다."

베이글이 목례를 하고 반대편으로 뛰어갔다. 여러 명의 사람들에게 손짓을 하면서 분주하게 움직였다. 비비는 아무런 말이 없었다.

빨간색 램프가 깜빡였다. 방송실에서 오는 신호였다. 비비는 모니터를 다시 켰다. 유니볼 성자의 얼굴이 다시 보였다. 유니볼 성자는 웃고 있었다.

"비비야, 마지막으로 부탁이 하나 있어."

"무슨 부탁?"

"나, 네가 지금 어떤 지시를 내렸을지 알 것 같아. 내가 너였어도 그런 선택을 했겠지. 유니볼 성자는 계속 성자로 남고, 비비도 계속 비비로 남고. 나쁘지 않은 선택이야. 그런데 여기 있는 펀볼 성자는 내보내줬으면 좋겠어. 아니, 그냥 내보내는 게 아니라 너와 함께 일을 했으면 좋겠어. 좀 고지식한 면이 있긴 하지만 너에게 꼭 필요한 사람이 될 거야. 마지막 부탁이다."

유니볼 성자의 뒤에서 고갑수의 음성이 끼어들었다.

"유니볼 성자님, 아니요, 절대 가지 않을 겁니다. 저 혼자는 절대 가지 않을 겁니다. 반드시 성자님을 모시고 갈 겁니다."

"닥치고 있어. 나 하나면 충분해."

유니볼 성자가 고갑수를 꾸짖었다. 유니볼 성자와 고갑수는 계속 똑같은 말을 반복하면서 목소리를 높였다.

"지랄들 하고 있네."

비비는 모니터를 끄면서 중얼거렸다. 방송실로 향하는 모니터와 오디오 전원을 아예 꺼버렸다. 비비는 다시 손톱을 물어뜯었다.

베이글 성자는 이십오 분 만에 땀범벅으로 나타나 모든 준비가 끝났다고 보고했다. 소형 오븐에 들어가 빨갛게 열을 받은 베이글처럼 얼굴이 상기돼 있었다.

"날려."

비비가 무표정한 얼굴로 말했다.

"어디로요?"

베이글 성자가 대답했다.

"그게 방향도 조절할 수 있는 거였어?"

"아뇨, 방향은 안 되고, 거리만……"

"최대로 하면 어딘데?"

"북해 어디쯤이겠죠."

"좋네. 북해. 날려."

베이글 성자는 다시 어딘가로 뛰어갔다. 몇 초 후에 지진이 일어난 듯 건물이 흔들리기 시작했다. 우주자가 지구의 멱살을 쥐고 흔들기라도 하는 것 같았다. 다른 사람들은 겁에 질린 얼굴들이었지만 비비는 여전히 무표정한 얼굴로 손톱만 물어뜯고 있었다.

46. 여기까지야, 이젠 너 혼자야

탬즈 강에 미세한 햇볕의 입자가 닿자 변신이 시작됐다. 지저분해 보이던 강물이 금빛으로 변했고, 뻣뻣해 보이던 물결은 비단보다 매끄러울 듯했다. 좀전까지 비를 쏟아붓던 하늘이라고는 생각할 수 없을 만큼, 하늘은 맑았다.

낮게 웅얼거리던 강물이 술렁이기 시작했다. 찰랑이던 강물이 난폭하게 비틀거렸다. 강물 아래에서 무언가 솟구치고 있었다. 런던아이의 그림자가 살아나는 중이었다. 런던아이의 물밑 그림자였던 또다른 런던아이가 모습을 드러내는 중이었다. 지하의 눈이 지상의 눈 옆으로 솟아오르는 데는 채 오 분도 걸리지 않았다. 두 개의 눈이 수면 위로 떠오르자, 제대로 된 눈이 완성되었다. 지하의 눈이었을 때는 캡슐이 안쪽에 숨어 있었지만 지상으로 올라오면서 두 개의 눈은 똑같은 형태가 되었다. 마침내 하나의 장관이 완성되었다.

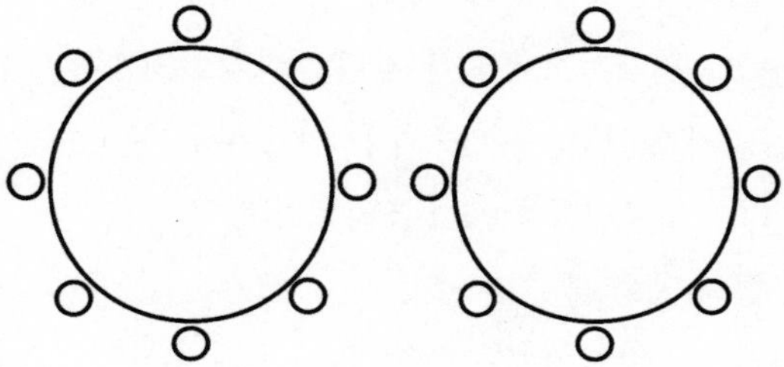

런던아이는 세상을 지그시 바라보았다. 커다란 두 눈으로 세상이 가득 들어왔다. 잠깐의 침묵이 있은 다음 지하의 눈이 커다란 물보라를 일으키면서 회전하기 시작했다. 천천히 돌던 지하의 눈은 내리막길을 쏜살같이 내달리는 자전거 바퀴처럼 빠르게 회전했다. 어떤 놀이기구보다 빨라 보였다. 속도가 빨라지자 여러 개의 캡슐이 하나의 선으로 변했다.

"멋지다. 수력발전용 기구 같은 건가?"

강물 위에서 펼쳐지는 장관을 바라보고 있던 다섯 명 중 루카가 먼저 입을 열었다. 서서히 밝아오는 강변에서 거대한 물보라를 일으키며 회전하는 관람차는 압도적인 풍경이었다. 근처를 지나가던 사람들은 모두 동영상을 촬영하고 있었다.

"아빠!"

고우인이 소리를 질렀다. 고우인의 손에는 휴대전화기가 들려 있었다.

"뭐? 아버지가 전화했어? 어디래?"

고우창이 소리를 지르며 고우인에게 다가왔다.

"아빠? 아빠 맞지? 어디야? 아빠, 빨리 얘기해."

고우인이 울먹이면서 소리를 질렀지만 수화기에서는 아무런 목소리도 들리지 않았다. 목소리 대신 뭔가 부서지는 소리가 들려왔다. 그 소리가 고우인을 더욱 초조하게 만들었다.

"아빠, 빨리 말을 해. 어디야."

수화기에서는 딸깍, 딸깍, 딸깍, 하는 소리가 규칙적으로 들려왔다. 소리가 계속 이어졌고, 간격이 조금 더 짧아졌다.

"우인이니?"

고갑수의 목소리가 들렸다.

"아빠. 나야, 나, 우인이. 어디야?"

"우인아, 우리 우인이구나. 목소리 듣고 싶어서 전화했어."

"어딘데, 아빠는 어딘데?"

"아빤 멀리 있어."

"멀리 어디. 아빠 목소리가 왜 그래?"

"아냐, 아빤 괜찮아."

"목소리가 이상하잖아."

"조금 어지러워서 그래. 괜찮아. …… 우인아."

"응, 아빠, 말해."

"우인아."

"들려. 아빠! 들리니까 말해."

"우인아, 네 얼굴에 난 상처, 미안해."

"아빠가 왜 미안해. 아빠 잘못도 아닌데."

"아빠 잘못이야. 아빠가 지켜주지 못해서 그래."

"아니야. 아빠 잘못 아니야."

"우인아, 미안해."

"아냐, 아빠. 나 다 이해해. 그러니까 빨리 오기나 해. 와서 나랑 뒷산으로 산책도 가고, 안아주기도 하고 그러란 말야."

"함께 산책한 거 오래됐네. 우인아, 그동안 한 번도 미안하다는 말 못 한 거, 그것도 미안해."

"왜 자꾸 미안하대. 어디야, 아빠."

"우리 예쁜 우인이한테 제일 미안해. 마지막으로 우인이 얼굴 만져보고 싶다. 우창이한테도 전해줘. 아빠 미워하지 말라고."

"오빠 옆에 있어. 바꿔줘?"

"아냐, 그럴 시간, 없을 것 같아."

"왜 그래, 어딘데? 왜 이렇게 시끄러워?"

"엄마한테도 전해줘. 미안하다고."

"아빠가 직접 해."

"우인아, 나 그 노래 좋아해."

"무슨 노래?"

"반질반질, 미끈미끈, 미끄러지는 얼음. 스르르, 파르르……"

"아빠, 아빠, 들려?"

"부들부들 미끄럽고."

"응."

"부럽고 부끄러워……"

"응."

아무런 소리도 들리지 않았다. 규칙적으로 들리던 딸깍거리던 잡음도 더이상 들리지 않았다.

"아빠, 아빠."

아무런 대답이 없었다.

"뭐야, 전화 끊은 거야? 왜 안 바꿔줘. 아버지, 아버지."

고우창이 고우인에게서 전화를 뺏어들고 소리를 질렀다. 전화는 이미 끊어진 후였다. 고우창은 고갑수에게 전화를 걸었다. 신호가 갔지만 받지 않았다.

"야, 저기 봐."

레드가 손가락으로 방금까지 지하의 눈이었으나 이제는 지상의 눈이 된 눈을 가리켰다. 캡슐 하나가 휠에서 이탈해 먼 하늘로 날아가고 있었다. 우주비행선 발사과정을 지켜보는 사람들처럼 모두들 한쪽을 바라보았다. 사람들이 하늘로 카메라를 돌려서 촬영했다. 캡슐은 빠른 속도로 날아갔다. 빠른 속도로 멀어졌다. "이야, 끝내준다!" 루카는 박수를 치면서 좋아했다. 모노의 어깨가 떨리고 있었다. 모노는 뭔가 끔찍한 일이 벌어졌다는 걸, 앞으로 끔찍한 일이 벌어질 것이라는 걸, 직감했다. 레드가 모노의 어깨를 감싸쥐었다. 고우창은 계속 아버지에게 전화를 걸었다. 신호는 갔지만 받는 사람은 없었다.

고우인은 그 자리에 주저앉고 말았다. 다리에 힘이 없었다. 주저앉아서 멀리 날아가는 캡슐을 보았다. 아빠의 목소리를 다시 떠올렸다. "아빠!" "이제부터는 너 혼자 생각해야 해." "왜?" "나는 그냥 이미지일 뿐이잖아. 실재하는 게 아니라고." "왜 실재하지 않아?" "난 멀리 있어. 저기 멀리로 날아가고 있잖아." "여기 있으면 안 돼?" "여기까지야. 우인아, 이젠 너 혼자야."

목소리는 더이상 들리지 않았다. 고우인은 휠에서 날아간 캡슐의 꼬리를 보았다. 기다란 선이 캡슐 뒤에 붙어 있었다. 캡슐이 너무 멀리 날아가 보이지 않는데도 선은 계속 남아 있었다. 선의 끝에서 선의 시작이 보이지 않을 정도로 긴 선이 남아 있었다.

47. 꽉 잡아

"울었지?"

"아뇨. 울긴 누가 울어요."

"전화하면서 우는 거 같던데."

"어지러워서 그랬어요."

"어지러운데 왜 울어?"

"안 울었다니까요."

"알았어. 안 운 걸로 하자. 아직도 어지러워?"

"아뇨, 벗어나니까 오히려 나아요. 돌 때가 제일 어지러웠어요."

"그러게. 날아가는데도 캡슐이 꽤 안정적이네. 승차감이 제법 좋아."

"그래도 혹시 모르니까 손잡이 꽉 잡고 계세요."

"내 예언이 맞았지?"

"무슨 예언요."

"자네 오늘 죽는다고."

"유니볼 성자님도 죽잖아요. 그건 못 맞히셨잖아요."

"내가 죽는 것도 진작에 알았지. 예언을 안 했을 뿐이야."

"정말요?"

"아직도 내가 성자 같아?"

"네."

"다행이네. 성자로 죽을 수 있어서. 자네도 이젠 성자 같아. 이런 캡슐을 타고 날아가니까 핀볼 성자의 최후와 잘 어울리네."

"멀리 날아가니까 점수 한참 올리겠네요."

"크크크, 그래, 최고 점수 경신하겠어. 어, 저기 봐, 저기."

"어디요?"

"저기 아래, 저기가 그리니치야."

"그리니치 천문대요?"

"아, 저기, 내가 런던에 와서 처음으로 갔던 카페가 있었는데. 그리니치 시장도 끝내줘. 야, 저기 봐, 저기. 저기가 내가 다녔던 대학교야. 야, 이렇게 위에서 내려다보니까 한눈에 다 보이네. 멋지다."

"대학교도 다니셨어요?"

"왜, 내가 무식해 보여?"

"아뇨, 그게 아니라, 쾰른에만 오랫동안 계셨다고 알고 있어서요."

"대학에서 종교 공부 좀 했지. 너무 오래된 일이라 기억이 가물가물하지만."

"유니볼 성자님."

"응?"

"만나서 반가웠어요."

"하하하, 그래, 나도 반가웠어. 마지막 인사야?"

"곧 떨어지겠죠?"

"북해 어디쯤 떨어지겠지. 겁나?"

"아뇨. 함께하게 되어서 영광입니다."

"살아 있어야 더 영광이지."

"정말 궁금한 게 있어요."

"응."

"원을 그려서 사람들 고칠 수 있다는 거 진짜예요?"

"믿어?"

"처음엔 못 믿었어요."

"지금은?"

"지금은 반반이요."

"어째서 반을 믿게 된 거야?"

"유니볼 성자님이라면 가능할지도 모른다는 생각이 들었어요."

"와, 영광이네. 반이나 믿게 한 거면 다 믿게 한 거지. 나도 잘 모르겠어. 배꼽볼 명상을 하다가 한두 명 병이 나았다는 사람이 있긴 한데 내가 볼을 그려줘서 그런 건지 나을 때가 되어서 그런 건지. 믿으면 많은 게 바뀌는 것 같긴 해."

"우주자가 정말 계실까요?"

"우주자라…… 자넨 어떨 것 같은데?"

"계시겠죠? 계시니까 세상의 이 모든 걸 관리하시겠죠?"

"관리자로 쓰기엔 아까운 분인지."

"우주의 모든 걸 관리하시려면 우주자가 몇분이나 필요할까요?"

"아파트 안 가봤어? 단지 출입구를 하나만 만들어놓으면 한 분이면 충분하지."

"우주자가 한 분이라고요?"

"교대도 해야 하니까."

"두 분?"

"세상이 이렇게 개판인데 관리할 게 얼마나 많겠어. 이교대는 너무 잔인하단 생각 안 들어?"

"계시긴 하겠죠?"

"나도 모르지. 우주자가 계시다면……"

"계시다면?"

"곧 만나게 되겠지."

"그럴까요?"

"꽉 잡아."

"네."

"마음속의 불을 믿어. 그럼 우주자가 함께하실 거야."

"통."

"통."

48. O

나무가 빽빽하게 들어차 있던 산 하나가 민둥산으로 바뀌는 데는 채 오 년도 걸리지 않았다. 누군가 캠코더를 설치해 산의 변화 과정을 오랜 시간 찍은 다음 빠른 속도로 재생한다면, 인간의 탈모 과정과 놀랍도록 비슷하다는 걸 발견할 수 있을 것이다. 꼭대기부터 서서히, 처음엔 느리다가 갑자기 빠르게, 나무가 사라지는 것이다.

고등학교 시절 자칭 폭력서클 엑스오를 운영하던 두 청년이 사 년 만에 만나 담배 한 대 피울 생각으로 뒷산에 올랐을 때 나무는 단 한 그루도 보이지 않았다. 손바닥만큼의 그늘도 없었다.

"이야, 많이 변했네."

"졸업할 때만 해도 나무가 좀 남아 있었는데, 사 년 만에 완전 대머리가 되셨지."

"하긴 그때도 조짐이 좀 보이긴 했지. 야, 십 년이면 강산도 변한다더니, 산부터 변하는구나."

"너 유식해졌다. 그런 말도 할 줄 알고."

"네가 발전이 없는 거지, 인마. 나 군대에서 책도 열심히 읽어."

"토목공학책 열심히 읽나보지? 강산이 변한 게 아니고 사람이 변한 거야. 여기 왜 밀었는지 모르지?"

"왜 밀었는데?"

"우리 학교 다닐 때는 자꾸 여기서 애들 담배 피우고 잡고 빨고 그러니까 확 쳐낸 건데, 요새는 여기 무슨 개발인가 한다고 다 밀어낸 거야."

"고향에 사니까 그런 정보도 빠르구나."

"정보는 무슨, 동네 사람들 다 아는 건데."

"근데 애들 담배 피우고 딴짓한다고 여길 밀었어? 진짜?"

"응, 그렇다더라. 나무가 많으면 비밀이 많아져서 안 된다고."

"무식한 사람들이네. 애들은 어른들 보이지 않는 데서 나쁜 짓 하면서 성장하는 건데."

"오, 말발 죽이는데. 국회의원 나가냐?"

"크, 제대하고 한번 나가볼까?"

"나가는 김에 당도 하나 만들자. 이름 뭘로 할까?"

"우리야 죽을 때까지 엑스, 아니면 오지. 엑스오당."

"야, 그거 안 돼. 내 동생이 그러는데 엑스오가 포옹과 키스 줄임 말이래."

"씨발, 그 짧은 말에 뭔 그런 함축적 해석? 그럼 오엑스로 하자. 유권자 여러분, 저에게는 오를 주시고 나쁜 놈들에게는 엑스를 주십시오."

"아니다, 엑스오도 괜찮겠다. 선거유세하면서 포옹도 하고 키스도 하고. 크크크."

"암튼 여자 존나 밝혀요. 야, 담배 다 피웠으면 내려가자. 씨발 여기서 담배 더 피우다가는 쪄 죽겠다."

두 녀석은 담배꽁초를 아무 데나 집어던지고 언덕을 내려왔다. 민둥산이 되었지만 뱀 발자국 코스의 흔적은 여전히 남아 있었다. 두 녀석 역시 뱀 발자국 길을 따라 내려오고 있었다. 두 녀석이 언덕을 거의 내려왔을 때 좁은 산길을 따라 남녀가 올라오고 있었다.

"야, 씨발, 산 다 밀었는데도 재들은 뭐 할 게 있나보다."

"조용히 해, 다 들려."

휴가 나온 녀석이 일부러 남자의 어깨를 슬쩍 건드렸지만 남자는 손에 든 가방에 모든 신경이 가 있어서 누가 자신을 건드리는지도 몰랐다. 여자도 작은 배낭을 메고 언덕을 올라갔다.

"가방 무겁지?"

고우인이 고우창에게 말했다.

"괜찮아. 배낭 안 무거워? 내가 멘다니까."

고우창이 되물었다.

"오빠씨, 제가 이 정도는 거뜬하답니다."

"여긴 더 썰렁해진 것 같지 않아? 산을 다 밀어서 대머리 만들어 놓고, 공사는 안 하고, 이게 뭐하는 짓이냐."

"그러게 말야. 여기 볼교 집회장하면 딱이겠지? 멀리서 보면 완전 땅에 처박힌 공 같지 않아?"

"하하, 그래, 딱 좋겠다."

"응."

"응."

"아빠도 같이 있었음 참 좋았겠다."

"저기 위에서 보고 계실 거야."

고우창과 고우인은 언덕을 계속 올라갔다. 고갑수가 자주 걷던 뱀 발자국 코스를 따라 꼭대기까지 올라갔다.

"이쯤에 펼까?"

고우창이 소풍용 깔개를 펴들며 말했다.

"응, 거기 좋아. 아빠가 좋아하던 데야."

"어머닌 언제 오신대?"

"응, 모노 오빠가 오는 길에 엄마 모셔오기로 했어. 한 시간 안에 올 거야. 야, 햇볕 참 좋다."

고우인은 깔개에 앉아 눈을 감았다. 아빠와 함께 있을 때는 눈을 감은 적이 없었다. 눈을 감으면 아빠와 함께 있는 것처럼 느껴졌다. 손가락으로는 얼굴의 f자 흉터를 만지작거렸다. 햇볕이 고우인의 얼굴에 닿았다. "잘 있지?" "응, 아빠도?" "여긴 좋아." "뭐가 좋아?" "모든 사람이 다 똑같으니까." "똑같은 게 좋은 거야?" "다르다고 고민할 필요 없으니까." "똑같아도 고민되잖아." "여긴 똑같아도 상관없어. 달라야 할 이유가 없으니까." "응, 똑같이 좋아서 좋겠네." 고우인은 눈을 떴다. 속눈썹이 간질간질했다. 고우인은 목에 걸린 목걸이를 만지작거렸다. 맨질맨질한 볼을 만지작거리면 기분이 좋아졌다.

"참, 오빠씨, 시디플레이어 챙겼어?"

"아니, 안 가져왔는데? 네가 챙기기로 했잖아."

"아, 바보 같다. 시디만 챙기고 플레이어를 안 가져왔네. 아빠 좋아하는 음악 들려줘야 하는데. 모노 오빠한테 가져오라고 할게."

고우창은 깔개 앞에다 상을 차리고 음식을 올려놓느라 혼자 분주했다. 모두 고갑수가 좋아하던 음식들이었다. 떡과 메밀묵도 있었고, 벨기에산 맥주도 있었다. 한쪽에는 작은 고무공도 놓여 있었다. 고우창이 아버지를 찾아다니면서 손으로 매만졌던 원공이었다.

"응, 모노 오빠, 이따 시디플레이어 좀 가져와줄래?"

고우인은 휴대전화기 마이크에다 큰소리로 말했다. 텅 빈 산꼭대기에 고우인의 목소리가 흩어졌다.

"가게에 있는 거 가져가면 돼? 시디는?"

'엄마머리' 본점 입구에 막 도착한 모노가 전화기에 대고 말했다.

"시디는 내가 챙겼어. 언제 올 거야?"

"응, 나 지금 막 가게에 도착했어. 좋은 소식 하나 있어."

"뭔데?"

"런던아이 로켓 게임이 영국에 팔렸어. 꽤 괜찮은 조건."

"피, 영국이 런던아이 게임을 사는 게 뭐 대단해. 진작에 샀어야지. 아무튼 수고했어."

"고우창 부사장에게도 이 기쁜 소식 전해줘."

"오빠씨는 지금 정신없어. 제사상 설치하시느라."

"응, 금방 갈게."

모노는 전화를 끊고 가게 문을 열었다. '엄마머리'에는 저녁식사 시간 전에 머리손질을 마치려는 손님들로 가득했다. 손님의 머리를 만지고 있던 이수진이 모노에게 잠깐 기다리라는 눈짓을 했다. 이수진은 능숙한 손놀림으로 일을 마치고 모노가 앉은 소파로 왔다.

"어, 사장님, 빨리 왔네."

"사장님이라고 하지 마시라니까요, 어머니."

"같은 사장이니까 이러는 거지. 사장 마음 사장이 안다고, 안 그래, 모사장?"

"모사장은 뭐예요?"

"모노니까 모사장이지. 일은 잘됐어? 오늘 뭐 중요한 일 있다고 하지 않았어?"

"예, 잘됐어요. 영국 쪽이랑 런던아이 로켓 게임 계약하고 오는 길이에요."

"고갑수씨 죽으면서 좋은 일 하나 했네."

"유럽에서 인기 좋아요."

"난 런던아이 돌리다가 캡슐 날아갈 때마다 깜짝깜짝 놀라."

"생각 많이 나시죠?"

"무슨 생각?"

"캡슐 날아갈 때마다 아버님 생각난다는 얘기 아니셨어요?"

"애, 아니야. 너무 오버했다. 난 런던아이 캡슐 날아갈 때면 손님 헤어펌 하다가 로트 빠지는 모습 같아서 자꾸 놀라. 하하."

이수진은 모노의 눈을 보지 못하고 피했다. 모노는 아무 대답도 하지 않았다.

"부모님 잘들 계시지?"

"네, 그럼요. 아직도 치고받고 싸우느라 정신없으시죠."

"좋네."

"어머니, 지금 올라가실 거예요?"

"응, 너도 지금 갈 거면 같이 가자."

"네."

이수진은 사무실 쪽으로 가서 직원에게 뭔가 얘기를 한 다음 가방을 들고 나왔다. 일을 하다 막 뛰쳐나온 사람답지 않게 멋을 낸 태가 역력했다. 모노는 시디플레이어를 챙겨서 이수진의 뒤를 따라갔다. 이수진과 모노는 가게를 나와 동네 뒷산 언덕 쪽을 향해 말없이 걸었다. 햇살은 여전히 따뜻하게 동네를 감싸안고 있었다.

동네 초입을 지나고 있을 때 맞은편에서 오던 건장한 청년이 모노와 이수진을 흘끔거렸다. 모노도 그 시선을 눈치챘지만 특별히 위험해 보이는 눈길은 아니었다. 청년이 갑자기 모노 앞에 섰다.

"저기, 혹시……"

청년이 머리를 긁적이며 말했다.

"네?"

모노가 멈춰 섰다.

"혹시, 〈헬로, 모노레일〉 만드신 분 아니세요?"

청년의 말에 모노는 어떻게 대답해야 할지 잠깐 망설였다. 굳이 사실을 밝힐 이유는 없었다. 하지만 거짓말 할 이유도 없었다.

"그런데요?"

"저, 기억 안 나세요? 저는 주지찬이라고 하는데요. 예전에 저희

집에 와서 게임도 같이 하셨잖아요. 게임도 한번 보내주셨고요. 아버지 이름이 주용만이고요."

모노의 머릿속으로 수많은 영상들이 지나갔다. 작은 반지하방, 속임수의 냄새, 연착전문가와 속임수전문가. 모노는 그 모든 일들을 기억해냈다.

"그래, 기억난다. 야, 너 많이 컸구나."

모노는 주지찬과 악수를 했다. 주사위를 만지작거리며 게임에 진 걸 분해하던 아이의 손이 아니었다. 군데군데 굳은살도 박이고, 무엇보다 두꺼웠다.

"얘기 나누다 와라. 난 먼저 올라가 있을게."

이수진은 자리를 피해서 먼저 뒷산 쪽으로 걸어갔다.

"이 동넨 어쩐 일이야?"

모노가 주지찬의 손을 놓으며 물었다.

"지난달에 이사왔어요. 형도 이 동네 사세요?"

"응, 난 아니고, 친구가 이 동네 살아."

"형, 이거요."

주지찬은 점퍼 주머니에서 뭔가 꺼냈다. 육 년 만에 보는 상아주사위였다.

"우와, 이거 아직도 가지고 다녀?"

"그럼요. 제 행운의 부적인데요. 이거 들고 다니면서, 뭐 결정할 일 있을 때마다 주사위를 던지거든요. 근데 희한하게 좋은 쪽으로만 일이 풀려요."

"그래? 그럼 그 귀한 상아주사위를 다른 사람에게 준 나는 어땠

겠냐?"

"엇, 형, 나쁜 일 많았어요?"

"아냐, 농담이야. 나도 좋은 일 많았어."

"이거 다시 돌려드릴까요?"

"무슨 소리야. 걱정하지 말고 마음껏 행운을 누려. 이제 그 주사위는 네 거야. 아버지도 잘 지내시지?"

"네. 저 런던아이 로켓 게임도 샀어요. 아빠랑 둘이서 가끔 하는데, 그래도 아직은 헬로, 모노레일이 최고예요."

"크, 다행이네. 고마워. 이거 명함이니까 나중에 회사로 한번 놀러 와라."

모노는 명함을 건넸다. 주지찬은 명함에 있는 이름과 전화번호와 회사 이름과 이메일 주소를 외우기라도 할 것처럼 꼼꼼하게 읽고는 주머니에 챙겨넣었다.

"난 볼일 있어서 먼저 가볼게. 나중에 보자."

"네, 연락드릴게요."

주지찬은 모노의 뒷모습을 보면서 씨익, 웃었다. 모노가 든 기다란 시디플레이어가 리듬감 있게 흔들렸다. 주지찬은 모노의 뒷모습을 보면서 주머니에 든 두 개의 상아주사위를 굴렸다. 딸깍, 하는 소리가 났다. 주지찬은 동네 입구에 있는 대형분식집 '지상에서 천원으로'에 들어갔다. 이사온 다음 늘 오후 간식을 먹는 곳이었다. 영화 포스터를 이용한 메뉴판도 마음에 들었고, 떡볶이를 비롯한 대부분의 음식이 맛있었고, 시큰둥한 유머를 구사하는 주인아저씨도 마음에 들었다.

"어, 너 왔냐?"

텔레비전을 보고 있던 한형준이 아는 체를 했다. 주지찬은 인사를 하고 일층 창가에 앉았다. 햇볕이 잘 들어오는 곳이었고, 바깥 풍경을 보기에도 좋은 자리였다.

"오늘은 뭐가 걸리려나, 로또 청년."

한형준이 메뉴판을 건넸다. 주지찬이 메뉴판 위에다 상아주사위 두 개를 던졌다. 2와 3이 나왔고, 목적지는 떡라면이었다.

"떡라면 걸렸네. 오케이?"

"네, 주세요."

한형준은 주방에다 "떡라면 하나, 떡 많이요" 소리를 질렀다. 한형준은 한쪽 벽에 걸린 텔레비전에 다시 눈을 돌렸다.

"야, 대단해, 대단해. 어떻게 저런 걸 만들 생각을 했지?"

한형준이 혼잣말을 했다.

"저게 뭔데요?"

주지찬이 물었다.

"〈런던아이의 비밀〉이라고, 다큐멘터리 특선인데, 저거 봐, 저 런던아이 밑에 똑같은 게 하나가 더 있었다는 거 아니냐."

"저거 유투브에서 봤어요."

"유투브?"

"네, 런던아이 캡슐 발사 치면 동영상 되게 많아요. 저게 언젯적 얘긴데요."

"응, 무슨 종교단체가 만든 거라고 하던데."

"네, 볼스 무브먼트요."

"맞아, 볼스 무브먼트. 넌 어쩜 저런 걸 다 아냐?"

"관심이 많아요."

"저런 거 조심해야 돼. 사이비종교 같은 데 잘못 빠지면 인생 끝장나는 거야."

"불교는 사이비종교 아니에요. 유럽에 얼마나 신도가 많은데요."

"야, 신도 많으면 사이비 아니냐? 사이비냐 아니냐는 그 뭐냐, 교리의 정통성 이런 걸로 갈리는 거지."

주지찬은 아무 말도 하지 않았다. 텔레비전은 런던아이에서 캡슐이 분리되는 모습을 느린 화면으로 내보내고 있었다. 소형 캠코더로 찍은 것이어서 화질은 선명하지 않았지만 캡슐의 모습은 또렷하게 보였다. 캡슐은 하늘을 가르며 천천히 날아갔다.

화면에 한 남자가 나타났다. 그 아래 볼보이 성자라는 자막이 나왔다.

"야, 볼보이 성자란다. 생긴 건 산도둑인데, 이름 참……"

한형준이 빈정거리는 말투로 중얼거렸다. 주지찬은 아무 말 없이 텔레비전 화면 속 남자의 눈을 뚫어지게 보았다. 대형 화면 속 비비의 모습은 실제보다 더욱 강해 보였다. 주지찬은 비비의 두꺼운 목소리를 들으면서 화면 속 자막을 읽어나갔다.

제 친구 유니볼 성자는 성스러운 죽음을 택했습니다.

유괴된 상황에서도 자신의 뜻을 굽히지 않았습니다.

마지막 순간, 그는 예언서가 진실이라는 메시지를 남기고 우주자의 곁으로 갔습니다.

많은 분들이 런던아이와 볼스 무브먼트의 관계에 대해

궁금해하지만, 볼스 무브먼트는 단순히 세입자일 뿐이며

주지찬의 눈에는 더이상 자막이 보이지 않았다. 목소리도 들리지 않았다. 오로지 비비의 눈만 보였다. 비비의 눈은 텔레비전 바깥으로 튀쳐나올 것처럼 생생했다. 카메라는 비비의 얼굴을 클로즈업했다. 얼굴이 텔레비전 화면을 가득 메웠다. 비비의 두 눈이 무언가 말을 하고 있었다. 주지찬에게 말을 건네고 있었다. 비비의 두 눈에 담긴 둥근 눈동자가 반짝였다. 그것은 인간의 눈동자가 아니었다. 무엇의 눈동자라고 이름붙일 수 없는 볼이었다. 카메라는 비비의 두 눈을 화면에 가득 채웠다. 눈동자 속에 또다른 볼이 있었다. 주지찬은 텔레비전 화면 속 두 개의 눈동자, 그 속에 들어 있는 두 개의 볼을 보면서, 상아주사위 표면에 깊이 파인 점들을 손가락으로 만지작거렸다. 자신을 둘러싼 거대한 세상이 둥글게 뭉쳐져 볼이 되고 있었다. ■

| 작가의 말 |

RAIL
HELLO!MONO
HELLO, MONORAIL
TIME CARD
HELLO!
HELLO! MONORAIL

어떤 숫자가 나오든 상관없다.
어디로 가든 상관없다.
주사위는 공평한 거니까.

1의 반대쪽에는 6이 있고,
2의 반대쪽에는 5가 있고,
3의 반대쪽에는 4가 있으니까.

이제는
내가 던질 차례다.

모두 다 그럴 거라고 생각하겠지만,
런던아이가 실제로 존재한다는 사실 외의 소설 속 모든 이야기는 허구다.

김중혁

경북 김천에서 태어나 계명대 국문과를 졸업했다. 2000년 『문학과사회』에 중편소설 「펭귄뉴스」를 발표하며 작품활동을 시작했다. 소설집 『펭귄뉴스』 『악기들의 도서관』 『일층, 지하 일층』 『가짜 팔로 하는 포옹』, 장편소설 『좀비들』 『당신의 그림자는 월요일』 『나는 농담이다』, 산문집 『뭐라도 되겠지』 『모든 게 노래』 『메이드 인 공장』 『바디무빙』 『대책 없이 해피엔딩』(공저) 『우리가 사랑한 소설들』(공저) 『질문하는 책들』(공저)이 있다. 제2회 김유정문학상, 제1회 젊은작가상 대상, 제13회 이효석문학상, 제46회 동인문학상을 수상했다.

문학동네 장편소설

미스터 모노레일

1판 1쇄 | 2011년 7월 13일
1판 6쇄 | 2017년 12월 22일

지은이 김중혁
펴낸이 염현숙
책임편집 조연주 | 편집 이경록 | 디자인 엄혜리 유현아
마케팅 정민호 박보람 우상욱 | 홍보 김희숙 김상만 이천희
제작 강신은 김동욱 임현식 | 제작처 영신사

펴낸곳 (주)문학동네
출판등록 1993년 10월 22일 제406-2003-000045호
주소 10881 경기도 파주시 회동길 210
전자우편 editor@munhak.com | 대표전화 031)955-8888 | 팩스 031)955-8855
문의전화 031) 955-3576(마케팅) 031) 955-8864(편집)
문학동네카페 http://cafe.naver.com/mhdn

ISBN 978-89-546-1539-6 03810

* 이 도서의 국립중앙도서관 출판예정도서목록(CIP)은 서지정보유통지원시스템 홈페이지(http://seoji.nl.go.kr)와 국가자료공동목록시스템(http://www.nl.go.kr/kolisnet)에서 이용하실 수 있습니다.(CIP제어번호: CIP2011002802)

www.munhak.com